Diogenes Taschenbuch 20342

Patricia Highsmith

Tiefe Wasser

Roman

Aus dem Amerikanischen von
Eva Gärtner und
Anne Uhde

Diogenes

Titel der amerikanischen Originalausgabe:
›Deep Water‹

Die deutsche Erstausgabe erschien
bei Rowohlt unter dem Titel
›Stille Wasser sind tief‹.
Die vorliegende Übersetzung
bringt erstmals den vollständigen Text.
Umschlagzeichnung von Tomi Ungerer

100/82/9/8
ISBN 3 257 20342 X

1

Vic tanzte nicht; aber nicht aus den Gründen, welche die meisten Männer, die nicht tanzen, sich einzureden pflegen – er tanzte ganz einfach deshalb nicht, weil seine Frau gern tanzte. Die Begründung war fadenscheinig, das gestand er sich auch ein; aber jedesmal kam sie ihm wieder in den Sinn, wenn er Melinda tanzen sah. Melinda wirkte unerträglich albern, wenn sie tanzte. Sie machte das Tanzen zu einer peinlichen Angelegenheit.

Geistesabwesend registrierte er, daß Melinda in sein Blickfeld hinein- und dann wieder hinauswirbelte; er erkannte sie nur, weil ihm alles an ihrer äußeren Erscheinung so vertraut war. Gelassen nippte er an seinem Scotch.

Er hockte in sich zusammengesunken und mit ausdruckslosem Gesicht auf der gepolsterten Sitzbank, die den Mittelpfeiler von Mellers Wendeltreppe umgab, und starrte auf das Gewoge der Tanzenden. Es ging ihm durch den Kopf, daß er heute nacht beim Nachhausekommen nach seinen Blumenkästen in der Garage sehen wollte; vielleicht kamen die Fingerhüte schon heraus. Er zog jetzt verschiedene Sorten von Pflanzen, deren Wachstum er künstlich dadurch zurückhielt, daß er ihnen nur die Hälfte des normalen Quantums an Licht und Wasser zukommen ließ, um auf diese Weise ihr Aroma zu intensivieren. Jeden Nachmittag, wenn er um ein Uhr zum Essen nach Hause kam, setzte er die Kästen in die Sonne; um drei, wenn er wieder in seine Druckerei ging, trug er sie in die Garage zurück.

Victor Van Allen war sechsunddreißig Jahre alt, knapp mittelgroß und neigte eher zu einer harmonischen Rundlichkeit als zu einem richtigen Bauch; dunkle Brauen wölbten sich buschig über seinen unschuldig-blauen Augen. Sein braunes Haar war glatt und kurz geschnitten und wie die Brauen dicht und kräftig. Der Mund war mittelgroß, fest und meist rechts ein wenig herabgezogen, was dem Gesicht einen Ausdruck von Entschlossenheit verlieh – oder von Humor, je nachdem, wie man es auffassen wollte. Es war dieser Mund, der seinem Gesicht etwas Zweideutiges gab; denn auch Bitternis lag darin, und seine blauen Augen – groß, klug und unerschrocken – gaben keinerlei Aufschluß über das, was hinter seiner Stirn vorging.

Während der letzten Minuten hatte sich der Lärm um einiges verstärkt, und die Tanzerei war mit den spanischen Rhythmen, die jetzt erklangen, temperamentvoller geworden. Der Lärm beleidigte seine Ohren, aber er blieb sitzen, obwohl ihm klar war, daß er genausogut durch die Halle in das Arbeitszimmer des Gastgebers hätte gehen und in dessen Bibliothek schmökern können. Er hatte genug getrunken, um ein leises, rhythmisches Pulsen in den Ohren zu spüren, das er als gar nicht so unangenehm empfand. Vielleicht war es auch ganz richtig, bei einer Party, bei der es Alkohol gab, das Trinken dem wachsenden Lärm anzupassen, gewissermaßen den äußerlichen Lärm mit einem Geräusch in einem selbst zu neutralisieren. Man konnte im eigenen Kopf eine hübsche kleine Geräuschkulisse hervorbringen. Das erleichterte manches. Nie ganz nüchtern und nie ganz betrunken sein. *Dum non sobrius, tamen non ebrius.* Eine schöne Grabinschrift für ihn – nur leider trifft sie nicht zu, dachte er. Meistens zog er es vor, nüchtern und hellwach zu bleiben.

Unwillkürlich sah er schärfer hin, als plötzlich so etwas wie eine Ordnung in das Gewoge der Tanzenden kam. Sie bildeten eine Schlangenlinie. Und ebenso unwillkürlich bemerkte er Melindas übermütiges ›Huch-hasch-mich-doch‹-Lächeln; der Mann, den sie über die Schulter anlächelte, war Joel Nash. Vic seufzte und nahm wieder einen Schluck. Für einen Mann, der in der vergangenen Nacht bis drei Uhr morgens und in der Nacht davor bis fünf Uhr morgens getanzt hatte, war Mr. Nash ausgezeichnet in Form.

Vic fuhr hoch, als er eine Hand auf seinem linken Arm

fühlte, aber es war nur die alte Mrs. Podnansky, die sich zu ihm herüberlehnte. Er hatte ganz vergessen, daß sie auch noch da war.

»Ich bin Ihnen sehr dankbar, Vic. Macht es Ihnen wirklich nichts aus, das Ding abzuholen?« Dasselbe hatte sie ihn bereits vor fünf oder zehn Minuten gefragt.

»Natürlich nicht«, sagte Vic lächelnd und stand auf, während sie sich erhob. »Ich schaue morgen mittag gegen Viertel vor eins vorbei.«

In eben diesem Augenblick beugte sich Melinda über den Arm von Mr. Nash hinweg zu ihm und sagte Mrs. Podnansky fast direkt ins Gesicht, obwohl sie dabei Vic ansah: »Alter Miesmacher! Tanz doch auch mal!« Vic sah, wie Mrs. Podnansky zusammenzuckte und sich dann mit einem Lächeln fing, ehe sie ihn stehenließ.

Joel Nash warf Vic ein glückliches und etwas beschwipstes Lächeln zu, während er mit Melinda davontanzte. Wie sollte man dieses Lächeln nennen, fragte sich Vic ... Kameradschaftlich? So hatte es Joel wohl gemeint. Vic sah ostentativ weg, obwohl er gerade einen Gedankengang verfolgte, der mit Joels Gesicht zusammenhing. Was ihn an dem Kerl störte, war nämlich nicht so sehr seine Art, sich zu geben – scheinheilig, halb verlegen und halb unverschämt; es war in erster Linie sein Gesicht. Dieses jungenhafte Gesicht, das hübsch gewellte hellbraune Haar, die regelmäßigen Züge, die Frauen, die ihn mochten, als nicht *zu* regelmäßig bezeichnen würden. Vic war ziemlich sicher, daß die meisten Frauen Joel hübsch fanden. Vic sah Joel vor sich, wie er am Vorabend vom Sofa aus zu ihm hochgeschaut und ihm sein leeres Glas zum sechsten- oder achtenmal zum Nachschenken gereicht hatte, als schäme er sich, einen weiteren Drink anzunehmen; als schäme er sich, noch weitere fünfzehn Minuten zu bleiben ... Und doch hatte dabei eine gewisse freche Unverschämtheit in dem hübschen Gesicht gestanden. Bis jetzt, dachte Vic, hat sich Melinda wenigstens etwas intelligentere

Männer ausgesucht... oder zumindest weniger unverschämte. Aber Joel Nash würde ja nicht ewig hier in der Gegend bleiben. Er war als Reisevertreter für eine chemische Fabrik in Wesley tätig und nur für ein paar Wochen hier, um mit irgendwelchen neuen Erzeugnissen seines Werks vertraut gemacht zu werden. Wenn er sich für dauernd in Wesley oder Little Wesley niederlassen würde, dann würde er, daran zweifelte Vic keinen Augenblick, ganz gewiß Ralph Gosdens Stelle einnehmen, ganz gleich, als was für eine Niete er sich in anderer Beziehung erweisen oder wie sehr er Melinda auf die Nerven gehen würde, denn Melinda hatte noch nie einem ihrer Ansicht nach hübschen Gesicht widerstehen können. Und in Melindas Augen war Joel sicherlich viel hübscher als Ralph.

Vic blickte hoch und sah Horace Meller neben sich stehen. »Hallo, Horace. Suchst du was zum Sitzen?«

»Nein, danke.« Horace war mittelgroß, hatte ein schmales, sensibles Gesicht und trug einen buschigen schwarzen Schnurrbart: sein Haar begann grau zu werden. Der Mund unter dem Schnurrbart zeigte das höfliche Lächeln des nervösen Gastgebers. Und Horace war immer nervös, obwohl die Party so glatt verlief, wie es sich ein Gastgeber nur wünschen kann. »Wie geht's in der Druckerei, Vic?«

»Ich werde nächstens mit dem Xenophon fertig«, antwortete Vic. Bei dem Lärm konnten sie sich nicht sehr gut unterhalten. »Warum schaust du nicht mal abends rein?« Vic meinte in die Druckerei. Er war immer bis sieben Uhr dort und nach fünf Uhr stets allein, weil Stephen und Carlyle um fünf Feierabend machten.

»Aber gern«, sagte Horace. »Ist der Drink in Ordnung?« Vic nickte.

»Bis nachher.« Horace schlenderte davon.

Horace war befangen gewesen; es war Vic nicht entgangen. Etwas hatte unausgesprochen zwischen ihnen gestanden, und Vic wußte auch, was es war: Horace hatte taktvoll vermieden, Mr. Joel Nash zu erwähnen. Er hatte nicht gesagt, Joel sei nett, oder es sei eine gute Idee gewesen, ihn mitzubringen; er hatte sich auch nicht nach ihm erkundigt – nichts. Melinda hatte dafür gesorgt, daß Joel eingeladen worden war. Vic hatte zufällig gehört, wie sie vorgestern mit Mary Meller telefonierte: »... Nein, er ist nicht direkt unser Gast, aber ... weißt du, wir fühlen uns so ein bißchen für ihn verantwortlich, weil er kaum jemand hier kennt, und ... Oh, vielen Dank, Mary! Ich wußte ja, daß es euch nichts ausmacht, einen Mann mehr ... ja, eben. Und noch dazu einen, der so gut aussieht ...« Kein Mensch in Gottes weiter Welt hätte gegenwärtig Melinda von Joel Nash zu trennen vermocht. Nicht einmal mit dem Brecheisen ... Eine Woche noch, dachte Vic. Noch genau sieben Abende. Mr. Nash mußte am Ersten abreisen. Nächsten Sonntag.

Joel Nash tauchte auf, er ragte schwankend in seinem breitschultrigen weißen Jackett über Vic und brachte seinen Drink mit: »Guten Abend, Mr. Van Allen«, grüßte er mit scherzhaft übertriebener Förmlichkeit und plumpste neben Vic auf die Polsterbank, dorthin, wo Mrs. Podnansky vorher gesessen hatte. »Wie geht es Ihnen?«

»Ach, wie immer«, antwortete Vic lächelnd.

»Ich wollte Ihnen unbedingt zwei Dinge sagen«, sprudelte Joel heraus, begeistert wie ein Mann, der einen spontanen Einfall sofort weitergeben muß: »Einmal, daß mich meine Firma gebeten hat, zwei Wochen länger hierzubleiben; da kann ich mich dann hoffentlich bei Ihnen beiden erkenntlich zeigen für die großzügige Gastfreundschaft, die Sie mir in den letzten Wochen erwiesen haben. Ja, und dann ...« Joel zog den Kopf ein wie ein kleiner Junge und lachte verlegen.

Melinda ist einfach ein Genie, wenn es darum geht, Leute wie Joel Nash aufzustöbern, dachte Vic. Wahlverwandtschaften ... »Und das andere?«

»Das andere? Ach ja, das andere, was ich noch sagen wollte ... Also, ich finde, Sie sind ein fabelhafter Kerl, daß

Sie mich so mit Ihrer Frau flirten lassen. Nicht, daß ich so sehr viel mit ihr zusammen wäre, wissen Sie, nur ein paarmal Lunch und eine kleine Autotour, aber ...«

»Aber?« drängte Vic, der plötzlich stocknüchtern war und sich über Nashs beschwipste Liebenswürdigkeit ärgerte.

»Na ja, schließlich gibt es Männer, die würden mir aus geringerer Veranlassung den Kopf abreißen ... Ich meine, Männer, die denken würden, sie hätten viel mehr Veranlassung ... Ich könnte wirklich verstehen, wenn es Ihnen ein bißchen zuviel wäre, aber es ist Ihnen ja gar nicht zuviel, das sieht man ja. Na also, ich wollte Ihnen einfach sagen, wie dankbar ich Ihnen dafür bin, daß Sie mir nicht die Nase einschlagen ... Wie gesagt, nicht daß es einen Grund dafür gäbe, da können Sie Melinda fragen, wenn Sie wollen.«

Da wäre ich aber genau an die richtige Adresse geraten, dachte Vic. Er sah Nash mit ruhigem Gleichmut an. Die richtige Antwort hierauf, fand er, war gar keine Antwort.

»Jedenfalls wollte ich Ihnen sagen, daß ich Sie sehr patent finde«, schloß Nash.

Joel Nashs Affektiertheit berührte Vic unangenehm. »Ihre Dankbarkeit ist reizend«, erwiderte er mit flüchtigem Lächeln, »aber ich pflege meine Zeit im allgemeinen nicht damit zu vergeuden, anderen Leuten die Nase einzuschlagen. Wenn ich wirklich jemand nicht leiden kann, bringe ich ihn um.«

»Sie bringen ihn ...« Joel Nash fand das offenbar erheiternd.

»Ja, ich bringe ihn um. Sie erinnern sich doch an Malcolm McRae, nicht wahr?« Vic wußte genau, daß Nash über Malcolm McRae im Bilde war, denn Melinda hatte ihm berichtet, daß sie Joel von dem ›Fall McRae‹ erzählt hatte und daß Joel sich sehr dafür interessiert habe, weil er in New York ein- oder zweimal geschäftlich mit McRae zu tun gehabt hatte.

»Ja, ich erinnere mich.« Nash war aufmerksam geworden.

Er lächelte nicht mehr ganz so herzlich. Das Lächeln war nur noch Abwehr. Melinda hatte Joel zweifellos erzählt, daß Mal ziemlich hinter ihr hergewesen wäre. Das gab der Geschichte immer etwas Würze.

»Sie nehmen mich auf den Arm«, meinte Joel unsicher.

In diesem Augenblick las Vic in Nashs Gesicht zweierlei: Einmal, daß der andere bereits mit seiner Frau geschlafen hatte; und dann, daß seine eigene kühle Beherrschung in Gegenwart von Melinda und Joel einen ziemlichen Eindruck hinterlassen hatte. Vic hatte Joel Angst eingejagt – nicht nur jetzt, sondern bereits an verschiedenen Abenden zu Hause. Vic hatte nie irgendwelche Anzeichen gewöhnlicher Eifersucht gezeigt. Menschen, die sich nicht der allgemeinen Regel entsprechend verhalten, dachte Vic, werden von vornherein als beängstigend empfunden. »Aber nein, ich nehme Sie nicht auf den Arm«, versicherte Vic mit einem Seufzer; er nahm sich eine Zigarette und bot auch Joel eine an.

Joel Nash schüttelte verneinend den Kopf.

»Er ist, wie man so schön sagt, Melinda gegenüber ein bißchen weit gegangen. Vielleicht hat sie es Ihnen erzählt. Das ist es aber gar nicht gewesen, was mich in erster Linie geärgert hat. Es war seine ganze Art. Diese stupide Selbstzufriedenheit; und daß er sich ständig überall bis zur Bewußtlosigkeit betrank, so daß ihn die Leute dann bei sich übernachten lassen mußten. Und dann sein widerlicher Geiz.« Vic steckte die Zigarette in eine Spitze und nahm sie zwischen die Zähne.

»Ich glaube Ihnen kein Wort!«

»Ach doch, Sie glauben mir schon . . . Na, ist ja auch egal.«

»Haben Sie Malcolm McRae denn *wirklich* umgebracht?«

»Wer sonst sollte es wohl getan haben?« Vic wartete, bekam aber keine Antwort. »Melinda erzählte mir, daß Sie ihn gekannt haben. Was ist denn Ihre Theorie? Es würde mich interessieren; Theorien interessieren mich immer. Mehr als Tatsachen, manchmal.«

»Ich habe keine Theorien«, wehrte Joel ab.

Schon die Haltung, in der er jetzt neben Vic saß, verriet ein ängstliches Zurückweichen. Vic zog die buschigen Brauen hoch und blies den Rauch der Zigarette vor sich in die Luft.

Schweigen.

Joel Nash erwog jetzt die verschiedensten Bemerkungen, das wußte Vic. Er wußte sogar, welche Art von Bemerkung der andere schließlich von sich geben würde.

»In Anbetracht dessen, daß er ein Freund von Ihnen war«, fing Joel an, genau wie es Vic vorausgesehen hatte, »finde ich es nicht gerade sehr komisch, über seinen Tod Witze zu machen.«

»Er war nicht mein Freund.«

»Na schön, dann ein Freund Ihrer Frau.«

»Das ist ja wohl nicht ganz dasselbe, wie Sie zugeben werden.«

Joel Nash brachte ein zustimmendes Nicken zustande. Dann, mit einem Lächeln zur Seite: »Ich finde den Witz nach wie vor nicht besonders geschmackvoll.« Er stand auf.

»Tut mir leid. Ich werde mir in Zukunft mehr Mühe geben. Oh, einen Moment noch!«

Joel Nash drehte sich um.

»Melinda weiß von all dem nichts«, sagte Vic, noch immer kühl an den Pfeiler gelehnt. »Es wäre mir lieb, wenn es unter uns bliebe.«

Joel lächelte und winkte beruhigend mit der Hand. Die Bewegung war schlaff. Vic sah ihm nach, wie er den Raum durchquerte und neben Horace und Phil Cowan trat, die sich unterhielten; Joel versuchte aber nicht, sich zu ihnen zu gesellen. Er stellte sich daneben und zündete sich eine Zigarette an. Wenn Joel Nash morgen früh aufwachte, würde er immer noch glauben, es sei ein Witz gewesen, überlegte Vic, aber er würde wohl auch unsicher genug sein, um ein paar Leute zu fragen, wie Vic Van Allens Haltung Malcolm McRae gegenüber eigentlich gewesen war. Und verschiedene

Leute – Horace Meller zum Beispiel, und selbst Melinda – würden ihm dann berichten, daß Vic sich nie besonders gut mit Mal verstanden hatte. Und Cowans und Horace und Mary Meller würden nach einigem Drängen sogar zugeben, daß da zwischen Melinda und Mal wohl etwas gewesen sein mußte – natürlich nicht mehr als ein kleiner Flirt, aber ...

Malcolm McRae war Werbekaufmann gewesen; kein sehr bedeutender, aber er hatte stets einen unsympathischen Anflug von Überheblichkeit und Gönnerhaftigkeit an sich gehabt. Er war genau der Typ gewesen, den Frauen begeisternd finden, und den Männer im allgemeinen nicht ausstehen können. Groß, schlank und gepflegt, mit einem langen, schmalen Gesicht, von dem Vic nur eine große Warze auf der rechten Wange – wie bei Abraham Lincoln – in Erinnerung geblieben war; dabei hatte es immer geheißen, fiel Vic ein, seine Augen seien so hinreißend. Und er war aus unbekannten Motiven in seiner Wohnung in Manhattan ermordet worden – von einem Attentäter, dem die Polizei bisher noch nicht auf die Spur gekommen war. Deshalb hatte Vics Geschichte Joel auch so beeindruckt.

Vic lehnte sich noch behaglicher gegen den Pfosten und streckte die Beine von sich. Er erinnerte sich mit seltsamem Behagen daran, wie Mal einmal auf dem Golfplatz hinter Melinda getreten war und ihr, die Arme um sie gelegt, gezeigt hatte, wie sie einen bestimmten Schlag ausführen sollte – einen Schlag, den sie durchaus beherrschte; besser als er wahrscheinlich. Ein anderes Mal hatte sich Melinda gegen drei Uhr morgens wie ein kleines Mädchen mit einem Glas Milch in ihr Zimmer zurückgezogen und Mal gebeten, noch zu ihr zu kommen und ihr etwas zu erzählen. Vic war hartnäckig weiter im Wohnzimmer sitzen geblieben und hatte vorgegeben zu lesen, entschlossen, ganz gleich, wie spät es werden würde, so lange durchzuhalten, bis Mal wieder herunterkam. Melinda und Mal hatten im Grunde nichts miteinander gemein, und Mal hätte sich zu Tode gelangweilt, wenn er Melinda jemals einen halben Tag lang für sich allein gehabt hätte. Aber ein bißchen Erotik lag in der Luft; dazu Melindas Art ... Vic konnte förmlich hören, wie sie erklärte: *Vic? Natürlich liebe ich ihn. Aber eben nicht ... nicht auf diese Art. Das ist schon seit Jahren so. Wir leben nebeneinanderher. Er liebt mich auch nicht ... auf diese Art ...* Dazu ein erwartungsvoller Blick aus grünen Augen, schräg nach oben gerichtet ... Mal hatte Melindas Zimmer nach etwa zwanzig Minuten verlassen, und Vic war sicher, daß nichts zwischen den beiden geschehen war. Niemals. Aber er hatte doch eine gewisse Befriedigung verspürt, als er hörte, daß Mal im vergangenen Dezember umgebracht worden war. Oder erst im Januar? Sein erster Gedanke war jedenfalls gewesen, daß Mal vermutlich an einen eifersüchtigen Ehemann geraten war.

Einen Augenblick lang spielte Vic mit der Vorstellung, Mal könnte in jener Nacht in Melindas Zimmer zurückgegangen sein, nachdem er, Vic, sich in sein eigenes Zimmer auf der anderen Seite der Garage zurückgezogen hatte ... Wie wäre es weitergegangen? Er hätte es natürlich gemerkt und dann den Mord bis ins kleinste vorbereitet; er wäre unter irgendeinem Vorwand nach New York gefahren, hätte Mal aufgesucht, einen schweren Schraubenschlüssel unter der Jacke (der Mörder müsse sein Freund oder Bekannter gewesen sein, hatten die Zeitungen geschrieben, weil ihn Mal offenbar anstandslos hereingelassen hatte), und ihn erschlagen ... Geräuschlos und kunstgerecht, ohne Fingerabdrücke zu hinterlassen – wie der wirkliche Mörder. Er wäre dann in der gleichen Nacht nach Little Wesley zurückgefahren und hätte als Alibi, falls er je gefragt würde, angegeben, daß er sich zur fraglichen Zeit einen Film angesehen hätte – einen Film, den er tatsächlich kannte; er hätte nur feststellen müssen, in welchem New Yorker Kino er gerade lief.

»Victor!« Mary Meller beugte sich zu ihm herunter. »Ja, bist du denn taub? An was denkst du denn um Gottes willen?«

Vic erhob sich lächelnd. »An gar nichts. Du siehst aus wie ein Pfirsich heute abend.« Er meinte die Farbe ihres Kleides.

»Vielen Dank. Wie wär's, wenn wir uns in irgendeine Ecke setzten und uns ein bißchen unterhielten? Du hockst jetzt schon den ganzen Abend wie angewachsen auf demselben Fleck ...«

»Auf der Klavierbank vielleicht?« schlug Vic vor, denn das war der einzige andere Platz, wo zwei Leute nebeneinander sitzen konnten. Das Tanzen hatte gerade aufgehört. Er ließ sich von Mary um die Taille fassen und zur Klavierbank führen. Er merkte, daß es Mary nicht darum ging, sich unbedingt mit ihm zu unterhalten; sie wollte lediglich die gute Gastgeberin sein, die sich mit jedem unterhielt, und daß sie sich ihn als Letzten aufgehoben hatte, weil er immer auf Parties ein ziemliches Problem darstellte. Vic war das egal. *Ich habe keinen Stolz,* dachte er hochmütig. Er sagte es auch häufig zu Melinda, weil es sie ärgerte.

»Worüber hast du dich denn so lange mit Mrs. Podnansky unterhalten?« fragte ihn Mary, als sie sich gesetzt hatten.

»Über Rasenmäher. Ihrer muß geschliffen werden, und Clarke hat es beim letztenmal nicht anständig gemacht.«

»Aha, da hast du ihr natürlich angeboten, es zu tun ... Ich möchte nur wissen, was all die Witwen der Gemeinde ohne Victor Van Allen anfangen würden! Woher nimmst du eigentlich die *Zeit* für all deine guten Werke?«

»Ach, Zeit habe ich haufenweise«, sagte Vic und lächelte wider Willen geschmeichelt. »Ich habe immer Zeit für alles. Ein wunderbares Gefühl.«

»Zeit, die ganzen Bücher zu lesen, die wir andern immer auf die lange Bank schieben?« Sie lachte. »O Vic, du bist schrecklich!« Sie ließ den Blick über ihre feuchtfröhlichen Gäste schweifen und wandte sich dann wieder zu Vic. »Ich hoffe, euer Freund unterhält sich gut heute abend. Will er sich bei uns in Little Wesley niederlassen, oder ist er nur vorübergehend hier?«

Mr. Nash unterhielt sich nicht mehr ganz so gut, wie Vic feststellte. Er stand immer noch allein und starrte auf das Muster des Teppichs, der zusammengerollt – wegen des Tanzes – zu seinen Füßen lag. »Er ist nur für ungefähr eine Woche hier, glaube ich«, sagte Vic beiläufig. »Eine Art Geschäftsreise.«

»Dann kennt ihr ihn also gar nicht so gut?«

»Nein, wir haben ihn eben erst kennengelernt.« Vic haßte es, diese Art von Verantwortung mit Melinda zu teilen. Melinda hatte Joel eines Nachmittags in der Lord-Chesterfield-Bar kennengelernt, wohin sie fast jeden Nachmittag gegen halb sechs ging – mehr oder weniger mit dem erklärten Ziel, die Bekanntschaft von Leuten wie Joel Nash zu machen.

»Nimm mir's nicht übel, Vic, aber deine Geduld möchte ich haben!«

Vic blickte kurz zu ihr hinüber und bemerkte, daß sie bereits einen ganz kleinen Schwips hatte. »Ach, ich weiß nicht so recht.«

»Doch, du bist unheimlich geduldig. Du kommst mir vor wie einer, der immer alles still in sich hineinfrißt, um dann eines Tages ... eines Tages wirst du dann doch was tun. Nicht direkt explodieren, nur ... Na ja, deine Meinung sagen.«

Nach diesem Anfang hatte Vic einen drastischeren Schluß erwartet; er lächelte. Nachdenklich kratzte er sich in der Handfläche.

»Außerdem möchte ich, da ich inzwischen drei Drinks intus habe und sich die Gelegenheit vielleicht nicht so bald wieder bietet, ausdrücklich feststellen, daß ich dich sehr bewundere. Du bist nämlich ein guter Mensch, Vic.« Vic wußte, daß sie ihre Worte im nächsten Augenblick als zu pathetisch empfinden und durch eine sarkastische Bemerkung über sich selbst neutralisieren würde. »Wenn wir beide nicht schon anderweitig verheiratet wären, würde ich dir auf der

Stelle einen Heiratsantrag machen!« Und dann kam das Lachen, das alles auslöschen sollte.

Warum meinen eigentlich die Frauen, fragte sich Vic, selbst solche, die aus Liebe geheiratet worden sind und ein Kind und ein einigermaßen glückliches Eheleben haben, daß sie mit einem Mann glücklicher wären, der keine sexuellen Ansprüche an sie stellt? Wenn es darauf ankäme, wären sie die ersten, die sich beleidigt fühlen würden, wenn ihre Ehemänner sie in dieser Hinsicht vernachlässigten. »Leider bin ich aber verheiratet«, sagte er.

»Leider?« spottete Mary. »Du betest sie doch an! Du küßt den Boden unter ihren Füßen. Und sie liebt dich ebenfalls, Vic, vergiß das nicht!«

»Ich will aber nicht, daß du mich für so gut hältst.« Vic unterbrach sie fast. »Ich habe auch meine Schattenseiten, ich tarne sie nur besser als andere Leute.«

»Das tust du allerdings.« Mary lachte. Sie lehnte sich zu ihm herüber, und er roch ihr Parfum, das ihm eine Mischung von Flieder und Zimt zu sein schien. »Was ist mit deinem Drink, Vic?«

»Danke, für den Augenblick reicht's.«

»Siehst du? Sogar im Trinken bist du brav! – Was hat dich denn da in die Hand gebissen?«

»Eine Wanze.«

»Eine Wanze? Großer Gott! Wo denn?«

»Im Green Mountain Hotel.«

Marys Mund öffnete sich voller Staunen; dann platzte sie heraus: »Was hast du denn dort zu suchen?«

»Ach, weißt du, ich habe mich eine Woche vorher angemeldet und erklärt, daß ich alle Wanzen haben wollte, die sie auftreiben könnten, und auf diese Weise habe ich sechs Stück ergattert. Hat mich fünf Dollar an Trinkgeldern gekostet. Jetzt leben sie in meiner Garage in einem Glasbehälter und haben ein Stück Matratze zum Schlafen, und ab und zu lasse ich mich beißen, damit sie ihren normalen Lebenszyklus erfüllen können. Außerdem habe ich schon zwei Eierkulturen.«

»Aber wozu denn das alles?« Mary kicherte.

»Ach weißt du, da hat so ein Insektenforscher in einer Fachzeitschrift einen Artikel geschrieben, und ich glaube, er irrt sich da in einem Punkt«, antwortete Vic lächelnd.

»In was für einem Punkt?« fragte Mary hingerissen.

»Ach, nur eine Kleinigkeit; es hängt mit dem Zeitpunkt des Ausschlüpfens der Larven zusammen, und ich bezweifle, daß das für irgendwen von Wichtigkeit ist. Obwohl, Firmen, die Insektenvertilgungsmittel herstellen ...«

»Vi-ic?« Melindas dunkle Stimme klang nicht mehr ganz sicher. »Darf ich mal?« Vic sah zu ihr auf; das Erstaunen in seinem Blick war fast ein wenig beleidigend. Dann erhob er sich von der Bank und wies liebenswürdig auf den Flügel: »Bitte sehr ...«

»Willst du spielen? Wunderbar!« rief Mary begeistert.

Ein Quintett von Männern gruppierte sich um den Flügel, und Melinda glitt schwungvoll auf die Bank; ihr schimmerndes Haar fiel wie ein Vorhang herunter und verbarg ihr Gesicht für jeden, der rechts von ihr stand. Vic stand rechts von ihr. Wenn schon, dachte er, wer kennt ihr Gesicht besser als ich? Außerdem legte er im Augenblick sowieso keinen Wert darauf, es zu sehen – es gewann nicht gerade, wenn sie getrunken hatte. Er schlenderte davon. Das Sofa war jetzt frei. Zu seinem höchsten Mißvergnügen hörte er Melindas wilde Trillerakkorde zu *Slaughter on Tenth Avenue*, was sie immer erbärmlich schlecht spielte. Ihr Spiel war hemmungslos, ungenau, und eigentlich recht peinlich. Dennoch fand sie immer willige Zuhörer. Gesellschaftlich schien ihr Spielen weder eine Schwäche noch ein Vorzug zu sein. Wenn sie pfuschte und einen Schlager lachend und mit einer kindischen, hilflosen Handbewegung abbrach, bewunderten sie ihre jeweiligen Verehrer unvermindert. Aber mit *Slaughter* würde sie schon zurechtkommen, und wenn es doch schiefging, konnte sie immer noch zu *Three blind Mice* überwechseln und sich dabei fangen. Vic setzte sich in die Sofaecke. Außer Mrs. Podnansky, Evelyn Cowan und Horace stand alles um den Flügel versammelt. Melindas schwungvolle Einleitung rief Entzückungskundgebungen seitens ihrer männlichen Zuhörer hervor. Vic betrachtete Joel Nashs Rücken, der über den Flügel gebeugt war, und schloß die Augen. In gewissem Sinne schloß er ebenfalls die Ohren. Er dachte an seine Wanzen.

Zum Schluß gab es allgemeinen Applaus, der sehr schnell abbrach, als Melinda *Dancing in the Dark* intonierte, eine ihrer besseren Nummern. Vic öffnete plötzlich die Augen und sah Joel Nashs Blick geistesabwesend, aber intensiv und etwas ängstlich auf sich gerichtet. Er schloß die Augen wieder und lehnte sich zurück, als lausche er hingerissen der Musik. In Wirklichkeit überlegte er, was wohl jetzt in Nashs alkoholvernebeltem Hirn vor sich gehen mochte. Er stellte sich seine eigene, etwas dickliche Erscheinung auf dem Sofa vor, die Hände friedlich auf dem Bauch gefaltet, und ein gelöstes Lächeln auf dem runden Gesicht, das dem anderen allmählich rätselhaft vorkommen mußte. Nash dachte jetzt vermutlich: Er *hat* es getan, deshalb ist er wahrscheinlich so gleichgültig über Melinda und mich ... Deshalb ist er so merkwürdig. Er ist ein *Mörder*.

Melinda spielte ungefähr eine halbe Stunde lang, bis sie dann *Dancing in the Dark* noch einmal wiederholen mußte. Als sie vom Flügel aufstand, wurde sie gedrängt, noch mehr zu spielen. Am lautesten von Mary Meller und von Joel.

»Aber es ist doch schon spät; wir müssen nach Hause«, widersprach sie. Sie verließ Parties häufig kurz nachdem sie gespielt hatte, sozusagen im Augenblick des Triumphes. »Vic?« Sie schnappte mit den Fingern in seine Richtung.

Vic erhob sich gehorsam. Horace winkte ihm verstohlen. Die Geschichte ist vermutlich schon zu ihm gedrungen, dachte Vic. Er ging zu ihm hinüber.

»Was hast du denn da deinem Freund Mr. Nash für einen Unsinn aufgetischt?« fragte Horace. Seine Augen funkelten vor Vergnügen.

»Mein Freund?«

Horaces schmale Schultern bebten vor unterdrücktem Lachen.

»Meinen Segen hast du; ich hoffe nur, daß er es nicht überall herumerzählt.«

»Es war doch ein Witz. Hat er das nicht begriffen?« fragte Victor scheinbar ernsthaft. Er und Horace kannten sich gut. Horace hatte ihn oft gemahnt, bei Melinda einmal ›durchzugreifen‹, und Horace war der einzige Mensch, der jemals gewagt hatte, so etwas zu Vic zu sagen.

»Mir scheint eher, daß er's ziemlich ernst genommen hat«, meinte Horace.

»Soll er. Soll er's ruhig herumerzählen.«

Horace lachte und schlug Vic auf die Schulter: »Komm mir nur nicht noch ins Gefängnis, alter Junge!«

Melinda schwankte etwas, als sie zum Wagen hinausgingen, und Vic nahm sie sanft beim Ellbogen, um sie zu stützen. Sie war fast so groß wie er, und sie trug immer flache Sandalen oder Ballerinaschuhe, allerdings, wie Vic glaubte, nicht seinetwegen, sondern weil sie bequemer waren, und weil sie in flachen Schuhen in der Größe besser zu mittelgroßen Männern paßte. Männern; im Plural. Obwohl sie im Augenblick etwas unsicher auf den Füßen war, konnte Vic die kräftigen Muskeln ihres schlanken, festen Körpers und eine animalische Vitalität spüren, die ihn mit sich zog. Sie strebte zum Wagen mit dem unbeirrbaren Drang eines Pferdes, das den Stall riecht.

»Was hast du denn vorhin zu Joel gesagt?« erkundigte sich Melinda, als sie im Wagen saßen.

»Ach, nichts Besonderes.«

»Du *mußt* ihm aber irgendwas Besonderes gesagt haben.«

»Wieso denn?«

»Na, ich hab doch *gesehen,* daß du mit ihm gesprochen hast«, beharrte sie schläfrig. »Worüber denn?«

»Über Wanzen, glaube ich. Oder nein, das war, glaube ich, Mary, mit der ich über Wanzen gesprochen habe.«

»Ach, du«, knurrte Melinda ungeduldig und lehnte dann gänzlich unpersönlich, als sei er ein Sofakissen, den Kopf gegen seine Schulter. »Irgendwas mußt du gesagt haben, er war ganz anders hinterher.«

»So? Und er, was hat er gesagt?«

»Gesagt hat er nichts. Er *war* anders«, murmelte sie. Damit war sie eingeschlafen.

Als er in der Garage den Motor abstellte, hob sie den Kopf und stieg wie eine Schlafwandlerin aus. Mit einem »Nacht, Liebling« ging sie durch die Seitentür der Garage, die in den Wohnraum führte, ins Haus.

Die Garage war groß genug für fünf Autos, sie hatten aber nur zwei. Vic hatte sie geräumig bauen lassen, damit er sie gleichzeitig als Werkstatt und Aufbewahrungsort für seine Pflanzenzuchten, seine Terrarien mit den Schnecken und überhaupt für alles, was ihn sonst noch gerade interessierte, benutzen konnte. Für solche Experimente brauchte man Platz; er hielt alles in mustergültiger Ordnung, und so blieb immer noch genug Raum zum Hin- und Hergehen. Er schlief in einem Zimmer, das auf der vom Haus abgelegenen Seite an die Garage angebaut und nur von dieser aus zugänglich war. Bevor er hineinging, beugte er sich über seine Blumenkästen. Die Fingerhüte waren heraus; sechs oder acht blasse grüne Keime formten bereits die charakteristischen dreiblättrigen Büschel. Zwei Wanzen krabbelten auf dem Matratzenstück herum und waren offenbar hungrig; aber er war nicht in Stimmung, sich heute abend beißen zu lassen, und so schleppten die beiden ihre flachen Körper langsam aus dem Strahl seiner Taschenlampe heraus, um Deckung zu suchen.

2

Joel Nash kam drei Tage nach der Party bei Mellers zum Cocktail, blieb aber nicht zum Essen, obwohl ihn Vic dazu aufforderte und Melinda sogar drängte. Angeblich hatte er eine Verabredung; man sah aber deutlich, daß er log. Er verkündete lächelnd, daß er nun doch früher abreisen müsse, zu dem ursprünglichen Termin – genauer, schon am Freitag. Er lächelte mehr denn je an diesem Abend und verschanzte sich hinter mühsamen Bonmots. Vic schloß daraus, daß Mr. Nash ihn ernstgenommen hatte.

Nachdem er gegangen war, warf Melinda Vic erneut vor, daß er irgend etwas zu ihm gesagt haben müsse, was ihn beleidigt habe.

»Was kann ich denn schon gesagt haben?« fragte Vic unschuldig. »Bist du schon mal auf die Idee gekommen, daß *du* ihn beleidigt haben könntest? Daß *du* irgend etwas getan – oder auch unterlassen – hast?«

»Ich nicht, das weiß ich«, gab Melinda schlecht gelaunt zurück. Dann machte sie sich ihren nächsten Drink selbst zurecht, anstatt wie sonst Vic darum zu bitten.

Sie würde den Verlust von Mr. Nash leicht verschmerzen, davon war Vic überzeugt; schließlich war Joel noch so neu, und als Vertreter wäre er ohnehin nicht lange dageblieben. Mit Ralph Gosden hingegen war es anders. Vic hatte sich schon gefragt, ob Ralph wohl ebenso leicht einzuschüchtern wäre wie Joel Nash, und gefunden, daß es jedenfalls den Versuch wert war. Ralph Gosden war neunundzwanzig Jahre alt, malte – seine Porträts waren nicht einmal schlecht – und lebte im übrigen davon, eine senile Tante auszunehmen, die viel von ihm hielt. Er hatte bei Millettville, ungefähr dreißig Kilometer entfernt, ein Haus auf ein Jahr gemietet. Das war vor sechs Monaten gewesen. Seit vier Monaten kam Ralph nun schon etwa zweimal in der Woche zum Abendessen; er hatte erklärt, daß ihr Haus so hübsch und das Essen bei ihnen so gut und ihr Plattenspieler ausgezeichnet seien und daß überhaupt kein Mensch in Little Wesley oder sonstwo in der Welt es mit der Gastfreundlichkeit der Van Allens aufnehmen könnte. Dann war Melinda dazu übergegangen, Ralph mehrmals wöchentlich nachmittags zu besuchen, obwohl sie es niemals direkt zugegeben hatte. Nachdem dann zwei Monate in dieser Weise vergangen waren, hatte Melinda ihr von Ralph gemaltes Porträt vorgewiesen – wohl als nachträgliche Erklärung für zahlreiche Mittags- und Abendmahlzeiten, zu denen sie nicht erschienen war in der letzten Zeit. Das Porträt, eine verniedlichte, hingehauene, scheußliche Angelegenheit, hing jetzt in Melindas Schlafzimmer. Vic hatte es aus dem Wohnzimmer verbannt.

Ralphs Scheinheiligkeit widerte Vic an. Immer versuchte er, mit Vic über Dinge zu diskutieren, von denen er glaubte, sie interessierten ihn; und dabei war Ralph selbst an nichts interessiert, was über das wesentliche Interesse der Durchschnittsfrau hinausging. Hinter dieser Fassade von Freundschaft wollte Ralph sein Verhältnis mit Melinda verbergen. Daß Melinda mit anderen Männern anbandelte, war noch nicht das Schlimmste; was Vic am meisten ärgerte – jedesmal, wenn er Ralph Gosden sah –, war die Tatsache, daß sie immer auf derartige charakterlose Idioten hereinfiel, die sie dann obendrein auch noch zu allen möglichen Parties mitschleppte, so daß auch ganz Little Wesley von der Geschichte erfuhr. Ja, sie traf sich sogar mit ihren Anbetern in der Lord-Chesterfield-Bar, der einzig nennenswerten Bar in der ganzen Stadt. Es war Vics absolute Überzeugung, daß es jedem Menschen – auch seiner Ehefrau – gestattet sein sollte, zu tun und zu lassen, was er oder sie wollte – vorausgesetzt, daß es keinem anderen schadete und daß darüber keine Pflichten vernachlässigt wurden – die Pflichten einer Frau etwa, wie Haushalt oder Kindererziehung. Daran hielt sich Melinda auch – zeitweise zumindest. Tausende von Ehemännern hatten ungeschoren anderweitig Verhältnisse, wobei Vic zugeben mußte, daß die meisten Männer in dieser Hinsicht diskreter waren als Melinda. Horace hatte einmal versucht, Vic klarzumachen, daß er sich von Melinda nicht alles bieten lassen könne; Vic hatte sich daraufhin erkundigt, wie Horace sich das vorstelle, ob er sich vielleicht als altmodischer Ehemann aufspielen sollte, der in solchen Fällen »Ha! Verworfene!« schreit, sich scheiden läßt und das Leben eines Kindes nur um der eigenen Eitelkeit willen zerstört – ob das etwa besser sei? Vic pflegte außerdem Horace, oder wer auch sonst vorsichtig auf Melindas Betragen anspielte, zu bedeuten, daß es sich nur um eine vorübergehende Verirrung handle; je weniger Notiz man davon nehme, um so besser.

Die Tatsache, daß sich Melinda nun schon seit über drei Jahren so aufführte, hatte Vic in Little Wesley den Ruf eines Säulenheiligen an Geduld und Nachsicht eingebracht, was wiederum seiner Eigenliebe schmeichelte. Vic wußte, daß Horace Meller und Phil Cowan und jeder, der sonst im Bilde war – nämlich ungefähr alle –, ihn für ein wenig sonderbar hielten, weil er das alles ertrug, aber es machte ihm nichts aus, für sonderbar gehalten zu werden. Er war sogar stolz darauf in diesem Lande, in dem die meisten Leute danach streben, genauso wie alle anderen zu sein. Melinda war ja ebenfalls etwas sonderbar gewesen, sonst hätte er sie nie geheiratet. Ihr den Hof zu machen und sie dazu zu überreden, ihn zu heiraten, war etwa der Zähmung eines Wildpferdes gleichgekommen, nur war der Verlauf des Unternehmens subtiler gewesen. Sie war eigensinnig und verwöhnt; sie gehörte zu jenen Mädchen, die von Zeit zu Zeit wegen Mangels an Disziplin von ihren Schulen zu fliegen pflegen. Melinda war aus fünf Schulen geflogen und, als Vic sie mit zweiundzwanzig kennenlernte, immer noch des Glaubens gewesen, das Leben sei eine einzige Jagd nach dem Vergnügen. Ihr Rebellentum hatte aber zugleich etwas derart Unbändiges und Phantasievolles gehabt, daß Vic sich davon angezogen gefühlt hatte – irgendwo entsprach es seinem eigenen

Wesen. Jetzt hingegen schien ihr jeder Rest von Phantasie verlorengegangen zu sein, und ihre Rebellion bestand nur noch darin, kostbare Vasen an die Wand zu werfen. Die einzige im Hause noch verbliebene Vase war aus Metall, und auch die wies unter dem Email bereits verschiedene Dellen auf. Zuerst hatte sie es abgelehnt, ein Kind zu haben, dann wollte sie eines, dann wieder nicht, und schließlich, nach vier Jahren, als sie gerade wieder einmal eines wollte, hatte sie es auch bekommen. Die Geburt war glatt verlaufen, wie Vic vom Arzt erfahren hatte, aber Melinda hatte sich entsetzlich angestellt, obwohl Vic für die bestmögliche Pflege gesorgt und ihr wochenlang auf Kosten seiner Arbeit viel Zeit gewidmet hatte. Vic hatte sich wahnsinnig über das Kind gefreut, aber Melinda hatte sich geweigert, dem Kind mehr als ein Minimum an Aufmerksamkeit zukommen zu lassen oder zu zeigen, daß sie mehr an ihm interessiert war als an einem zugelaufenen kleinen Hund, den sie im Haus fütterte. Vic nahm an, daß das Konventionelle an ihrem neuen Status als Mutter und Ehefrau ihrer angeborenen rebellischen Natur einfach widersprach. Das Kind brachte Verantwortung mit sich, und Melinda wehrte sich gegen das Erwachsenwerden. Sie hatte dann dieses Gefühl dadurch abreagiert, daß sie sich einredete, sie liebe ihn nicht mehr so wie früher. Vic hatte große Geduld bewiesen, was ihm allerdings durch die Tatsache erleichtert wurde, daß er anfing, sie etwas langweilig zu finden. Sie hatte für keine seiner zahlreichen Interessen etwas übrig, und er war an sehr vielen Dingen interessiert – an Drucken und Buchbinden, an Bienen, an Käseherstellung, Schreinerarbeiten, klassischer Musik und guter Malerei, an Astronomie – er besaß ein wunderbares Teleskop – und an Gartenarbeit.

Als Beatrice ungefähr zwei Jahre alt war, fing Melinda eine Affäre mit Larry Osbourne an, einem jungen und nicht besonders intelligenten Reitlehrer an einer Reitschule unweit von Little Wesley. Monate vorher war sie schlechter Laune gewesen, dazu offensichtlich verwirrt und hilflos, aber sie hatte Vic, so sehr er auch in sie drang, niemals verraten, was sie bedrückte. Nachdem sie das Verhältnis mit Larry angefangen hatte, wurde sie wieder heiterer und gelöster und auch für Vic erträglicher, vor allem, als sie sah, wie ruhig er es aufnahm. Vic gab vor, ruhiger zu sein, als er eigentlich war; er fragte aber Melinda, ob sie eine Scheidung wolle. Melinda wollte keine Scheidung.

Zwei Stunden seiner Zeit und fünfzig Dollar legte Vic an, um das Problem in New York mit einem Psychiater durchzusprechen. Nach Meinung des Psychiaters würde Melinda, zumal sie selbst den Rat eines Psychiaters ablehnte, Vic nichts als Unglück bringen, und es würde schließlich doch zur Scheidung kommen, wenn Vic ihr nicht sehr energisch entgegentrat. Es ging jedoch gegen Vics Prinzipien, als Erwachsener einem anderen Erwachsenen energisch entgegenzutreten. Auch wenn Melinda irgendwo noch nicht ganz erwachsen war, wollte er sie dennoch wie eine Erwachsene behandeln. Von allem, was der Psychiater gesagt hatte, gab ihm nur eines zu denken: daß Melinda, wie viele Frauen nach dem ersten Kind, jegliches Interesse an dem Vater als Mann verlieren könnte, nachdem er ihr das Kind gegeben hatte. An sich war es ganz komisch, daß Melinda so primitiv-mütterliche Reaktionen zeigen sollte, und Vic mußte immer lächeln, wenn er an diese Worte des Psychiaters dachte. Vic hielt es für wahrscheinlicher, daß sie ihn aus reinem Widerspruchgeist ablehnte: sie wußte, daß er sie noch immer liebte und verweigerte ihm die Befriedigung, sich wiedergeliebt zu wissen. Vielleicht war Liebe auch das verkehrte Wort. Für das, was er für Melinda empfand, gab es eigentlich kein Wort; es war eine Mischung von Abneigung und Ergebenheit. All das, was der Psychiater sonst noch über die ›untragbare Situation‹ und die kommende Scheidung gesagt hatte, war für Vic lediglich ein Ansporn, ihn zu widerlegen. Er würde es dem Psychiater und der Welt schon beweisen, daß die Situation nicht untragbar war und daß es keine Scheidung geben würde. Und unglücklich würde er auch nicht werden. Die Welt war viel zu voll von interessanten Dingen.

Während Melindas fünfmonatiger Affäre mit Larry Osbourne zog Vic aus dem gemeinsamen Schlafzimmer in sein jetziges Zimmer neben der Garage um – gewissermaßen aus Protest gegen die Dummheit ihrer Affäre. Dummheit war eigentlich alles, was er an Larry auszusetzen hatte. Als aber ein paar Wochen vergangen waren und er sein Mikroskop und seine Bücher in dem neuen Zimmer um sich hatte und entdeckte, wie bequem es jetzt war, mitten in der Nacht, ohne auf Melinda Rücksicht nehmen zu müssen, aufstehen zu können, um die Sterne zu beobachten oder nach seinen Schnecken zu sehen, die nachts aktiver waren als am Tage, da reifte in Vic der Entschluß, nicht wieder zurück ins eheliche Schlafzimmer zu ziehen. Und als Melinda dann Larry den Laufpaß gab – genaugenommen hatte Vic den Verdacht, daß es umgekehrt gewesen sein könnte –, blieb er, wo er war. Einmal zeigte Melinda in keiner Weise, daß sie Wert auf seine nächtliche Anwesenheit legte, und dann wollte er sowieso nicht mehr zurück. Er war mit dieser Regelung durchaus zufrieden, und Melinda schien es ebenfalls zu sein. Sie war nicht so vergnügt wie in der Zeit mit Larry, aber ein paar Monate später hatte sie bereits einen neuen Liebhaber gefunden, einen jungen Mann namens Jo-Jo Harris, der Basedow-Augen hatte und für sehr kurze Zeit einen Schallplattenladen in Wesley besaß. Die Ära Jo-Jo dauerte von Oktober bis Januar. Melinda hatte zwar für mehrere hundert Dollar Platten in Jo-Jos Laden gekauft, aber offenbar reichte das nicht, um sein Geschäft vor dem Konkurs zu bewahren.

Vic wußte, daß einige Leute Melinda im Verdacht hatten, sie bliebe nur seines Geldes wegen bei ihm, und vielleicht spielte das auch wirklich bis zu einem gewissen Grade eine

Rolle. Aber das fand Vic nicht so wichtig. Er hatte noch nie viel Aufhebens von Geld gemacht. Sein Vermögen hatte er nicht selbst verdient; das hatte sein Großvater besorgt. Die Tatsache, daß sein Vater und er Geld hatten, war schließlich nur ein glücklicher Zufall – warum sollte also Melinda als seine Frau nicht auch das Recht auf einen glücklichen Zufall haben? Vics Einkommen betrug 40 000 Dollar im Jahr, und das seit seinem einundzwanzigsten Geburtstag. Es hatte auch nicht an versteckten Hinweisen gefehlt, daß man Melinda in Little Wesley nur deshalb so tolerant ihren Weg gehen ließ, weil man ihn, Vic, so schätzte; er weigerte sich, das zu glauben. Melinda war liebenswert genug, man durfte nur keine sprühende Konversation von ihr verlangen. Sie war großzügig, kein Spielverderber und auf Parties immer gern gesehen. Natürlich war Melinda wegen ihrer Affären nicht gerade populär; aber in Little Wesley, der Mutterstadt des jüngeren und wirtschaftlich regeren Wesley, das sechs Kilometer entfernt lag, war man vor lauter Angst, für puritanisch gehalten zu werden, ungewöhnlich frei von Prüderie. So hatte noch niemand Melinda jemals über die Achsel angesehen.

3

Ralph Gosden kam Samstagabend, eine Woche nach der Party bei Mellers, zum Abendessen. Er war ganz der alte; vergnügt, selbstsicher und noch aufgeräumter als sonst, weil er nach einer Abwesenheit von zehn Tagen, die er bei seiner Tante in New York verbracht hatte, wohl spürte, daß der Empfang bei den Van Allens nicht so lauwarm gewesen war wie beim letztenmal. Nach dem Essen gab er dann bald die Unterhaltung mit Vic über Atombunker auf; er hatte in New York eine Ausstellung von Modellen und dergleichen gesehen, aber offenbar nichts davon begriffen. Melinda legte einen neuen Satz Platten in den Plattenspieler ein. Dafür, daß es mindestens vier Uhr morgens war, sah Ralph glänzend aus, fand Vic; aber es würde vermutlich sein letzter Morgen in ihrem Hause sein. Ralph merkte nie, wann es an der Zeit gewesen wäre, aufzubrechen, denn er konnte am nächsten Tag so lange schlafen, wie er wollte. Trotzdem nahm es Vic mit ihm auf und blieb auch manchmal bis vier oder fünf und selbst sieben Uhr auf, einfach deshalb, weil es Ralph lieber gewesen wäre, mit Melinda allein zu bleiben. Auch Vic konnte, wenn er wollte, morgens lange schlafen, und er hatte Ralph zweierlei voraus: zwei oder drei Uhr früh war seine gewöhnliche Schlafenszeit, und er trank nie so viel, daß er besonders müde wurde.

Vic saß in seinem Lieblingssessel im Wohnzimmer und las im *New Wesleyan;* ab und zu warf er einen Blick über den Rand der Zeitung hinweg zu Ralph und Melinda hinüber, die tanzten. Ralph trug einen weißen Anzug, den er in New York gekauft hatte, und war schrecklich stolz darauf, daß er darin so gut aussah. In der Art und Weise, in der er zu Beginn jedes Tanzes Melinda um die Taille faßte, lag etwas Angriffslustiges, das neu war an ihm, und eine tollkühne Selbstgewißheit, die Vic an ein männliches Insekt erinnerte, das übermütig durch die letzten Augenblicke der Lust vor einem plötzlichen, gräßlichen Tod tanzt. Und die blödsinnige Musik, die Melinda aufgelegt hatte, paßte so gut dazu. Die Platte hieß *The Teddybears* und war eine von Melindas neuesten Errungenschaften. Aus irgendeinem Grunde fiel Vic der alberne Text jedesmal ein, wenn er unter der Dusche stand:

... hasch mich unter den Bäumen drauß' –
heute bleibt kein Teddybär zu Haus,
wenn die Teddybären Picknick machen ...

Mr. Gosden angelte sich seinen Drink von dem niedrigen Tisch und wollte sich ausschütten vor Lachen.

Vic seufzte. Trautes Heim, Glück allein – vorausgesetzt, daß dort niemals ein intelligentes Wort zu hören ist.

»Wo ist mein Johnny Halliday hingeraten?« nörgelte Melinda. Sie kniete vor dem Plattenschrank und wühlte unsystematisch darin herum. »Er ist nirgends zu finden!«

»Dort wird er wohl kaum sein«, meinte Vic, denn Melinda zog gerade eine Platte aus seinem eigenen Fach heraus. Sie betrachtete sie einen Augenblick verdöst, schnitt eine Grimasse und stellte sie zurück. Vic hatte ein eigenes kleines Fach unten im Schrank, wo er seine Concerti Grossi und Motetten von Bach, die Gregorianischen Gesänge und die Churchill-Reden aufbewahrte, und er versuchte, Melinda davon abzuhalten, sie zu spielen, denn die Sterblichkeitsquote lag bei Platten, die sie in die Hand nahm, ziemlich hoch. Die Gefahr war allerdings nicht sehr groß, denn sie machte sich ohnehin nichts aus ernster Musik. Trotzdem hatte er einmal, als sie sich anzog, um mit Ralph auszugehen, die Gregorianischen Gesänge aufgelegt. »Die bringen einen ja direkt in Selbstmordstimmung«, hatte sie wütend erklärt.

Ralph ging in die Küche, um sich noch einen Drink zurechtzumachen, und Melinda fragte:

»Liebling, hast du vielleicht vor, die *ganze* Nacht Zeitung zu lesen?«

Er sollte offenbar zu Bett gehen. Vic lächelte sie an. »Ich lerne gerade den Leitartikel auswendig. ›Angestellte dienen der Öffentlichkeit und sollten ihren Platz in der Gesellschaft kennen. Aber es ist noch niemals eine Schande gewesen, zu dienen, und . . .‹«

»O Gott, hör auf!«

»Wieso? Das ist von deinem Freund Reginald Dunlap. Du hast doch immer gesagt, er schriebe so gut.«

»Ich bin jetzt nicht in Stimmung für so was.«

»Reggie war offenbar auch nicht in Stimmung für so was, als er das schrieb.«

Als Revanche für den kleinen Seitenhieb auf ihren Freund, oder vielleicht auch ohne besonderen Grund, nur aus einer Laune heraus, drehte Melinda die Musik plötzlich ganz laut, so daß Vic zusammenfuhr. Dann entspannte er sich betont genießerisch und blätterte die Zeitung um, als störte ihn der Lärm nicht im geringsten. Ralph wollte die Tonstärke herunterdrehen, aber Melinda fiel ihm in den Arm und griff temperamentvoll nach seinem Handgelenk und küßte es. Sie tanzten wieder. Ralph hatte sich jetzt Melindas Stimmung gefügt, er garnierte seine Schritte mit entsprechenden Hüftbewegungen und lachte röhrend, was in dem tosenden Lärm jedoch völlig unterging. Vic sah nicht hin zu Ralph, spürte aber dessen gelegentliche Blicke und die Mischung aus mildem Spott und Angriffslust, die darin lag – die Angriffslust vor allem, die langsam, aber sicher mit jedem Drink wuchs und das bißchen Haltung, das er zu Anfang des Abends noch gezeigt hatte, zunichte machte. Melinda trieb ihn an dabei, mit voller Absicht und systematisch: Reiz den Alten, zeig es ihm!, ging aus ihrem eigenen Verhalten deutlich hervor. Tritt ihn, er wird sich nicht wehren; er ist nicht aus seinem Sessel loszueisen, er wird sich überhaupt nicht rühren – warum soll man ihn nicht beleidigen?

Vic ging durchs Zimmer und holte sich in aller Gemütsruhe *Die sieben Säulen der Weisheit* aus dem Bücherbord. In diesem Augenblick erschien Trixie in der Tür. Sie hatte nur ihren Schlafanzug an.

»Mammi!« brüllte sie, aber Mammi hörte und sah sie nicht. Vic beugte sich zu ihr hinunter. »Was gibt's, Trixie?«

»Ich kann nicht schlafen bei dem Krach!« schrie sie entrüstet.

Melinda rief irgend etwas, ging dann zum Plattenspieler und stellte ihn leiser. »So. – Was ist los, Trixie?« fragte sie.

»Ich kann nicht schlafen«, beklagte sich Trixie.

»Sag ihr, daß das eine höchst unberechtigte Beanstandung ist«, schlug Vic vor.

»Na schön . . . Ich mach's schon leiser«, sagte Melinda.

Trixie starrte ihre Mutter vorwurfsvoll aus schlaftrunkenen Augen an und sah dann zu Ralph hin. Vic streichelte ihre festen, schmalen Hüften.

»Willst du dich nicht gleich wieder ins Bett legen, damit du für das Picknick morgen ausgeschlafen bist?« schlug er vor.

Der Gedanke an das Picknick lockte ein Lächeln hervor, aber Trixie ließ Ralph nicht aus den Augen. »Hast du mir das Nähzeug aus New York mitgebracht, Ralph?«

»Leider nicht, Trixie«, erwiderte Ralph mit verlogener Freundlichkeit, »aber ich kann dir ganz bestimmt hier in Little Wesley eins besorgen.«

»Das wirst du nicht tun«, sagte Melinda. »Sie wüßte genausowenig damit anzufangen, wie . . .«

»Du«, beendete Vic den Satz für sie.

»Sie sind ausgesprochen liebenswürdig heute abend, Mr. Van Allen«, erklärte Melinda eisig.

»Ich bitte um Verzeihung.« Vic war mit Absicht grob geworden, um sozusagen das psychologische Klima für die Geschichte vorzubereiten, die er Ralph erzählen wollte. Ralph sollte inzwischen ruhig denken, Vic sei mit seiner Geduld am Ende.

»Bleibst du zum Frühstück, Ralph?« fragte Trixie und ließ sich in Vics Armen von einer Seite auf die andere fallen.

Ralph fing an zu lachen. Es klang nicht echt.

»Hoffentlich«, antwortete Vic für ihn. »Wir wollen doch unsere Gäste nicht mit leerem Magen nach Hause schicken, nicht wahr, Trixie?«

»N-nein, und Ralph ist immer so komisch beim Frühstück.«

»Was macht er denn?« fragte Vic.

»Er longiert mit den Eiern.«

»Jongliert, meint sie«, erklärte Ralph.

»So? Na, dann werde ich wohl dafür aufbleiben müssen, das muß ich mir ansehen«, meinte Vic. »Komm jetzt, Trixie, marsch ins Bett! Es ist gerade so schön still jetzt, das mußt du ausnutzen.« Trixie ging bereitwillig mit ihm mit. Sie liebte es sehr, von ihm ins Bett gebracht zu werden; er holte ihr dann das Känguruh, mit dem sie zu schlafen pflegte, und steckte es ihr unter die Bettdecke, und gab ihr zum Schluß immer auf beide Backen und auf die Nase einen Gutenachtkuß. Vic war sich darüber klar, daß er sie verwöhnte. Trixie wurde aber andererseits von ihrer Mutter nur sehr kühl behandelt, so daß er fand, er könnte ruhig versuchen, das auszugleichen. Er vergrub seine Nase in ihrem weichen kleinen Hals und hob dann lächelnd den Kopf.

»Können wir nicht morgen im Steinbruch picknicken, Daddy?«

»Lieber nicht, der Steinbruch ist zu gefährlich.«

»Warum?«

»Stell dir vor, es kommt ein ganz großer Wind, und dann werden wir alle weggeblasen.«

»Das schadet doch nichts. – Kommt Mammi mit?«

»Ich weiß nicht, hoffentlich.«

»Und Ralph?«

»Wahrscheinlich nicht.«

»Hast du Ralph gern?«

Im Schein der als Karussell bemalten Nachttischlampe konnte er die braunen Flecken in ihren grünen Augen erkennen; sie hatte die Augen ihrer Mutter. »Hm, ich weiß nicht so recht. Du?«

»Ich auch nicht«, meinte sie unsicher. »Jo-Jo hatte ich lieber.«

Es versetzte ihm einen kleinen Stich, daß sie sich noch an Jo-Jo erinnern konnte. »Ich weiß auch genau, warum du ihn gern gehabt hast. Er hat dir zu Weihnachten so viele Geschenke mitgebracht. Deshalb soll man aber Menschen nicht gern haben, weißt du. Ich bringe dir doch auch viele Geschenke mit, nicht?«

»O Daddy, dich habe ich doch am allerliebsten!«

Das war nun wirklich zu einfach, dachte Vic. Sie wurde immer leichter zu nehmen. Vic lächelte, als er sich überlegte, wie erfreut Trixie sein würde, wenn er ihr erzählte, daß er Malcolm McRae umgebracht hätte. Trixie hatte Mal nie gemocht, einfach weil er sie auch nicht gemocht hatte. Und da er ein Geizhals erster Güte gewesen war, hatte er ihr auch nie etwas mitgebracht. Trixie würde in ein Freudengebrüll ausbrechen, wenn er ihr erzählte, er hätte ihn ermordet. Seine Aktien bei ihr würden um 200 Prozent steigen. »Schlaf jetzt lieber«, sagte Vic und erhob sich vom Bett. Er küßte sie auf beide Backen, auf die Nasenspitze und dann auf ihr Haar. Trixies Haar hatte jetzt die gleiche Farbe wie das ihrer Mutter, es würde aber wahrscheinlich noch ein bißchen dunkler werden, wie das seine. Es wuchs glatt von einem scheitellosen Wirbel herunter und sah genauso aus, wie es bei einem sechsjährigen Gör auszusehen hatte, fand Vic, obwohl Melinda immer darüber klagte, daß es so schwer in Locken zu legen sei. »Schläfst du schon?« flüsterte er.

Trixies Wimpern lagen auf den Wangen. Er drehte das Licht aus und ging auf den Zehenspitzen zur Tür.

»Nein«, schrie Trixie und kicherte.

»So? Dann schlaf aber jetzt, bitte. Ganz im Ernst.«

Stille. Eine gute Stille. Er ging hinaus und schloß leise die Tür.

Melinda hatte eine Lampe ausgemacht, und das Wohnzimmer war dunkler als zuvor. Sie tanzte mit Ralph in langsamen, schleifenden Schritten. Es war fast vier Uhr.

»Wie steht's um Ihren Drink, Ralph?« fragte Vic.

»Wie bitte? Ach so, danke. Ich glaube, ich habe genug getrunken.«

Es wäre völlig verfehlt gewesen, daraus zu schließen, Mr. Gosden hätte etwa schon die Absicht, sich zu verabschieden – nicht bereits um vier Uhr morgens. Melinda hatte Ralph die Arme um den Hals gelegt. Vermutlich hat sie beschlossen, besonders nett zu ihm zu sein, weil sie denkt, ich hätte gestern diesem Joel Nash irgendwelche Grobheiten gesagt, dachte Vic. Sie würde Ralph bestimmt zum Bleiben ermutigen, sicher bis zum Frühstück, auch wenn er vor lauter Müdigkeit kaum noch die Augen aufhalten konnte. »Bleiben Sie noch, Ralph, bitte. Ich mag nicht ins Bett heute nacht.« Und natürlich würde er bleiben. Bisher waren noch alle geblieben – selbst die, welche am nächsten Morgen in irgendein Büro gehen mußten, und Mr. Gosden wurde in keinem Büro erwartet. Schließlich stiegen, je später es wurde, die Chancen, daß Vic doch endlich in sein Zimmer gehen würde. Vic hatte Melinda und Ralph schon oft um sechs Uhr früh allein gelassen, weil er sich sagte, wenn sie schon die ganze Nacht miteinander verbracht hatten, warum sollte er ihnen nicht noch weitere zweieinhalb Stunden bis zum Frühstück gönnen. Vielleicht war es kleinlich und ärgerte Melindas Besucher, wenn er die ganze Nacht hindurch im Wohnzimmer bei ihnen saß, aber irgendwie hatte er es nie über sich gebracht, sich ihnen zu Gefallen aus seinem eigenen Haus verdrängen zu lassen, und außerdem las er bei diesen Gelegenheiten immer ein bis zwei Bücher aus, so daß die Zeit nicht verschwendet war.

Heute verspürte Vic einen starken, ganz primitiven Haß auf Ralph Gosden, wie er ihn nie empfunden hatte. Er dachte an die Unmengen von Whisky, die Mr. Gosden auf seine, Vics, Kosten getrunken hatte. Er dachte an die vielen Abende, die ihm Mr. Gosden verdorben hatte. Er stand auf, stellte sein Buch zurück und ging ruhig zu der Tür, die zur Garage führte. Hinter ihm waren Melinda und Ralph praktisch damit beschäftigt, einander abzuknutschen. Sein wortloser Aufbruch konnte verschieden ausgelegt werden: a) er wollte sie nicht in Verlegenheit bringen; b) er konnte möglicherweise gleich zurückkommen; c) er war über ihr Benehmen zu verärgert, um gute Nacht zu sagen. Korrekt war Möglichkeit b), aber auf diesen Gedanken konnte nur Melinda kommen; Ralph Gosden hatte es niemals erlebt, daß Vic gegangen und später zurückgekommen war. Das hatte Vic bisher nur bei Jo-Jo getan.

Vic knipste das Licht in der Garage an und ging langsam hindurch; er betrachtete seine Blumenkästen, das Terrarium mit den Schnecken, die durch das feuchte Gewirr von keimendem Hafer und Bermudagras glitten, in dem sie lebten; betrachtete den offenstehenden Kasten auf der Werkbank, in dem sein elektrischer Bohrer lag, sah zu dem übrigen Werkzeug hinüber – alles war da, alles war an seinem Platz.

Sein Zimmer wirkte fast so streng und funktionell wie die Garage. Ein einfaches Bett mit einer dunkelgrünen Tagesdecke, ein Stuhl, ein ledergepolsterter Sessel vor dem riesigen Schreibtisch, auf dem Lexika, Handbücher für Schreinerei, Tintenfässer, Federhalter und Bleistifte, Rechnungsbücher, bezahlte und unbezahlte Rechnungen in mustergültiger Ordnung verteilt waren. An den Wänden hingen keine Bilder, nur ein anspruchsloser Werbekalender von einer örtlichen Holzfirma war über dem Schreibtisch befestigt. Vic verfügte über die Fähigkeit, nach Wunsch zu schlafen und ohne Wecker aufzuwachen, wann er wollte. Er sah auf seine Armbanduhr und beschloß, in einer halben Stunde, um siebzehn Minuten vor fünf, aufzuwachen. Er legte sich aufs Bett und entspannte sich methodisch von Kopf bis Fuß.

Innerhalb einer Minute war er eingeschlafen. Er träumte, er sei in der Kirche. Mellers waren auch da. Horace Meller lächelte und gratulierte ihm zu dem Mord an Malcolm McRae. Ganz Little Wesley war in der Kirche, und alle lächelten ihm zu. Vic wachte auf und lächelte über sich selbst. Es war ein absurder Traum. Er ging nie in die Kirche. Vor sich hinpfeifend kämmte er sich, zog sein Hemd unter dem blaßblauen Kaschmirpullover zurecht und schlenderte zurück durch die Garage.

Ralph und Melinda saßen in der einen Sofaecke, das heißt, sie hatten anscheinend fast gelegen, denn beide setzten sich bei seinem Anblick ruckartig auf. Ralphs Augen hatten inzwischen rote Ränder; er starrte Vic trunken-ungläubig und voller Abneigung an.

Vic ging zum Bücherbord, beugte sich vor und suchte offensichtlich ein bestimmtes Buch.

»Willst du denn immer noch lesen?« erkundigte sich Melinda.

Vic murmelte etwas Undeutliches und fragte: »Keine Musik mehr?«

»Ich wollte gerade gehen«, sagte Ralph heiser und stand auf. Er sah erschöpft aus, zündete sich aber eine Zigarette an und schmiß das Streichholz wütend in die ungefähre Richtung des Kamins.

»Ich will aber nicht, daß du gehst.« Melinda griff nach seiner Hand, aber Ralph entwand sich ihr und trat leicht schwankend einen Schritt zurück.

»S-schon furchtbar spät«, murmelte er.

»Praktisch Zeit für's Frühstück«, pflichtete ihm Vic fröhlich bei. »Kann ich jemand für Rühreier erwärmen?«

Er bekam keine Antwort. Er zog den Taschenbuch-Weltalmanach aus dem Regal, ein Buch, in dem er immer mit Vergnügen herumschmökern konnte, und begab sich zu seinem Sessel.

»Eigentlich solltest du allmählich müde sein«, meinte Melinda und betrachtete ihn genauso vorwurfsvoll, wie es kurz zuvor Ralph getan hatte.

»Aber nein.« Vic schlug die Augen munter auf. »Ich habe doch gerade ein bißchen geschlafen.«

Ralph sank bei dieser Auskunft sichtlich in sich zusammen und stierte Vic mit einem so fassungslosen Ausdruck an, als wollte er nun wirklich die Waffen strecken. Er sah aus, als würde er Vic am liebsten auf der Stelle umbringen. Vic kannte diesen Blick; er hatte ihn schon bei Jo-Jo gesehen und sogar in Larry Osbournes hagerem, ausdruckslosem Gesicht; Vics dämonische gute Laune pflegte diesen Blick auszulösen, wenn er mit klaren Augen und nüchtern um fünf Uhr morgens vor ihnen stand, während sie sich auf dem Sofa quälten und trotz aller Anstrengung immer mehr in sich zusammensanken. Ralph nahm sein volles Glas und trank es in einem Zug bis zur Hälfte aus. Jetzt wird er bis zum bitteren Ende bleiben, vermutete Vic; schon aus Prinzip. Es war ja schließlich beinahe sechs; was hatte es für einen Sinn, sich jetzt noch hinzulegen? Der Tag war sowieso ruiniert. Vielleicht würde er zusammenklappen, aber bleiben würde er bestimmt. Er war auch viel zu betrunken, um sich klarzumachen, daß er ungestört den ganzen Nachmittag mit Melinda zusammen sein konnte, wenn er wollte.

Plötzlich, während ihn Vic beobachtete, taumelte Ralph rückwärts, als hätte ihn eine unsichtbare Kraft gestoßen, und setzte sich schwer auf's Sofa zurück. Sein Gesicht glänzte vor Schweiß. Melinda zog ihn an sich, legte den Arm um seine Schulter und begann, seine Schläfen zu massieren; Ralphs Körper war völlig erschlafft, nur der Mund war noch entschlossen zusammengepreßt, und er hielt den Blick bohrend auf Vic gerichtet, als versuche er, sich dadurch bei Bewußtsein zu halten, daß er einfach auf etwas Bestimmtes starrte.

Vic lächelte Melinda an. »Vielleicht sollte ich die Rühreier doch machen. Er scheint's gebrauchen zu können.«

»Er ist vollkommen in Ordnung«, erklärte Melinda trotzig.

Vic ging, einen gregorianischen Gesang vor sich hinsummend, in die Küche und setzte Kaffeewasser auf. Er hielt die Whiskyflasche hoch und stellte fest, daß Ralph sie fast ausgetrunken hatte. Er ging ins Wohnzimmer zurück. »Wie möchten Sie Ihre Eier, Ralph – außer jongliert?«

»Wie möchtest du deine Eier, Darling?« fragte Melinda.

»Ach bloß – bloß jongliert«, murmelte Ralph.

»Einmal jonglierte Eier«, wiederholte Vic. »Und du, Pussy?«

»Sag nicht immer Pussy zu mir!«

Es war ein alter Kosename; Vic hatte ihn jahrelang nicht benutzt. Melindas Augen unter den dichten blonden Brauen starrten ihn feindselig an. Nein, sie war nicht mehr die kleine Pussy von damals, aus den ersten Tagen ihrer Ehe, oder auch von vorhin, vor ein paar Stunden. Der Lippenstift war verschmiert und die Spitze der langen, leicht nach oben gebogenen Nase glänzte rot, als sei etwas Farbe auch dorthin geraten. »Wie willst du also deine Eier?« fragte er.

»Ich will gar keine.«

Er verrührte vier Eier mit Sahne für sich und Melinda. Ralph war sowieso nicht in der Lage, etwas zu essen. Aber er machte nur ein Stück Toast, weil er wußte, daß Melinda jetzt keinen Toast essen würde. Er wartete auch nicht, bis der Kaffee ganz durchgelaufen war; Melinda würde jetzt doch keinen trinken. Er und Ralph konnten ja später Kaffee trinken. Er brachte die Rühreier, mit Salz und Pfeffer bestreut, auf zwei vorgewärmten Tellern ins Wohnzimmer. Melinda lehnte ab, aber er setzte sich neben sie auf's Sofa und fütterte sie mit kleinen Bissen. Jedesmal, wenn die Gabel hochkam, öffnete sie folgsam den Mund. Ihre Augen waren die ganze Zeit starr auf ihn gerichtet; es war der Blick eines wilden Tieres, das dem Menschen gerade genug traut, um das Futter auf eine Entfernung von Armeslänge hinzunehmen, und das nur, wenn jede Bewegung des Fütternden langsam und sanft ist. Mr. Gosdens rotblonder Kopf lag jetzt in ihrem Schoß. Er schnarchte mit offenem Mund. Er war kein besonders hübscher Anblick.

Beim letzten Bissen wandte Melinda den Kopf ab; das hatte er gewußt. »Na komm – der letzte«, sagte Vic. Sie aß ihn.

»Ich denke, Mr. Gosden bleibt besser hier«, meinte Vic. Zu was anderem war Mr. Gosden ohnehin nicht in der Lage.

»Klar bleibt er.« Melinda sprach nicht mehr sehr deutlich.

»Schön, dann legen wir ihn richtig hin.«

Melinda erhob sich, um ihn allein auf der Couch zurechtzurücken, aber in ihrem Zustand waren seine Schultern zu schwer für sie. Vic mußte eingreifen.

»Schuhe ausziehen?« fragte er.

»Laß die Fin ... die Finger weg!« Melinda beugte sich unsicher über Ralph und fing an, seine Schuhbänder zu lösen.

Ralphs Schultern fingen an zu zittern; seine Zähne klapperten leise.

»Er friert. Ich hole lieber eine Decke.«

»Nein, *ich* hol sie ...« Melinda taumelte davon, wollte offenbar in ihr Zimmer, vergaß jedoch ihre Absicht und verschwand im Bad.

Vic zog Ralph den anderen Schuh aus und ging dann in Melindas Zimmer, um das Plaid zu holen, das dort immer irgendwo herumlag. Jetzt lag es auf dem Boden vor dem ungemachten Bett. Das Plaid hatte er ihr vor sechs oder sieben Jahren zum Geburtstag geschenkt. Sein Anblick erinnerte Vic an Picknicks, an einen glücklichen Sommer, den sie in Maine verbracht hatten, an einen Winterabend, an dem aus irgend einem Grunde die Heizung ausgegangen war, und sie zusammen unter dem Plaid vor dem Kamin gelegen hatten. Er zögerte einen Augenblick und überlegte, ob er statt des Plaids nicht die grüne Wolldecke vom Bett nehmen sollte; dann dachte er, daß es schließlich egal war und er genausogut das Plaid nehmen konnte. Melindas Zimmer war in dem üblichen Zustand totaler Unordnung, der ihn gleichermaßen abstieß und interessierte. Er wäre gern noch einen Augenblick geblieben, um sich umzusehen – er kam nur noch so selten in Melindas Zimmer –, aber dann machte er doch kehrt, ging hinaus und schloß die Tür hinter sich. Im Badezimmer lief Wasser, und er hoffte, daß Melinda nicht schlecht geworden war.

Ralph saß mit irrem Blick aufrecht, er zitterte wie im Fieber.

»Möchten Sie einen Kaffee?«

Ralph antwortete nicht. Vic legte ihm das Plaid um die Schultern, und Ralph lehnte sich schwach zurück und versuchte, die Beine hochzuziehen. Vic mußte ihm dabei helfen.

»Sie sind 'n guter Kerl«, murmelte Ralph.

Vic lächelte dünn und setzte sich ans andere Ende des Sofas. Melinda schien es nun doch schlecht geworden zu sein; die Geräusche aus dem Badezimmer hörten sich so an.

»Hätten mich längst rausschmeißen soll'n. Wenn einer nicht weiß, was er verträgt...« Ralph machte Anstalten, aufzustehen, und Vic stützte sich wie versehentlich auf die Beine des Liegenden.

»Ach, das macht doch nichts«, beruhigte ihn Vic.

»Ich müßte – am besten wär ich tot.« Tränen standen in Ralphs blauen Augen und ließen sie noch glasiger aussehen. Die dünnen Augenbrauen zuckten. Er war offenbar in einer Art Trance der Selbstzerfleischung, in der er es geradezu genossen hätte, wenn ihn einer beim Kragen und Hosenboden gepackt und aus dem Hause geworfen hätte.

Vic räusperte sich und lächelte leicht.

»Ach, wissen Sie«, sagte er freundlich, »damit gebe ich mich nicht ab. Ich schmeiße keinen raus, wenn er mir nicht paßt...« Er rückte etwas dichter an Ralph heran. »Wenn mir einer nicht paßt – wegen Melinda zum Beispiel...« Er machte eine Kopfbewegung zum Badezimmer hinüber – »... dann bringe ich ihn um.«

»Recht haben Sie«, stimmte Ralph ernsthaft zu, als hätte er es verstanden. »Sollnse auch. Weil ich doch Sie und Melinda als Freunde behalten will. Alle beide. Ich mag Sie. Wirklich.«

»Ich bringe die Leute einfach um, wenn ich sie nicht mag.« Vic sprach jetzt leiser; er beugte sich lächelnd über Ralph.

Ralph lächelte zurück. Er war von seinem Charme überzeugt.

»Wie Malcolm McRae zum Beispiel. Den habe ich umgebracht.«

»Malcolm?« Ralph schien erstaunt.

Er kannte die Geschichte von Mal, das wußte Vic. »Ja, hat es Ihnen Melinda nicht erzählt? Ich habe ihn in seiner Wohnung umgebracht. Mit einem Hammer. Wahrscheinlich haben Sie in der Zeitung darüber gelesen. Im vergangenen Winter war das. Er war mir zu vertraulich mit Melinda geworden, wissen Sie.«

Es war nicht klar zu erkennen, ob er jetzt begriffen hatte. Ralph zog jedenfalls die Brauen eng zusammen. »Ja, ich erinnere mich . . . Den haben *Sie* . . .«

»Ja, ich. Er fing an, mit Melinda zu flirten. Öffentlich.« Vic warf Melindas Feuerzeug in die Luft und fing es wieder auf, einmal, zweimal, dreimal, viermal. Ja, langsam sickerte es ein. Ralph stützte sich auf den einen Ellbogen.

»Weiß Melinda davon?«

»O nein, das weiß keiner«, flüsterte Vic. »Erzählen Sie's ihr bloß nicht.«

Ralphs Stirnrunzeln vertiefte sich. Es war wohl ein bißchen viel für ihn in seinem Zustand, dachte Vic, aber er hat's kapiert . . . Ralph biß die Zähne zusammen und riß die Füße mit einem Ruck unter Vics Arm hervor. Er wollte weg.

Vic reichte ihm wortlos die Schuhe. »Soll ich Sie nach Hause fahren?«

»Ich kann selbst . . .« Ralph stolperte bei dem Versuch, die Schuhe anzuziehen, und mußte sich schließlich wieder setzen. Dann stand er auf und taumelte zur Tür. Vic ging ihm nach und gab ihm seinen Hut.

»Gu'nachtundvielendang«, murmelte Ralph; die Worte schlurrten ineinander.

»Danke für Ihren Besuch. Und vergessen Sie nicht: Kein Wort zu Melinda – von dem, was ich Ihnen erzählt habe. Gute Nacht, Ralph.« Vic sah zu, wie Ralph in sein offenes Kabriolett kroch und abbrauste; er kam ins Schleudern, fing den Wagen aber wieder und verschwand um die nächste Biegung. Vic war es gleichgültig, ob er den Wagen in den Bärensee fuhr oder nicht. Die Sonne ging gerade in leuchtendem Orange über den Wäldern auf.

Im Badezimmer war es jetzt still. Vermutlich saß Melinda

auf dem Fußboden und wartete auf das Ende des Anfalls, wie sie das immer machte. Nach einer Weile ging Vic zum Badezimmer und rief: »Alles in Ordnung, Liebling?« Er bekam eine einigermaßen klar gemurmelte Bejahung als Antwort. Er ging in die Küche und goß sich eine Tasse Kaffee ein. Er trank gern Kaffee; er konnte sogar schlafen hinterher.

Melinda kam im Morgenrock aus dem Badezimmer; sie sah besser aus als vor einer halben Stunde. »Wo ist Ralph?«

»Ralph hat sich doch entschlossen, nach Hause zu fahren. Er läßt dich grüßen und bedankt sich, es sei sehr nett gewesen.«

»Ach . . .« Sie sah enttäuscht drein.

»Ich hatte ihn mit dem Plaid zugedeckt, und nach einer Weile wurde ihm besser«, fügte Vic hinzu.

Melinda kam zu ihm und legte die Hände auf seine Schultern. »Du warst sehr lieb zu ihm heute abend.«

»Freut mich. Aber du hast vorhin gesagt, ich sei unhöflich gewesen.«

»Du bist nie unhöflich.« Sie gab ihm einen Kuß auf die Backe. »Nacht, Vic.«

Er blickte ihr nach, als sie in ihr Zimmer ging und fragte sich, was Ralph ihr wohl morgen berichten würde. Selbstverständlich würde er ihr alles erzählen. Er war genau der Typ dazu. Melinda würde ihn vermutlich in ein paar Minuten anrufen, wie immer, wenn sie nicht vorher einschlief. Aber Vic bezweifelte, daß Ralph es ihr am Telefon erzählen würde.

4

Vic war überrascht, wie schnell die Geschichte die Runde machte, wie sehr sich jeder für sie interessierte – vor allem Leute, die ihn kaum kannten –, und daß niemand einen Finger rührte oder zum Telefon griff, um die Polizei zu benachrichtigen. Es gab natürlich auch Leute, die Melinda und ihn gut genug kannten, um zu begreifen, warum er die Geschichte erzählt hatte, und die sich köstlich darüber amüsierten. Selbst der alte Mr. Hansen, ihr Kolonialwarenhändler, fand sie komisch. Wieder andere, die Melinda und ihn gar nicht oder nur vom Hörensagen kannten, machten vermutlich lange Gesichter und neigten zu der Ansicht, daß er hinter Schloß und Riegel gehörte – ganz gleich, ob etwas Wahres an der Geschichte war oder nicht. Vic schloß das aus einigen der Blicke, die ihm unterwegs zugeworfen wurden. Bereits vier Tage, nachdem er Ralph den Bären aufgebunden hatte, war Vic zu so etwas wie einer lokalen Berühmtheit geworden. Leute, die er nie gesehen oder niemals bemerkt hatte, blickten ihn jetzt mit großen Augen an, wenn er vorbeifuhr – sein Wagen war ein alter guterhaltener Oldsmobile, also ohnehin auffallend in einer Gegend, wo die meisten Leute neuere Wagen besaßen – und machten flüsternd andere auf ihn aufmerksam. Fremde lächelten selten dabei; um so mehr Lächeln sah er bei Bekannten und Freunden.

Ralph Gosden hatte sich unterdessen nicht blicken lassen. Er hatte Melinda sofort angerufen, nachdem er zu Hause angelangt war, und auf einer Verabredung für den gleichen Tag bestanden; sie war dann fortgefahren, um ihn irgendwo zu treffen. Vic und Trixie waren zum Bärensee gefahren, hatten allein am Strand gepicknickt, und Vic hatte sich lange mit dem Bootsverleiher dort unterhalten und mit ihm vereinbart, daß Trixie den ganzen Sommer über ein Kanu mieten durfte. Als sie dann nach Hause kamen, war Melinda schon zurück, und die Hölle brach los. Ralph hatte ihr berichtet, was ihm Vic erzählt hatte, und Melinda hatte Vic angeschrien: »Das ist das *Dümmste* . . . das *Gemeinste* . . . das *Idiotischste,* was ich je gehört habe!« Vic nahm ihre Schimpfkanonade ruhig auf. Es war ihm klar, daß sie wahrscheinlich deshalb so wütend war, weil Ralph sich als Feigling erwiesen hatte. Er sah die Szene geradezu vor sich: *Ich weiß, daß es nicht stimmt, Liebling, aber man sieht doch, daß er mich loswerden will; deshalb ist es wohl besser ... – Es ist mir ganz egal, was er will! Aber, na schön, wenn du zu feige bist ...* Und Melinda war vermutlich während dieser Unterhaltung klargeworden, daß Vic die gleiche Geschichte schon Joel Nash erzählt haben mußte.

»Glaubt denn Ralph wirklich, daß ich McRae umgebracht habe?« fragte Vic.

»Natürlich glaubt er das nicht. Er denkt nur, daß du ein gemeiner Kerl bist oder nicht ganz richtig im Kopf.«

»Aber komisch findet er es nicht ...« Vic schüttelte bedauernd den Kopf. »Wie schade.«

»Was soll denn komisch daran sein?« Melinda stand breitbeinig mitten im Wohnzimmer, die Hände in die Hüften gestemmt.

»Na ja, du hättest wahrscheinlich hören müssen, wie ich es ihm erzählt habe, dann hättest du es auch komisch gefunden.«

»Ach, wirklich? Hat es Joel vielleicht komisch gefunden?«

»Offenbar nicht. Es scheint ihn jedenfalls aus der Stadt verscheucht zu haben.«

»Und das wolltest du erreichen, was?«

»Ehrlich gesagt, ja.«

»Und bei Ralph war's genau dasselbe, was?«

»Ach, weißt du – ich fand sie eben beide entsetzlich dumm und wirklich unter deiner Würde ... Der gute Ralph hat's also auch mit der Angst gekriegt?«

»Der? Bild dir bloß keine Schwachheiten ein. Kein Mensch glaubt so einen Unsinn.«

Vic verschränkte die Hände hinter dem Kopf und lehnte sich im Sessel zurück. »Immerhin, Joel Nash muß es wohl geglaubt haben. Schließlich ist er ja verschwunden. Es spricht zwar nicht für seine Intelligenz, aber ich habe ihn ja nie für besonders intelligent gehalten.«

»Natürlich nicht. Du bist der einzige intelligente Mensch auf der weiten Welt.«

Vic lächelte gutmütig. »Was hat Joel denn gesagt?« fragte er und sah aus ihrer Bewegung, aus der Art, mit der sie sich aufs Sofa warf, daß Joel Nash ihr überhaupt nichts gesagt hatte.

»Und Ralph?«

»Er findet, es war entschieden unfreundlich von dir, und ...«

»Entschieden unfreundlich, so ... Jetzt hör mal gut zu, Melinda: Er ging mir entschieden auf die Nerven; ich habe es endlich satt, mehrmals in der Woche Rindviecher seines Schlages zu füttern und zu tränken und mir die Nächte in ihrer Gesellschaft um die Ohren zu schlagen. Ihr dummes Geschwätz hängt mir entschieden zum Hals heraus, und ich finde es entschieden albern, daß sie mich für dämlich genug halten, nicht zu merken, was sie mit dir im Sinn haben. Ich finde das alles ganz entschieden zum Kotzen!«

Melinda starrte ihn einen Augenblick lang fassungslos an. Dann verbarg sie das Gesicht in den Händen und ließ ihren Tränen freien Lauf.

Vic kam zu ihr herüber und legte ihr die Hand auf die Schulter. »Warum weinst du, Liebes? Sind Burschen wie Joel Nash und Ralph das wirklich wert?«

Sie warf den Kopf hoch. »Es ist gar nicht wegen Joel und Ralph. Es ist nur, weil es so ungerecht ist ...«

»Sic«, murmelte Vic unwillkürlich.

»Was soll das heißen – sic?«

Vic seufzte und zerbrach sich den Kopf, ohne daß ihm etwas Tröstliches eingefallen wäre. Es hatte ja keinen Sinn zu sagen: *Ich bin ja noch da, und ich liebe dich doch* ... Das war ihr im Augenblick völlig gleichgültig. Es würde ihr vielleicht nie mehr wichtig sein. Und er wollte ihr ja auch keinen Knüppel zwischen die Beine werfen. Er war durchaus bereit, ihr einen Liebhaber zu gönnen, solange es ein anständiger Kerl war, der wenigstens ein bißchen Grütze im Kopf hatte. Aber es stand zu befürchten, daß Melinda diesen Typ nie wählen ... richtiger, daß dieser Typ nie Melinda wählen würde. An sich hätte Vic sich durchaus eine saubere, faire Regelung vorstellen können, bei der alle drei Beteiligten glücklich sein und sogar aus den gegenseitigen Beziehungen hätten Gewinn ziehen können. Aber das war etwas, was höchstens ein kultivierter Europäer verstanden hätte.

»Weißt du, neulich habe ich in der Zeitung was über eine ménage à trois gelesen«, sagte er freundlich. »Ich habe natürlich keine Ahnung, was das für Leute waren, aber der Ehemann und der Liebhaber waren sehr gute Freunde, und bei einem Autounfall kamen sie beide zusammen um. Die Frau ließ sie auf der gleichen Grabstätte beisetzen und reservierte dort auch noch einen Platz für sich selber, wenn sie mal starb, und auf den Grabstein ließ sie setzen: ›Sie lebten glücklich zusammen.‹ Du siehst also, es geht. Ich wollte nur, du würdest dir einen Mann aussuchen, der ein bißchen Grips im Kopf hat – meinetwegen auch mehrere, wenn du willst. Meinst du nicht, daß das möglich wäre?«

»Ja«, sagte sie unter Tränen, und er wußte, sie hatte gar nicht zugehört.

Das war am Sonntag gewesen. Vier Tage später schmollte Melinda noch immer, aber er war davon überzeugt, daß sie sich in Kürze wieder fangen würde, wenn er sie richtig behandelte. Sie war viel zu vital und viel zu vergnügungssüchtig, um sich allzu lange einem Kummer zu überlassen. Er besorgte Karten für zwei Musicals in New York, obwohl er selbst viel lieber zwei andere Stücke gesehen hätte, die auf dem Spielplan waren. Die würde er sich eben später einmal ansehen. Sie hatten jetzt, wo Melinda abends weder beschäftigt noch müde war, so viel Zeit. An dem Tag, an dem er nach New York gefahren war, um die Karten zu besorgen, hatte er auch dem Zeitungsarchiv in der Stadtbibliothek einen Besuch abgestattet und den Mordfall McRae noch einmal nachgelesen, weil er viele der Einzelheiten längst vergessen hatte. Er erfuhr dabei, daß der Fahrstuhlführer in

McRaes Appartmenthaus der einzige Mensch war, der den Mörder gesehen hatte, und er hatte ihn nur sehr vage als ziemlich untersetzt und nicht sehr groß beschrieben. Das paßte sogar auf ihn, bemerkte Vic später Horace gegenüber.

Horace lächelte. Er war Chemiker in einem medizinischen Laboratorium, ein sehr besonnener und zurückhaltender Mann. Er fand Vics Geschichte ziemlich phantastisch und auch ein bißchen gefährlich, aber er befürwortete alles, was dazu beitrug, ›Melinda zurechtzubiegen‹. »Ich hab dir immer gesagt, das einzige, was Melinda braucht, ist ein bißchen Strenge«, meinte Horace. »Seit Jahren hat ihr das gefehlt – nur ein kleines Zeichen von dir, daß es dir nicht ganz egal ist, was sie macht. Nun paß bloß auf, daß du den Boden nicht wieder verlierst, den du gewonnen hast. Ich möchte euch beide endlich wieder glücklich sehen.«

Horace hatte sie drei oder vier Jahre lang glücklich gesehen, aber Vic kam es vor, als liege das schon unendlich weit zurück; und es überraschte ihn, daß sich Horace überhaupt noch daran erinnerte. Der Boden, den er gewonnen hatte ... Schön, Melinda blieb jetzt zu Hause und hatte *nolens volens* mehr Zeit für Trixie und für ihn. Aber es paßte ihr durchaus nicht. Vic ging mit ihr mehrmals zum Cocktail in die Lord-Chesterfield-Bar, da er annahm, daß Melinda vielleicht doch Hemmungen haben könnte, allein dort hinzugehen, weil der Barmixer Sam gewiß von der McRae-Geschichte gehört hatte; sie hatte zu oft mit Ralph oder Larry oder Jo-Jo in der Chesterfield-Bar gesessen. Dann hatte Vic versucht, Melinda an zwei Entwürfen von Blair Peabody für den Umschlag von Xenophons *Über den Haushalt* zu interessieren und die Entwürfe mit nach Hause gebracht. Blair Peabody, ein Kunstgewerbler, der sich auf Lederarbeiten spezialisiert hatte und in Connecticut in einer Scheune arbeitete, hatte sämtliche Ledereinbände für die von Vic verlegten Bücher gemacht. Die beiden Entwürfe waren auf griechischen Motiven aufgebaut, wobei der eine etwas dekorativer und weniger streng war als der andere; aber Vic fand sie beide sehr gut, und er hatte gehofft, daß es Melinda Freude machen würde, zwischen den beiden Entwürfen zu wählen. Aber es war ihm kaum gelungen, sie dazu zu bringen, auch nur fünf Sekunden lang hinzusehen; dann hatte sie sich höflichkeitshalber für den einen Entwurf ausgesprochen. Vic empfand die Art, wie sie das machte, geradezu als Beleidigung und war einen Augenblick lang vollkommen fassungslos. Es wunderte ihn immer wieder, wie sehr ihn Melinda verletzen konnte, wenn sie es darauf anlegte. Wesentlich mehr interessiert war Melinda dann nachmittags in der Lord-Chesterfield-Bar an dem neuen Pianisten gewesen, der für den Sommer engagiert worden war. Ein Plakat mit seiner Fotografie hing in einer Ecke der Bar. Er sollte in der kommenden Woche anfangen. Melinda äußerte, sie werde sterben, wenn er im Stil von Duchin spielte, so wie der im letzten Jahr.

Die Theaterabende in New York waren besser gelungen. Beide Vorstellungen fanden samstags abends statt, und Trixie verbrachte den ersten Abend bei Petersons, den Eltern ihrer besten Freundin Janey, und am zweiten kam Mrs. Peterson mit Janey zu ihnen herüber, um Trixie Gesellschaft zu leisten. Man konnte sich darauf verlassen, daß Trixie spätestens um zehn fest einschlief, und Mrs. Peterson blieb dann meistens noch bis Mitternacht, bevor sie das Haus verließ. An beiden Abenden gingen Vic und Melinda nach der Vorstellung noch essen. Es gab in dem Lokal auch ein Tanzorchester, aber Vic forderte Melinda nicht auf, da er annahm, sie würde ablehnen. Sie war zwar an diesen Abenden bester Stimmung, jedoch spürte er, daß sie ihm noch nicht verziehen hatte. Als sie an dem zweiten Abend gegen vier Uhr morgens nach Hause kamen, befand sich Melinda in jener ausgelassenen Stimmung, in der sie manchmal durch den Bach zu waten pflegte, der nur ein paar Schritte vom Haus entfernt durch den Wald floß, oder auch schnell noch einmal zu Cowans hinüberfuhr, um in deren Schwimmbecken zu springen. Aber so etwas tat sie nur mit Leuten wie Ralph oder Jo-Jo. Sie machte also keinen entsprechenden Vorschlag, und Vic wußte auch warum: *er* war ja nun dabei, der dickliche Ehemann, und keiner von den übermütigen jungen Männern. Er war drauf und dran, selbst den Vorschlag zu machen, noch im Bach zu waten, ließ es aber dann doch. Einmal war er ja gar nicht in derart ausgelassener Stimmung, und dann hatte er auch keine Lust, sich die Füße an Steinen zu verletzen, die man im Dunklen nicht sehen konnte. Außerdem legte Melinda wahrscheinlich ohnehin keinen großen Wert auf einen derartigen Vorschlag, wenn er von ihm kam.

Sie saßen noch angezogen auf Melindas Bett und blätterten die Sonntagszeitungen durch, die Vic in Manhattan gekauft hatte; die *Times* war nicht dabei, die bekamen sie am Sonntagmorgen ins Haus geliefert. Melinda lachte über irgend etwas, was sie gerade in den *News* las. Sie hatte auf dem Heimweg die meiste Zeit geschlafen, den Kopf an Vics Schulter gelehnt. Vic fühlte sich hellwach und hätte die ganze Nacht aufbleiben können. Vielleicht, dachte er, hing das mit dem ungewöhnlichen Umstand zusammen, daß er auf Melindas Bett saß, und obwohl ihn der Artikel über amerikanische Deserteure, den er gerade las, sehr interessierte, prüfte ein anderer Teil seines Bewußtseins vorsichtig die Assoziationen, die ihr Bett in ihm auslöste. Intimität und innere Beziehungen spielten dabei keine Rolle, stellte er fest, auch keine Erwartungen in dieser Richtung. Es war ihm etwas unbehaglich zumute. Trotzdem drängte es ihn, sie zu fragen, ob er heute nacht bei ihr bleiben könnte. Nur in ihrem Bett schlafen wollte er, den Arm um sie gelegt – oder vielleicht sogar ohne sie zu berühren. Sie wußte, er würde nichts tun, was ihr lästig war. Dann wanderten seine Gedanken weiter zu etwas, das sie auf der Fahrt nach New York gesagt hatte: daß Cowans in der letzten Zeit recht reserviert seien wegen dieser geschmacklosen McRae-Geschichte, und auch Mellers seien weniger herzlich. Man ginge ihnen aus dem Wege, behauptete Melinda, obwohl ihr Vic an einigen Beispielen zu beweisen suchte, daß dies nicht zutraf und sie daran erinnerte, daß Cowans sich ganz allgemein vom gesellschaftlichen Leben zurückgezogen hätten, weil Phil so angestrengt an seinem Buch über Volkswirtschaft arbeitete, das er zu Ende bringen wollte, bevor im September der Unterricht wieder anfing. Vic ertappte sich auf einmal wieder bei der Überlegung, ob er sie nicht doch fragen sollte ... Wollte er überhaupt wirklich bei ihr schlafen? Genaugenommen ... Nein. Er wollte es nicht.

Melinda gähnte. »Was liest du eigentlich da Spannendes?«

»Etwas über Deserteure. Wenn Amerikaner zu den Roten überlaufen, nennt man sie ›Verräter‹. Wenn die Roten zu uns überlaufen, sind sie ›freiheitsdurstig‹ ... Es hängt eben immer davon ab, von welcher Seite her man die Dinge betrachtet.« Er sah sie an und lächelte.

Melinda sagte nichts dazu. Das hatte er auch nicht erwartet. Er erhob sich langsam vom Bett. »Gute Nacht, Liebes. Schlaf gut.« Er beugte sich zu ihr hinunter und küßte ihre Wange. »Hat dir der Abend Spaß gemacht?«

»Hm hm ...« Melinda sagte es genauso ausdruckslos wie ein kleines Mädchen, das seinem Großvater nach einem Zirkusbesuch auf die gleiche Frage antwortet. »Gute Nacht, Vic. Weck Trixie nicht auf, wenn du an ihrem Zimmer vorbeigehst.«

Vic lächelte in sich hinein, als er das Zimmer verließ. Vor drei Wochen noch hätte sie kaum an Trixie gedacht. Sie hätte an Ralph gedacht, den sie sofort angerufen hätte, sobald er ihr Zimmer verlassen hatte.

5

Der Juni ließ sich schön an; nicht zu warm, nicht zu trocken; zwei- oder dreimal in der Woche regnete es gegen Abend, eine halbe Stunde lang, und in den Wäldern hinter dem Haus reiften Himbeeren und Erdbeeren. Vic ging mit Trixie und Janey Peterson an mehreren Samstagnachmittagen hinaus und sammelte mit ihnen zusammen so viele Beeren, daß beide Familien für die morgendlichen Haferflocken, für Nachspeisen und Fruchteis die ganze Woche über versorgt waren. Trixie hatte beschlossen, in diesem Sommer nicht in ein Ferienlager zu gehen, weil Janey auch nicht ging. Sie und Janey waren in der Highland School, sechs Kilometer von Little Wesley entfernt, angemeldet. Es war eine halbprivate Schule, die im Sommer an fünf Tagen der Woche, von neun bis vier, Sport- und Werkunterricht gab. Es war der erste Sommer, in dem sich Trixie auf das Schwimmen verlegt hatte, und sie war schon so gut darin, daß sie bei einem Wettschwimmen in ihrer Altersgruppe den ersten Preis gewann. Vic war froh darüber, daß Trixie in diesem Sommer nicht ins Lager gewollt hatte, er hatte sie so gern um sich. Vermutlich verdankte er Trixies Hierbleiben der verhältnismäßig bescheidenen Finanzlage der Petersons. Charles Peterson, Elektroingenieur in einer Lederfabrik in Little Wesley, verdiente weniger als der Durchschnitt der Einwohner von Little Wesley. Oder vielmehr, er war darauf angewiesen, seine Familie von seinem Gehalt zu ernähren, während viele Leute in Little Wesley, wie Vic und Phil Cowan beispielsweise, über ein Vermögen verfügten, dessen Erträge ihren Verdienst ergänzten. Melinda sah zu Vics Bedauern auf Petersons herab, sie hielt sie für ›unkultiviert‹ und begriff nicht, daß sie nicht unkultivierter waren als etwa die Mac Phersons und daß Melinda wahrscheinlich lediglich etwas gegen ihr einfaches weißes Fertighaus hatte. Vic war nur froh, daß Trixie sich keine Gedanken über diese Dinge machte.

In einem angesehenen englischen Jahrbuch für Verlagswesen, das im Juni erschien, wurde die Greenspur Press in Little Wesley, Massachusetts, lobend wegen ›ihrer Typographie, der Qualität der Einbände und dem hohen Niveau ihres Verlagsprogramms‹ erwähnt – eine Anerkennung, die Vic wertvoller war als jeder materielle Erfolg. Es war sein ganzer Stolz, daß sich in den sechsundzwanzig Büchern, die er verlegt hatte, nur zwei Druckfehler befanden. Xenophons *Über den Haushalt* war sein siebenundzwanzigstes Buch, und bisher hatte weder er noch sein sehr gewissenhafter Drucker Stephen Hines einen Druckfehler entdeckt, obwohl diesmal die Gefahr größer war, weil die linke Seite jeweils den griechischen Originaltext enthielt. Schon immer hatte Vic einmal einen Essay über Druckfehler schreiben wollen und über die Gründe, weshalb sie sich trotz strengen Korrekturlesens immer wieder einschlichen. Dieser ewige Kampf gegen die Druckfehler hatte etwas Dämonisches; es war, als seien sie unbezwinglich, Teil einer bösen Naturgewalt, die bestrebt ist, in den Bereich des Menschen einzudringen, dort Wurzeln zu schlagen und sich um jeden Preis zu behaupten, wie sich das Unkraut im bestgepflegten Garten behauptet.

Weit entfernt davon, in ihren Freunden irgendeine Kühle zu entdecken – was Melinda angeblich noch immer tat –, fand Vic das gesellige Leben mit ihnen jetzt viel einfacher. Mellers und Cowans brachten ihre Einladungen nicht mehr so vorsichtig tastend vor, halb in der Erwartung, daß Melinda, wie so oft, Ralph oder wen auch immer mitschleppen würde. Alle behandelten sie jetzt wieder als ganz normales, glücklich verheiratetes Paar. Vic hatte es während der vergangenen Jahre gehaßt, von allen verständnisvollen Gastgeberinnen unter die Fittiche genommen und wie ein vernachlässigtes Kind oder wie ein Kranker zum Zulangen und zu den größten Stücken Kuchen gedrängt zu werden. Vielleicht entsprach seine Ehe mit Melinda nicht ganz dem Idealbild, aber schließlich gab es zahlreiche sehr viel schlechtere Ehen in dieser Welt – Ehen, in denen die Partner gegen Trunksucht, Armut, körperliche oder geistige Krankheiten anzukämpfen hatten, gegen Schwiegermütter und Untreue – Untreue, die nicht verziehen wurde ... Vic behandelte Melinda mit ebensoviel Respekt und Wärme wie zu Beginn ihrer Ehe, vielleicht sogar mit mehr, denn jetzt spürte er, wie sehr sie Ralph vermißte. Er wollte nicht, daß sie sich langweilte oder einsam fühlte, oder daß sie glaubte, es sei ihm gleichgültig, wie ihr zumute war. Er ging mit ihr noch einige Male in New York ins Theater, besorgte Konzertkarten; ein Wochenende fuhren sie mit Trixie nach Kennebunkport und sahen sich ein Stück mit Judith Anderson an, und danach übernachteten sie im Hotel.

Fast jeden Abend brachte er Melinda etwas mit: Blumen, eine Flasche Parfum oder auch nur eine Zeitschrift, die sie gerne las, wie zum Beispiel *Holiday*, auf die sie nicht abonniert waren, weil Melinda meinte, sie wäre zu teuer und es lägen sowieso schon reichlich viele Zeitschriften im Haus herum, obgleich Vic *Holiday* für besser hielt als mehrere andere, auf die sie immer weiter abonnierten.

Melinda war schon recht sonderbar in mancher Beziehung. So hatte sie zum Beispiel nie ein Mädchen haben wollen; andererseits bemühte sie sich aber auch nicht besonders, das Haus in Ordnung zu halten. Wenn die Bücherborde jemals abgestaubt wurden, so war das Vics Werk; er machte sich etwa zweimal im Jahr daran. Ab und zu fing Melinda dann einmal an, mit dem Staubsauger zu wirken, gab es aber meist nach ein oder zwei Zimmern wieder auf. Wenn Besuch erwartet wurde, mußten Wohnzimmer, Küche und Badezimmer, wie Melinda es nannte, ›kontrolliert‹ werden. Aber man konnte sich darauf verlassen, daß sie immer dafür sorgte, daß genügend Steaks im Tiefkühlfach lagen, daß frisches Gemüse, Kartoffeln und Orangen im Hause waren. Besonders schätzte Vic außerdem, daß er sich darauf verlassen konnte, daß sie, ganz gleich, wie sie den Nachmittag verbracht hatte, abends nach Hause kam, um mit ihm zusammen zu essen. Vielleicht glaubte sie, ihm wenigstens das schuldig zu sein; genau wußte es Vic nicht, aber darin war sie ebenso zuverlässig wie zu anderen Zeiten in ihren Verabredungen mit ihren Liebhabern. Und einmal in der Woche kochte sie sogar eins seiner Lieblingsgerichte – Froschschenkel auf provenzalische Art oder mexikanisches Fleisch oder Kartoffelsuppe, oder sie briet ihm einen Fasan, den sie extra in Wesley besorgen mußte. Sie sorgte auch immer dafür, daß sein Pfeifentabak nicht ausging, was nicht so einfach war, weil er in New York bestellt werden mußte und Vic außerdem ein sehr unregelmäßiger Raucher war. Vic vermutete, daß seine Freunde nicht viel von Melindas netterer Seite wußten und war bestrebt, sie darüber aufzuklären.

Am Samstagabend des Wochenendes vom 4. Juli* gingen Vic und Melinda zu dem jährlichen Tanzabend in den Club. Es war das gesellschaftliche Hauptereignis des Sommers. Alle ihre Freunde waren dort, sogar Petersons und Wilsons, die nicht eigentlich zum Club gehörten und von Mitgliedern eingeladen worden waren. Vic sah sich nach Ralph Gosden um, konnte ihn jedoch nicht entdecken. Evelyn Cowan, die June Wilson bei der Anlage ihres Blumengartens beriet, hatte berichtet, daß Ralph in letzter Zeit ziemlich viel mit Wilsons verkehrte. Die Wilsons waren erst seit vier Monaten in Little Wesley ansässig und wohnten in einem bescheidenen Haus im Norden der Stadt. Evelyn Cowan hatte Vic eines Tages, als sie sich in der Stadt trafen, berichtet, daß Don Wilson das McRae-Märchen sehr ernst nahm. Überdies hatte Ralph vermutlich die Sache so dargestellt, daß er als Opfer von Vics Eifersucht, Böswilligkeit und allgemeiner ›Geschmacklosigkeit‹ erscheinen mußte. Und natürlich würde er sein Verhältnis zu Melinda als eine rein platonische Angelegenheit geschildert haben, und da die Wilsons nicht zu dem

* Amerikanischer Nationalfeiertag

›inneren Zirkel‹ von Little Wesley gehörten, wo man ihn und Melinda gut kannte, war anzunehmen, daß sie das geschluckt hatten. Die Wilsons waren nicht gerade mit offenen Armen aufgenommen worden – es lag wohl hauptsächlich an Don. Er hatte keinen Humor und wirkte immer schrecklich hochmütig – vielleicht meinte er, als Schriftsteller müsse man sich arrogant geben. Und dabei schrieb er einen solchen Kitsch: Abenteuerromane, Kriminalromane, Liebesgeschichten, an denen zum Teil seine Frau mitschrieb ... Vic erinnerte sich allerdings, gehört zu haben, ihre Spezialität seien Kinderbücher. Kinder hatten Wilsons nicht.

Don Wilson und seine Frau standen an die Wand gelehnt. Don wirkte dünn, schmächtig und mißgelaunt, und seine Frau, klein, blond und im allgemeinen sehr lebhaft, schien bedrückt. Vic vermutete, daß das daher kam, weil sie nur sehr wenig Leute hier kannten, und er hatte ihnen sofort zugenickt und zugelächelt und wollte eigentlich zu ihnen gehen, um ein paar Worte mit ihnen zu wechseln, aber Don Wilsons unmißverständlich kühle Reaktion hielt ihn davon ab. Vielleicht war Wilson überrascht, ihn überhaupt hier zu sehen, dachte Vic, und noch mehr darüber, daß er von all seinen alten Freunden begrüßt wurde, als sei nichts geschehen.

Vic schlenderte um die Tanzfläche herum und plauderte mit MacPhersons und mit Cowans und mit der unvermeidlichen Mrs. Podnansky, deren zwei Enkel auch da waren. Der jüngere, Walter, hatte gerade sein juristisches Examen in Harvard gemacht. An diesem Abend wurde Vic klar, daß Melinda doch nicht so ganz unrecht gehabt hatte; es gab tatsächlich Leute, die ihn mieden – Leute, die er gar nicht kannte. Er merkte, daß hinter seinem Rücken über ihn geredet wurde. Andere völlig Fremde, die sich sonst wahrscheinlich vorgestellt und eine Unterhaltung begonnen hätten, wandten sich verlegen lächelnd ab, wenn er an ihnen vorbeiging. Das alles störte Vic nicht; seltsamerweise fühlte er sich dadurch eher gelöster und sicherer, als sonst auf Parties. Er hoffte auch, daß Melinda heute abend nicht aus der Rolle fallen würde, eben weil die Leute tuschelten. Einstweilen unterhielt sie sich glänzend, wenn sie auch sicher nachher behaupten würde, es sei stinklangweilig gewesen. Sie sah sehr schön aus in ihrem neuen bernsteinfarbenen Taftkleid, das keinen Gürtel hatte und ihre schmale Taille so eng umschloß, als sei es auf den Millimeter für sie zugeschnitten. Bis Mitternacht hatte sie mit ungefähr fünfzehn Partnern getanzt, darunter mit einer Reihe von jüngeren Männern, die Vic nicht kannte und von denen unter anderen Umständen ungefähr jeder Ralph Gosdens Nachfolger hätte sein können. Aber Melinda war lediglich nett und liebenswürdig zu ihnen, sie gab sich weder zimperlich noch aufreizend noch als *femme fatale,* und sie tat auch nicht so, als sei sie überwältigt von ihnen – alles Taktiken, die er bei anderen Gelegenheiten an ihr beobachtet hatte. Sie trank auch nicht zuviel. Vic war an diesem Abend sehr stolz auf seine Frau. Er war schon oft stolz darauf gewesen, wie sie aussah, aber, soweit er sich erinnern konnte, nur sehr selten auf ihr Benehmen.

Als Melinda nach einem Tanz auf ihn zukam, hörte er eine weibliche Stimme flüstern: »Das ist seine Frau.«

»Ach wirklich? Sie ist entzückend!«

In irgendeinem Lachen ging die Unterhaltung zum Teil unter. Dann:

»Genau weiß man es ja nicht, aber manche Leute glauben es doch . . . Nein, das tut er nicht, oder finden Sie?«

»Hallo!« sagte Melinda zu Vic. »Bist du noch nicht müde? Du hast die ganze Zeit gestanden.« Ihre großen grün-braunen Augen blickten ihn schwimmend an; so sah sie häufig Männer an, nur meistens lächelte sie dabei. Jetzt lächelte sie nicht.

»Ich hab gar nicht die ganze Zeit gestanden. Ich habe auch bei Mrs. Podnansky gesessen.«

»Mrs. Podnansky ist wohl dein Party-Schwarm neuerdings?«

Vic lachte. »Kann ich dir was zu trinken holen?«

»Einen ganz großen Scotch, bitte.«

Bevor er jedoch gehen konnte, um ihr etwas zu holen, tauchte einer der jungen Leute auf, die schon zuvor mit ihr getanzt hatten, und verneigte sich feierlich vor Vic: »Gestatten Sie?«

»Ich gestatte«, antwortete Vic lächelnd. Es war zwar nicht wahrscheinlich, aber immerhin denkbar, daß dieses feierliche ›Gestatten Sie‹ eine Folge der McRae-Geschichte war.

Er warf einen Blick zu Don Wilson hinüber und stellte fest, daß Don ihn wieder beobachtete. Vic holte sich noch eine dritte Portion Zitroneneis (Alkohol reizte ihn heute abend nicht), und als er Mary Meller allein herumstehen sah, holte er auch eine Portion für sie.

Mary nahm sie mit warmem Lächeln in Empfang. »Evelyn und Phil haben gesagt, wir sollen doch nachher noch zu ihnen kommen zum Schwimmen. Habt ihr nicht auch Lust?«

»Wir haben unsere Badeanzüge nicht mit«, sagte Vic, obwohl sie das bei früheren Anlässen, als sie nackt in Cowans Schwimmbecken gesprungen waren, nicht gestört hatte. Jedenfalls Melinda nicht. Vic war in diesen Dingen etwas scheu.

»Ihr könnt ja rasch zu Hause vorbeifahren und sie holen«, schlug Mary unternehmungslustig vor. »Außerdem ist es so dunkel heute, daß es sowieso egal ist.«

»Ich werde Melinda fragen.«

»Sie sieht entzückend aus heute abend ...« Mary berührte seinen Arm und trat etwas dichter heran. »Vic? Du bist doch hoffentlich nicht deprimiert? Deine Freunde halten zu dir, das versteht sich doch von selbst. Ich weiß nicht, was du heute abend zu hören gekriegt hast; ich hoffe nur, es war nichts Unerfreuliches.«

»Ich habe überhaupt nichts zu hören gekriegt«, beruhigte sie Vic lächelnd.

»Ich hab vorhin mit Evelyn gesprochen. Sie und Phil sind der gleichen Ansicht wie wir. Wir wissen doch, daß das Ganze ein ... ein Witz von dir war, auch wenn Leute wie Wilsons ganz was anderes denken.«

»So? Was denken sie denn?«

»Sie ist es gar nicht, Vic. Es ist nur er. Er findet, du bist so sonderbar ... Na ja, irgendwo sind wir ja schließlich alle sonderbar, nicht?« Mary lachte vergnügt. »Wahrscheinlich sucht er Stoff für einen Roman. *Er* ist jedenfalls höchst sonderbar, finde ich.«

Vic kannte Mary gut genug, um zu wissen, daß ihr das Ganze mehr Sorgen machte, als sie zugab. »Also, was denkt er?«

»Ach, er sagt einfach, du verhältst dich nicht normal. Ich kann mir schon denken, was Ralph Gosden ihm erzählt hat. Ich meine, wie er das Feuer geschürt hat. Don Wilson meint eben, daß man dich beobachten sollte ... Du bist so mysteriös, hat er gesagt.« Mary flüsterte ihm das letzte lachend zu. »Ich hab ihm erklärt, daß wir in den vergangenen neun oder zehn Jahren jede Gelegenheit gehabt haben, dich zu beobachten, und daß du einer der nettesten Männer bist, denen ich je begegnet bin und durchaus nicht mysteriös!«

»Mrs. Meller, darf ich um diesen Tanz bitten?« fragte Vic. »Glauben Sie, Ihr Mann gestattet es?«

»Aber Vic, das ist ja nicht zu fassen!«

Er nahm ihr den Teller ab und trug ihn mit seinem zusammen zu dem Erfrischungsstand, kam dann zurück und schwang Mary nach den Klängen eines Walzers hinaus auf die Tanzfläche. Walzer war immer sein Lieblingstanz gewesen. Er tanzte ihn sehr gut. Er sah, daß Melinda ihn entdeckt hatte und vor Überraschung mitten im Tanz innehielt. Horace und Evelyn sahen ihm ebenfalls zu. Vic verkürzte seine Schritte, um nicht lächerlich zu wirken, er war erfüllt von einer fröhlichen Ausgelassenheit, als sei eine lang unterdrückte Lust endlich zum Durchbruch gekommen. Er hätte davonfliegen können mit Mary, wenn die Tanzfläche nicht so voll gewesen wäre.

»Aber Vic, du tanzt ja wunderbar! Warum hast du uns das denn in all den Jahren vorenthalten?«

Vic versuchte gar nicht erst zu antworten.

Und noch lange, nachdem der Tanz vorbei war, spürte er eine prickelnde Erregung, als hätte er einen großen Triumph hinter sich. Später, als Melinda gerade einen Tanz beendet hatte, ging er zu ihr, verneigte sich leicht und fragte: »Darf ich . . .?«

Sie verbarg ihr Erstaunen fast augenblicklich, indem sie die Augen schloß und den Kopf abwandte. »Ach, Liebling, ich bin ja sooo müde!«

Auf dem Nachhauseweg dann, als Melinda fragte: »Was hat dich denn heute abend zum Tanzen bewogen?« konnte er bereits ausweichen und sie mit Ironie ablenken: »Ich dachte nur, ich könnte die Leute vielleicht noch ein bißchen damit schockieren, wenn ich nicht nur ›sonderbar‹, sondern auch noch unberechenbar bin. Es heißt doch von mir, daß ich nie tanze.«

Melinda hatte keine Lust mehr auf Cowans Schwimmbecken gehabt, hatte die Einladung aber sehr liebenswürdig abgelehnt.

»Du warst ganz reizend heute abend«, stellte Vic zu Hause fest.

»Ich mußte ja etwas unternehmen, um den Schaden, den du angerichtet hast, wiedergutzumachen«, antwortete sie. »Es war die reinste Schwerarbeit.«

Unwillkürlich hob Vic resigniert die Schultern, lächelte schwach und schwieg. Melinda hatte sich genausogut amüsiert wie bei anderen Clubtanzereien, bei denen sie zuviel getrunken oder geflirtet hatte, bei denen ihr schlecht geworden war, oder bei denen sie sonst irgendwas angestellt hatte, was auch nicht gerade zur Förderung ihrer Beliebtheit beigetragen hatte.

Als Vic in dieser Nacht in seinem Bett lag, vergegenwärtigte er sich noch einmal die Augenblicke auf der Tanzfläche mit Mary Meller. Don Wilsons böses Gesicht. Die tuschelnden Leute. Manche glaubten anscheinend tatsächlich, er habe McRae umgebracht – vor allem solche, die ihn am allerwenigsten kannten. Das war es ja auch gewesen, was Mary versucht hatte ihm beizubringen: Wenn sie ihn nicht so gut gekannt hätte (oder doch geglaubt hätte, ihn so gut zu kennen), könnte sie auch zu denen gehören, die es glaubten, überlegte er. Sie hatte es ja schon einmal angedeutet, auf ihrer eigenen Party neulich. *Du bist wie einer, der wartet, immerzu geduldig wartet – und eines Tages ... eines Tages wirst du dann doch was tun ...* So ungefähr hatte sie sich ausgedrückt. Ja, in all diesen Jahren hatte er Theater gespielt, er hatte so getan, als lasse ihn das alles kalt. Er hatte absichtlich seine Gefühle verborgen; und bei Melindas erster Liebesaffäre, da hatte er wirklich etwas empfunden, wenn auch in erster Linie nur einen Schock – aber es war ihm gelungen, ihn zu verschleiern. So etwas verstanden die Leute nicht, das war ihm klar. Er hatte es in ihren Gesichtern gelesen. Er reagierte nicht normal; er wurde nicht eifersüchtig ... Da stimmte doch etwas nicht! Das war der Schluß, zu dem die Leute kamen. Und eben das machte seine Geschichte jetzt für manche so glaubwürdig: Aha, es hat tatsächlich etwas nicht gestimmt – er hatte einen von Melindas Liebhabern ermordet. Das war glaubhafter als die Tatsache, daß er vier Jahre lang stumm alles in sich hineingefressen hatte. Da mußte einem ja irgendwann einmal der Kragen platzen – das wäre eine normale Reaktion gewesen, das hätten die Leute verstanden ... Keiner kann beweisen, daß ich McRae ermordet habe, dachte er; aber ebensowenig kann jemand beweisen, daß ich es nicht getan habe.

6

Gut zwei Wochen später stieß Vic eines Morgens, als er mit Trixie frühstückte, plötzlich in der *New York Times* auf die Meldung: MORD AN MCRAE NACH 8 MONATEN AUFGEKLÄRT.

Mit dem Löffel Grapefruit auf dem halben Wege in der Luft vertiefte sich Vic in den Inhalt. Die Polizei hatte einen Mann verhaftet, der im Staate Washington in einem Textilgeschäft angestellt war; er hatte das Verbrechen gestanden, und er war mit an Sicherheit grenzender Wahrscheinlichkeit der Mörder, wenn auch die Einzelheiten noch überprüft werden mußten. Es handelte sich um einen gewissen Howard Olney. Er war einunddreißig Jahre alt und der Bruder von Phyllis Olney, einer Artistin, die ein ›intimes Verhältnis‹ mit McRae gehabt hatte. Olney warf McRae vor, so hieß es in der Meldung, ihn und seine Schwester als berufliche Partner auseinandergebracht zu haben. Sie waren in Nachtclubs mit einer Zaubernummer aufgetreten. Phyllis Olney hatte McRae in Chicago kennengelernt und den Vertrag gebrochen, demzufolge sie mit ihrem Bruder in New York arbeiten sollte; Olney war in Geldschwierigkeiten geraten, seine Schwester hatte ihm nie Geld geschickt, obwohl sie es versprochen hatte (wem aber war es wohl je gelungen, auch nur einen einzigen Penny aus Mal herauszuquetschen?). Und dann, behauptete Olney, habe McRae seine Schwester ohne Geld sitzenlassen. Fast ein Jahr später war Olney per Anhalter mit der ausdrücklichen Absicht nach New York gefahren, sich an McRae zu rächen. Laut psychiatrischem Gutachten, hieß es weiter, neige Olney zu manisch-depressiven Störungen, die wahrscheinlich bei seinem Prozeß berücksichtigt würden.

»Daddy!« Trixie hatte sich endlich Gehör verschafft. »Ich hab gesagt, daß ich deinen Gürtel heute fertigmache!«

Vic hatte das Gefühl, daß sie ihn schon dreimal angerufen hatte. »Wunderbar. Du meinst den geflochtenen, nicht?«

»Das ist der *einzige* Gürtel, den ich diesen Sommer mache!« erklärte Trixie gekränkt. Sie schüttete etwas Puffweizen auf ihre Cornflakes, verrührte sie und griff dann nach der Flasche mit dem Ketchup. Trixie befand sich gerade in einer Ketchup-Periode. Ketchup mußte an alles, an Rühreier wie an Reispudding.

»Aha ... Ich freue mich schon sehr drauf«, sagte Vic. »Hoffentlich hast du ihn weit genug gemacht für mich.«

»Furchtbar weit.«

»Na, dann ist's ja gut.« Vic betrachtete ihre schmalen, braunen Schultern unter den gekreuzten Bändern der Jeans; er dachte, eigentlich sollte sie lieber einen Pullover anziehen ... Dann wandte er sich wieder der Zeitung zu.

Die lose Beziehung des Mörders zu seinem Opfer und die Tatsache, daß der Mörder keine Spuren hinterlassen hatte, machte den Fall zu einem fast ›perfekten‹ Verbrechen. Erst nach Monaten geduldiger Nachforschungen im Bekanntenkreis des Opfers gelang es der Polizei, die Spur von Olney aufzunehmen ...

Auch wenn das heute abend nicht im *New Wesleyan* stehen sollte, würde es doch jeder in Little Wesley lesen, der die *Times* abonniert hatte, und bis zum Abend würde es sich herumgesprochen haben.

»Willst du denn heute gar keinen Speck mit Eiern essen?« erkundigte sich Trixie.

Trixie beanspruchte gewöhnlich immer ein Stück Speck von seiner Portion. Er hatte eigentlich jetzt keine Lust auf Speck mit Eiern, stellte aber fest, daß Trixie in ihrer Schüssel einen riesigen Teich von Ketchup hatte, so daß die Cornflakes vermutlich selbst für ihren Geschmack nicht mehr genießbar waren. Er stand geistesabwesend auf, ging in die Küche und zündete automatisch unter der Pfanne das Gas an. Er legte zwei Stück Speck hinein. Ihm war etwas flau zumute.

»Daddy? Ich muß in füüünf Minuten weg!« schrie Trixie jammernd.

»Komm schon, Miez«, rief er zurück.

»Daddy! Seit wann nennst du denn *mich* Miez?«

Vic antwortete nicht. Er beschloß, Melinda gleich alles zu erzählen, bevor sie es von anderer Seite erfuhr.

Kaum hatte er den Speck vor Trixie hingesetzt, als schon der Schulbus unten auf der Straße in Sicht kam. Trixie sauste, ein Stück Speck in der Hand, im Zimmer umher und griff nach ihrem Federballschläger und dem großen roten Halstuch, das sie so heiß liebte und fast immer trug. In der Tür drehte sie sich um und schob den Speck in den Mund. »Wiedersehen, Daddy!« Weg war sie.

Vic heftete den Blick auf das Sofa im Wohnzimmer; er erinnerte sich an die Nacht, als Mal sinnlos betrunken darauf gelegen hatte und über Nacht bleiben mußte ... das heißt, er hatte sich dann so weit erholt, daß er noch ins Gästezimmer transportiert werden konnte. Er dachte an Ralph, der an jenem letzten Abend auch dort gelegen hatte, mit dem Kopf auf der gleichen Stelle wie Mal. Ralph würde vermutlich die Meldung nicht ungern lesen – womöglich tauchte er bald wieder hier auf.

Vic ging in die Küche, machte den Kaffee noch einmal heiß, goß eine Tasse für Melinda ein und trug sie an ihre Tür. Er klopfte.

»Jaaa?«

»Ich bin's. Ich bring dir den Kaffee.«

»Komm rein«, brummte sie, halb verschlafen, halb ärgerlich.

Sie lag auf dem Rücken, die Arme hinter dem Kopf verschränkt. Sie trug immer Schlafanzüge und schlief ohne Kopfkissen, was Vic bei den seltenen Gelegenheiten, bei denen er ihr Zimmer betrat, um sie zu wecken, immer irgendwie spartanisch vorkam. Der Wind wehte meistens durchs Zimmer und blähte auch an den kältesten Wintertagen die Vorhänge, und irgendeine Wolldecke lag auf dem Boden, weil Melinda praktisch nie fror. Auch jetzt lag eine

Decke auf dem Boden. Melinda hatte nur ein Laken über sich. Vic reichte ihr die große Tasse Kaffee. Es war die weißblaue Tasse, auf der ihr Name stand.

Sie zuckte bei dem ersten heißen Schluck zusammen. »Ohhh«, stöhnte sie, sank zurück und ließ die Tasse gefährlich schief in ihrer Hand hängen.

Vic setzte sich auf die harte kleine Bank vor dem Toilettentisch. »Du ... ich habe eben etwas in der Zeitung gelesen ...« begann er.

»Ja? Was denn?«

»Sie haben den Mann gefaßt, der Mal umgebracht hat.«

Sie stützte sich auf, alle Schläfrigkeit war verflogen. »Ach nee ... Wer war es denn?«

Vic hatte die Zeitung unter dem Arm. Er gab sie Melinda.

Sie stürzte sich darauf und las sie mit einer gewissen Belustigung, die Vic beunruhigte. »Was es nicht alles gibt«, meinte sie schließlich.

»Ich nehme an, daß du nun zufrieden bist.« Vic brachte einen liebenswürdigen Ton zustande.

Sie sah ihn scharf an. »Du etwa nicht?«

»Ich glaube, nicht so sehr wie du.«

Sie sprang aus dem Bett und stand einen Augenblick in ihrem weißen Schlafanzug neben ihm, betrachtete sich im Spiegel und warf das Haar aus der Stirn. Ihre Fußnägel waren rot lackiert. »Natürlich bist du nicht zufrieden. Wie solltest du auch ...« Dann lief sie mit einer Geschmeidigkeit, die ihn an Trixie erinnerte, ins Badezimmer.

Neben Melindas Bett klingelte das Telefon, und Vic wußte sofort, daß es Horace war. Horace hielt ebenfalls die *Times*. Er ging durchs Wohnzimmer hinaus zu dem Apparat in der Diele. »Hallo?«

»Hallo, Vic! Hast du schon Zeitung gelesen?« In Horaces Stimme schwang ein Lächeln; es war freundschaftlich, nicht ironisch.

»Ja, hab ich.«

»Hast du den Mann gekannt?«

»Nein. Nie von ihm gehört.«

»Na ja ...« Horace wartete, daß Vic etwas sagte. »Jedenfalls wird damit dem Gerede ein Ende gemacht.«

»Ich habe nicht viel von diesem Gerede gemerkt«, meinte Vic kurz angebunden.

»Aber ich, Vic. Es war nicht so schrecklich erfreulich.«

»Na ja ... Melinda ist natürlich sehr befriedigt.«

»Du weißt ja, wie ich darüber denke, Vic.« Horace zögerte und suchte nach Worten. »Ich finde, du hast ... Na, jedenfalls hat sie sich in diesen letzten Monaten sehr gewandelt. Hoffentlich bleibt es dabei.«

Vic hörte die Dusche im Badezimmer. Melinda war also noch dort und hörte nicht am anderen Apparat mit. Trotzdem fühlte er sich gehemmt. Auch mit Horace mochte er nicht über diese Dinge sprechen. »Schönen Dank für den Anruf«, sagte er schließlich.

Gewöhnlich war Vic gegen halb neun in der Druckerei, aber heute blieb er noch im Wohnzimmer sitzen und wartete auf Melinda. Er wollte hören, was sie noch sagen würde; herausfinden, was sie vorhatte. Sie zog sich jetzt an. Aus der Hast ihrer Vorbereitungen konnte er entnehmen, daß sie irgendein Ziel hatte. Er hörte die Wählerscheibe im Schlafzimmer schnurren, konnte aber ihre Stimme durch die geschlossene Tür nicht verstehen; außerdem wollte er sowieso das Gespräch nicht mithören.

Vic konnte sich nicht vorstellen, daß sie wieder mit Ralph anfangen würde, nachdem er sich als Feigling erwiesen hatte. Joel war in New York, aber New York lag nicht aus der Welt, wenn Melinda etwas ernstlich wollte. Vic nahm eine Zigarette aus dem Kasten, der auf dem Cocktailtisch aus Rosenholz stand. Er hatte den Tisch gerade erst gemacht, hatte die schwach konkave Oberfläche sorgfältig wie eine Linse poliert. Er hatte ihn gemacht, um den alten Cocktailtisch zu ersetzen, den er ebenfalls getischlert hatte. Der alte stammte aus der Larry-Osbourne-Zeit und war trotz der schützenden Wachsschichten, mit denen er ihn immer überzogen hatte, derart voller Brandflecke und Alkoholränder gewesen, daß er keine Lust mehr gehabt hatte, ihn wieder in Ordnung zu bringen. Er fragte sich, wann wohl der neue Rosenholztisch mit Rändern von Cocktailgläsern und Brandflecken von vergessenen Zigaretten verdorben sein würde. Als er Melindas Tür gehen hörte, setzte er sich aufs Sofa, um den Anschein zu erwecken, er sei tief in seine Zeitung vergraben.

»Lernst du das eigentlich auswendig?« erkundigte sie sich.

»Ich lese gerade etwas anderes. Da ist ein neues Buch über Bergsteigen erschienen, das ich mir kaufen möchte.«

»Das wäre doch wenigstens ein hübscher, geruhsamer Sport für dich. Warum versuchst du's nicht mal?« Sie nahm eine Zigarette aus dem Kasten und zündete sie an. Sie trug eine weiße Bluse, den glockigen braunen Cordrock und braune Wildledersandalen. Sie spielte mit ihrem Schlüsselbund und sah nervös und erregt aus. Wild. So hatte er sie schon oft erlebt – kurz ehe sie ein neues Verhältnis anfing. In dieser Stimmung pflegte sie auch immer Strafzettel für Geschwindigkeitsüberschreitungen zu bekommen.

»Was hast du vor?« fragte er.

»Ach, ich hab mich gerade mit Evelyn zum Mittagessen verabredet. Ich werde also nicht zu Hause sein zum Essen.«

Vic war nicht sicher, ob sie log oder nicht. Sie hatte es auch vermieden, ihm eine klare Antwort zu geben; er wußte nicht, wo sie *jetzt* hinwollte. Er stand auf, reckte sich und zog den Pullover herunter. »Wie wär's mit einem Cocktail heute nachmittag? Kannst du gegen sechs Uhr in der Chesterfield-Bar sein?«

Sie senkte den Blick und schwang sich wie ein Schulmädchen auf dem einen Bein auf Zehenspitzen herum. »Ich glaube kaum, Vic. Und du machst dir ja im Grunde auch nichts daraus . . . Trotzdem schönen Dank.«

»Schade.« Er lächelte. »Ja, dann muß ich wohl los jetzt.«

Sie gingen zusammen in die Garage und stiegen in ihre Wagen. Vic ließ den Motor erst warmlaufen, aber Melinda war innerhalb von Sekunden mit ihrem hellgrünen Kabriolett unterwegs.

7

Zwei oder drei Tage nach der Aufklärung des Mordes an McRae wurde Vic in seinem Büro von einem Mr. Cassell angerufen. Mr. Cassell erklärte, er sei Vertreter der Maklerfirma Binley in East Lyme, und Mr. Charley De Lisle, der eins ihrer Häuser mieten wollte, habe als Referenz ›Victor Van Allen, Little Wesley‹ angegeben.

»Charley De Lisle?« fragte Vic erstaunt. Er hatte den Namen nie gehört.

»Es tut mir leid, Sie bei der Arbeit zu stören, Mr. Van Allen, aber wir konnten Ihre Frau zu Hause nicht erreichen. In meinen Akten steht nämlich *Mrs.* Victor Van Allen, aber ich dachte, Sie könnten sicher genausogut für Mr. De Lisle bürgen wie Ihre Gattin. Darf ich fragen, was Sie über seine Finanzlage wissen? Nur damit ich dem Vermieter etwas sagen kann, verstehen Sie . . .«

Auf einmal fiel Vic der Name wieder ein: So hieß doch der neue Pianist in der Lord-Chesterfield-Bar . . . »Ja, also – genau weiß ich es nicht, aber ich glaube, das ist soweit in Ordnung. Ich werde heute mittag mit meiner Frau darüber sprechen und sie bitten, nachmittags bei Ihnen anzurufen.«

»Das wäre sehr nett von Ihnen, Mr. Van Allen. Vielen herzlichen Dank. Auf Wiedersehen.«

»Auf Wiedersehen.« Vic hängte ein.

Stephen wartete mit ein paar Papierproben auf ihn. Sie untersuchten sie gemeinsam vor einer Zweihundert-Watt-Birne und prüften sie auf gleichmäßige Stärke. Das Papier war für das nächste Buch der Greenspur Press bestimmt, für einen Band mit Gedichten eines jungen Lehrers am Bard College, Brian Ryder.

Sie prüften sechs verschiedene Muster, sortierten vier rasch aus und einigten sich schließlich nach kurzer Diskussion endgültig.

»Soll ich die Bestellung schon rausgehen lassen?« fragte Stephen.

»Das wäre wahrscheinlich das beste, ja ... Das letzte Mal hat es eine Ewigkeit gedauert.« Vic ging zu seinem Schreibtisch zurück; er schrieb gerade Ablehnungsbriefe an drei Lyriker und einen Romanautor, die ihm im Laufe des letzten Monats Manuskripte geschickt hatten. Ablehnungsbriefe schrieb Vic immer selbst mit der Hand, denn er haßte diese Aufgabe und wollte sie Stephen nicht zumuten, und außerdem fand er, ein höflicher, handgeschriebener Brief vom Verleger selbst sei die einzig mögliche Form, jemand wissen zu lassen, daß sein Werk abgelehnt sei. Die meisten Manuskripte, die er bekam, waren gut. Einige waren sogar sehr gut, und er hätte sie gern veröffentlicht, konnte aber beim besten Willen nicht alles verlegen, was ihm gefiel; er pflegte aber Einsendern guter Manuskripte, die er nicht herausbringen konnte, wohlüberlegte Ratschläge hinsichtlich anderer Verleger zu geben, an die sie sich wenden konnten. Gewöhnlich fingen seine Briefe folgendermaßen an: *Wie Sie wissen, ist die Greenspur Press klein. Wir haben nur zwei Handpressen, und auf Grund unserer langsamen Arbeitsweise können wir jährlich nicht mehr als höchstens vier Bücher machen* ... Sein Ton war bescheiden, paßte sich dem Geist der Greenspur Press an, aber Vic war ungemein stolz auf seine langsamen Methoden, stolz auf die Tatsache, daß die Greenspur Press im Durchschnitt fünf Tage brauchte, um zehn Seiten zu setzen.

Ganz besonders stolz war Vic jedoch auf Stephen Hines. Er war der Vorsehung dankbar, daß er ihn gefunden hatte. Stephen war zweiunddreißig, verheiratet und hatte ein kleines Kind. Er war ruhig, ausgeglichen und unendlich geduldig; überdies ebenso ordentlich und gründlich wie Vic. Vor sechs Jahren hatte sich Stephen eines Tages bei ihm um eine Stellung beworben; er hatte vorher in einer kleinen Druckerei in Brooklyn gearbeitet und wollte, wie er angab, aufs Land ziehen. Vic hatte ihn zum Gewerkschaftstarif eingestellt, ihm aber bereits nach zwei Wochen eine zwanzigprozentige Lohnerhöhung gegeben. Stephen hatte nicht annehmen wollen. Es gefiel ihm bei Vic, es gefiel ihm in der grünen, bergigen Landschaft – er stammte aus Arizona, und die Farm seines Vaters war von einem Sandsturm fortgeweht worden, erzählte er. Ein Jahr später hatte er dann seine Freundin Georgianne aus New York nachkommen lassen und geheiratet; Vic war Trauzeuge gewesen. Georgianne war die richtige Frau für Stephen, ruhig und bescheiden und ebenso in die Natur verliebt wie er. Sie kauften das Gästehaus eines großen Gutes zwischen Little Wesley und Wesley, ein Haus, das tief in den Wäldern versteckt lag, an einem Weg, den Stephen erst selbst ausbauen mußte, bis er breit genug für das Auto war. Vic hatte ihnen bei der Finanzierung des Hauses geholfen, und Stephen hatte inzwischen drei Viertel der Summe zurückgezahlt. Er hing an Vic, obwohl er es nach außen nie zeigte. Es äußerte sich in seiner respektvollen Haltung; er hatte ihn mit ›Sir‹ angeredet, bis Vic nach ein paar Monaten eine scherzhafte Bemerkung darüber gemacht hatte. Seitdem schwankte er zwischen ›Mr. Van Allen‹ und ›Vic‹ und vermied nach Möglichkeit die direkte Anrede.

Der andere Mitarbeiter der Greenspur Press war der alte Carlyle. Es war ein kleiner, gebeugter Mann von ungefähr sechzig, den Vic in Wesley auf der Straße aufgelesen und vor der Trunksucht gerettet hatte. Carlyle hatte ihn angebettelt, um sich Schnaps kaufen zu können. Vic hatte ihm einen Drink spendiert und sich mit ihm unterhalten. Er hatte ihm eine Stellung als Laufbursche und Hausmeister in seiner Druckerei angeboten, und Carlyle hatte angenommen. Jetzt trank er nur noch zweimal im Jahr: zu Weihnachten und an seinem Geburtstag. Er hatte keine Familie. Von dem, was Vic ihm bezahlte, konnte er bequem leben; er wohnte bei einer älteren Frau im Norden von Little Wesley. Carlyles Aufgabenbereich hatte sich im Lauf der Zeit erweitert; er sortierte nun auch die Post, ging Stephen zur Hand und brachte die Pakete zur Bahnstation in Wesley. Er war zu einem mehr oder weniger zuverlässigen Fahrer des leichten Dodge-Lieferwagens geworden, der immer am Hintereingang der Druckerei stand. Man konnte sich darüber streiten, ob Carlyle seine sechzig Dollar in der Woche wert war, aber die ganze Greenspur Press war ja ohnehin ein Zuschußunternehmen. Vic fand einfach eine Befriedigung darin, Carlyles Lebensabend etwas glücklicher zu machen, indem er ihm Arbeit gab, die er sonst nirgendwo bekommen hätte. So lange Carlyle nicht mehr anstellte, als gelegentlich mit dem Dodge beim Hinausfahren das Geländer der kleinen Brücke am Ende der Ausfahrt zu rammen, sich zweimal im Jahr zu betrinken und Tabak zu kauen (was er unablässig tat; er hatte einen Spucknapf in der Druckerei stehen, den er einigermaßen sauber hielt) – so lange konnte er bleiben, bis er an Altersschwäche starb.

Die Druckerei selbst war ein einstöckiges Gebäude, dunkelgrün gestrichen, so daß es fast unter den dichtbelaubten Bäumen, die es auf allen Seiten umgaben, verschwand. Es hatte eine seltsame Form, da es ursprünglich ein Werkzeugschuppen gewesen war. Dieser ehemalige Schuppen war sozusagen das Kernstück; hier befanden sich jetzt die Druckerpressen. An dem einen Ende des Schuppens hatte Vic ein quadratisches kleineres Zimmer als Büro angebaut, und ein weiterer Anbau an der anderen Seite diente als Lagerraum. Ein ziemlich ausgefahrener Weg wand sich etwa zweihundert Meter weit zu einer breiteren Landstraße hinunter. Die Druckerei war von Vics Haus mit dem Wagen in zehn Minuten zu erreichen.

An dem Tag, an dem er den Anruf wegen Charley De

Lisle bekommen hatte, war Melinda nicht um ein Uhr zu Hause. Vic aß allein zu Mittag und las bei Tisch ein Buch. Er war seltsam unruhig – es war, als ob ihn jemand von hinten beobachtete, während er in dem leeren Haus umherwanderte. Er legte die Gregorianischen Gesänge auf und stellte sie so laut ein, daß er sie draußen hören konnte, als er kurz vor drei Uhr seine Blumenkästen wieder in die Garage trug. Melinda hatte keine Nachricht im Haus zurückgelassen. Wenn sie etwas hinterließ, legte sie gewöhnlich einen Zettel mitten auf den Fußboden im Wohnzimmer.

War sie mit Charley De Lisle zusammen? Die Frage war wie eine Blase an die Oberfläche seines Bewußtseins gestiegen. Aber warum sollte er das annehmen? Er erinnerte sich dunkel an das Gesicht des Pianisten – schmal, brünett, Pomade auf dem Haar. Wie ein Gauner aus einem italienischen Film war er Vic vorgekommen. Er hatte ihn nur einmal gesehen, an einem Nachmittag vor ungefähr drei Wochen, als er mit Melinda zum Cocktail in der Lord-Chesterfield-Bar gewesen war. Melinda hatte nicht eine einzige Bemerkung über De Lisles Klavierspiel gemacht, fiel Vic ein, was ungewöhnlich für sie war.

Er schob den Gedanken an Charley De Lisle beiseite. Einen Verdacht zu fassen, noch ehe begründeter Anlaß dazu bestand, das war das letzte, was er sich zuschulden kommen lassen wollte. Melinda war immer unschuldig, solange ihre Schuld nicht bewiesen war.

Sie war noch immer nicht zurück, als Vic gegen Viertel vor sieben nach Hause kam. Trixie war seit halb fünf zu Hause gewesen, und Vic fragte sie, ob sich ihre Mutter nicht gemeldet hätte.

»Nix«, antwortete Trixie gleichgültig. Sie lag bäuchlings auf dem Fußboden und las die Witzseite des *New Wesleyan*. Trixie war daran gewöhnt, daß ihre Mutter ab und zu nicht da war. So war es gewesen, solange sie denken konnte.

»Wie wär's mit einer Runde Buchstabenspiel?«

Trixie blickte zu ihm auf und erwog den Vorschlag. Ihr kleines, ovales, sonnendurchglühtes Gesicht erinnerte Vic plötzlich an eine Eichel, an eine glänzende, frische Eichel, die gerade vom Baum gefallen ist, mit zugespitztem Ende (Trixies Kinn), und einer Kapsel (dem glatten, kurzgeschnittenen Haar). »Na gut«, sagte Trixie schließlich, sprang auf und holte den Spielkasten vom Bücherbord.

Das Telefon klingelte. Vic meldete sich. Es war Melinda.

»Ich komme gegen acht, Vic. Eßt ruhig schon Abendbrot, wenn ihr wollt. Ich bringe noch jemand mit auf einen Drink – wenn du nichts dagegen hast«, fügte sie mit belegter Stimme hinzu, und er schloß daraus, daß sie bereits ein paar Drinks hinter sich hatte. »Okay?«

»Okay.« Es war ihm auch klar, wen sie mitbrachte. »Bis gleich also.«

»Bis gleich.«

Er hängte ein. »Mammi kommt erst in einer Stunde, Trixie«, sagte er. »Hast du Hunger?«

»Nein, noch nicht.«

Trixie aß furchtbar gern mit ihnen. Sie würde stundenlang warten, um mit den Großen essen zu dürfen, wenn Vic ihr auch als äußerste Grenze immer neun Uhr ansetzte. Im allgemeinen aßen sie um halb neun. Heute wohl kaum, dachte Vic. Er zwang sich zur Konzentration auf das Spiel. Er spielte mit Trixie stets auf der Basis, einen Zug für ihn und zwei für Trixie, damit die Chancen etwas ausgeglichen würden. Eigentlich, fand Vic, war Trixies Buchstabierkunst bereits viel besser als die ihrer Mutter, es war aber wohl wenig diplomatisch, ihr das zu verraten. Vic hatte Trixie das Lesen beigebracht, als sie drei Jahre alt war. Sie waren mitten in der zweiten Runde; Trixie hatte einen Schokoladenkrapfen mit Ketchup gegessen, und es wurde schon dunkel, als er zwei Wagen auf der Auffahrt hörte.

Trixie hörte es ebenfalls und legte horchend den Kopf zurück. »Zwei Leute«, stellte sie fest.

»Deine Mutter bringt noch einen Gast mit.«

»Wen denn?«

»Weiß ich nicht. Sie hat nur gesagt, daß sie jemand mitbringt. Du bist dran, Trixie.«

Er hörte undeutlich Melindas Stimme; ihre Absätze klapperten auf dem zementierten Weg, und dann ging die Tür auf.

»Hallo!« rief Melinda. »Kommen Sie herein, Charley. Vic, das ist Charley De Lisle. Charley – mein Mann.«

Vic hatte sich erhoben. »Guten Abend.«

De Lisle murmelte etwas Unverständliches und nickte. Er sah verlegen aus. Er war um die fünfunddreißig, schlank, nicht sehr groß und hatte eng nebeneinanderliegende und etwas unruhige Augen, über denen die Brauen zusammengewachsen waren.

»Charley ist der Pianist in der Lord-Chesterfield-Bar«, erklärte Melinda.

»Ja, ich weiß. Wie gefällt Ihnen unsere kleine Stadt?« erkundigte sich Vic liebenswürdig.

»Setzen Sie sich, Charley. Willst du uns nicht einen Drink anbieten, Vic? Was möchten Sie, Charley?«

Charley meinte, er nähme wohl am besten einen kanadischen Whisky mit Wasser. Vic ging in die Küche, um die Drinks zuzubereiten. Er machte Charley einen Rye zurecht und dann für sich und Melinda je einen Scotch mit Wasser. Für Trixie goß er Orangensaft in ein Glas. Als er ins Wohnzimmer zurückkam, stand Trixie immer noch mitten im Raum und starrte Charley De Lisle mit ausdrucksloser, faszinierter Neugier an. Vic reichte die Drinks auf einem Tablett herum.

»Ich habe heute einen Anruf Ihretwegen bekommen«, sagte er zu De Lisle.

Charley sah fragend und überrascht auf.

»Ein Makler wollte von mir wissen, ob ich Sie kenne. Leider konnte ich ihm nicht viel sagen.« Vics Lächeln war noch freundlich.

»Ach je, *dich* haben sie angerufen?« Melinda lachte. »Tut mir leid, Vic. Ich werde das morgen erledigen«, setzte sie etwas gelangweilt hinzu. »Aber Charley hat doch das Haus schon. Er zieht morgen ein. Es ist ein entzückendes Häuschen im Wald ... Ach, das mußt du doch schon gesehen haben – zwei Kilometer vor East Lyme, wo ich extra mal mit dir vorbeigefahren bin, um es dir zu zeigen? Ich wußte, daß es seit dem Frühjahr leer steht und dachte mir, es würde Charley sicherlich lieber als ein Hotel sein, weil er doch sechs Wochen hier sein wird. Da hab ich den Makler angerufen, und ... Na ja, und dann hab ich es eben für ihn bekommen. Und Charley ist ganz begeistert davon.« Melinda suchte Platten zum Auflegen aus.

»Das klingt ja sehr hübsch«, meinte Vic höflich. Melinda mußte wohl mit jemand anderem dort vorbeigefahren sein, um ihm das Haus zu zeigen. Dann versuchte er, seine Gedanken in neutralere Bahnen zu lenken. Er gab sich alle Mühe; er hatte ja gar keinen Grund, Mr. De Lisle feindliche Gefühle entgegenzubringen. Mr. De Lisle sah sowieso aus, als hätte er Angst vor seinem eigenen Schatten.

Melinda hatte die Platten ausgewählt und spielte sie ziemlich laut. Als eine weitere Platte einrastete, fragte sie Charley, ob er wüßte, wer der Pianist sei. Charley wußte es.

Vic machte die nächsten Drinks für sich und Melinda zurecht. Charley nippte noch an seinem ersten. Als er ins Zimmer zurückkehrte, sagte Melinda gerade zu Trixie: »Warum gehst du nicht in dein Zimmer zum Spielen, Liebling? Du machst eine gräßliche Unordnung hier.«

Trixie hatte verträumt etwas mit den Karten des Buchstabenspiels auf dem Fußboden vor dem Kamin gebaut. Jetzt seufzte sie und fing an, ganz langsam die Karten wieder in den Kasten zu legen mit einem Tempo, das ihr glatt noch weitere zwanzig Minuten im Zimmer garantierte.

»Der Drink ist nicht vergiftet, wissen Sie«, mahnte Melinda.

»Das weiß ich.« Charley lächelte. »Ich muß auf mein Magengeschwür Rücksicht nehmen, und außerdem muß ich heute abend noch arbeiten.«

»Ich hoffe aber, daß Sie zum Essen bleiben. Sie brauchen doch erst um elf Uhr anzufangen. Und bis Ballinger sind es nur sechs Minuten von hier.«

»Vielleicht mit einer Rakete«, meinte Vic wohlwollend. »Wenn er lebend ankommen will, sollte er sich lieber zwanzig Minuten für die Fahrt genehmigen.«

»Charley spielt im Lincoln Hotel in Ballinger von elf bis Mitternacht«, berichtete Melinda. Ihre Nase hätte etwas Puder brauchen können, aber sonst sah sie blendend aus. Sie hatte noch nicht zuviel getrunken. Vic konnte es verstehen, daß die Männer sie bezaubernd und sogar unwiderstehlich fanden. Sie lehnte sich zu Charley hinüber und legte eine Hand auf seinen Arm. »Charley – bleiben Sie zum Essen?« Und ohne seine Antwort abzuwarten, sprang sie auf. »Meine Güte! Ich hab das Steak im Wagen gelassen! Das herrlichste Steak von Hansen! Selbst ausgesucht noch dazu!« Sie lief hinaus.

Charley weigerte sich jedoch standhaft, zum Essen zu bleiben. »Ich muß jetzt gehen«, erklärte er, sobald er sein Glas ausgetrunken hatte.

»Aber Sie werden doch nicht gehen, ohne uns etwas vorgespielt zu haben!« schmollte Melinda.

Charley stand folgsam auf, als wüßte er schon, daß es zwecklos war, Melinda zu widersprechen, und setzte sich an den Flügel. »Haben Sie einen besonderen Wunsch?«

Melinda stellte den Deckel hoch. »Spielen Sie, was Sie mögen, Charley.«

Charley spielte *Old Buttermilk Sky*. Vic wußte, daß es eins von Melindas Lieblingsstücken war, und Charley mußte es ebenfalls gewußt haben, denn er warf ihr einen vielsagenden Blick zu, als er in die Tasten griff.

»Ich wünschte, ich könnte auch so spielen«, seufzte

Melinda, als er geendet hatte. »Ich spiele es auch, aber nicht so.«

»Spielen Sie's mir mal vor«, bat Charley und erhob sich von der Bank.

Melinda schüttelte den Kopf. »Jetzt nicht. Glauben Sie, Sie könnten mir beibringen, es so zu spielen wie Sie?«

»Wenn Sie überhaupt spielen können – selbstverständlich«, antwortete Charley schlicht. »Aber jetzt muß ich unbedingt gehen.«

Vic stand auf. »Nett, daß Sie mal reingeschaut haben.«

»Vielen Dank.« Charley nahm seinen Regenmantel.

Melinda ging mit ihm zum Wagen. Sie blieb ungefähr fünf Minuten. Als sie zurückkam, schwiegen sie beide eine Zeitlang.

Dann sagte Melinda: »Gibt's was Neues in der Druckerei?«

»Nichts Besonderes.« Sie hörte ihm doch nie zu, wenn er ihr von seiner Arbeit erzählte. »Es ist höchste Zeit zum Essen, glaube ich. Was meinst du?«

Melinda war ungewöhnlich nett im Verlauf des Abends. Aber am nächsten Tag war sie mittags wieder nicht zu Hause und kam wieder erst kurz vor acht. Sie berichtete, Charley De Lisle gebe ihr jetzt nachmittags Klavierstunden.

8

Vic erkannte, was im Gange war und versuchte, Melinda dazu zu bringen, es zuzugeben und abzubrechen, bevor es in der ganzen Stadt herum war. Er erklärte ihr ganz ruhig, sie sei seiner Meinung nach zuviel mit Charley De Lisle zusammen.

»Ach, du siehst ja weiße Mäuse!« antwortete sie. »Er ist einfach nur seit Wochen der erste Mensch, mit dem ich mich unterhalten kann, ohne wie ein Paria behandelt zu werden, und das paßt dir natürlich nicht. Du kannst einfach nicht sehen, daß ich mich auch mal amüsiere – das ist es.«

Sie brachte es fertig, solche Behauptungen so vorzubringen, als ob sie wirklich glaubte, was sie da sagte. Es machte ihn unsicher. Womöglich glaubte sie es tatsächlich? Er versuchte, fair zu sein, die Dinge mit ihren Augen zu sehen; es war doch einfach undenkbar, daß sie sich ernstlich zu dem Barpianisten hingezogen fühlte ... Aber so große Mühe er sich auch gab, es gelang ihm nicht, sich das einzureden. Damals bei Jo-Jo hatte sie auch alles abgestritten, und Jo-Jo war Vics Ansicht nach genauso abstoßend gewesen, und es war *doch* passiert. Jo-Jo war angeblich so amüsant und witzig gewesen, und so reizend mit Trixie. Und jetzt war Charley De Lisle angeblich so ein phantastischer Pianist. Er gab ihr doch nur Klavierunterricht – zweimal wöchentlich; er kam immer nach drei, wenn Vic wieder in der Druckerei war, und blieb bis gegen fünf – um fünf mußte er wieder in der Lord-Chesterfield-Bar arbeiten. Trixie war auch gewöhnlich nachmittags zu Hause – was war also dabei? Indessen fehlte Melinda des öfteren beim Mittagessen, und häufig spielten sie nachmittags auch gar nicht Klavier, denn der Aschenbecher, den Vic um zwei Uhr auf die Tasten gesetzt hatte, befand sich dann immer noch dort, wenn er um sieben Uhr nach Hause kam. Und trafen sie sich auch bei Charley De Lisle, in dessen Haus es überhaupt kein Klavier gab?

»Nun sag mir bloß, was ich eigentlich davon halten soll?« fragte Vic.

»Nichts! Ich weiß gar nicht, worüber du dich so aufregst.«

Es ist zwecklos, sie darauf aufmerksam zu machen, daß sie seit zwei Wochen mit niemandem verkehrt oder gesprochen hatte als mit Charley De Lisle. Es wäre sinnlos und peinlich gewesen, ihr klarmachen zu wollen, daß sogar Trixie auf dem laufenden war und die Affäre als selbstverständlich hinnahm. In der zweiten De-Lisle-Woche war Vic eines Abends nach Hause gekommen, als Melinda nicht da war, und Trixie hatte im natürlichsten Ton der Welt erklärt: »Wahrscheinlich ist sie bei Charley. Sie war schon weg, als ich nach Hause kam.« Das hatte ihm weh getan – mehr noch als der Ausdruck in Trixies Gesicht, als sie Charley bei seinem ersten Besuch an jenem Abend betrachtet hatte. Die Erinnerung daran verfolgte Vic. Er spürte, daß dies der Augenblick gewesen war, in dem seine Ahnung zur Gewißheit wurde; er spürte, daß Trixie in ihrer Unschuld intuitiv erfaßt hatte, was er zu jener Zeit lediglich als Verdacht in sich trug.

Jetzt versuchte er leichthin zu scherzen: »Zu dumm, daß ich mit dir verheiratet bin. Wenn ich ein Wildfremder wäre und dich per Zufall kennenlernte, hätte ich vielleicht Chancen. Ich habe Geld, sehe nicht allzu schlecht aus, ich könnte dich mit einer Menge interessanter Dinge unterhalten, und . . .«

»Was für interessante Dinge? Schnecken vielleicht? Oder Wanzen?« Sie war dabei, sich anzuziehen, um nachmittags mit Charley auszufahren; sie legte gerade einen Gürtel an, den Vic ihr geschenkt hatte; dann band sie ein rotgelbes Tuch um den Hals, das Vic mit Liebe für sie ausgesucht und ihr mitgebracht hatte.

»Früher einmal hast du Schnecken interessant gefunden und alles mögliche andere, bevor dein Geist so langsam eingetrocknet ist.«

»Danke schön. Mir genügt mein Geist; und deinen kannst du dir an den Hut stecken.«

Es war Sonntag. Vic hatte vorgehabt, mit Melinda und Trixie zum Bärensee zu fahren und dort ein bißchen zu rudern – Melinda und er im Ruderboot und Trixie in ihrem Kanu. Die Wochenenden waren die einzige Zeit, in der Trixie zum See fahren konnte, und sie liebte das sehr. Auch Melinda war bis vor zwei oder drei Wochen gern mitgekommen. Jetzt aber wollte sie eben mit Charley ins Grüne, angeblich nur ein bißchen in der Gegend herumfahren; aber Trixie wollte sie nicht mitnehmen.

»Vielleicht bin ich nicht da, wenn du zurückkommst«, sagte Vic.

»Wieso? Wo willst du denn hin?«

»Ach, ich fahr vielleicht mal zu Blair Peabody rüber, Trixie kann mitkommen.«

»Ach so.« Er war nicht sicher, ob sie überhaupt zugehört hatte. »Also bis nachher, Vic, viel Spaß bei Blair!« Damit ging sie hinaus.

Vic stand im Wohnzimmer und hörte, wie sie wegfuhr. Das mit dem Austrocknen ihres Geistes hätte er nicht sagen sollen. Es tat ihm jetzt leid. Es war besser, die Sache leicht und wie selbstverständlich hinzunehmen, als hätte er nichts dagegen, als gäbe es gar nichts, wogegen er etwas haben könnte; dann würde sie vielleicht nach ein oder zwei Wochen Charleys überdrüssig werden. Wenn er seine Abneigung gegen De Lisle zu offen zeigte, würde sie schon aus Widerspruchsgeist an ihm festhalten. Er müßte es umgekehrt anfangen: sich als netter Kerl oder so aufführen. Er wußte, Melinda fand De Lisle weder besonders gut aussehend noch amüsant, ausgenommen am Klavier. Andererseits: die Rolle des guten Kerls hatte ihm bei Jo-Jo und bei Ralph Gosden auch nichts genützt. Und der Gedanke daran, daß Melinda den Kerl zur nächsten Party bei Cowans oder Mellers schleppen würde – bisher hatte sie es noch nicht getan, aber es stand bevor, so sicher wie das Amen in der Kirche –, der Gedanke an die Demütigung, für einen Rinnsteintyp wie Charley De Lisle gesellschaftlich geradestehen zu müssen, schien ihm unerträglich. Außerdem würde allen natürlich klar sein, daß Melinda sich den ersten besten Mann geangelt hatte, den sie nach der Bereinigung der McRae-Geschichte hatte auftreiben können. Und alle würden merken, daß er, Vic, machtlos gegenüber Melindas Eskapaden war; es hatte keinen Sinn mehr, den Gleichgültigen zu spielen, nachdem er die McRae-Legende doch offensichtlich zu dem Zweck in die Welt gesetzt hatte, ihre Liebhaber zu verscheuchen.

Er versuchte sich zusammenzureißen. Also gut; wenn er die Sache *nicht* leicht und wie selbstverständlich nahm –

welche Alternative hatte er dann? Sollte er sich so weit erniedrigen, Mr. De Lisle zu zeigen, daß ein Mann seines Schlages es wert war, daß man sich über ihn ärgerte? Sollte er versuchen, Befriedigung daraus zu ziehen, daß er die Affäre mit Gewalt abstoppte? Nein – das waren nicht seine Methoden; das waren sie nie gewesen. Die einzig mögliche Taktik war, höflich zu bleiben, Contenance zu wahren, ganz gleich, was passierte. Es war sehr fraglich, ob er auf diese Weise sein Ziel erreichen würde; es konnte mißlingen, und er würde darum ausgelacht und verachtet werden. Aber mit jeder anderen Methode würde er ganz sicher verlieren – seine Sache und obendrein Melindas Achtung und seine Selbstachtung, ob er der Affäre nun erfolgreich ein Ende machte oder nicht.

Er fuhr an diesem Sonntag doch nicht zu Blair Peabody; Janey Peterson rief Trixie an und fragte, ob sie herüberkommen dürfte, und Trixie war einverstanden, zu Hause zu bleiben und mit Janey zu spielen. Vic verbrachte den Nachmittag mit einem Werk über Tiberius.

Janeys Vater brachte seine Tochter mit dem Wagen herüber, und Vic unterhielt sich noch ein paar Minuten mit ihm auf dem Rasen vor dem Haus. Peterson war ein kräftiger blonder Mann von angenehm offenem und bescheidenem Wesen. Er hatte eine Tüte frischgebackener Doughnuts dabei, und Janey und Trixie nahmen sich ein paar davon mit, bevor sie davonrannten. Vic und Peterson standen kauend auf dem Rasen und unterhielten sich über die Hortensienbüsche, die jetzt gerade in voller Blüte standen. Peterson erzählte, daß seine Hortensien nicht blühen wollten – vermutlich seien die Pflanzen zu jung.

»Nehmen Sie sich doch ein paar von unseren mit«, bot Vic an; »wir haben genug von dem Zeug.«

Peterson protestierte, aber Vic ging in die Garage, holte den Spaten und ein paar Leinensäcke und grub zwei Büsche aus; vier standen verstreut auf dem Rasen, und Vic fand sie ohnehin scheußlich, zumindest an diesem Nachmittag. Die großen pastellfarbenen Blütenbälle sahen schal und langweilig aus. Er überreichte Peterson die beiden Büsche, die Wurzeln in die Leinensäcke gewickelt, mit Grüßen für Mrs. Peterson.

»Na, die wird sich freuen wie ein Schneekönig«, meinte Peterson. »Und unser Rasen wird viel hübscher aussehen. Grüßen Sie bitte Ihre Frau . . . Ist sie nicht zu Hause?«

»Nein, sie macht einen Besuch«, antwortete Vic.

Peterson nickte.

Vic war nicht ganz sicher, aber es war ihm so vorgekommen, als sei Peterson verlegen gewesen, als er nach Melinda fragte. Vic winkte ihm nach, während Peterson den Wagen anfuhr und noch einmal vor dem Hause zurücksetzte. Der Rasen sah aus, als wären zwei kleine Bomben darauf eingeschlagen. Er ließ ihn so.

Melinda kam um Viertel vor sieben nach Hause. Vic hörte ihren Wagen und ging ein paar Minuten später aus seinem Zimmer durch die Garage ins Wohnzimmer, angeblich um sich ein paar Seiten von der *Times* zu holen. Er hatte halb erwartet, De Lisle vorzufinden, aber Melinda war allein.

»Während du mich zweifellos im Pfuhl der Sünde vermutetest, sind wir beim Trabrennen gewesen, und ich habe acht Dollar gewonnen«, verkündete sie; »was sagst du nun?«

»Ich habe überhaupt nichts vermutet«, erwiderte Vic lächelnd und drehte das Radio an. Um sieben kam ein politischer Kommentar, den er hören wollte.

Janey Peterson blieb zum Essen, und hinterher fuhr Vic sie nach Hause. Er wußte, daß Melinda, während er fort war, mit Charley telefonieren würde. Charley hatte seinen Anschluß sofort nach dem Einzug bekommen, weil Melinda ihren Einfluß – oder vielmehr den Einfluß des Namens Van Allen – aufgeboten hatte, um die Telefongesellschaft dazu zu bewegen, von der üblichen Wartezeit von zwei bis drei

Wochen abzusehen. Vic wünschte, sie hätte das mit dem ›Pfuhl der Sünde‹ nicht gesagt. Wenn sie doch nicht so kaltschnäuzig wäre ... früher war sie anders gewesen. Es kam bestimmt von ihrem Umgang. Warum hatte sie überhaupt etwas gesagt, wenn alles so harmlos verlaufen war? Wenn eine attraktive Frau wie Melinda sich derart anbot, konnte man schließlich nicht erwarten, daß sich De Lisle mit Händen und Füßen sträubte. Wer sträubte sich heute schon noch aus moralischen Gründen ... So etwas hatte Henri III. von Frankreich getan, als seine Frau, die Princesse de Condé, starb. Damals gab es noch so etwas wie wirkliche Liebe: Henri verbrachte den Rest seines Lebens in der Bibliothek im Gedenken an die Princesse und entwarf Buchschmuck – Schädel und gekreuzte Knochen – für die Einbände und Titelseiten, die Nicolas Eve anfertigte. Ein Psychiater von heute würde Henri vermutlich für nicht normal halten.

Charley De Lisle kam in der folgenden Woche zweimal zum Abendessen, und einmal gingen sie zu dritt in ein Konzert, aber Charley konnte nicht bis zum Ende bleiben, weil er um elf im Hotel Lincoln sein mußte. Dann kam er am folgenden Montag zum Abendessen; montags war sein freier Abend, und Vic sagte entgegenkommenderweise gegen zehn Uhr gute Nacht, ging in sein Zimmer und kam nicht mehr zurück. Charley und Melinda hatten am Klavier gesessen, aber das Klavierspiel war fast augenblicklich abgebrochen. Schließlich ging Vic zu Bett und schlief ein; das Geräusch von Charleys abfahrendem Wagen weckte ihn, und als er auf seine Armbanduhr blickte, sah er, daß es Viertel vor vier war.

Am nächsten Morgen klopfte Vic gegen neun mit einer Tasse Kaffee in der Hand an Melindas Tür. Stephen hatte kurz vorher angerufen und berichtet, seiner Frau gehe es nicht gut, und er wolle sie nicht allein lassen; ob Melinda vielleicht herüberkommen und ihn ablösen könnte; die Frau, die sonst in solchen Fällen nach Georgianne schaute, sei in

Urlaub. Melinda antwortete nicht auf das Klopfen, und Vic stieß die Tür leise auf. Das Zimmer war leer. Der beigefarbige Überzug auf dem Bett sah ungewöhnlich straff und glatt aus. Vic trug den Kaffee in die Küche zurück und goß ihn in den Ausguß.

Dann fuhr er in die Druckerei. Er rief Stephen an und sagte, Melinda sei schon sehr früh mit einer Freundin zum Einkaufen in Wesley verabredet gewesen, würde aber gegen Mittag zurück sein; er werde sich wieder melden. Vic rief um elf und um zwölf Uhr zu Hause an. Um zwölf war sie da. Er erkundigte sich in ganz normalem Ton nach ihrem Befinden und berichtete ihr dann von Georgiannes Unwohlsein. Georgianne erwartete ein Baby; sie mußte im sechsten oder siebenten Monat sein. Stephen hatte den Arzt kommen lassen; es schien alles normal zu verlaufen, aber Georgianne mußte trotzdem jemanden bei sich haben.

»Selbstverständlich helfe ich gerne«, erklärte Melinda sofort. »Sag Stephen, daß ich in einer halben Stunde draußen bin.«

Es klang, als ginge sie wirklich gern hin, und Vic war ziemlich sicher, daß es sich dabei nicht in erster Linie um eine Art von Bußfertigkeit nach ihren nächtlichen Eskapaden handelte. Es gehörte, so wenig es zu ihrem Wesen zu passen schien, zu Melindas netten Seiten, daß sie gern anderen half – ob es um Krankheitsfälle in der Bekanntschaft ging oder um wildfremde Leute, die eine Autopanne hatten. Nur bei solchen Anlässen brach plötzlich und unerwartet ihr mütterlicher Instinkt durch.

Melinda hatte offensichtlich nicht die Absicht, ein Wort über ihr nächtliches Ausbleiben zu verlieren; aber Vic war sicher, daß Charley De Lisle bei ihrem nächsten Zusammentreffen etwas verkrampft sein würde; ein Mann wie er verfügt kaum über die Selbstsicherheit, so zu tun, als sei nichts geschehen. Er würde noch ein wenig serviler, noch ein wenig unsicherer sein als sonst. Die Tatsache allein, daß De Lisle es überhaupt wagen würde, ihm unter die Augen zu treten, verstimmte Vic.

Zwei Tage später fuhren sie gemeinsam zu einem Konzert, und Vic verhielt sich ruhig und liebenswürdig; er bezahlte sogar die Erfrischungen in der Pause, obwohl er bereits die Eintrittskarten gekauft hatte. Mr. De Lisle schien in jeder Beziehung sehr zufrieden zu sein. Er hatte auch allen Grund dazu: eine angenehme Sommerbeschäftigung in einer hübschen Gegend, eine Geliebte nach Maß, die ihn nichts kostete – ganz im Gegenteil, sie gab noch Geld für ihn aus – und um die er sich im übrigen nicht zu kümmern brauchte, weil sie ja verheiratet war. Und obendrein hatte der Ehemann nichts dagegen. Für Mr. De Lisle war die Welt zweifellos rundum in Ordnung, dachte Vic.

Am Freitag der gleichen Woche traf Vic in der Stadt Horace Meller, und Horace bestand auf einem Drink. Er wollte in die Lord-Chesterfield-Bar gehen; Vic schlug eine Bierkneipe in der Nachbarschaft vor, aber Horace hatte keine Lust, erst zwei Straßen weiterzugehen. Also gab Vic nach; es hätte wahrscheinlich sonderbar gewirkt, wenn er sich gesträubt hätte.

Mr. De Lisle war am Flügel, als sie die Bar betraten, aber Vic sah nicht zu ihm hin. Vier oder fünf Tische waren besetzt, Melinda jedoch war, wie Vic mit raschem Blick feststellte, nicht anwesend. Sie traten an die Bar und bestellten Whisky mit Soda.

»Wir haben euch am letzten Sonntag beim Golf vermißt«, sagte Horace. »Mary und ich haben uns den ganzen Nachmittag bei den ersten Löchern umhergetrieben. Wir dachten immer, ihr taucht noch auf.«

»Ich habe gelesen.«

»Und Melinda? Ich hab sie lange nicht gesehen.«

»Ach, danke, es geht ihr gut. Sie ist viel mit Trixie zum Schwimmen gewesen.« Ein einziges Mal, nach vielem Betteln seitens Trixie, war sie mit ihr ins Schwimmbad gegangen.

Mr. De Lisle hörte auf zu spielen, und ein paar Gäste applaudierten. Vic nahm wahr, daß De Lisle aufstand, sich verbeugte, vom Podium stieg und durch die Tür in die Halle hinausging.

»Es freut mich wirklich, daß sie sich gefangen hat. Hoffentlich hast du mir verziehen, daß ich früher einmal mit dir darüber gesprochen habe . . . über Melinda, meine ich. Ich wollte mich nie in eure Angelegenheiten mischen. Hoffentlich hast du das verstanden, Vic.«

»Aber das weiß ich doch, Horace.« Horace hatte sich näher zu ihm herübergelehnt, und Vic blickte in seine ernsten braunen Augen über den kleinen faltigen Tränensäcken. Horace war ja schon um die fünfzig, wurde Vic jetzt klar. Er müßte eigentlich wesentlich mehr vom Leben wissen als er, Vic, mit sechsunddreißig. Horace richtete sich etwas auf, und Vic merkte, daß er verlegen wurde, daß das etwas gewesen war, was Horace geglaubt hatte, einmal aussprechen zu müssen, und Vic gab sich Mühe, die richtigen Worte zu finden.

»Ich wollte dir nur sagen, daß wir, Mary und ich, immer sicher gewesen sind, eines Tages würde schon alles wieder in Ordnung kommen. Und jetzt sind wir wirklich froh, daß wir recht hatten.«

Vic nickte und lächelte. »Vielen Dank, Horace.« Er fühlte sich plötzlich schrecklich deprimiert.

»Jedenfalls habe ich den Eindruck, daß nun wirklich alles in Ordnung ist«, beharrte Horace.

»O ja, ich denke schon.«

»Melinda sah übrigens fabelhaft aus neulich an dem Abend bei euch, und beim Tanz im Club natürlich auch.«

Der Abend von Mellers Besuch bei ihnen hatte nur zwei Tage nach dem Tanz im Club stattgefunden, fiel Vic ein. Seitdem hatten Mellers sie an einem anderen Abend einmal eingeladen, um ein paar neue Platten zu hören, die Horace gekauft hatte; aber Melinda war immer nachmittags mit Charley zusammengewesen und zu müde, um hinzugehen.

Mellers hatten Melinda und Charley also noch nicht zusammen erlebt. Sie würden jedoch gegebenenfalls innerhalb von zwei Minuten begriffen haben, was vor sich ging. Melinda war in der Zeit, in der in der Stadt über die McRae-Geschichte geredet wurde, wesentlich liebenswürdiger als sonst zu den Leuten gewesen. Das war es wohl, was Horace mit dem ›In-Ordnung-Sein‹ gemeint hatte.

»Du bist so nachdenklich heute«, sagte Horace. »Was bringst du als nächstes Buch raus?«

»Einen Gedichtband von einem jungen Mann namens Brian Ryder. Ich glaube, ich hab dir mal ein paar Gedichte von ihm gezeigt, als du bei mir im Büro warst.«

»Ach ja, ich erinnere mich ... Für meinen Geschmack ein bißchen zu metaphysisch, aber du weißt ja ...« Horace lächelte, und dann berichtete er: »Cowans wollen demnächst ein großes Gartenfest geben. Sie wollten Phils Buch feiern. Er ist gerade dabei, die Korrekturfahnen durchzusehen. Evelyn hat erklärt, sie hätten sich dermaßen eingeigelt in letzter Zeit und ihre Freunde derart vernachlässigt, daß sie jetzt eine riesige Party geben will. Ich fürchte, es soll ein Kostümfest werden.« Horace lachte in sich hinein. »Vermutlich landen wir dann alle zur Abkühlung im Swimming-pool.«

Mr. De Lisle gab jetzt den Schlager aus ›Moulin Rouge‹ zum besten, leicht, sanft, sentimental. Melinda hatte das Stück in letzter Zeit auch gespielt und versucht, Charleys Stil nachzuahmen. Hast du Charley De Lisle schon kennengelernt? hätte Vic am liebsten gefragt. *Du wirst ihn kennenlernen, Horace – wahrscheinlich noch vor der Party bei Cowans.*

»Wie findest du den neuen Pianisten?« fragte Horace in diesem Moment. »Macht unseren gemütlichen Gasthof beinahe großstadtreif.«

»Er ist ganz gut, nicht?«

»Mir wäre Stille lieber. Lesley muß in diesem Jahr gute Geschäfte machen. Soll alle Zimmer besetzt haben; heute ist es ja auch ziemlich voll hier.« Horace hatte sich halb umgewendet und betrachtete De Lisles Profil.

Dieser Mann hat für heute nachmittag eine Verabredung mit meiner Frau, hätte Vic am liebsten mit fester Stimme gesagt. Ich will ihn weder sehen noch hören.

»Weißt du, wie er heißt?« fragte Horace.

»Keine Ahnung.«

»Sieht aus wie ein Italiener.« Horace wandte sich wieder seinem Drink zu.

Er sah tatsächlich aus wie ein Italiener, wie ein Italiener schlimmster Sorte. Vic hatte keine Ahnung, ob er tatsächlich Italiener war, und es war wohl eine Beleidigung für das italienische Volk, es anzunehmen. Er vereinigte in seiner Erscheinung eine Mischung der übelsten Elemente verschiedener romanischer Völker. Er sah aus, als hätte er sein ganzes Leben damit verbracht, Schlägen auszuweichen, die ihm bestimmt aus gutem Grund gegolten hatten.

»Nimmst du noch einen?« fragte Horace.

Vic wachte auf. »Ich glaube nicht, Horace. Ich habe Melinda gesagt, daß ich gegen halb sieben zu Hause bin.«

»Dann mach, daß du heimkommst«, meinte Horace lächelnd.

Vic bestand darauf, die Drinks zu bezahlen; dann gingen sie zusammen in die frische Luft hinaus.

9

Cowans Party war wirklich ein Kostümfest. Jeder sollte sich seinen Lieblingshelden bzw. seine Lieblingsheldin aus Literatur oder Geschichte zum Vorbild nehmen. Melinda hatte sich lange nicht entschließen können. Maria Stuart war nicht ganz ihr Fall, Greta Garbo oder Cleopatra eigentlich auch nicht, und sie fürchtete, daß sich schon jemand anderes für Scarlett O'Hara entschieden hätte. Das hinderte sie nicht, für jede dieser Möglichkeiten bereits das Kostüm in allen Einzelheiten auszudenken. Sie war aber sicher, es müsse eine historische Figur geben, die ihrem Charakter besser entsprach – sie kam nur nicht darauf.

»Madame Bovary?« schlug Vic vor.

Sie entschloß sich schließlich doch für Cleopatra.

Charley De Lisle sollte auf dem Fest Klavier spielen. Das hatte Melinda arrangiert. Sie erzählte Vic ganz naiv beglückt, sie habe Charley dazu überredet, es für fünfzig Dollar zu tun anstatt für hundert, die er eigentlich hatte haben wollen; Evelyn Cowan habe das für durchaus angemessen gehalten.

Vic empfand ein unbestimmtes Gefühl des Abscheus. »Ich dachte, er käme als Gast?«

»Ja, schon, aber dann würde er nicht spielen. Er hat nämlich einen sehr ausgeprägten Berufsstolz und findet, ein Künstler solle seine Arbeit nie verschenken. In einem Raum voller Fremder würde er das Klavier nie anrühren, sagt er, das wäre gegen die Berufsehre. Ich verstehe ganz gut, was er meint.«

Sie verstand immer ganz gut, was De Lisle meinte.

Vic hatte in letzter Zeit De Lisle nicht mehr erwähnt; er hatte auch kein Wort über Melindas häufige Abwesenheiten verloren. Die Lage hatte sich nicht geändert, wenn auch De Lisle nicht mehr zum Essen gekommen und Melinda kein zweites Mal über Nacht ausgeblieben war. Auch hatten sie an keinem gesellschaftlichen Ereignis teilgenommen, zu dem Melinda sonst Charley mitgenommen haben könnte. Vielleicht hatten also ihre Freunde bisher noch keinerlei Verdacht geschöpft, überlegte Vic, obwohl natürlich Evelyn Cowan mittlerweile etwas ahnen mochte. Nach der Party bei Cowans würden alle Bescheid wissen. Darum graute Vic vor diesem Fest. Er wäre am liebsten nicht hingegangen, aber es fiel ihm keine glaubhafte Ausrede ein. Außerdem würde seine Anwesenheit Melinda immerhin ein wenig bremsen, und daher war es logischerweise besser, wenn er sich nicht drückte. Aber unter gewissen Umständen ist Logik auch kein Trost.

Xenophon war jetzt im Druck. Stephen stand den ganzen Tag an der Presse und brachte alle fünfzehn Sekunden eine Seite heraus. Vic löste ihn nur zwischendurch immer wieder einmal für kurze Zeit ab. Georgianne hatte nach dem siebenten Monat ihren zweiten Sohn geboren. Es ging ihr und dem Kind sehr gut; Stephen war glücklicher denn je, und sein Glück schien sich während des ganzen Monats August der gesamten Werkstatt mitzuteilen. Vic nahm auch die zweite Presse in Betrieb, so daß er mit Stephen Schritt halten konnte. Sie konnten immer nur fünf Seiten gleichzeitig drucken, weil sie mehr griechische Satztypen nicht hatten, aber ohne Vic hätte Stephen für die zwanzig Seiten länger als einen Monat gebraucht. Hundert Exemplare wollten sie drucken. Vic hielt es an der Presse ebenso lange aus wie Stephen, und er liebte es sehr, Stunde um Stunde schweigend dazustehen und als einziges Geräusch den Aufschlag der Platten auf dem Papier zu hören, während durch die offenen Fenster die Sommersonne hereinströmte und auf die frischgedruckten Bogen fiel. Die Tage vergingen mit beglückender Arbeit. Und um halb sieben oder sieben Uhr jeden Abend verließ Vic dann diese friedliche Welt und betrat das Chaos. Im Grunde war ihm dieser Zustand nicht neu, aber die beiden Welten hatten noch nie in einem derartigen Kontrast gestanden wie jetzt. Zum erstenmal hatte er das Gefühl, in zwei Teile zerrissen zu werden.

Vic machte sich wegen seines Kostüms für die Party bei Cowans erst am Tag vorher Gedanken und entschloß sich für Tiberius. Das machte keinerlei Umstände, eine Toga fabrizierte er aus den alten Wohnzimmer-Vorhängen; dazu flache Sandalen und zwei billige, aber klassische Spangen, die er extra kaufte, um nicht von Melinda etwas Geeignetes ausleihen zu müssen. Im übrigen beschloß er, aus Schicklichkeitsgründen ein Sporthemd und Shorts statt normaler Unterwäsche anzuziehen.

Das Fest fand am Samstag abend statt; es war ein besonders warmer Tag gewesen, aber da es in Berkshire nie richtig heiß wurde, vermittelten die Lampions um Cowans Rasen und Schwimmbad nur den Eindruck von Festlichkeit und nicht von unangenehmer Hitze. Vic und Melinda trafen früh ein, um Viertel vor neun; Melinda wollte zur Stelle sein, um Charley, der um neun kommen sollte, zu empfangen und ihn Cowans vorzustellen. Bei ihrer Ankunft war außer den Mellers noch niemand da; sie saßen mit Cowans auf der seitlichen Terrasse, auf der ebenfalls Lampions angebracht waren. Auf einem niedrigen Tisch, von Gläsern umgeben, stand ein riesiges Gefäß mit Bowle.

»Hallo!« begrüßte sie Evelyn. »Cleopatra persönlich!«

»Guten Abend«, sagte Melinda und stieg graziös in ihrem schleppenden grünen Kleid die Terrassenstufen hinauf. Sie hatte ihr Haar sogar mit Henna gespült.

Horace musterte Vic. »Cicero?« fragte er schließlich.

»Könnte es sein«, gab Vic zu, »ist es aber nicht.«

»Dann ... Ach ja: Tiberius!«

»Danke. Erraten.« Vic hatte Horace gegenüber erwähnt, daß er sich seit einiger Zeit mit Tiberius beschäftigte und alles las, was er über ihn finden konnte. »Und du?« Vic betrachtete belustigt Horaces Bauch, der mit einem Kissen vergrößert worden war. »Ein venezianischer Nikolaus, vielleicht?«

Horace lachte. »Ganz was anderes. Aber du darfst weiterraten.«

Ehe Vic dazu kam, drückte ihm Evelyn ein Glas Bowle in die Hand.

»Tut mir leid, Vic – *ein* Glas mußt du schon trinken, ob du magst oder nicht ... Du mußt uns doch Glück wünschen«, erklärte Evelyn.

Vic hob sein Glas und toastete Phil Cowan zu: »Auf die *Vergrabenen Schätze* also! Auf daß sie gehoben werden!«

Vergrabene Schätze war der Titel von Phils Buch. Phil verbeugte sich und dankte ihm.

Als nächste kamen die MacPhersons; sie hatten sich als Wikingerpaar ausstaffiert, ein Kostüm, das für Mrs. MacPhersons große kräftige Figur und ihr breites, rosiges Gesicht besonders gut paßte. MacPhersons waren beide über fünfzig, aber sie genierten sich keineswegs; in ihren knielangen Röcken und Sandalen, deren Bänder an ihren ziemlich fetten und an seinen ziemlich dünnen Waden kreuzweise hinaufliefen, sahen sie einigermaßen komisch aus und schienen sehr erfreut über das schallende Gelächter, das sie bei ihrem Auftritt auslösten.

Evelyn legte eine Platte auf, und Phil und Melinda begannen im Wohnraum zu tanzen. Zwei weitere Wagen fuhren vor, und zwei Paare kamen über den Rasen auf das Haus zu; hinter ihnen tauchte Mr. De Lisle in einer weißen Smokingjacke auf. Er fiel etwas zurück und hielt nach Melinda Ausschau. Vic tat, als hätte er ihn nicht gesehen. Aber Melinda, die das allgemeine Begrüßungsdurcheinander gehört hatte, kam auf die Terrasse heraus, erblickte Charley, stürzte auf ihn zu und ergriff seine Hand.

»Sie hätten wenigstens als Chopin kommen sollen«, rief sie. Vermutlich hatte sie sich diesen Satz schon vor Tagen zurechtgelegt. »Ich möchte Ihnen allen Charley De Lisle vorstellen«, verkündete sie laut. »Dies sind Mr. und Mrs. Cowan, unsere Gastgeber, Mr. und Mrs. MacPherson . . .« Sie wartete, bis De Lisle sein »Guten Abend« gemurmelt hatte. ». . . Mr. und Mrs. Meller, Wilsons, Don und June . . . Mrs. Podnansky und Mr . . .«

»Kenny«, half ihr der junge Mann; es war einer von den jungen Leuten, mit denen Melinda auf dem Tanz vom 4. Juli getanzt hatte.

»Mr. De Lisle wird heute abend für uns spielen«, setzte sie noch hinzu.

Ein allgemeines interessiertes Geraune und dünner Applaus setzte ein. Charley sah verlegen und nervös aus. Melinda brachte ihm ein Glas Bowle und führte ihn, als sei es ihr Haus, in den Wohnraum, um ihm das Klavier zu zeigen. Wilsons sahen ebenfalls ein bißchen verlegen aus. Sie standen neben dem Bowlegefäß, und Wilson war es offensichtlich zu warm in dem Regenmantel mit eng umgeschnalltem Gürtel und hochgeschlagenem Kragen; außerdem trug er noch einen Hut tief ins Gesicht gezogen. Irgendein Kriminalschriftsteller, vermutete Vic. Sehr große Mühe hatte er sich nicht mit dem Kostüm gegeben, aber er trug immerhin verschämt eine Pfeife in der Hand, und das grimmige Gesicht gehörte vielleicht zu der Person, die er darstellen wollte. Seine schlanke blonde Frau war barfuß und in ein leicht verschlissenes hellblaues Etwas gekleidet, das Vic an ein Nachthemd erinnerte. Er kam nicht dahinter, was es darstellen sollte.

Vic fühlte sich von Anfang an unbehaglich und gelangweilt, und er war noch völlig nüchtern, nachdem er sein erstes Glas Bowle getrunken hatte, obwohl er, bevor sie von zu Hause fortgefahren waren, Melinda auf ihr Drängen hin noch mit einem konzentrierten Drink Gesellschaft geleistet hatte. Es war eine jener Parties, bei denen er bis zum Schluß stocknüchtern zu bleiben pflegte, auch wenn er viel trank; eine jener Parties, die sich für ihn qualvoll dehnten. Überdies war dieser De Lisle da, und Gott allein wußte, was Melinda noch alles anstellen würde.

Mr. De Lisle saß bereits am Klavier und probierte ein paar Läufe. Melinda lehnte über ihm und strahlte wie eine Mutter, die ihr Wunderkind vorführt. Vic konnte sie von der Terrasse aus durch die hohen Fenster beobachten. Er ging auf die Terrassenstufen zu, an Wilsons vorbei, die sich mit Phil unterhielten.

»Guten Abend«, begrüßte Vic die Wilsons und zwang sich zu einem Lächeln. »Nett, daß Sie auch da sind.«

Die Wilsons dankten schüchtern. Vielleicht lag alles nur daran, daß sie schüchtern sind, überlegte Vic. Jedenfalls waren sie gesellschaftlich hundertmal diesem Charley De Lisle vorzuziehen, der ihn, wie Vic erst jetzt bewußt wurde, nicht einmal angesehen hatte, als Melinda ihn auf der Terrasse allen vorgestellt hatte. Vielleicht sollte es die Rache dafür sein, daß Vic ihn neulich, als er mit Horace in der Chesterfield-Bar gewesen war, geschnitten hatte. Melinda hatte Vic am nächsten Tag dafür abgekanzelt. »Du warst also in der Chesterfield-Bar und hast nicht mal mit Charley gesprochen!« hatte sie spitz gesagt. Vic hob den Kopf und atmete die frische Luft ein, während er weiter hinaus auf den Rasen schlenderte. Es roch nach Geißblatt, das sich über das Mäuerchen am Rande des Rasens rankte, und ein paar Schritte weiter nach Gardenien. Der Gardenienduft wurde stärker. Vic wandte sich um und ging ins Haus zurück. Es war erst halb zehn. Noch eine ganze Stunde, bis er sich von De Lisle erholen konnte, der ja noch zur Arbeit mußte ... Vic ging zur Terrasse zurück, auf alles gefaßt.

Aber Melinda tanzte nur mit Mr. Kenny.

»Ach, Mr. Van Allen ...« sagte eine Frauenstimme hinter ihm. Es war Mrs. MacPherson. »... Sie sind doch so schrecklich gebildet, Mr. Van Allen. Können Sie mir nicht verraten, was die Leute früher unter diesen Dingern getragen haben, oder haben sie am Ende überhaupt nichts drunter gehabt?«

»Unter der Toga? Aber gern ...« Vic lächelte. »Unterwäsche«. Es hatte keinen Sinn, ihr den lateinischen Namen dafür zu nennen; sie würde das nur schulmeisterlich finden. Er fügte hinzu: »Soviel ich weiß, ließen die Redner, wenn sie auftraten und dem Volk ihre ehrenvoll erworbenen Narben zeigen wollten, die Unterwäsche weg, damit sie die Toga hochheben und den Zuhörern vorweisen konnten, was sie wollten.«

»Och Sie!« Sie lachte quietschend. Vic erinnerte sich dunkel, daß sie die Tochter eines reichen Fleischkonservenfabrikanten in Chicago war.

»Ja – aber ich bin leider nicht ganz stilecht heute abend; ich habe Shorts an und ein Sporthemd.«

»Ho-ho!« Wieder lachte sie. »Horace hat mir erzählt, daß Sie in diesem Sommer so ein wunderschönes Buch herausbringen werden?«

»Xenophon?«

»Richtig, das war's.«

Irgendwie fand sich dann Vic auf dem Sofa mit ihr tief im Gespräch über Stephen Hines, der in die gleiche Kirche ging wie sie und den sie daher flüchtig kannte, und über das Dach der MacPhersonschen Garage, das entweder repariert, oder aber ganz erneuert werden mußte. George MacPherson – alle Welt rief ihn Mac – war ein gänzlich unpraktischer Mensch, das wußte Vic aus früheren ähnlichen Unterhaltungen mit seiner besseren Hälfte. Vic hatte sie beraten, als sie vor ein paar Jahren ihren Keller vergrößert hatte. Mac hatte sich mit Hilfe des Geldes seiner Frau von den Geschäften zurückgezogen und bekam es fertig, zu Hause zu hocken und überhaupt nichts zu tun (außer zu saufen, wie böse Zungen behaupteten). Vic griff dankbar das Thema Dach auf; er behandelte es erschöpfend, nannte Preise und Firmennamen. Das war für ihn interessanter als die normalen Partygespräche, und die Zeit verging dabei schneller. Er bemerkte, daß Melinda um genau zwei Minuten nach halb elf zu Charley ging, ihm die Hand auf die Schulter legte und ihn wohl zum Aufbruch mahnte. Charley nickte. Er beendete den Schlager, den er gerade spielte, erhob sich und wischte sich unter dem dünnen, aber begeisterten Beifall seiner Zuhörer den Schweiß von der Stirn.

»Charly geht jetzt, wird aber um halb eins wieder da sein, und dann geht's weiter!« verkündete Melinda mit weitausholender Geste, ohne jemanden im besonderen anzusprechen.

Sie ging mit ihm zusammen auf die Terrasse hinaus; es entging Vic nicht, daß Horace nachdenklich hinter ihnen dreinsah. Dann blickte Horace zu Vic herüber, lächelte und nickte freundschaftlich, aber Vic konnte ihm die Gedanken von der Stirn ablesen. Wahrscheinlich waren sich die meisten anwesenden Damen, die ja in solchen Dingen schneller schalteten, darüber klar, daß De Lisle Melindas neue Eroberung war. Sie zeigten es nur aus Höflichkeit nicht. Immerhin: nicht alle Frauen waren so rücksichtsvoll. Vic kam nicht weiter. Er blickte nacheinander alle Anwesenden an und prüfte jedes Gesicht. Vergebens.

Dann scheuchte Evelyn alle ins Wohnzimmer, wo die Prämiierung der Kostüme stattfinden sollte. Es gab keine Preisrichter, nur der jeweilige Applaus sollte entscheiden.

Martha Washington (Mrs. Jauch) in ihrer Rolle als First Lady trat als erste vor; es fehlte weder das Häubchen noch die Schürze mit den Rüschen, und eine Zigarettenspitze hing ihr verwegen zwischen den Lippen. Sie knickste etwas wacklig. Dann kam Lady Macbeth mit der Kerze in der Hand, begleitet von ihrem Mann, der als Hamlet erschienen war.

Vic hielt den Blick von der Terrassentür abgewendet; er hatte sich schon damit abgefunden, daß Melinda mit De Lisle nach Ballinger gefahren war. Aber nach ungefähr fünf Minuten kam sie wieder, allein, und steckte in Erwartung des Preisgerichts kühl eine Zigarette in ihre Spitze.

Ernest Kay, ein dürrer, schüchterner Knabe, der einmal im Jahr auf Parties aufzutauchen pflegte, erhielt den lautesten Applaus für sein Dr.-Livingstone-Kostüm: Reithosen mit altmodischen Wickelgamaschen, Tropenhelm, aus unerfindlichen Gründen ein Monokel und ein grotesk langes und schmalschultriges Reitjackett aus Leinen, das ihm fast bis zu den Knien hinunterhing. Vic bekam, als er an der Reihe war, ebenfalls viel Beifall, wobei Rufe »Ausziehen, Vic!« laut wurden. Er machte die eine Schulterspange auf, enthüllte mit einer Pirouette seine Shorts und zog mit einer Verneigung die Toga wieder zurecht wie ein gelernter Römer. Auch Melinda bekam viel Applaus: sie hielt sich auch gut und ließ mit großartiger Verachtung ihre Zigarettenasche in Phil Cowans Haar fallen.

Der Preis für die Frauen ging an Martha Washington: es war ein Plastikbeutel mit Süßigkeiten und einer kleinen Dose mit Lippenstift und Parfüm; sie hielt sie argwöhnisch hoch und fragte: »Was ist denn das für eine Marke?« Dr. Livingstone erhielt den Herrenpreis, ein in viel Seidenpapier gewickeltes Päckchen; er ließ es, weil er nervös wurde, als ihm alle zusahen, auch noch fallen und löste damit noch weiteres Gelächter aus. Schließlich hielt er eine Hüftflasche mit Kognak in der Hand. »Mr. Stanley, nehme ich an«, sagte er, und alle lachten und klatschten.

Dann wurde der Plattenspieler wieder in Betrieb genommen, Tabletts mit frischen Drinks wurden herumgereicht, und zwei Mädchen setzten einen gebackenen Schinken und viele andere gute Dinge auf den langen Tisch, der vor den Fenstern stand. Vic ging auf die Terrasse hinaus. Dort war ein Gesellschaftsspiel im Gange; mehrere Leute krochen mit verbundenen Augen auf Händen und Knien und trugen dabei Plastikgläser voll Wasser zwischen den Schulterblättern eingeklemmt. Es ging darum, möglichst schnell das andere Ende der Terrasse zu erreichen, ohne etwas zu verschütten. Vic fand es ziemlich albern, blieb aber doch stehen und sah zu. Dann war es halb eins, und De Lisle erschien wieder.

Melinda ging ihm bis zur Wohnzimmertür entgegen, nahm seinen Arm und berührte mit ihrer Wange flüchtig sein bläuliches Gesicht; Charley lächelte selbstzufriedener denn je. Er drehte sogar den Kopf in Vics Richtung, sah Vic und warf ihm ein kleines Lächeln hinüber, das zu sagen schien: Mach doch was dagegen, wenn du kannst. Vic spürte Zorn in sich aufsteigen. Er bedauerte das automatische Lächeln, mit dem er De Lisle geantwortet hatte. De Lisle sah aus wie ein Verbrecher. Er war genau der Typ, dem man im eigenen Haus nicht gern den Rücken kehrt, aus Angst, er würde etwas stehlen. Vic hatte gute Lust, Evelyn oder Phil zu raten, alle Wertgegenstände, die nicht niet- und nagelfest waren, in

Sicherheit zu bringen, da man ja nie wüßte, ob bezahlte Musiker nicht irgendwas einstecken würden. Aber es war ihm klar, daß das auf Melinda zurückfallen würde, die doch De Lisle unter ihre Fittiche genommen hatte. So waren ihm die Hände gebunden.

»Vic! Komm, du hast noch nichts geleistet!« Evelyn nahm ihn bei der Hand.

Vic ließ sich auf Hände und Knie nieder und stopfte seine Toga in die Shorts. Sein Gegenspieler war Horace – Galilei, wie er inzwischen erfahren hatte. Die Plastikgläser mit Wasser wurden ihnen auf den Rücken gesetzt, und dann liefen sie los.

Aus dem Wohnraum klang eine vierhändige Version von *Melancholy Baby* herüber, eine komplizierte Angelegenheit, die einiges Üben voraussetzte und somit ein hörbarer Beweis für die viele Zeit war, die Melinda und De Lisle miteinander verbracht hatten.

Horace ließ sein Glas fallen.

Vic hatte gewonnen. Dann wurde er gegen Ernest Kay aufgestellt und besiegte ihn. Danach gegen Hamlet. Hamlet, Dick Hewlett, war größer und hätte an sich die Strecke schneller bewältigen können, aber Vics Technik war besser. Er lief flink los, linke-Hand-rechtes-Knie, linkes-Knie-rechte-Hand, wie ein kleiner Hund; alle schrien vor Lachen. Selbst Don Wilson sah von einer Ecke der Terrasse aus lächelnd herüber. Vic bekam einen Kranz, der überwiegend aus Gardenien bestand, auf den Kopf gestülpt, und der schwere, süße Duft erinnerte ihn an den Geruch von Charleys Brillantine. Als Vic seine Toga wieder zurechtzog, fiel sein Blick zwischen einem halben Dutzend Leuten hindurch auf Evelyn Cowan, die in der Tür stand und mit einer Kopfbewegung zum Klavier drinnen ihrem Mann, der sich zu ihr gebeugt hatte, etwas zuflüsterte. Vic sah, wie Evelyns Augenbrauen sich mit trauriger Resignation hoben, und Phil die Hand mit leichtem Druck auf die Schulter seiner Frau legte.

Fast gegen seinen Willen ging Vic zur Tür. Das Klavierspiel hatte aufgehört.

Melinda und De Lisle saßen einfach nebeneinander auf der Klavierbank und unterhielten sich. Aber Melindas Gesicht trug jenen Ausdruck warmen Interesses, den sie für Vic schon seit vielen Jahren nicht mehr gehabt hatte.

»Vic!« sagte Phil. »Komm und iß was.«

Wie immer: der Gastgeber, der ihn zum Essen drängte, weil er von seiner Frau vernachlässigt und schlecht behandelt wurde . . .

»Ja, das ist eine gute Idee«, stimmte Vic vergnügt zu und lud sich, obwohl er keinerlei Appetit hatte, eine Scheibe Schinken, einen Löffel Kartoffelsalat und ein wenig Sellerie auf den Teller.

»Habt ihr Badezeug mitgebracht?« erkundigte sich Phil

»Ja. Liegt im Zimmer bei den Mänteln.« Als Vic wieder zum Klavier hinsah, waren Melinda und De Lisle verschwunden. Phil redete ununterbrochen weiter, und er ging drauf ein; er versuchte, liebenswürdig und gesellig zu sein, obgleich er spürte, wie sehr Phil und er sich des Verschwindens von Melinda und De Lisle bewußt waren.

Von der Terrasse her hörte Vic die Stimme Evelyns: »Hat jemand Lust zum Schwimmen?«

Und ein paar Augenblicke später, fast sofort danach, erklang drinnen in der Diele eine Frauenstimme, die er nicht erkannte: »Was ist denn los? Die Tür ist ja abgeschlossen!«

Und Phil, der gerade ins Haus hatte gehen wollen, um seine Badesachen zu holen, hielt inne und blickte Vic an. »Ach, es eilt ja nicht so. Wir haben noch viel Zeit.«

»Natürlich – alle Zeit der Welt«, pflichtete Vic bei und rieb sich die Oberlippe. »Ich könnte rasch vorher noch was trinken.« Er wollte eigentlich gar nichts mehr trinken, und als er sich umwandte, um seinen Teller wieder an sich zu nehmen, den er auf die Ecke des Tisches gestellt hatte, sah er, daß sein halbvolles Glas daneben stand.

Phil Cowan murmelte: »Entschuldige mich einen Moment, Vic«, und verschwand.

Suchte er seine Frau, um mit ihr zu beraten, was wegen des abgeschlossenen Zimmers zu unternehmen war? Vic spürte ein kribbelndes Gefühl an den nackten Beinen unter der Toga – war es Angst? Ekel? Panik? Dann hörte er eine Frau mit angenehmer, neutraler Stimme in der Halle sagen: »Oh, Melinda!« Es war nicht zu entnehmen, ob es direkt zu Melinda gesagt war oder nicht, und wie auf ein Signal zum Rückzug ging Vic auf die Terrasse hinaus und schlenderte zu ihrem dunkleren Ende. Don Wilson war noch dort und unterhielt sich mit Jennie MacPherson. Vic stand einen Augenblick bei ihnen und blickte über den Rasen zum Schwimmbad hinunter. Ein paar von den Lampions waren ausgegangen, aber er konnte noch die geschwungene L-Form mit den abgerundeten Ecken erkennen. Die Nacht war mondlos. Zwei Gestalten sprangen von den beiden Armen des L aus gleichzeitig ins Wasser. Das Schwimmbecken hatte eigentlich eher die Form eines Bumerangs, dachte er.

»Was machst du denn hier so ganz allein?« Evelyn Cowan war plötzlich neben ihm, ein Handtuch über der Schulter. Ihr schwarzer Badeanzug hatte ein Rüschröckchen wie ein Ballettkostüm.

»Ach nichts, ich fühle mich sehr wohl so«, antwortete Vic. »Kommst du nicht zum Schwimmen?«

»Vielleicht nachher, mit Melinda.«

In diesem Augenblick rief jemand unten am Bassin nach Evelyn. »Dann beeilt euch mal«, rief sie über die Schulter und lief die Terrassenstufen hinunter.

Melinda und De Lisle kamen gleichzeitig mit drei anderen auf die Terrasse; alle waren im Schwimmdress. Horace löste sich von der Gruppe, als er Vic sah und trat zu ihm.

»Hat sich Tiberius bereits zurückgezogen?« fragte er.

Vic brachte kein Wort heraus. Er sah hinter Melinda her, die in ihrem grünen Badeanzug auf dem Rasen stand und zwei Paaren nachwinkte, die schon aufbrachen und zu ihren Wagen gingen.

»Hast du keine Lust auf einen Sprung ins Wasser?« fragte Horace.

»Eigentlich nicht«, sagte Vic. »Aber ich komme mit zum Schwimmbad runter«, fügte er hinzu – er wußte nicht, warum er es sagte; er wollte gar nicht hinuntergehen.

Er und Horace schritten schweigend nebeneinanderher. Schließlich meinte Horace: »Es sieht ganz so aus, als löste sich die Party allmählich auf.«

Vic hielt sich außerhalb des Lampionlichts. De Lisle stand am Rand des Beckens mit einer Büchse Bier in jeder Hand und sah Melinda zu, die mit schnellen Kraulschlägen vom einen Ende des Beckens zum anderen schwamm. De Lisle ging außen herum zu ihr. Er war, wie Vic an seiner trockenen Badehose sah, noch nicht im Wasser gewesen. De Lisles Körper sah hager und blaß aus, und an einigen Stellen wuchsen schwarze Haarbüschel, nicht nur auf seiner eingesunkenen Brust, sondern auch oben auf dem linken Schulterblatt. Er beugte sich mit einem Bier zu Melinda hinunter, die sich aus dem Wasser schwang und laut und deutlich erklärte: »Mein Gott, ich habe widerliche Kopfschmerzen! Entweder bringt mich das Zeug jetzt um oder es rettet mich.« Ihr Blick fiel auf Vic. Vic wandte sich ab und ging auf einen Gardenienstrauch zu, um eine Blüte von nahem zu betrachten, obwohl es so dunkel war, daß er kaum noch etwas erkennen konnte.

»He, Vic!« rief Melinda hinter ihm her. Sie warf ihm seine zusammengerollte Badehose zu, und er fing sie auf. »Gehst du nicht rein?«

De Lisle grinste über das Wasser hinweg in ihre Richtung. Im Schein der Lampions wirkte sein Gesicht totenähnlich.

Melinda sprang ins Wasser und schwamm ein paar Stöße; dann drehte sie sich auf den Rücken. »Nein, ist das schön! Einfach himmlisch!« rief sie, genauso wie Vic es erwartet hatte; er wußte außerdem, daß sie inzwischen so viel getrunken hatte, daß es ihr ganz egal war, was sie sagte. Sie konnte ebenso mit einem »Charley, ich liebe dich« herausplatzen, wie sie einmal, als Jo-Jo da war, in ein »Jo-Jo, ich liebe dich!« ausgebrochen war, was die Cowans, die dabeigewesen waren, taktvoll ignoriert hatten.

Auf der Straße draußen knallte eine Autotür zu.

Jetzt kletterte De Lisle vorsichtig und zimperlich ins Wasser. Vic nahm seine Badehose und ging zu dem am weitesten entfernt stehenden Strauch, um sich dort umzuziehen. Man erwartete ja, daß auch er ins Wasser ging, aber der Gedanke, hineinzugehen, während Melinda und De Lisle drin waren, flößte ihm Widerwillen ein. Der Strauch stand in der dunkelsten Ecke des Rasens, ungefähr zehn Meter vom Schwimmbecken entfernt. Vic stellte sich so, daß sich der Strauch genau zwischen ihm und dem Becken befand, wie er es auch am hellen Tag getan hätte. Er ließ Toga, Shorts und Unterwäsche hinter dem Strauch und trat barfuß in seiner braunen Badehose hervor.

Horace war schon zurück ins Haus gegangen, stellte Vic fest. Melinda kletterte gerade die Leiter hoch.

»Kalt?« fragte Vic.

»Nein, überhaupt nicht«, antwortete Melinda. »Ich habe Kopfschmerzen.« Sie riß ihre weiße Badekappe vom Kopf und schüttelte das feuchte Haar.

De Lisle hing an der Abflußrinne, die um das Becken lief, und machte nicht gerade eine heroische Figur. »Na, ich find's schon reichlich kühl«, meinte er.

»Habt ihr Aspirin im Haus, Evelyn?« fragte Melinda.

»Selbstverständlich!« Evelyn stand in der Nähe auf dem Rasen. »Aber nicht im Badezimmer, glaube ich. Im Schlafzimmer. Komm mit, ich geh nur noch schnell in die Küche, um nach dem Kaffee zu sehen.«

»Ich rieche ihn schon bis hierher«, sagte Phil und erhob sich vom Schwimmbeckenrand. »Möchte jemand den Kaffee hierhergebracht haben?«

»Jetzt nicht, vielen Dank!« Vic war der einzige, der antwortete. Blitzartig kam ihm zu Bewußtsein, daß er mit Charley De Lisle allein war.

»Kommen Sie nicht rein?« fragte Charley und stieß sich vom Rand ab. Er schwamm in unsicheren seitlichen Stößen dem flacheren Ende zu.

Das Wasser sah schwarz und wenig einladend aus. Nicht unbedingt kalt, nur nicht einladend. Vic wäre am liebsten weggegangen und hätte De Lisle alleingelassen, aber er fürchtete, es könnte nach einer Art Rückzug aussehen, nachdem er sich doch schon die Mühe gemacht hatte, die Badehose anzuziehen. »O doch«, sagte er und glitt direkt vom Rand aus in das tiefe Wasser. Er war ein guter Schwimmer, aber jetzt war ihm nicht nach Schwimmen zumute, und die plötzliche Kälte des Wassers berührte ihn unangenehm und setzte in ihm einen kleinen Dynamo von Erbitterung in Gang.

»Schönes Schwimmbad«, sagte De Lisle.

»Hm hm.« Vic antwortete so kühl, wie es sich für ein snobistisches Clubmitglied einem Nichtmitglied gegenüber gehörte. Er trat Wasser und blickte zur Terrasse hinüber, auf der noch zwei Lampions brannten. Niemand war in Sicht.

De Lisle ließ sich auf dem Rücken treiben. Einer seiner weißen Arme kam mit einer ungeschickten, hektisch wirkenden Ruderbewegung an die Oberfläche; dort, wo sich De Lisle befand, konnte er aber sicher noch stehen. Vic hatte Lust, ihn bei den Schultern zu packen und unterzutauchen, und während er das noch dachte, schwamm er schon auf ihn zu. De Lisle versuchte mit einem Kraulschlag zurück zum Beckenrand zu kommen, aber Vic war sekundenschnell bei ihm, packte ihn am Hals und zog ihn zurück. Nicht einmal eine Blase stieg auf, als De Lisles Kopf unter der Oberfläche verschwand. Vic hielt ihn jetzt am Kinn und an der einen Schulter fest, und ganz unbewußt schwamm er mit ihm dorthin, wo man nicht mehr stehen konnte, obgleich sich De Lisle verzweifelt wehrte und ihn mehrfach fast unter Wasser gezogen hätte. Vic machte eine scherenartige Bewegung mit den Beinen und bekam die Oberschenkel des anderen zu fassen. Jetzt hatte er ihn fest.

Es ist ein Witz, dachte Vic. Wenn ich ihn jetzt loslasse, ist es bloß ein Witz gewesen – na schön, ein roher Witz vielleicht ... Aber gerade in diesem Augenblick wurden De Lisles Anstrengungen sehr heftig, und Vic konzentrierte sich darauf, seinen Griff nicht zu verlieren. Mit der einen Hand drückte er De Lisles Kopf nach vorn, und mit der anderen hielt er sich unter Wasser De Lisles Hände vom Leibe; er konnte ohnehin gegen Vics Beinklammer nichts ausrichten. Einmal zappelte kurz eines von De Lisles Beinen an der Wasseroberfläche, verschwand aber gleich wieder.

Auf einmal kam Vic die Ruhe des Wassers und die Stille zum Bewußtsein. Es war, als hätte er plötzlich das Gehör verloren. Vic lockerte seinen Griff etwas, hielt aber De Lisle noch unter Wasser. Er blickte um sich, zum Rasen, zum Haus, zur Terrasse hinüber. Er sah niemand; aber im gleichen Moment wurde ihm klar, ganz objektiv und ohne jedes Erschrecken, daß er sich nicht wirklich vergewissert hatte, ob niemand in Sichtweite gewesen war, bevor er De Lisle unter Wasser gedrückt hatte. Er hielt ihn noch immer fest; er konnte sich einfach nicht vorstellen, der andere könne tot oder auch nur bewußtlos sein.

Es ist doch nur ein Witz, sagte sich Vic noch einmal. Aber jetzt war es dafür zu spät, und während ihm dieser Gedanke wie eine gleichgültige Nachricht aus der Zeitung durch den Kopf ging, wurde ihm klar, daß ihm nichts anderes übrigblieb, als nachher zu erklären, De Lisle müsse wohl einen Krampf bekommen haben, nachdem er, Vic, aus dem Wasser gestiegen sei, und daß er nichts gesehen oder gehört habe. Vic ließ vorsichtig die Schultern los. De Lisles Hinterkopf trieb an die Oberfläche, aber sein Gesicht blieb unter Wasser.

Vic kletterte aus dem Schwimmbecken. Er ging zu dem

Strauch, zog sich an. Aus der Küche drangen Stimmen und Gelächter. Er machte sich auf den Weg zum Haus.

Sie waren alle in der Küche – Melinda, Evelyn und Phil, Horace und Mary, aber nur Evelyn begrüßte ihn, als er hereinkam.

»Wie wär's mit einem Sandwich und Kaffee, Vic?« fragte sie.

»Nur Kaffee, bitte.«

Phil goß ihm eine Tasse ein. Melinda, die beschwipst an einem Schinkensandwich kaute, murmelte undeutlich etwas von ihrem Kopfweh, das nicht besser werden wollte. Vic lehnte sich an den Ausguß und empfand das Bedrückende dieser Nein-wir-wollen-nicht-heim-Stimmung, die über dem Ende jeder Party zu schweben pflegt; die Gastgeber in der Küche mit der Handvoll Gäste, die geblieben waren und sich absolut wohl fühlten, weil jeder den anderen gut kannte und auf Grund der späten Stunde und des genossenen Alkohols gelöst und heiter gestimmt war. Und jeder, dachte Vic, wird hinterher immer wieder erzählen, was er in diesem Augenblick gesagt oder getan hat: Evelyn, die versuchte, den Faden einer Geschichte wiederzufinden, bei der sie durch Vics Eintreffen unterbrochen worden war. Horace, der vergeblich versuchte, zuzuhören; Phil, der Vic eine Tasse Kaffee reichte: »Hier, Vic. Nimmst du Zucker?« Evelyn, die unterbrach und fragte: »Und ich?«, weil sie auch Kaffee wollte; Melinda, die bereits unter einem Kater zu leiden begann und immerfort klagte: »Mein Gott, womit habe ich diese *gräßlichen* Kopfschmerzen bloß verdient?« ... Evelyn stand schließlich auf und tröstete sie: »Schätzchen, hast du's denn immer noch? Warte, ich hole dir eine von meinen wunderbaren gelben Pillen, die helfen ganz bestimmt.«

Melinda folgte Evelyn, als sie die gelben Pillen in ihrem Zimmer holen ging, halb durch die Küche nach, und Vic glaubte schon, sie würde mit hinaufgehen, aber sie machte eine Kehrtwendung und erkundigte sich: »Wo steckt eigentlich Charley?«

Vic antwortete: »Er schwimmt noch.«

»*Schwimmt* noch?« fragte Melinda ungläubig.

»Na ja, wenigstens war er noch im Wasser, als ich wegging«, meinte Vic.

Melinda wollte schon hinausgehen, blieb aber in der Tür stehen, schwang sich lediglich mit einer Hand am Türpfosten hinaus und rief:

»Charley! Kommen Sie rein!« Sie kam zurück, ohne auf eine Antwort zu warten.

Gleich darauf kam Evelyn zurück; Melinda schluckte die Pille, ging sofort wieder zur Tür und schrie: »Charley!« Dann ging sie hinaus, um ihn zu holen.

Und Vic sah, wie sich Phil und Evelyn zulächelten, weil sich Melinda heute so intensiv um Charley kümmerte. Phil nahm ein Sandwich und biß hinein.

Dann schrie draußen Melinda gellend auf: *»Vic! Phil!«*

Sie liefen hinaus, als erster Phil, dann Vic und Horace. Melinda stand hilflos am Rand des Schwimmbeckens.

»Er ist ertrunken«, stotterte sie.

Phil zog die Jacke aus und sprang hinein. Vic bekam kurz Phils grimmiges, bleiches Gesicht zu sehen, als er sich ihnen zuwendete, während er Charley hinter sich herzog. Vic ergriff den einen, Horace den anderen Arm, und gemeinsam zogen sie Charley heraus.

»Versteht ihr . . .« keuchte Phil, »versteht ihr irgendwas von künstlicher Atmung?«

»Ein bißchen«, antwortete Vic. Er war bereits dabei, Charleys Gesicht nach unten zu drehen, die rechte Hand unter sein Kinn zu legen und den anderen Arm nach oben zu strecken. Melinda war ihm im Wege, sie tastete, von Panik ergriffen, nach Charleys Herz, dann nach seinem Handgelenk.

»Ich kann seinen Puls nicht fühlen!« jammerte sie hysterisch. »Ruft doch Dr. Franklin an!«

»Sofort.« Evelyn lief zum Haus zurück.

»Das hat unter Umständen gar nichts zu sagen«, warf Phil hastig ein. »Los, fang an.« Er hielt Charleys linkes Handgelenk fest.

Vic kniete über Charley, packte ihn unter den Achselhöhlen und hob und senkte rhythmisch den mageren Brustkorb des Ertrunkenen.

»Sieht das richtig aus so, Horace?«

»Ich denke schon.« Horaces Stimme klang heiser. Er kniete neben Vic und beobachtete Charleys Gesicht. »Man soll ihnen immer den Mund offenhalten«, bemerkte er und steckte wie ein Arzt, ohne zu zögern, die Hand in Charleys Mund und holte die Zunge heraus.

»Meint ihr nicht, wir sollten ihn hochhalten und das Wasser aus ihm herauslaufen lassen?« fragte Phil.

»Nein, das macht man nicht«, erklärte Horace, »damit vergeudet man zuviel Zeit.«

Vic preßte die Rippen stärker zusammen. Er hatte noch nie zuvor versucht, künstliche Atmung anzuwenden, aber er hatte vor kurzem erst im Weltalmanach etwas darüber gelesen – es war an einem Abend gewesen, als Charley dagewesen war, fiel ihm jetzt ein. Er erinnerte sich aber auch, daß da gestanden hatte, künstliche Atmung sei nur sinnvoll, wenn zwar die natürliche Atmung aufgehört hatte, aber das Herz noch schlug. Charleys Herz schlug nicht mehr. »Meint ihr«, fragte Vic zwischen zwei Tempi, »daß wir ihn umdrehen und sein Herz massieren sollten?« Es war eine dumme, aufgeregte Frage, und genau die Art Frage, die der Unbefangene in einer solchen Situation stellen mochte.

»Nein«, entschied Horace.

»Du machst es nicht *richtig*, Vic!« jammerte Melinda, die auch neben Vic kniete.

»Wieso nicht? Was macht er denn falsch?« erkundigte sich Phil.

»Soll ich vielleicht eine Decke holen?« kam Marys hohe Stimme aus dem Hintergrund.

»Du machst es nicht *richtig!*« Melinda fing an zu weinen, sie wimmerte zwischen stoßweisem Schluchzen.

»Laß mich weitermachen, wenn du müde wirst, Vic«, erbot sich Phil. Er fühlte noch immer nach dem Puls im linken Handgelenk, aber aus seinem verstörten Gesicht schloß Vic, daß nichts zu spüren war.

Evelyn kam zurück. »Dr. Franklin kommt sofort. Er ruft in der Klinik an, die schicken dann einen Krankenwagen.«

»Findet ihr nicht, wir sollten eine Decke für ihn holen?« wiederholte Mary.

»Na gut, ich hole sie.« Evelyn lief wieder ins Haus.

»Wie kann es denn eigentlich passiert sein?« fragte Phil. »Ein Krampf?«

Niemand antwortete.

Melinda stöhnte vor sich hin, sie wiegte sich mit geschlossenen Augen hin und her.

»Vielleicht ist er mit dem Kopf irgendwo aufgeprallt? – Hat er getaucht, Vic?« fragte Phil weiter.

»Nein; er ist nur so im Flachen herumgepaddelt.« Vic ließ die starren Rippen los.

»Und er schien ganz normal?« fragte Mary.

»Ja, vollkommen.«

Phil schob Vic beiseite. »Laß mich mal.«

Eine Sirene jaulte, langsam ansteigend, klagend auf, kam näher, heulte noch einmal in niedrigerer Tonlage und verstummte. Phil arbeitete rhythmisch weiter. Zwei Krankenpfleger in weißen Kitteln kamen über den Rasen auf sie zugelaufen, sie trugen einen Sauerstoffbehälter.

Die Beleuchtung der Szene war unheimlich; trüb und fahl dämmerte der Morgen herauf. Dabei *kann* doch überhaupt niemand zum Leben zurückkehren, dachte Vic. Bei diesem Licht *muß* man ja sterben ... Während er zusah, wie die Krankenpfleger eifrig wirkten, Fragen stellten und die künstliche Atmung wiederaufnahmen, spürte Vic plötzlich, wie müde er war. Ihm war, als erwache er aus einer Trance. Jetzt erst wurde ihm klar, daß er erledigt war, wenn es gelang, De Lisle zum Leben zurückzubringen. Während er die künstliche Atmung betrieben hatte, war ihm das gar nicht in den Sinn gekommen. Er hatte einfach alles getan, was in seinen Kräften stand – das konnte er beschwören; er hätte nicht mehr tun können, wenn es sich um Horace gehandelt hätte. Er hatte die Bewegungen richtig gemacht ... Aber er hatte nicht *gewollt*, daß De Lisle wieder zu sich kam ... Dann wieder kam es ihm einen Augenblick lang vollkommen unwirklich vor, daß er De Lisle ertränkt hatte; es schien eher etwas zu sein, was er sich ausgedacht, aber nicht getan hatte. Gebannt hing sein Blick an De Lisles Gesicht; auch die anderen beobachteten den Ertrunkenen – alle, außer Melinda, die noch immer vor sich hin wimmerte und ins Leere starrte, als hätte sie den Verstand verloren.

Einer der Pfleger schüttelte entmutigt den Kopf.

Vic hörte eine Wagentür zufallen. Dann kam Dr. Franklin, ein drahtiger, ernster kleiner Mann mit grauem Haar, über den Rasen geeilt – der Arzt, der Trixie in die Welt geholfen hatte, der gebrochene Arme geschient, Verdauungsstörungen behoben, Diät verschrieben und den Blutdruck geprüft hatte, wenn immer im Hause Van Allen jemand krank gewesen war.

»Haben Sie die künstliche Atmung schon seit dem Anruf bei mir gemacht?« erkundigte er sich, befühlte De Lisles Handgelenk und hob eines der Augenlider des Ertrunkenen hoch.

»Schon vorher«, antwortete Evelyn. »Ein paar Minuten vorher.«

Auch Dr. Franklin schüttelte nun unzufrieden den Kopf.

»Glauben Sie, daß irgendwelche Hoffnungen bestehen?« fragte Evelyn.

Melinda stöhnte noch lauter.

»Es sieht nicht so aus«, erwiderte Dr. Franklin gepreßt. Er bereitete eine Spritze vor.

»Ohhh!« Melinda verbarg das Gesicht in den Händen.

Dr. Franklin, der anscheinend an Notrufe in der Nacht und an ihre Begleiterscheinungen gewöhnt war, kümmerte sich nicht um sie ... Wenn *ich* da läge, dachte Vic, dann hätte Dr. Franklin Zeit gefunden für ein tröstendes Wort ... Dr. Franklin stach die Nadel in De Lisles Arm.

»In ein paar Minuten werden wir Gewißheit haben«, sagte er. »Sonst ...« Er hielt De Lisles linkes Handgelenk fest.

Phil stand auf und trat etwas beiseite, Evelyn ging zu ihm, Horace und Mary gesellten sich dazu, als unterlägen sie einem Zwang, als wollten sie ihre Spannung dadurch erleichtern, daß sie ein paar Meter zwischen sich und den Toten brachten. Vic beugte sich zu Melinda hinunter und nahm sie sanft am Arm, aber sie schüttelte ihn ab. Er trat allein zu den anderen.

Phil sah aschgrau aus, als würde er gleich ohnmächtig. »Ich denke, uns allen würde jetzt ein Kaffee gut tun«, meinte er. Aber keiner rührte sich.

Alle starrten auf die Gruppe: die eifrigen Krankenpfleger, den Arzt und die halb von dem Plaid bedeckte Leiche.

»Ich fürchte, wir können nichts mehr tun.« Dr. Franklin erhob sich. »Wir bringen ihn ins Krankenhaus.«

»Er ist tot!« schrie Melinda auf und ließ sich hintenüberfallen.

Dann, als man De Lisle auf die Bahre legte, sprang sie auf. Sie wollte mit ins Krankenhaus; Vic und Phil mußten sie mit Gewalt zurückhalten. Eine ihrer Fäuste traf Vic am Ohr. Im Handgemenge zerriß ihr Kleid, und Vics Blick fiel auf eine ihrer Brüste, die ganz entblößt war und zitterte wie die Brust einer wütenden Mänade. Vic hielt jetzt ihre Ellbogen im Rücken fest. Plötzlich schämte er sich; er ließ sie los. Sie stürzte nach vorn, stieß mit Phil zusammen und griff mit einem Schmerzensschrei nach ihrer Nase. Sie führten sie ins Haus.

In der Küche kam ihnen Evelyn schon mit einer Tasse

Kaffee entgegen. »Ich hab ein Beruhigungsmittel hineingetan«, sagte sie leise zu Vic.

Melinda nahm den Kaffee mit einer Art irrer Gier entgegen und trank ihn in einem Zug aus, obwohl er dampfend heiß sein mußte. Ihre Nase blutete, und ihre Brust war noch immer entblößt. Vic zog seine Toga aus, legte sie ihr um, und hielt ein Ende davon gegen ihre Nase. Sie fuhr in plötzlicher Wildheit auf ihn los und stieß ein paar Gläser und Tassen vom Abwaschtisch. Dann brach sie auf einem Stuhl zusammen und zerrte Vic, der versucht hatte, sie festzuhalten, mit sich herunter. Vics Knie landete auf Glasscherben. Danach wurde Melinda plötzlich ganz ruhig, sie hatte den Kopf zurückgelegt und sah starr zur Decke hinauf. Blut floß über ihre Oberlippe, und Vic tupfte es mit der Toga ab, bis Evelyn mit Tempotaschentüchern und einem Eiswürfel kam, den sie Melinda in den Nacken legte. Melinda zeigte mit keiner Bewegung, daß sie die Kälte auf ihrer heißen Haut spürte.

Vic sah sich um. Horace und Mary standen zusammen am Herd, Phil in der Mitte der Küche; er sah benommen und verängstigt aus, und es ging Vic durch den Kopf, daß Phil noch schuldbewußter aussehen würde, wenn der Verdacht aufkäme, De Lisle sei ermordet worden, und einer von ihnen müßte es getan haben.

»Glaubst du, er wollte Selbstmord begehen, Vic?« fragte Phil.

Melinda hob den Kopf. »Auf keinen Fall wollte er das. Warum denn auch? Wo ihm die ganze Welt zu Füßen lag? Wo er alles hatte – alle Gaben und Talente, die man nur haben kann?«

»Was hat er denn gemacht, als du aus dem Wasser gegangen bist?« fragte Phil weiter.

»Ach, er paddelte so herum ... er ließ sich auf dem Rücken treiben, glaube ich.«

»Hat er was gesagt, daß das Wasser sehr kalt wäre oder so was?« erkundigte sich Evelyn.

»Nein. Oder wart mal ... Ich glaube, vorher hatte er so etwas gesagt ... daß er es reichlich kühl fände, aber ...«

»Du bist es gewesen«, sagte Melinda plötzlich und fixierte Vic. »Du hast ihm eins über den Schädel gegeben und ihn dann untergetaucht.«

»Aber Melinda!« Evelyn ging zu ihr. »Melinda, du weißt ja nicht mehr, was du sagst!«

»Du hast ihm eins über den Schädel gegeben und ihn dann untergetaucht«, wiederholte Melinda noch lauter und riß sich von Evelyn los. »Und jetzt ruf ich im Krankenhaus an.« Sie sprang auf.

Phil gelang es, ihren Arm zu packen, aber ihr Schwung warf sie gegen den Kühlschrank. »Melinda! Nicht jetzt!«

»Vic hat ihn umgebracht, ich weiß es ganz genau!« schrie Melinda. Es war laut genug, daß es die ganze Nachbarschaft hören konnte, obgleich im Umkreis von 500 Metern kein Haus stand. *»Er* hat ihn umgebracht! Laßt mich los ...« Sie schlug nach Vic, als er sich ihr näherte, traf ihn aber nicht. Horace trat dazwischen und versuchte, ihre wild herumfuchtelnden Arme zu fassen zu kriegen. »... Ich werde ihnen sagen, sie sollen seinen *Kopf* untersuchen!« Und dann plötzlich, während Phil und Horace sie festhielten, blieb sie wie versteinert stehen, den Kopf mit dem wilden hennaroten Haar erhoben und die Augen geschlossen.

»Wir sollten sie lieber hier bei uns zu Bett bringen, Vic«, meinte Evelyn. »Was ist mit Trixie?«

»Trixie ist bei Petersons, das ist in Ordnung«, antwortete Vic.

Horace hatte Melindas Arm losgelassen. Er kam mit müdem Lächeln zu Evelyn. »Wir gehen dann jetzt, Evelyn – es sei denn, ihr könnt uns noch brauchen hier.«

»Ach nein, vielen Dank, Horace ... Ich denke, sie kann noch zwei Tabletten vertragen, was meinst du?« fragte sie leise und hielt die Beruhigungstabletten über eine Tasse Kaffee. »Sie sind nicht sehr stark.«

»Bestimmt, das schadet ihr nichts.« Horace drehte sich zu Vic um. »Gute Nacht, Vic. Ruf uns an, ja? Laß dich nicht ... Ich meine, laß dich durch nichts unterkriegen.« Er legte die Hand auf Vics Arm.

Trotz des gedämpften Tones hatte es Melinda gehört; sie schüttelte die tranceähnliche Starre ab und brüllte Horace an: »Unterkriegen? Ihn? *Er* sollte unten sein! *Er* sollte unten in dem Becken da liegen!«

»Melinda!«

»Melinda, hör auf!« Phil wurde energisch. »Trink das jetzt!«

Melinda blieb jetzt ruhig, aber es dauerte fast eine Stunde, bis sie oben im Gastzimmer ins Bett gebracht worden war.

Als sie endlich schlief, rief Phil das St.-Josephs-Krankenhaus in Wesley an. Er bekam die Auskunft, daß Charley De Lisle tot war.

10

Gegen Mittag fuhr Vic mit Melinda nach Hause. Sie sprach unterwegs kein Wort mit ihm. Sie hatte überhaupt, seit sie um elf Uhr die Treppe heruntergekommen war, kaum ein Wort von sich gegeben. Ihre Augenlider waren geschwollen, und sie schien noch benommen von den Schlaftabletten. Sie hatte kein Lippenrot aufgelegt, und ihr Mund sah dünner aus als sonst, er war in eine gerade Linie zusammengepreßt, während sie durch die Windschutzscheibe blickte. Vic ließ sie allein im Haus zurück, zog eine alte bequeme Hose und ein sauberes Hemd an und fuhr zu Petersons, um Trixie abzuholen. Er hielt es für besser, Petersons gleich zu erzählen, was vorgefallen war. Sie würden es unnatürlich finden, wenn er es nicht täte.

Während er außer Hörweite der Kinder mit ihnen auf der Auffahrt stand, sagte er: »Übrigens, gestern abend bei Cowans ist etwas passiert. Im Schwimmbecken ist jemand ertrunken.«

»Was!« stieß Katherina Peterson mit aufgerissenen Augen hervor.

»Wer denn?« fragte Peterson.

Er erzählte es ihnen. Sie hatten De Lisle nie zu Gesicht bekommen, aber sie wollten alle Einzelheiten wissen; wie alt er gewesen war, ob er vorher etwas gegessen hatte – was Vic nicht beantworten konnte – und wie lange er im Wasser gelegen hatte, ehe er gefunden wurde. Vic sagte, er wisse es nicht genau; als er das Bassin verlassen habe, sei De Lisle ja noch geschwommen. Er müsse wohl einen Krampf bekommen haben. Auch Peterson meinte, es höre sich so an, als sei es ein Krampf gewesen.

Dann fuhr Vic mit Trixie nach Hause zurück. Sie hatte ihre besten Sachen an, weil sie mit Janey Peterson in der Sonntagsschule gewesen war. Sie erzählte Vic von einem Segelflugzeug, das man mit einem Katapult abschoß; einer von den Jungen in der Schule besaß so ein Ding, und Trixie wollte unbedingt auch eins haben. Vic hielt in der Stadt vor einem Zeitungsstand an und kaufte es ihr, aber seine Gedanken waren nicht bei der Sache. Zwei Dinge gingen ihm nicht aus dem Kopf – die Geschichte mit den Wilsons, und was Phil Cowan ihn heute morgen gefragt hatte. Phils Frage beschäftigte ihn am meisten. Phil hatte einfach in sehr nachdenklichem Ton gefragt: »Ist denn Melinda in De Lisle *verliebt?«* Und Vic hatte geantwortet: »Ich weiß nichts davon, Phil.« Aber diese Frage mußte sich eigentlich jeder stellen. Melinda hatte sich jedenfalls ganz so betragen, als sei sie in De Lisle verliebt, und Vic zweifelte nicht daran, daß sich alle Anwesenden daran erinnern würden; sie würden darüber reden, wie sie sich den ganzen Abend Charley gegenüber benommen hatte, wie sie vierhändig gespielt hatten, und über Melindas Affären überhaupt. Es war nicht so sehr Schuldbewußtsein oder Angst vor Entdeckung, was Vic beunruhigte; es wurde ihm klar, daß er sich bei Phils direkter Frage einfach geschämt hatte. Die Sache mit den Wilsons war viel unklarer. Heute morgen hatte Evelyn zwischen Kaffee und Orangensaft gesagt: »Merkwürdig, daß den Wilsons nichts aufgefallen ist, als sie nach Hause gingen. Don ist doch gerade um die Zeit aus dem Haus gegangen, in der es passiert sein muß. Erinnerst du dich nicht, Phil?« Aber Phil erinnerte sich nicht. Evelyn meinte, die Wilsons seien unmittelbar, nachdem sie das Aspirin für Melinda geholt hatte, aufgebrochen, und Don sei einen Augenblick später noch einmal wegen irgend etwas zurückgekommen, was seine Frau vergessen hatte. Vic fragte sich jetzt, ob Wilson, wenn er über die Wiese gegangen war und den Kampf im Wasser beobachtet hatte, dann einfach zu seinem Wagen weitergegangen sein konnte, ohne irgend etwas zu sagen. Das war nicht sehr wahrscheinlich. Nur war Wilson so ein sonderbarer Leisetreter, daß Vic die Möglichkeit nicht ganz ausschloß.

Melinda war dabei, einen Whisky mit Wasser zu trinken, als Vic und Trixie zu Hause ankamen. Sie sagte nicht einmal hallo zu Trixie, und Trixie, die ihre Mutter vormittags schon öfter verkatert und unfrisiert erlebt hatte, begriff, daß irgend etwas noch Schlimmeres als gewöhnlich geschehen sein mußte. Aber nach einem langen neugierigen Blick verzog sie sich, ohne eine Frage zu stellen, in ihr Zimmer, um sich umzuziehen.

Vic ging in die Küche und machte ein Rührei mit Sahne für Melinda zurecht. Er bestreute es mit etwas Curry, weil er wußte, daß sie das manchmal an verkaterten Tagen ganz gern hatte. Er brachte es ihr und setzte sich neben sie aufs Sofa. »Wie wär's mit einem bißchen Rührei?« fragte er.

Keine Antwort. Sie trank einen Schluck aus ihrem Glas.

»Es ist Curry drin.« Er nahm etwas auf die Gabel und hielt es ihr hin.

»Scher dich zum Teufel«, murmelte sie.

Trixie kam zurück. Sie hatte ihre Jeans an und das Segelflugzeug in der Hand. »Was ist denn los?« fragte sie Vic.

»Charley ist tot, das ist los! Er ist ertrunken!« schrie

Melinda und stand vom Sofa auf. »Und dein Vater hat ihn umgebracht!«

Trixies Mund klappte auf. Sie starrte Vic an. *»Hast* du das getan, Daddy?«

»Nein, Trixie!«

»Aber er ist *tot*?« bohrte Trixie weiter.

Vic sah Melinda böse an. »Mußtest du das sagen?« fragte er. Sein Herz hämmerte in wildem Zorn. »Mußtest du das unbedingt tun?«

»Man soll Kindern immer die Wahrheit sagen«, gab Melinda zurück.

»Ist er tot, Daddy?« fragte Trixie noch einmal.

»Ja, er ist ertrunken.«

Trixie machte runde Augen über die Neuigkeit, war aber, wie Vic meinte, nicht allzu bekümmert. »Hat er sich den Kopf gestoßen?« fragte sie weiter.

»Das weiß ich nicht, Trixie.«

»Nein, den Kopf hat er sich bestimmt nicht gestoßen«, knurrte Melinda.

Trixie sah einen Augenblick von einem zum andern, dann ging sie still in den Garten hinaus, um zu spielen.

Melinda ging in die Küche und machte sich einen frischen Drink. Vic hörte, wie sie die Speisekammertür mit dem Fuß zustieß. Dann kam sie zurück und ging quer durch den Raum in ihr Zimmer.

Gleich darauf stand Vic auf und schüttete das Rührei mit heißem Wasser in den Ausguß. Er fand, daß er eigentlich ähnlich wie Trixie reagierte. Irgend etwas war da, das ein Gefühl von Schuld oder Entsetzen über seine Tat nicht aufkommen ließ. Er fand das erstaunlich. Während er schlaflos auf Cowans Sofa lag, hatte er darauf gewartet, daß er nun Angst empfinden oder von Panik ergriffen würde, daß er Schuld oder wenigstens Bedauern fühlen würde. Statt dessen kam ihm ein schöner Tag aus seiner Kindheit in den Sinn, ein Tag, an dem er einen Preis in Geographie bekommen hatte, weil er das beste Modell eines Eskimodorfes gebastelt hatte, mit Iglus aus halben Eierschalen und Schnee aus Glaswolle. Er war sich dessen nicht bewußt gewesen, aber er hatte sich absolut sicher gefühlt heute nacht. Sicher vor Entdeckung. Oder kam es am Ende daher, daß er glaubte, er würde keine Angst haben, wenn es herauskommen sollte? Er hatte immer so schrecklich langsame Reaktionen bei allem. Bei physischer Gefahr. Bei seelischem Kummer. Manchmal kam seine Reaktion mit wochenlanger Verspätung, und er hatte dann große Mühe, sie mit ihrer Ursache überhaupt in Verbindung zu bringen.

Das Telefon schrillte. Vic ging in die Halle und nahm den Hörer ab.

»Hallo?«

»Hallo, Vic. Evelyn. Hoffentlich habe ich euch nicht aus dem Nachmittagsschlaf geweckt.«

»Ganz und gar nicht.«

»Wie geht's Melinda?«

»Na ja ... nicht so besonders. Sie sitzt mit einem Drink in ihrem Zimmer.«

»Es tut mir so leid, Vic, wegen heute nacht.«

Vic wußte nicht recht, was sie meinte. »Es tut uns allen leid.«

»Dr. Franklin hat uns angerufen. In Ballinger ist morgen um halb drei eine gerichtliche Untersuchung. Wir sollen alle kommen. Wahrscheinlich wird man's euch sowieso noch sagen. Sie findet im Gericht statt.«

»Gut. Danke, Evelyn, ich werde dran denken.«

»... Eh ... Vic? Habt ihr schon ... na, irgendwelche Anrufe bekommen wegen heute nacht?«

»Nein.«

»Wir aber. Ich ... Phil meint, ich sollte dir nichts davon sagen, Vic, aber ich finde, es ist besser, du weißt es. Ein paar Leute ... na ja, eigentlich nur einer ... also es heißt, es könnte unter Umständen doch sein, daß du mit Charleys Ertrinken etwas zu tun hättest. Ich meine, sie haben es nicht so direkt gesagt, aber man konnte es raushören. Du kannst dir vorstellen, was *ich* darauf gesagt habe. Aber ich dachte, ich sollte es dir lieber sagen – weil ich eben doch glaube, es wird ein bißchen geredet werden, Vic. Zu dumm, daß so viele Leute gesehen haben, wie sich Charley und Melinda aufgeführt haben – ich meine, wie sie miteinander geflirtet haben. Das haben wirklich alle gesehen, Vic.«

»Ja, ich weiß«, sagte Vic etwas matt. »Wer hat euch denn angerufen?«

»Ich möchte es dir lieber nicht sagen, Vic, es ... es wäre nicht fair ... Und außerdem spielt es doch gar keine Rolle.«

»War es Don Wilson?«

Ein leichtes Zögern. »Ja. Weißt du, wir kennen ihn ja kaum, und er kennt dich überhaupt nicht. Es wäre schlimm genug, wenn es jemand sagte, der dich kennt, aber er jedenfalls hat gar nicht das Recht dazu.«

Vic hatte schon gehofft, daß es Don Wilson gewesen sein möchte – und daß das alles war, was Don Wilson zu sagen hatte. »Kümmern wir uns nicht darum, Evelyn. Er ist wohl ein bißchen verdreht.«

»Ja, irgendwas stimmt nicht mit ihm. Ich kann ihn nicht besonders gut leiden. Von Anfang an nicht. Wir haben sie ja auch nur anstandshalber eingeladen, weißt du.«

»Ich danke dir jedenfalls, daß du's mir erzählt hast, Evelyn. Hat sonst noch jemand was gesagt?«

»Nein. So was nicht, aber ...« die weiche, ernste Stimme stockte, und Vic wartete geduldig. »Wie gesagt, Vic, es haben natürlich ein paar Leute Bemerkungen darüber gemacht, wie sich Melinda mit ihm aufgeführt hat, und sie haben mich gefragt, ob die beiden was miteinander hätten. Ich habe ›nein‹ gesagt.«

Vic umklammerte verlegen den Hörer. Er wußte ganz genau, daß Evelyn im Bilde war.

»Melinda begeistert sich doch immer so plötzlich für Leute. Und dann ein Pianist ... Ich kann es gut verstehen.«

»Ja«, murmelte Vic und bewunderte die menschliche Fähigkeit zum Selbstbetrug. Es war für ihre Freunde derart zur Gewohnheit geworden, Melindas Betragen zu übersehen, daß man schließlich fast annehmen konnte, es gäbe überhaupt nichts zu übersehen.

»Wie geht's Phil?« erkundigte er sich.

»Ach, der ist immer noch ziemlich durcheinander. Es ist schließlich der erste Unfall, den wir in unserem Schwimmbecken hatten. Und dazu noch ein so gräßlicher. Ich glaube, Phil fühlt sich irgendwie persönlich verantwortlich. Er ist imstande und läßt das Schwimmbecken zuschütten; aber das fände ich denn doch ein bißchen übertrieben.«

»Allerdings«, murmelte Vic. »Also nochmals vielen Dank für den Anruf, Evelyn. Nach der gerichtlichen Untersuchung morgen wird's uns wohl allen besser gehen. Die wird sicher einiges in Ordnung bringen. Wir sehen uns dann um halb drei in Ballinger?«

»Ja. Und wenn wir dir irgendwie helfen können, Vic ... ich meine, mit Melinda ... Hab bitte keine Hemmungen und ruf uns an.«

»Gut, Evelyn. Vielen Dank. Auf Wiedersehen.«

Das mit dem In-Ordnung-Bringen hatte er ohne nachzudenken in absolutem Vertrauen in die eigene Sicherheit gesagt, wurde ihm jetzt klar. Seine Freunde würden dort sein – Phil Cowan und Horace Meller und ihre Frauen. Er wußte, daß ihm ihr Vertrauen sicher war. Bei dem Gedanken an Horace zögerte er einen Augenblick; Horace war ungewöhnlich still gewesen, nachdem sie Charley aus dem Schwimmbecken gezogen hatten, und auch hinterher in der Küche. Vic versuchte, sich seinen Gesichtsausdruck ins Gedächtnis zurückzurufen; Spannung und Fassungslosigkeit hatten darin gelegen, und zum Schluß hatte er verstört ausgesehen. Aber Vic konnte sich nicht erinnern, den leisesten

Schatten von Zweifel auf seinem Gesicht entdeckt zu haben. Nein, auf Horace konnte er sich verlassen. Es war natürlich möglich, daß Melinda morgen vor dem Richter wilde Beschuldigungen ausstoßen würde, aber Vic rechnete eigentlich nicht ernstlich damit. Dazu brauchte man einen gewissen Mut, und er glaubte nicht, daß sie den aufbringen würde. Hinter all ihrer Wildheit war sie ziemlich feig, und außerdem stellte sie sich nicht gern gegen die Mehrheit. Sie mußte wissen, daß alle ihre Freunde sich von ihr abwenden würden, wenn sie ihn beschuldigte, und Vic glaubte nicht, daß sie das riskieren wollte. Sie war selbstverständlich imstande, hysterisch zu werden und ihn dann anzugreifen, aber dann würden ja alle merken, daß es sich um Hysterie handelte, und sie würden auch den Grund wissen. Und wenn die Leute erst einmal anfingen, sich für Melindas Charakter zu interessieren, dann würde Melinda nicht allzugut abschneiden; darum würde sie sich einer solchen Prüfung ihres Privatlebens sicher nicht aussetzen.

Am Montag kam Vic kurz vor eins aus der Druckerei zurück. Bis halb drei blieb ihm gerade noch Zeit, rasch zu essen und nach Ballinger zu fahren. Melinda war vormittags ausgewesen, vermutlich bei Mary oder Evelyn, dachte Vic, der seit zehn Uhr versucht hatte, sie anzurufen, um sie an die gerichtliche Untersuchung zu erinnern. Sie weigerte sich, etwas zu essen, trank aber nichts bis kurz vor ihrem Aufbruch um zwei Uhr. Trotzdem sie viel geschlafen hatte, waren ihre Augen dunkel gerändert, und ihr Gesicht sah blaß und verschwollen aus – ganz trauernde Witwe, fand Vic. Sie antwortete nicht, wenn er etwas sagte, und er gab es auf.

Die gerichtliche Untersuchung fand in dem roten Ziegelbau des Gerichtsgebäudes auf dem Hauptplatz von Ballinger statt. Ein paar Stühle und zwei Schreibtische standen in dem Raum; an einem saß ein Schreiber, der alles, was gesagt wurde, im Stenogramm aufnahm. Der Coroner* hieß Walsh.

* Leichenbeschauer (meist Wahlbeamter) für Städte und Verwaltungsbezirke, der ungeklärte Todesursachen erforscht.

Er war ein gut aussehender, ernster Mann um die fünfzig, der sich sehr gerade hielt. Alle waren pünktlich zur Stelle: Mellers, Cowans, Melinda und er, und Dr. Franklin, der mit verschränkten Armen auf seinem Stuhl saß. Zuerst mußten die Tatbestände aufgenommen und bezeugt werden, und dann wurde jeder gefragt, ob der Tod von De Lisle nach seiner Meinung auf einen Unfall zurückzuführen sei.

»Ja«, antwortete Phil Cowan mit fester Stimme.

»Ja«, sagte Evelyn.

»Ich glaube es«, antwortete Horace mit ebenso fester Stimme wie Phil.

»Ich glaube es«, kam Marys Echo.

»Ja«, sagte Vic.

Dann kam Melinda an die Reihe. Sie hatte die ganze Zeit unbeweglich auf den Boden vor sich gestarrt. Sie blickte jetzt ängstlich zu dem Richter auf. »Ich weiß nicht«, sagte sie.

Walsh sah sie prüfend an. »Glauben Sie, daß irgend etwas anderes, oder eine bestimmte Person für den Tod von Mr. De Lisle verantwortlich ist und daß es kein Unfall war?«

»Ich weiß nicht«, wiederholte Melinda ausdruckslos.

»Haben Sie einen Grund, anzunehmen, daß eine bestimmte Person für Mr. De Lisles Tod verantwortlich ist?«

»Ich weiß, daß mein Mann ihn nicht mochte«, antwortete Melinda mit gesenktem Kopf.

Der Coroner runzelte die Stirn. »Wollen Sie damit sagen, daß Ihr Mann Streit mit Mr. De Lisle gehabt hat?«

Melinda zögerte.

Vic sah, wie Phil ärgerlich die Stirn kraus zog und auf seinem Stuhl hin- und herrückte. In Dr. Franklins Gesicht stand klare Mißbilligung. Evelyn Cowan sah aus, als ob sie aufstehen, Melinda bei den Schultern packen und ihr die Meinung sagen wollte.

»Nein, gestritten haben sie sich nicht«, sagte Melinda. »Aber ich glaube, mein Mann mochte ihn nur deshalb nicht, weil ich ihn mochte.«

»Hat Ihr Mann Mr. De Lisle einmal angegriffen?« begann Walsh geduldig von neuem.

Melinda zögerte wieder. »Nein.« Sie starrte noch immer seltsam schüchtern auf den Boden vor sich, obwohl das ›Nein‹ bestimmt und hell herausgekommen war.

Jetzt wandte sich der Coroner an Dr. Franklin. »Doktor, war nach Ihrer Meinung Mr. De Lisles Tod ein Unfall?«

»Ich habe keinen Grund, das Gegenteil anzunehmen«, antwortete Dr. Franklin.

Dr. Franklin mochte ihn, das wußte Vic. Sie hatten sich angefreundet, als Trixie auf die Welt kam. Dr. Franklin hatte zwar weder genügend Zeit noch Lust für Geselligkeit, aber er hatte immer ein paar Worte und ein Lächeln für Vic, wenn sie sich in der Stadt trafen.

»Sie haben nichts, das auf einen Kampf hindeuten könnte, an der Leiche entdeckt.« Der Coroner sagte es als Feststellung und nicht als Frage. Alle sahen Melinda an. Die Atmosphäre allgemeiner Mißbilligung verdichtete sich.

»An seinen Schultern waren ein paar sehr schwache rote Flecken«, erläuterte Dr. Franklin in müdem Ton, »aber die dürften entstanden sein, als er aus dem Wasser gezogen wurde, oder vielleicht während der künstlichen Atmung, die Mr. Van Allen an ihm vorgenommen hatte.«

Walsh nickte zustimmend. »Ich habe die Flecken gesehen; ich bin der gleichen Ansicht. Und soweit ich feststellen konnte, hatte er auch keine Kopfverletzung.«

»Nein«, erklärte Dr. Franklin.

»Und sein Mageninhalt? Haben Sie etwas gefunden, was einen Krampf verursacht haben könnte?«

»Nein, das kann ich nicht sagen. Der Magen war fast leer; nichts was einen Krampf verursacht haben könnte. Aber ein Krampf muß nicht unbedingt auf einen vollen Magen zurückzuführen sein.«

»Und Alkohol?« fragte Walsh.

»Ebenfalls nur eine ganz geringfügige Menge.«

»Also nichts, was ihm zu schaffen gemacht haben könnte.«

»Ganz gewiß nicht.«

»Und doch sind Sie der Meinung, daß Mr. De Lisles Tod die Folge eines Unfalls war?«

»Ja«, antwortete Dr. Franklin, »der Meinung bin ich. Die genaue Todesursache war Ertrinken.«

»Konnte Mr. De Lisle schwimmen?« fragte der Coroner in den Raum hinein.

Einen Augenblick lang antwortete keiner. Vic wußte, daß Charley kein guter Schwimmer gewesen war. Dann fingen Horace und Melinda gleichzeitig an: »Nach dem zu urteilen, was ich von ihm gesehen habe im . . .«

»Er konnte jedenfalls gut genug schwimmen, um den Kopf über Wasser zu halten!« Melinda hatte ihre Sprache und ihre normale Lautstärke wiedergefunden.

»Mr. Meller?« sagte der Coroner.

»Nach dem zu urteilen, was ich von ihm gesehen habe im Schwimmbecken, war er kein guter Schwimmer«, meinte Horace vorsichtig. »Ob sein Tod ursächlich damit zusammenhängt, kann ich nicht sagen. Aber ich habe gesehen, wie er am Rand hing, als ob er Angst hätte, sich loszulassen; und wie Mr. Van Allen berichtete – und Mr. Cowan bestätigte –, hat Mr. De Lisle festgestellt, er finde das Wasser ziemlich kalt.« Horace warf einen Blick in Melindas Richtung; es war kein freundlicher Blick.

»Hat niemand einen Schrei gehört?« fragte Walsh.

»Nein . . .« Die Antwort kam im Chor.

»Mrs. Van Allen?«

Melinda zerrte an ihren weißen Handschuhen und sah den Coroner starr an. »Nein. Aber wir hätten auch gar nichts hören können bei dem Krach, den wir in der Küche gemacht haben.«

»Es war nicht so viel Krach«, sagte Phil stirnrunzelnd. »Der Plattenspieler lief nicht mehr. Ich glaube, wir hätten gehört, wenn jemand geschrien hätte.«

Melinda drehte sich zu Phil um. »Wie willst du denn schreien, wenn dich einer untertaucht und unter Wasser festhält?«

»Melinda!« stieß Mary Meller entsetzt hervor.

Vic sah während der nächsten Sekunden allem seltsam unbeteiligt zu. Melinda hatte sich halb erhoben und schrie ihre Meinung heraus – und Vic empfand angesichts ihres zornigen Profils und ihrer geballten Fäuste eine gewisse Bewunderung für den Mut und die Ehrlichkeit, die er ihr nicht zugetraut hatte. Mary Meller stand auf und machte ein paar zögernde Schritte auf Melinda zu, bevor Horace sie sanft auf ihren Platz zurückzog. Phils langes, hübsches Gesicht war finster, und Dr. Franklin verharrte mit verschränkten Armen in seiner kühlen Verachtung für Melinda Van Allen, die, wie Vic wußte, noch aus ihren unvernünftigen Forderungen und den Klagen über seine Behandlung anläßlich Trixies Geburt stammte. Melinda wiederholte gerade:

»*Jawohl,* ich glaube, daß mein Mann etwas damit zu tun hatte! Ich glaube, er hat es *getan*!«

Walshs Ausdruck war eine Mischung von Mißbilligung und Fassungslosigkeit. Einen Augenblick lang schien er sprachlos. »Haben Sie denn irgend etwas – irgendeinen Beweis, um Ihre Vermutung zu untermauern, Mrs. Van Allen?« Sein Gesicht war rot geworden.

»Es gibt nur indirekte Beweise. Mein Mann war schließlich allein mit ihm im Wasser. Mein Mann ist ein besserer Schwimmer als Charley. Er hat außerdem sehr kräftige Hände.«

Mary erhob sich. Ihr kleines Gesicht schien jetzt noch kleiner, irgendwie zusammengezogen in dem geschürzten, traurigen Mund; sie wollte hinausgehen.

»Ich muß Sie leider bitten, Mrs. Meller«, sagte der Richter, »den Raum nicht zu verlassen. Das Gesetz schreibt vor, daß alle mit der Sache befaßten Personen bis zum Ende der Untersuchung anwesend sein müssen.« Er lächelte und verneigte sich leicht, während sie zu ihrem Platz zurückging.

Horace hatte nicht versucht, sie zurückzuhalten. Er sah aus, als wäre er selbst gern fortgegangen.

Der Coroner wandte sich wieder Melinda zu. »Sie sagten, Ihr Mann mochte Mr. De Lisle nicht, weil Sie ihn mochten. Haben Sie Mr. De Lisle vielleicht geliebt?«

»Nein; aber ich mochte ihn sehr gern.«

»Und Sie glauben, Ihr Mann war eifersüchtig auf Mr. De Lisle?«

»Ja.«

Walsh fragte Vic: »Waren Sie eifersüchtig auf Mr. De Lisle?«

»Nein«, erklärte Vic, »das war ich nicht.«

Walsh stellte nun nacheinander an die Cowans und an die Mellers geduldig die Frage: »Hat jemand von Ihnen jemals irgend etwas im Verhalten von Mr. Van Allen bemerkt, aus dem Sie den Schluß ziehen könnten, er sei eifersüchtig auf Mr. De Lisle gewesen?«

»Nein«, antworteten Phil und Horace so gut wie aus einem Munde.

»Nein«, bestätigte Evelyn.

»Auf gar keinen Fall«, kam es von Mary.

»Wie lange kennen Sie Mr. Van Allen schon, Mr. Cowan?«

Phil sah Evelyn fragend an. »Seit ungefähr acht Jahren?«

»Neun. Oder zehn ...?« korrigierte Evelyn. »Wir lernten die Van Allens gleich kennen, nachdem sie hierhergezogen waren.«

»Ich verstehe. Und Mr. Meller?«

»Ich glaube seit zehn Jahren«, antwortete Horace fest.

»Dann kennen Sie ihn also gut?«

»Sehr gut sogar.«

»Würden Sie für seinen Charakter bürgen?«

»Unbedingt«, warf Phil ein, bevor Horace noch etwas sagen konnte. »Und jeder, der ihn kennt, ebenso.«

»Ich betrachte ihn als meinen wertvollsten Freund«, ergänzte Horace.

Der Coroner nickte und blickte dann zu Melinda, als wollte er ihr eine Frage stellen, aber Vic sah ihm an, daß er genug von diesem Thema hatte und auch Melindas Beziehungen zu De Lisle nicht eingehender erörtern wollte. Walsh sah zu Vic hinüber; eine gewisse Wärme lag in seinem Blick. »Mr. Van Allen, ich glaube zu wissen, daß Sie der Eigentümer der Greenspur Press in Little Wesley sind. Stimmt das?«

»Ja.«

»Es ist eine sehr schöne Druckerei, ich habe davon gehört«, sagte Walsh lächelnd, als sei es selbstverständlich, daß jeder gebildete Mensch in dieser Gegend von Massachusetts von der Greenspur Press gehört habe. »Haben Sie Ihren Ausführungen noch etwas hinzuzufügen, Mrs. Van Allen?«

»Ich habe Ihnen alles gesagt, was ich *glaube*!« antwortete Melinda und spuckte das letzte Wort in altem Stil heraus.

»Da dies ein Gericht ist, brauchen wir Beweise«, erklärte der Coroner mit leiser Ironie. »Wenn niemand Beweise dafür vorzubringen hat, daß der zur Diskussion stehende Tod nicht auf einen Unfall zurückzuführen ist, erkläre ich diese Untersuchung hiermit für beendet.« Er wartete. Niemand sprach. »Ich erkläre die Untersuchung für beendet und erkenne auf Tod durch Unfall.« Er lächelte. »Ich danke Ihnen allen für Ihr Erscheinen.«

Phil stand auf und wischte sich die Stirn. Melinda ging, ein Tempotaschentuch vor dem Mund, zur Tür. Auf dem Bürgersteig verabschiedete sich Dr. Franklin als erster; bei Melinda zögerte er einen Augenblick, sagte aber dann nur: »Auf Wiedersehen, Mrs. Van Allen« und ging zu seinem Wagen.

Melinda stand neben dem Auto, noch immer mit dem Taschentuch vor dem Mund, noch immer ganz trauernde Witwe.

»Kopf hoch, Vic!« mahnte Phil und klopfte ihm auf die Schultern, dann wandte er sich um und ging rasch zu seinem Wagen, als wollte er sich selbst hindern, noch mehr zu sagen. Evelyn Cowan legte die Hand auf Vics Arm. »Es tut mir alles so leid, Vic. Ruf uns bald an, ja? Heute abend, wenn du willst. Auf Wiedersehen, Melinda.«

Vic sah, daß Mary etwas zu Melinda sagen wollte, und daß Horace versuchte, sie davon abzuhalten. Dann kam Horace zu ihm herüber, er lächelte mit erhobenem Kopf, als ob er Vic durch die eigene Haltung Mut einflößen und durch sein Lächeln zeigen wollte, daß Vic noch immer sein Freund, sein wertvollster Freund, war.

»Ich bin sicher, sie wird sich wieder fangen, Vic.« Horace sprach leise, außer Hörweite von Melinda. »Halt die Ohren steif. Wir sind alle auf deiner Seite – immer.«

»Danke, Horace.« Hinter Horace sah Vic Marys schmales, empfindsames Gesicht; ihre Lippen zitterten, während sie zu Melinda hinübersah. Dann, als Horace seine Frau beim Arm nahm, lächelte sie Vic an und warf ihm einen Kuß zu, während sie davonging.

Vic hielt Melinda die Tür auf; sie stieg ein, Vic setzte sich hinter das Steuerrad und fuhr los.

»Ich laß mich nicht rumkriegen«, erklärte Melinda unterwegs plötzlich. »Bilde dir das nicht ein.«

Vic seufzte. »Liebling, du kannst doch nicht ewig um jemand weinen, den du kaum gekannt hast.«

»Du hast ihn umgebracht!« stieß Melinda heftig hervor. »Mellers und Cowans kennen dich schließlich nicht so gut wie ich.«

Vic erwiderte nichts darauf. Was sie sagte, beunruhigte ihn nicht im mindesten – er hatte auch während der Untersuchung keine Angst gehabt, nicht einmal bei der Frage nach den roten Flecken auf Charleys Haut; aber er spürte, wie jetzt eine Erbitterung gegen Melinda in ihm hochstieg, eine Art Scham eben, und die war ihm nun zu vertraut und machte ihm sogar Mut. Alle wußten doch, warum Melinda ihn beschuldigt hatte, warum sie bei der Untersuchung Tränen vergossen hatte, warum sie in jener Nacht bei Cowans hysterisch geworden war. Cowans wußten, wie ihre Beziehungen zu De Lisle gewesen waren. Für sie war De Lisle nur ein schäbiger Gigolo mehr gewesen – es war ihr Pech, daß er ausgerechnet in ihrem Haus umgekommen war. Cowans und Mellers mußten außerdem wissen, daß er Jahre voller derartiger Szenen hinter sich hatte und daß es immer um alberne oder zwielichtige Burschen des gleichen Kalibers gegangen war; mehr noch, sie wußten auch, daß Vic alles geduldig und ohne Klagen ertragen hatte, daß er sich immer verhalten hatte, als sei nichts geschehen – genauso, wie er sich auch jetzt während der gerichtlichen Untersuchung verhalten hatte.

Einen Augenblick lang, als Melinda sich mit einem frischen Taschentuch die Nase putzte, spürte Vic, wie sich etwas in ihm gegen sie verhärtete. Sie hatte bekommen, was sie verdiente; und sie war machtlos, etwas gegen ihn zu unternehmen. Wenn sie noch einmal zur Polizei ginge – wer würde ihr glauben? Wie konnte sie es beweisen? Sie konnte sich natürlich von ihm scheiden lassen, das war auch alles. Aber Vic hielt das nicht für wahrscheinlich. Er könnte sich ja weigern, für ihren Unterhalt zu bezahlen – und er hatte genügend konkrete Gründe dafür –, und er würde wohl auch leicht das Kind zugesprochen bekommen ... das allerdings würde Melinda kaum berühren. Er hielt es für unwahrscheinlich, daß Melinda Lust hatte, ohne Geld dazusitzen und in ihr langweiliges Elternhaus in Queens zurückzukehren.

Melinda stieg aus, als er vor der Garage hielt, und ging ins Haus. Vic trug seine Blumenkästen in die Garage zurück. Es war Viertel vor vier. Er warf noch einen Blick zum Himmel – es würde gegen Abend regnen.

Er ging wieder in die Garage zurück und trug nacheinander die drei Terrarien mit seinen Schnecken nach draußen; sie waren mit Kupferdrahtgeflecht abgedeckt, das den Regen durchließ und die Schnecken am Hinauskriechen hinderte. Die Schnecken liebten Regen sehr. Er beugte sich über das eine Terrarium und beobachtete die beiden Schnecken, die er

Edgar und Hortense getauft hatte; sie krochen langsam aufeinander zu, hoben die Köpfe, küßten sich und glitten weiter. Vermutlich würden sie sich heute nachmittag während des leichten Regens paaren. Sie paarten sich ungefähr einmal in jeder Woche, und Vic war davon überzeugt, daß sie sich aufrichtig liebten, denn Edgar hatte keine Augen für andere Schnecken, und Hortense ging niemals auf die Versuche anderer Schnecken ein, sie zu küssen. Das war noch wahre Liebe, fand Vic, wenn es sich auch nur um Gastropoden handelte. Er dachte an den Satz in dem einen Buch von Henry Fabre, der von Schnecken berichtet, die über hohe Mauern krochen, um ihren Partner zu finden, und obgleich Vic es niemals experimentell nachgeprüft hatte, schien es ihm durchaus glaubhaft.

11

Vics Schuld kam nicht zutage. Vielleicht deshalb, weil es so viele andere Dinge gab, mit denen man sich beschäftigte und um die man sich kümmern mußte. Melinda erzählte überall herum, Vic habe Charley umgebracht, aber das konnte man ihrem Schock nach Charleys Tod zuschreiben. Immerhin trieb sie das drei ganze Wochen lang und ließ sich immer rückhaltloser darüber aus. Und zu Hause schmollte sie und fauchte Vic an. Sie schien irgendwelche Rachepläne zu schmieden. Mit dem Herumrätseln über Melindas nächsten Schritt und dem Bemühen, ihr Betragen allen Freunden gegenüber als belanglos hinzustellen, war Vic während der Stunden, die er nicht in der Druckerei verbrachte, vollauf beschäftigt.

Horace kam drei Tage nach der gerichtlichen Untersuchung zu Vic in die Druckerei. Ein paar Minuten lang betrachtete er die losen Seiten mit griechischem Text, die gerade ausgedruckt wurden, sah sich den Einbandentwurf an – es war nicht der, den Melinda so uninteressiert ausgewählt hatte –, aber dann kam er bald mit dem eigentlichen Grund seines Besuches heraus.

»Vic, die Geschichte beunruhigt mich«, erklärte er energisch. Sie waren allein in der Druckerei. Stephen und Carlyle waren nach Hause gegangen.

»So«, murmelte Vic.

»Sie war jetzt schon zweimal bei Evelyn und einmal bei Mary.«

»Ich weiß«, sagte Vic ohne Erstaunen. »Ich glaube, sie hat mir erzählt, daß sie bei Evelyn gewesen ist.«

»Und weißt du auch, was sie überall verbreitet?« Horace sah verlegen aus. »Zu Mary hat sie sogar gesagt, daß sie es dir zu Hause ins Gesicht sagt.« Er schwieg, aber Vic blieb stumm. »An sich interessiert mich das nicht so sehr, abgesehen davon, daß es nicht gerade hübsch ist, wenn sich die ganze Stadt die Mäuler zerreißt – aber wie soll denn das mit Melinda weitergehen?«

»Ich denke, sie wird sich schon irgendwann beruhigen.« Vics Ton war müde. Er setzte sich auf die Tischecke. Die Dämmerung war hereingebrochen. Ein Rotkehlchen piepte vor dem Fenster. Er konnte es auf dem Fensterbrett sitzen sehen. Vic kannte das Rotkehlchen; es war das Männchen eines Paares, das seit dem Frühjahr in einer Mauer neben dem Hinterausgang nistete. Er fragte sich, ob das Tier wohl Futter suchte.

»Bist du sicher? – Sag mal, hörst du überhaupt zu?« fragte Horace.

»Ehrlich gesagt, ich höre gerade dem Rotkehlchen da draußen zu.« Vic glitt vom Tisch und ging zur Hintertür. Er betrachtete prüfend die noch nicht aufgepickten Brotkrumen und die Fettbrocken, die Carlyle heute früh unter den Baum gestreut hatte. »Vielleicht wollte es nur gute Nacht sagen, aber im Frühjahr mußten wir einmal eine Schlange von dem Nest wegjagen.«

Horace lächelte ungeduldig. »Ich weiß nie, ob du nur so

tust, als seiest du so arglos und unbeteiligt, Vic, oder ob du es wirklich bist.«

»Wahrscheinlich bin ich nicht unbeteiligt«, gab Vic zu. »Du mußt aber bedenken, daß ich das nun schon seit ein paar Jahren mitmache.«

»Das weiß ich ja. Und ich will mich auch nicht hineinmischen, Vic. Aber kannst du dir vorstellen, daß etwa Mary bei dir oder ihren anderen Freunden herumhockt und erzählt, ihr Mann ist ein Mörder?« Horace hatte unwillkürlich die Stimme erhoben.

»Natürlich nicht; aber daß Melinda anders ist, hab ich schließlich vorher gewußt.«

Horace lachte, es war ein freudloses Lachen. »Was willst du aber tun, Vic? Will sie sich von dir scheiden lassen?«

»Gesagt hat sie noch nichts. Hat sie vielleicht bei Mary noch etwas . . .?«

Horace sah ihn einen Augenblick lang fast erstaunt an. »Nein, nicht, daß ich wüßte.«

Eine längere Stille entstand. Horace wanderte mit den Händen in den Jackentaschen zwischen den beiden Tischen umher, als wollte er den Fußboden sorgfältig mit seinen Schritten ausmessen. Vic holte tief Atem. Sein Gürtel fühlte sich lose an, und er schnallte ihn ein Loch enger. Er hatte absichtlich in letzter Zeit weniger gegessen, und das zeigte sich nun an seiner Taillenweite.

»Na ja, was sagst du dann dazu, wenn sie dich anklagt?«

»Nichts! . . . Was soll ich denn sagen? Was kann man denn überhaupt auf so was antworten?«

Fassungslose Überraschung stand in Horaces Gesicht. »Ich an deiner Stelle würde ihr eine ganze Menge darauf antworten, darauf kannst du dich verlassen. Ich würde ihr klarmachen, daß ich mir nun schon seit Jahren alles Menschenmögliche von ihr gefallen lassen hätte, und daß jetzt die Grenze überschritten ist – ich meine, die Grenze des Zumutbaren. – Mensch, Vic – ich kann mir einfach nicht vorstellen, daß sie es wirklich so meint«, fuhr er ernst fort. »Sie würde doch sonst nicht weiter unter dem gleichen Dach mit dir leben!«

Das tut sie ja auch eigentlich nicht, dachte Vic. Horaces Eifer brachte ihn in Verlegenheit. »Ich weiß nicht, was ich davon halten soll, Horace. Wirklich nicht.«

»Hast du dich noch nie gefragt, Vic, ob sie nicht vielleicht tatsächlich ein bißchen ... übergeschnappt ist? Ich bin kein Psychiater, aber ich habe sie schließlich in all den Jahren beobachten können. Das geht jetzt wirklich über die ewige Entschuldigung hinaus, daß sie verwöhnt ist.«

Vic hörte sofort die Feindseligkeit in Horaces Ton, und automatisch fühlte er sich zu Melindas Verteidigung aufgerufen. Es war das erste Mal, daß Horace seine Antipathie gegen Melinda offen gezeigt hatte. »Ach, ich glaube, sie wird schon aufhören damit, Horace.«

»Aber das ist doch nichts, was man später einfach ignorieren kann!« protestierte Horace. »Niemand wird das jemals vergessen, Vic. Und inzwischen weiß vermutlich schon die ganze Stadt Bescheid. Was ist sie denn nur für ein Mensch? Ich verstehe wirklich nicht, daß du solche Dinge einfach hinnimmst!«

»Ich habe eben schon derart viel hingenommen«, seufzte Vic, »daß es vermutlich zur Gewohnheit geworden ist.«

»Gewohnheit? Dich selbst zu quälen?« Horace sah seinen Freund sorgenvoll an.

»Ach, so schlimm ist es nun auch wieder nicht, Horace. Mach dir keine Sorgen. Wirklich.« Vic legte dem anderen die Hand auf die Schulter.

Horace schnaubte unzufrieden. »Ich mache mir eben doch Sorgen.«

Vic lächelte wehmütig, ging dann zur Hintertür und schloß sie ab. »Ich würde ja sagen, komm noch mit auf einen Drink ...«

»Besten Dank«, unterbrach ihn Horace und schüttelte den Kopf.

»Na schön.« Vic lächelte, aber wieder spürte er Verlegenheit, ja, etwas wie Scham darüber, daß Horace sich offen gegen Melinda gewandt hatte.

»Danke, jetzt nicht, Vic. Warum kommst du nicht zu uns herüber? Mary würde sich sehr freuen.«

»Ein anderes Mal, nicht heute. Grüß Mary aber herzlich. ... Was macht der Birnbaum?«

»O dem geht's viel besser«, sagte Horace.

»Fein.« Vic hatte ihnen ein Pflanzenschutzmittel zum Besprühen gegeben, weil die Birnbaumblätter rotbraune Flecken bekamen.

Sie schlenderten zu ihren Wagen und sprachen darüber, daß es wahrscheinlich regnen würde am Abend. Herbst lag in der Luft.

»Wir würden dich gern bald bei uns sehen, Vic«, sagte Horace noch, bevor er ins Auto stieg.

»Werdet ihr«, antwortete Vic lächelnd. »Grüß Mary!« Er winkte fröhlich und stieg in seinen Wagen.

Melinda war im Wohnzimmer, als Vic zu Hause eintraf. Sie saß auf dem Sofa und blätterte in einer Zeitschrift.

»Guten Abend«, grüßte Vic freundlich.

Sie sah mürrisch zu ihm auf.

»Kann ich dir einen Drink zurechtmachen?« fragte er.

»Danke, das kann ich selbst.«

Vic hatte sich in seinem Zimmer gewaschen und ein frisches Hemd angezogen, bevor er ins Haus gekommen war. Er ließ sich mit der Zeitung in seinem Lieblingssessel nieder. Es war seltsam und eigentlich ganz angenehm, um sieben Uhr keine Lust auf einen Drink zu haben. Er hatte seit drei Tagen keinen Alkohol getrunken. Es gab ihm irgendwie ein Gefühl von Sicherheit und Selbstgenügsamkeit; er empfand eine große Gelassenheit und spürte, daß sich das in seinem Gesichtsausdruck spiegelte; gleichzeitig war eine stählerne Härte in ihm, eine nicht unangenehme Spannung, deren Wurzeln er nicht wirklich erkannte. Haß? Groll? Furcht?

Schuld? Oder war es einfach Stolz und Befriedigung? Es war, als trage er einen harten Kern in seinem Innern. Die Frage war nur, ob dieser Kern immer dagewesen war oder ob er sich jetzt erst gebildet hatte.

Melinda kam mit ihrem Drink zurück. »Trixie bringt jetzt Geschichten mit nach Hause«, verkündete sie.

»Wo ist denn Trixie überhaupt?«

»Bei Petersons, auf Janeys Geburtstagsparty. Sie wird sicher mit ein paar schönen Geschichten ankommen.«

»Soll ich sie abholen? Oder bringt Peterson sie zurück?«

»Er hat gesagt, er bringt sie gegen halb acht«, erwiderte Melinda und ließ sich temperamentvoll aufs Sofa fallen, daß ihr Whisky fast überschwappte. Graue Staubflocken wirbelten unter dem Sofa hervor. Vic nahm es amüsiert zur Kenntnis.

»Ich habe den Eindruck, ich sollte noch ein bißchen staubsaugen vor dem Essen«, meinte er freundlich.

Melindas verdrossenes Gesicht belustigte ihn nur noch mehr. Er holte den Staubsauger aus der Diele und steckte den Stecker in die Dose neben dem Plattenspieler. Während er arbeitete, pfiff er vor sich hin und freute sich am raschen Verschwinden der Staubflocken. Er genoß außerdem die Anspannung seiner Muskeln bei dieser für ein Familienoberhaupt erniedrigenden Beschäftigung. Er zog den Bauch ein, machte tiefe Kniebeugen, um unter das Bücherbord zu kommen, und streckte sich lang in die Höhe, um die Gardinenstange zu erreichen. Diese Verbindung von sportlicher Betätigung und etwas Nützlichem befriedigte ihn. Morgen werde ich mir die Fenster vornehmen, überlegte er. Sie waren seit einem halben Jahr nicht mehr geputzt worden ... Er war immer noch beim Staubsaugen, als Peterson und Trixie eintrafen.

»Hallo!« rief Vic nach draußen. »Haben Sie nicht Lust, noch einen Augenblick hereinzukommen?«

Peterson sah ganz so aus, als hätte er keine Lust. Hinter

seinem schüchternen Lächeln spürte Vic Beklommenheit. Aber er kam dann doch herein. »Wie geht's?« fragte er, als er in die Tür trat.

Trixie war an Vic vorbei ins Wohnzimmer gerannt und drehte geräuschvoll eine Knarre, die sie bei der Party gewonnen hatte.

»Danke, gut«, antwortete Vic. »Kann ich Ihnen ein Bier anbieten? Oder Eis-Tee? Einen Whisky?« Es war ein einigermaßen ungewöhnliches Bild, das er und Melinda boten, das war ihm bewußt: er in Hemdsärmeln mit dem Staubsauger, und Melinda mit einem Drink auf dem Sofa, wobei sie in ihrer Baumwollbluse und den Sandalen, ohne Strümpfe, nicht einmal besonders ordentlich aussah.

Peterson sah sich etwas verlegen um und lächelte dann: »Wie geht es Ihnen, Mrs. Van Allen?« Sein Ton kam Vic ein wenig ängstlich vor.

»Sehr gut, danke.« Melinda verzog den Mund zur Andeutung eines Lächelns.

»Diese Kindergesellschaften«, erklärte Peterson seufzend, »nehmen einen mehr mit als richtige Parties.«

»Das wird immer so sein«, meinte Vic. »Wie alt ist denn Janey geworden? Sieben?«

»Nein, sechs.«

»Sechs? Dann ist sie aber ziemlich groß für ihr Alter.«

»O ja, das ist sie.«

»Möchten Sie sich nicht setzen?«

»Nein, vielen Dank, ich muß weiter.« Petersons Augen irrten im Raum umher, als suchte er in den Zimmerecken oder in dem Durcheinander der Zeitschriften auf dem Cocktailtisch die wahre Erklärung für den Van-Allen-Skandal.

»Trixie sieht jedenfalls aus, als hätte sie sich prächtig unterhalten. Wahrscheinlich hat sie wieder mal den meisten Krach gemacht ...« Vic zwinkerte ihr zu.

»Das war ich nicht!« schrie Trixie mit der Lautstärke, die vermutlich bei der Party notwendig gewesen war, um sich unter zwanzig anderen schreienden Sechsjährigen Gehör zu verschaffen. »Und ich muß dir was *erzählen*«, setzte sie in einem Ton hinzu, der Vics Neugier anstacheln sollte.

»Mir? Wunderbar!« flüsterte Vic begeistert. Dann fragte er Peterson, der schon auf dem Weg zur Tür war: »Wie machen sich die Hortensien?«

Petersons Gesicht leuchtete auf. »Oh, ausgezeichnet. Erst ließen sie die Köpfe hängen, aber jetzt haben sie sich sehr gut erholt.« Er wandte sich um: »Gute Nacht, Mrs. Van Allen. Es war nett, Sie zu sehen.«

Vic lächelte. »Gute Nacht, Charley.« Er wußte, daß Peterson von seinen Freunden Charley genannt wurde, und daß es ihm sicher gefallen würde, wenn Vic ihn auch so nannte anstatt ›Mr. Peterson‹.

»Gute Nacht«, sagte Peterson. »Auf bald einmal.«

Vic fiel auf, daß Petersons Lächeln jetzt echter gewesen war als vorher bei seiner Ankunft.

»Mein Gott«, meinte er, als er ins Zimmer zurückkehrte, »konntest du dem Mann nicht wenigstens auf Wiedersehen sagen?«

Melinda sah ihn nur geringschätzig an.

»Das ist nicht so sehr förderlich für deinen Ruf, weißt du.« Er legte die Hände auf die Knie und beugte sich zu Trixie: »Und du? Konntest du auch nicht auf Wiedersehen und danke schön sagen?«

»Hab ich alles schon vorhin bei Janey gesagt«, antwortete Trixie. Sie blickte rasch zu ihrer Mutter hinüber und machte dann Vic ein Zeichen, daß er mit ihr in die Küche kommen sollte.

Melinda beobachtete sie.

Vic ging mit Trixie hinaus. Trixie zog seinen Kopf zu sich herunter und flüsterte laut und aufgeregt in sein Ohr: »Sag mal, hast du *wirklich* Charley De Lisle umgebracht?«

»Nein«, flüsterte Vic lächelnd zurück.

»Janey sagt nämlich, du hast es getan.« Trixies Augen

glänzten vor Eifer, Stolz und Erregung; sie brannte sichtlich darauf, sich mit einem Freudengebrüll und einer Umarmung Luft zu machen, wenn Vic nur zugeben würde, daß er Charley umgebracht hätte.

»Du bist mir ja eine!« flüsterte Vic.

»Janey hat gesagt, die Wilsons waren bei ihnen, und sie denken, daß du es gewesen bist.«

»Wirklich?« flüsterte Vic.

»Ja. Und du warst es nicht?«

»Nein«, flüsterte Vic. »Bestimmt nicht.«

Melinda kam in die Küche. Sie betrachtete Trixie mit einem gelangweilten, forschenden und durchaus nicht mütterlichen Blick. Trixie war daran gewöhnt. »Geh in dein Zimmer, Trixie«, befahl Melinda.

Trixie sah fragend zu ihrem Vater auf.

»Schon gut, Schätzchen, zieh ab.« Vic kitzelte Trixie liebkosend unter dem Kinn. »Mußt du sie unbedingt wie einen Kuli herumkommandieren?« fragte er Melinda.

Trixie rauschte hocherhobenen Hauptes hinaus wie eine gekränkte Diva, aber innerhalb von Sekunden würde sie es vergessen haben, das wußte Vic genau.

»Nun?« erkundigte sich Vic lächelnd. »Was gibt's denn Aufregendes?«

»Vielleicht interessiert es dich, daß die ganze Stadt über dich im Bilde ist.«

»Im Bilde? Was meinst du damit? Wissen jetzt alle, daß ich Charley umgebracht habe, oder was?«

»Jeder redet darüber. Du solltest nur mal die Wilsons hören.«

»Ich habe das unbestimmte Gefühl, als ob ich das bereits getan hätte. Aber die Wilsons können mir den Buckel runterrutschen, verstehst du ...« Vic öffnete den Eisschrank. »Was haben wir denn zum Essen da?«

»Es wird etwas geben, sag ich dir – es wird einen öffentlichen Skandal geben«, prophezeite Melinda drohend.

»Unter deiner Führung, ja? Unter Führung meiner Frau?« Vic holte Hammelkoteletts aus dem Gefrierfach.

»Du denkst wohl, es wird überhaupt nichts passieren? Da irrst du dich aber gewaltig.«

»Wahrscheinlich hat mich Don Wilson dabei beobachtet, wie ich De Lisle ertränkt habe. Und warum kommt er nicht damit heraus? Was soll denn das ganze Geflüster hinter dem Rücken?« Er nahm die gefrorenen Erbsen heraus. Erbsen, Salat, Tomaten und Koteletts, ja, das würde reichen. Ihm lag nichts an Kartoffeln, und wenn er keine kochte, fehlten sie auch Melinda nicht.

»Bist du so sicher, daß ich nichts unternehmen werde?« fragte Melinda.

Er blickte flüchtig zu ihr hinüber und sah wieder die dunklen Ringe unter ihren Augen und die angestrengt zusammengezogenen Brauen. »Liebling, ich wünschte wirklich, du würdest endlich damit aufhören. Es ist doch sinnlos. Tu irgendwas, tu irgendwas Positives, aber laß dich nicht den ganzen Tag hier zu Hause so gehen. Du quälst dich doch nur selbst«, fügte er mit Nachdruck hinzu ... Die gleichen Worte hatte Horace gebraucht. »Ich möchte dich nicht mehr länger mit diesen Ringen unter den Augen sehen.«

»Ach, scher dich zum Teufel«, murmelte sie und ging ins Wohnzimmer.

Es war so ein einfacher Satz: »Scher dich zum Teufel«; nicht originell und mehr oder weniger nichtssagend, aber es beunruhigte Vic immer, wenn er ihn von Melinda hörte. Es konnte so viel bedeuten, und es war nicht immer so, daß sie das nur sagte, weil ihr sonst nichts einfiel – auch das kam allerdings vor. Vic wurde an diesem Abend klar, daß sie irgend etwas plante. Mit Wilson zusammen vielleicht? Aber was? Und wie? Wenn Don Wilson wirklich in der Nacht von Cowans Party etwas gesehen hätte, dann hätte er es inzwischen gesagt, und Melinda wäre die letzte, es für sich zu behalten.

Vic kehrte zu seinem Staubsauger zurück und saugte voller Eifer fertig. Melinda war für ihn eine Herausforderung, und das genoß er irgendwie.

Er kochte allein das ganze Abendessen einschließlich des Nachtisches: Apfelmus mit geschlagenem Eiweiß. Trixie war in ihrem Zimmer eingeschlafen, und Vic weckte sie nicht, da sie ja wahrscheinlich mehr als genug bei Petersons gegessen hatte. Er war sehr vergnügt und redselig während des Essens. Aber Melinda war nachdenklich und hörte ihm nicht immer zu.

Ungefähr zehn Tage später, Anfang September, als der Bankauszug kam, stellte Vic fest, daß über hundert Dollar mehr als sonst abgehoben worden waren; von Melinda, selbstverständlich. Ein Barscheck über den Betrag von 125 Dollar fiel ihm besonders auf; er enthielt keine Adresse. Er versuchte sich zu erinnern, ob sie Kleidung oder etwas fürs Haus gekauft hatte, aber es fiel ihm nicht ein. Normalerweise wäre ihm eine Mehrentnahme von hundert Dollar im monatlichen Budget wahrscheinlich entgangen, aber weil er jetzt Melinda in jeder Beziehung so aufmerksam beobachtete, hatte er den Bankauszug sorgfältiger als sonst durchgesehen. Der Scheck über 125 Dollar trug das Datum vom 20. August; das war eine Woche nach De Lisles Begräbnis gewesen (zu dem Melinda nach New York gefahren war), und Vic konnte sich nicht vorstellen, daß der Betrag etwa für Blumen oder für etwas Derartiges bestimmt gewesen war.

Es war immerhin denkbar, daß sie einen Privatdetektiv engagiert hatte, und Vic begann, sich in Little Wesley nach einem neuen Gesicht umzusehen, nach einem unbekannten Gesicht, das vielleicht ein besonderes Interesse für ihn verriete.

September war, was gesellschaftliche Ereignisse anging, ein ruhiger Monat. Alles war damit beschäftigt, Keller zu reparieren, Abzugsleitungen zu säubern, die Heizungen nachzusehen und die Handwerker für alle diese Arbeiten zu bekommen, was manchmal Wochen dauerte. Vic wurde von MacPhersons nach Wesley gerufen, um sein Urteil über einen Ölofen abzugeben, den sie kaufen wollten. Und Mrs. Podnansky hatte ein totes Eichhörnchen in ihrem Brunnen entdeckt. Sie brauchte den Brunnen im Grunde gar nicht, er diente nur dekorativen Zwecken, aber das herumtreibende Eichhörnchen störte sie.

Vic holte es mit einem seiner alten Schmetterlingsnetze, das er an einer Harke befestigte, heraus. Mrs. Podnansky war vor Dankbarkeit ganz aufgelöst. Das zarte kleine Gesicht strahlte; einen Augenblick sah es so aus, als sei sie im Begriff, ihm eine kleine Rede zu halten – wie fest sie ihm vertraute und wie sehr sie ihm zugetan sei, trotz des ganzen Geredes ringsum, dachte Vic. Aber dann kam doch nur ein Lächeln und die Frage:

»Ich hab was ganz Gutes in der Küche – Calvados, mein Sohn hat mir die Flasche geschenkt. Wollen Sie nicht mal probieren?«

Und Vic mußte wieder an die vielen Kuchenstücke denken, die mitleidige Gastgeberinnen ihm aufzudrängen pflegten. Er lächelte zurück und sagte: »Nein, vielen Dank, Mrs. Podnansky, heute nicht. Ich mache grad mal eine Pause, wissen Sie.«

Das Schmetterlingsnetz, das er jahrelang nicht in der Hand gehabt hatte, erinnerte ihn daran, wie gern er früher am Bach hinter dem Hause Schmetterlinge gefangen hatte. Das wollte er mal wieder tun, irgendwann.

Zweimal war Vic in der Stadt Don Wilson begegnet; bei beiden Anlässen hatte Wilson ihm mit einem falschen Lächeln leicht zugenickt und ihn lange angesehen. Vic hingegen hatte ihm jedesmal strahlend »Hallo! Wie geht's?« zugerufen. Er wußte, daß Melinda mehrmals bei Wilsons gewesen war. Vielleicht war auch Ralph Gosden dort gewesen. Vic hätte vorschlagen können, Wilsons einmal einzuladen, aber erstens langweilten sie ihn ziemlich, und außerdem fühlte er, daß Melinda die Wilsons jetzt als ihre und nicht als seine Freunde betrachtete und diese Freundschaft nicht mit ihm teilen wollte.

Dann kam eines Nachmittags June Wilson in die Druckerei. Sie trat sehr schüchtern ein, entschuldigte sich wegen ihres unangemeldeten Besuchs und fragte Vic, ob er wohl Zeit habe, ihr alles zu zeigen. Gewiß habe er die, sagte Vic.

Stephen stand an der Presse. Er kannte Wilsons und grüßte June mit einem überraschten Lächeln. Er unterbrach seine Arbeit nicht. Vic achtete auf den Ton, in dem die beiden miteinander sprachen, gespannt, ob Stephens Ton vielleicht ein wenig kühl wäre, konnte aber nichts dergleichen feststellen. Stephen war sowieso ein höflicher junger Mann. Vic zeigte June einen Satz griechischer Typen, führte sie in den Lagerraum, stellte ihr Carlyle vor, und dann sahen sie noch ein paar Minuten Stephen bei der Arbeit zu, bis June offenbar fand, nun sei die Anstandsfrist verstrichen; sie schlug vor, daß sie in sein Büro gehen sollten. Dort angekommen, zündete sich June sofort eine Zigarette an und erklärte geradeheraus:

»Ich bin hergekommen, um Ihnen etwas zu sagen.«

»So? Was denn?« erkundigte sich Vic.

»Daß ich nicht richtig finde, was mein Mann macht, und daß ich nicht so denke wie er. Und daß es mir ...« Ihre dünnen Hände bearbeiteten das lederne Zigarettenetui, steckten zitternd die Lasche in die Öse, um es zu schließen, »... daß es mir furchtbar peinlich ist.«

»Was wollen Sie damit sagen?«

Sie blickte ihn an; ihre blauen Augen waren groß und

jung und sehr ernst. Sonnenlicht fiel durch das Fenster hinter ihr und leuchtete wie ein goldenes Feuer auf ihrem kurzen, lockigen Haar. Sie war zu zart, zu mager, um in Vics Augen hübsch zu sein, und er wußte auch nicht, ob sie eigentlich intelligent war. »Sie müssen doch wissen, was ich meine ...« murmelte sie. »Ach, es ist alles so schrecklich!«

»Na ja, ich hab natürlich gehört, was er denkt – oder jedenfalls was er gesagt hat. Aber ich kann nicht behaupten, daß es mich sehr aufregte.« Er lächelte sie an.

»Nein, natürlich nicht, das verstehe ich. Aber mich regt es auf, weil es so ungerecht ist, und weil wir doch erst seit kurzem hier sind, und alle Leute werden uns deswegen hassen ...«

»Hassen? Ich nicht.« Vic lächelte noch immer.

»Das versteh ich nicht ... Aber die Leute beginnen wirklich, Don zu hassen, und ich kann's ihnen nicht übelnehmen. Er geht zu Menschen, die Freunde von Ihnen sind – einige sind es zumindest; jedenfalls kennen die meisten Sie gut ... Und wenn Don dann das erzählt, was er eben überall verbreitet, dann ... Na ja, entweder lassen sie uns fallen, oder sie halten Don für verrückt oder sonstwas ...« Sie zögerte; ihre Hände umspannten zitternd das Zigarettenetui. »Ich wollte mich bei Ihnen entschuldigen für meinen Mann, und ich wollte Ihnen sagen, daß ich über diese Geschichte nicht so denke wie er.« Sie sprach mit großem Nachdruck. »Es tut mir leid, und ich schäme mich deswegen.«

»Oh!« sagte Vic etwas spöttisch. »Geschadet hat es ja schließlich nichts – außer Ihrem Mann wahrscheinlich. Mir tut es auch leid, aber ...« er sah sie lächelnd an, »ich finde es sehr nett von Ihnen, hierherzukommen und mir das zu sagen. Ich rechne es Ihnen hoch an .. Ich kann Ihnen wohl nicht helfen in diesem Stadium?«

Sie schüttelte den Kopf. »Wir werden es schon durchstehen.«

»Wer ist wir?«

»Don und ich.«

Vic ging, die Hände in den Taschen und den Blick auf den Fußboden geheftet, hinter seinen Schreibtisch und war sich angenehm der Tatsache bewußt, daß sein Bauch verschwunden war und sich unter dem Gürtel nichts mehr wölbte. Trixie hatte den Gürtel wieder mit in die Schule nehmen müssen, um ihn ungefähr zehn Zentimeter kürzer zu machen. »Hätten Sie vielleicht Lust, mit Don irgendwann einmal abends auf einen Drink zu uns zu kommen?«

June Wilson sah überrascht auf. »Oh, sehr gern . . .« Dann runzelte sie die Stirn: »Ist das Ihr Ernst?«

Vic lachte. »Selbstverständlich. Wie wär's mit morgen, Freitagabend? So um sieben rum? Paßt Ihnen das?«

Sie freute sich so sehr darüber, daß sie errötete. »Ich glaube schon . . . Ja, dann gehe ich wohl jetzt lieber. Haben Sie vielen Dank, es war sehr nett.«

»Ich fand es auch nett.« Vic begleitete sie zum Auto und machte eine Verbeugung, als sie abfuhr.

Als er am Abend nach Hause kam, sagte Melinda: »Ich habe gehört, du hast Wilsons zu einem Drink eingeladen?«

»Ja, du hast doch nichts dagegen?«

»Don Wilson mag dich nicht besonders, das weißt du doch.«

»Das ist kaum zu überhören«, antwortete Vic müde. »Ich dachte nur, wir könnten vielleicht etwas unternehmen, um das ein bißchen zu korrigieren. Sie scheinen ja soweit ganz nett zu sein.« Und dann ging er hinaus, um die elektrische Mähmaschine aus der Garage zu holen. Er hatte sich vorgenommen, in der ehemaligen Cocktailstunde zwischen sieben Uhr und dem Abendessen, den Rasen zu mähen, der an drei Seiten das Haus umgab.

Am Freitagabend kurz nach sieben kamen Wilsons. Don begrüßte Melinda zwar in dem gleichen Ton, in dem er Vic guten Abend gewünscht hatte, aber seine Frau war nicht so zurückhaltend. Sie lächelte Vic strahlend an, June nahm

Vics Sessel, und Don entschied sich für die Sofamitte, wo er sich, die langen Beine übereinandergeschlagen, in einer Pose übertriebener Ungezwungenheit hineinrekelte. Er wirkte auf eine hochmütige Weise amüsiert und machte zugleich ein Gesicht, als habe er gerade einen üblen Geruch wahrgenommen. Es entging Vic nicht, daß er es offenbar nicht für nötig befunden hatte, ein frisches Hemd anzuziehen; auch war seine Hose ungebügelt, und das Tweedjackett hatte Lederflecken auf den Ellbogen.

Vic machte Old-Fashioneds zurecht – stark, mit viel frischen Früchten – und brachte sie auf einem Tablett herein. Melinda und June waren mitten in einer Unterhaltung über Blumen, die Melinda offensichtlich schrecklich langweilte. Er servierte die Drinks, schob die Schale mit dem Puffreis in die Mitte des Cocktailtischs, ließ sich dann auf einem Stuhl nieder und fragte Don: »Nun, was gibt's Neues?«

Don richtete sich etwas auf. Das verächtliche Lächeln lag noch immer auf seinem Gesicht.

»Don hat viel gearbeitet in diesen Tagen«, sprang seine Frau ein. »Er wird wahrscheinlich ziemlich still sein heute abend; nehmen Sie einfach keine Notiz davon.«

Vic nickte höflich und nippte an seinem Glas.

»Neues? Nicht viel«, antwortete Don mit seiner brummigen Baritonstimme. Er sah Vic jetzt an, während die Frauen wieder miteinander schwätzten.

Vic stopfte bedächtig seine Pfeife und war sich dabei bewußt, daß ihn Don Wilson aufmerksam beobachtete. Es war einfach erstaunlich, wie es June Wilson fertigbrachte, pausenlos zu reden, ohne etwas zu sagen. Jetzt war sie beim Thema Hundeausstellungen angekommen – ob es in Little Wesley so was gäbe. Vic beobachtete, wie Melinda einen tiefen Schluck aus ihrem Glas nahm. Melinda hatte kein Talent für derartig belangloses Geplauder mit anderen Frauen. Don Wilson blickte sich prüfend im Raum um, und Vic nahm an, daß nun bald die Inspektion des Bücherbords fällig würde.

»Wie gefällt es Ihnen in unserer Stadt?« fragte Vic.

»Oh, sehr gut, danke.« Einen Moment lang trafen sich ihre Blicke, dann sah Don rasch wieder fort.

»Ich habe gehört, Sie kennen das Ehepaar Hines.«

»Ja. Nette Leute.«

Vic seufzte. Er machte so schnell wie möglich eine zweite Runde Drinks zurecht. Dann erkundigte er sich bei Don: »Haben Sie Ralph Gosden mal wieder gesehen?«

»Vorige Woche, glaube ich.«

»Wie geht's ihm eigentlich? Ich habe ihn ewig nicht mehr gesehen.«

»Ach, ich glaube, sehr gut.« Etwas Herausforderndes lag in Dons Ton.

Am meisten tat es Vic wegen June leid. Der zweite Drink hatte nur wenig dazu beigetragen, sie etwas aufzulockern. Sie gab sich noch immer krampfhaft Mühe mit Melinda, sie litt geradezu – ein Opfer gesellschaftlicher Höflichkeit. Vic kam zu dem Schluß, daß er Don Wilson für sich allein haben müßte, wenn der andere aus sich herausgehen sollte: vermutlich hatte ihn seine Frau angefleht, sich heute abend von seiner besten Seite zu zeigen. Vic schlug also einen Gang übers Grundstück vor.

Don stand gemächlich auf; in seinem Gesicht stand noch immer das herausfordernde Lächeln. *Ich* habe keine Angst davor, mit einem Mörder durch den dunklen Garten zu gehen, schien er sagen zu wollen.

Vic nahm ihn zuerst mit in die Garage. Er zeigte ihm seine Schnecken und berichtete von ihren Eiern und ihrer Brut mit um so boshafterem Eifer, als er merkte, daß Don sich etwas ekelte. Er erzählte wortreich von ihrer zahlreichen Nachkommenschaft und von Rennen über aufrecht gestellte Rasierklingen, zu denen er die Tiere gelegentlich verleitete, wie er behauptete. Dabei hatte er nie im Leben versucht, Rennen mit ihnen zu veranstalten. Dann erzählte er Don von seinem Wanzenexperiment und von dem Bericht, den er an die entomologische Fachzeitschrift geschickt und den diese auch abgedruckt hatte, und von dem anerkennenden Brief, den er von der Redaktion erhalten hatte.

»Leider kann ich Ihnen die Wanzen nicht mehr vorführen, ich habe sie nach Beendigung des Experiments beseitigt«, schloß Vic.

Don Wilson begutachtete höflich Vics elektrische Säge, dann die Blumenkästen und die ordentlich aufgereihten Werkzeuge: Hämmer, Sägen – lauter Mordinstrumente, die auf einem Brett an der Rückwand der Garage hingen; schließlich begutachtete er ein kleines Bücherbrett, das Vic gerade für Trixies Zimmer schreinerte. Dons Gesicht verriet ein gewisses Erstaunen.

»Warten Sie, ich hole Ihnen noch einen Drink!« sagte Vic plötzlich und nahm Don das Glas ab. »Ich bin gleich wieder da. Sie müssen noch unseren Bach bewundern.«

Vic war ein paar Minuten später mit dem frisch gefüllten Glas für Don zurück. Sie machten sich auf den Weg zu dem Bach hinter dem Haus. »Hier schlafe ich übrigens«, erläuterte Vic, als sie an seinem Zimmer vorbeigingen, obwohl er annahm, daß Don über derlei Details längst informiert war. Don starrte nachdenklich auf die gardinenlosen Fenster.

Vic verbreitete sich mindestens zehn Minuten lang über die Entstehung einer Bodenerhebung hinter dem Bach aus der Moräne eines eiszeitlichen Gletschers. Dann referierte er über die in der Umgebung heimischen Bäume. Er gab sich Mühe, begeistert, ja, hysterisch zu klingen; selbst wenn er es gewollt hätte, wäre es Don nicht leichtgefallen, ihn zu unterbrechen. Schließlich hörte Vic auf und sagte lächelnd: »Ja, ich weiß natürlich nicht, ob Sie das alles interessiert oder nicht.«

»Sie müssen ein sehr glücklicher Mensch sein«, meinte Don sarkastisch.

»Oh, ich kann mich nicht beklagen. Ich habe das Leben eigentlich immer schön gefunden«, erwiderte Vic. Er fügte hinzu: »Ich hatte das Glück, einen reichen Vater zu haben – das erleichtert natürlich vieles.«

Don nickte, sein langer Kiefer schob sich grimmig vor. Es lag auf der Hand, daß er Leute mit Vermögen haßte. Er nahm einen großen Schluck aus seinem Glas. »Ich wollte Sie etwas fragen.«

»Was denn?«

»Was ist nach Ihrer Ansicht die Ursache von Charley De Lisles Tod gewesen?«

»*Was* die Ursache gewesen ist? Keine Ahnung. Ein Krampf, nehme ich an. Oder er ist in zu tiefes Wasser geraten.«

Dons dunkelbraune Augen bohrten sich in ihn hinein oder versuchten es wenigstens. »Ist das alles, was Sie dazu zu sagen haben?«

»Wieso? Was glauben Sie denn?« fragte Vic und balancierte auf einem losen Stein an der Uferböschung. Er stand tiefer als Don, der ihn auf diese Weise fast um einen Meter überragte. Don zögerte. Er traut sich nicht, stellte Vic fest; er hat den Mut nicht.

»Ich dachte, daß Sie's vielleicht getan haben könnten«, sagte Don dann in beiläufigem Ton.

Vic lachte. »Da muß ich Sie enttäuschen.«

Don erwiderte nichts darauf, sondern starrte ihn weiter an.

»Es soll ja auch Leute geben, die geglaubt haben, ich hätte auch Malcolm McRae umgebracht«, sagte Vic.

»Zu denen gehöre ich nicht.«

»Gratuliere.«

»Aber ich fand doch, daß es eine höchst sonderbare Geschichte war, die Sie da verbreitet haben«, setzte Don hinzu; er betonte das Wort ›sonderbar‹ stark.

»Komisch, daß so viele Leute den Unsinn geglaubt haben. Dem guten Ralph Gosden zum Beispiel scheint der Schreck in sämtliche Glieder gefahren zu sein. Stimmt's?«

»Komisch ist eher, daß Sie soviel Vergnügen daran haben«, entgegnete Don todernst.

Vic stieg langsam das Ufer hinauf. Don Wilson ödete ihn an. »Sie scheinen die Ansicht meiner Frau zu teilen, daß ich Mr. De Lisle umgebracht hätte«, sagte er.

»Ja, das tue ich.«

»Halten Sie sich vielleicht für einen Hellseher? Sehen Sie Dinge, die nicht vorhanden sind? Oder ist das nur die Phantasie des Schriftstellers?« erkundigte sich Vic in verbindlichem Ton.

»Würden Sie sich einem Test mit dem Lügendetektor unterwerfen, wenn man Sie fragte, ob Sie ihn umgebracht haben?« Don wurde jetzt gereizt. Er sprach undeutlich; die drei Drinks fingen an zu wirken.

»Selbstverständlich wäre ich dazu bereit«, antwortete Vic scharf und fragte sich, ob die Nervenbelastung, die er plötzlich empfand, auf Langeweile oder Abneigung zurückzuführen war. Vermutlich war es beides.

»Sie sind ein sehr sonderbarer Mensch, Mr. Van Allen«, sagte Don Wilson.

»Und Sie ein sehr unhöflicher.« Sie standen jetzt beide auf ebener Erde. Vic sah, wie sich Dons knochige Hand um das leere Glas krampfte, und es hätte ihn nicht überrascht, wenn er es ihm plötzlich ins Gesicht geschleudert hätte. Vic lächelte mit betonter Harmlosigkeit.

»Mr. Van Allen, es ist mir egal, was Sie von mir denken; ich lege ohnehin keinen Wert darauf, Sie wiederzusehen.«

Vic lachte kurz auf. »Danke, das beruht auf Gegenseitigkeit.«

»Aber ich *werde* Sie wiedersehen, glaube ich.«

»Das wird sich wohl kaum vermeiden lassen – es sei denn, Sie ziehen weg von hier.« Vic schwieg erwartungsvoll, aber Don sagte nichts, sondern starrte ihn nur an. »Gehen wir zurück zu den Damen?« Vic schlug den Rückweg ein, und Don folgte ihm.

Vic bedauerte, daß er so scharf geworden war; es paßte nicht zu ihm. Andererseits konnte man schließlich nicht alles schlucken. Es war ganz vernünftig, Don zu zeigen, daß er mit Zorn, mit normalem Zorn reagieren konnte, wenn man ihn genügend reizte. Und für den Augenblick spürte Vic bei Don ein leichtes Zurückweichen. Trotz aller Aggressivität war der Abend kein Erfolg für Don.

»Wissen Sie was? Sie bleiben zum Essen«, schlug Vic liebenswürdig vor, als er mit Don ins Wohnzimmer zurückkam. Er hatte zu June gesprochen.

»Ja, ich weiß nicht recht ... Das hängt von Ihrer Frau ab, und dann glaube ich ...«

»Oh, keine Angst, die Kocherei übernehme ich gern«, sagte Vic. »Ich bin sicher, wir haben ein paar Steaks in Reserve.«

Melinda saß stocksteif auf dem Sofa und machte den Mund nicht auf, und so wußte Vic, daß es nichts mit dem Essen werden würde.

»Ich glaube, wir sollten jetzt wirklich nach Hause gehen, ich habe direkt einen kleinen Schwips.« June lachte, es wurde ein glückliches Lachen. »Melinda hat mir erzählt, daß Sie diesen Tisch hier gemacht haben, Vic. Ich finde ihn *wunderschön.«*

»Vielen Dank«, erwiderte Vic lächelnd.

»Setzen Sie sich, Don«, sagte Melinda und klopfte mit der Hand auf das Sofa neben sich. »Trinken Sie noch einen.«

Don setzte sich jedoch nicht. Er gab nicht einmal eine Antwort.

»Sag mal, wo steckt denn Trixie?« erkundigte sich Vic. »Hast du nicht gesagt, daß sie um fünf Uhr ins Kino wollte?«

Melinda setzte sich auf, ihr mürrischer Ausdruck wich der Bestürzung. *»Mein Gott,* ich hab vergessen, sie in Wesley abzuholen!« stieß sie ärgerlich hervor. Es klang nicht sehr mütterlich-liebevoll. »Wie spät ist es denn, verdammt noch mal?«

June kicherte und legte den gelockten Kopf in den

Nacken. »Diese modernen Mütter!« Sie hielt liebevoll ihr Glas mit dem letzten Schluck Old-Fashioned in der Hand und sah aus, als wäre sie am liebsten in dieser Haltung den ganzen Abend verblieben, plaudernd und trinkend.

»Fünf vor halb neun«, sagte Vic. »Wann solltest du sie denn abholen?«

»Um halb acht«, stöhnte Melinda, rührte sich aber noch immer nicht vom Sofa.

Vic bemerkte, daß Wilson sie mit Überraschung und Mißbilligung musterte. »Mit wem ist sie denn zusammen?« fragte er. »Mit Janey?«

»Nee ... Wart mal ... Ach so, ja. Mit den Carter-Kindern aus Wesley. Wahrscheinlich ist sie jetzt bei ihnen. Es wird schon in Ordnung sein, sonst hätten sie telefoniert.« Melinda fuhr sich übers Haar und griff nach ihrem Glas.

»Ich will gleich mal anrufen«, meinte Vic beruhigend, aber seine Besorgnis stand im Gegensatz zu Melindas Gleichgültigkeit, und er konnte feststellen, daß beide Wilsons dies registrierten.

Die Wilsons sahen einander an. Ungefähr eine ganze Minute lang herrschte Schweigen. Dann erhob sich June und sagte: »Wir müssen wirklich gehen. Und Sie haben noch viel vor heute. Herzlichen Dank für die herrlichen Drinks. Ich hoffe, Sie werden uns auch einmal besuchen.«

»Schönen Dank, Melinda.« Don Wilson beugte sich über das Sofa und gab Melinda die Hand; Melinda benutzte sie, um sich vom Sofa hochzuziehen.

»Danke für Ihren Besuch«, antwortete Melinda. »Hoffentlich gibt es das nächste Mal, wenn Sie kommen, nicht wieder so ein Durcheinander.«

»Wieso? Ich habe gar nichts bemerkt«, widersprach June lächelnd.

»Ach, irgendwas ist doch immer los«, murrte Melinda ärgerlich.

Wilsons gingen schließlich mit vielen Beteuerungen, wie

nett es gewesen sei, und daß sie schon bald anrufen würden. Vic war nur froh, daß June offenbar diesen Cocktailbesuch als Erfolg betrachtete; allerdings würde sie das wohl nicht mehr tun, nachdem ihr Mann ihr von der Unterhaltung am Bach erzählt hatte. Vermutlich würde ihr Don aber gar nichts über die Unterhaltung berichten. Er würde ihr wohl nur sagen, daß dieser Vic Van Allen mit seinen Schnecken und seiner verrückten Begeisterung für Gletscher nicht ganz normal sein könne.

»Redet er eigentlich nie?« erkundigte sich Vic.

»Wer?« Melinda hatte sich einen neuen Drink gemacht. Ohne Wasser.

»Na, Don Wilson. Ich konnte kein Wort aus ihm herausbringen.«

»Wirklich nicht?«

»Nein. Soll ich nicht lieber mal bei diesen Carters anrufen? Wie heißt er mit Vornamen?«

»Weiß ich nicht. Sie wohnen in Marlboro Heights.«

Vic fand die Nummer und rief an. Trixie ging es gut, und sie wollte über Nacht dort bleiben. Vic sprach mit ihr und nahm ihr das Versprechen ab, spätestens um neun ins Bett zu gehen; er glaubte allerdings nicht, daß sie es halten würde.

»Alles in Ordnung«, berichtete er Melinda. »Mrs. Carter sagt, sie bringen sie irgendwann morgen vormittag rüber.«

»Wieso bist du eigentlich so guter Laune?« erkundigte sich Melinda.

»Warum sollte ich nicht? Es war doch ein netter Abend.«

»Diese June Wilson ödet mich an.«

»Und mich Don. Wir hätten die Partner tauschen sollen. Sag mal, es ist noch nicht spät – wollen wir nicht nach Wesley fahren und im *Golden Pheasant* essen? Würde dir das Spaß machen?« Er wußte genau, daß es ihr Spaß machen würde; er wußte aber auch, daß sie es ungern zugeben würde. Viel lieber würde sie mit irgendeinem Traummann gehen, von dem sie vermutlich sogar jetzt gerade träumte.

»Danke, ich möchte lieber zu Hause bleiben«, erklärte Melinda.

»Das möchtest du gar nicht«, widersprach Vic freundlich. »Geh und zieh die Bluse mit den Goldfäden an; in dem Rock kannst du bleiben.«

Sie trug einen grünen Samtrock, aber wie um ihm, oder vielleicht auch June Wilson, ihren Unwillen zu beweisen, hatte sie dazu ihren alten braunen Pullover angezogen und die Ärmel hochgeschoben. Sie trug auch keine Kette. Es entspricht Dons alter Hose, dachte Vic. Melinda schwankte etwas, die grünen Augen starr auf ihn geheftet, und dann wandte sie sich ab und zog den Pullover über den Kopf, noch ehe sie aus dem Zimmer war.

Warum hab ich das eigentlich vorgeschlagen, fragte sich Vic; ich hätte doch viel lieber mit einem Buch im Sessel gesessen. Oder an Trixies Bücherbord gearbeitet... Voller Geduld und mit unermüdlichem Humor versuchte er, sie im Restaurant aus sich herauszulocken. Melinda starrte ins Leere. Gelegentlich sah sie sich auch nach den anderen Gästen um. Sie beobachtete gern fremde Menschen. Oder suchte sie ihren Detektiv? Nicht sehr wahrscheinlich, dachte Vic; er hatte ja den *Golden Pheasant* vorgeschlagen, und er konnte sich nicht vorstellen, daß der Detektiv, falls er existierte, sich die Mühe machen würde, nachts ihrem Wagen zu folgen. Nein, seine Tätigkeit würde sich darauf beschränken, ihre Freunde über ihn auszuhorchen. Und bis jetzt war noch kein Fremder in ihrem Kreis aufgetaucht. Vic war sicher, daß Mellers oder Cowans bestimmt von einem auffallend neugierigen Fremden berichtet hätten. Nein, Melinda starrte einfach nur andere Leute an. Sie verfügte über ein Talent, das er wahrhaft bewunderte: sie konnte träumen, konnte gewissermaßen stellvertretend eine Zeitlang in anderen Menschen leben. Er hätte ihr jetzt dazu etwas sagen können, aber er fürchtete, daß sie es heute abend als Beleidigung auffassen würde. Oder daß sie erwidern würde: Was soll ich denn sonst tun bei dem Leben, das ich führe? Also sprach er von etwas anderem, sprach von der Möglichkeit, im Spätsommer nach Kanada zu fahren. Vic war ziemlich sicher, daß Petersons Trixie für zehn Tage aufnehmen würden.

»Ach, ich glaube kaum, daß mich das reizt«, meinte Melinda kühl.

»Der Sommer ist gleich vorbei, und wir haben nicht richtig Ferien gemacht«, wandte er ein.

»Na und? Dieser Sommer hängt mir sowieso zum Hals raus.«

»Aber der Winter wird noch langweiliger werden, wenn man nicht zwischendurch irgendeine Abwechslung hat.«

»Oh, ich denke nicht, daß er langweilig werden wird«, murmelte sie.

Er lächelte. »Soll das eine Drohung sein?«

»Das kannst du auffassen, wie du willst.«

»Hast du vor, mir Gift ins Essen zu tun?«

»Ich glaube kaum, daß Gift dich umbringen könnte.«

Es war ein reizender Abend. Bevor sie nach Hause fuhren, hielt Vic noch an dem größten Drugstore in Wesley, um einen Blick auf dessen Büchervorrat zu werfen. Er kaufte zwei Taschenbücher, eines über Insekten und ein weiteres über Glasmalerei. Melinda ging zur Telefonzelle und führte ein sehr langes Gespräch. Vic wußte nicht, wen sie angerufen hatte; er konnte undeutlich ihre Stimme hören, machte aber keinen Versuch, zu verstehen, was sie sagte.

13

Trixie kam am 7. September in die Highland School und gleich in die dritte Klasse, weil sie schon so gut lesen konnte. Vic war sehr stolz auf sie. Melinda und er wurden in die Schule bestellt, um die Frage der Einstufung in die dritte Klasse zu besprechen: Trixie würde Nachhilfe in Rechnen und Geographie brauchen; auch ihre Schrift lasse zu wünschen übrig, und die Schulleitung wollte wissen, ob sich in Trixies Elternhaus jemand darum kümmern könne. Vic erklärte, daß er das gern übernehmen wolle und auch genügend Zeit dafür habe. Sogar Melinda erbot sich für den Bedarfsfall. Damit war es geregelt. Als Überraschung und Belohnung schenkte Vic seiner Tochter das Bücherbord und füllte die oberen Fächer mit neuen Büchern für sie, während er ihre alten Lieblingsbücher unten hinstellte. Er würde sie an den beiden Tagen des Wochenendes je zwei Stunden unterrichten, und daran werde es nichts zu rütteln geben, erklärte er ihr; sie schien ziemlich beeindruckt. Er fing gleich am Ende der ersten Schulwoche mit dem Unterricht an: eine halbe Stunde Rechnen, eine halbe Stunde Schreiben an dem kleinen Tisch im Wohnzimmer, dann fünfzehn Minuten Pause und darauf eine Stunde Geographie, die für Trixie nicht weiter anstrengend war, denn Geographie bei Vic, das war oft sehr lustig.

Vic machte der Unterricht mit Trixie sehr viel Spaß. Er hatte sich seit Jahren darauf gefreut, ihr zuerst beim Rechnen zu helfen, bei Arithmetik, Algebra und Geometrie, und später vielleicht bei Trigonometrie und höherer Mathematik. Es war ihm immer als das Wesen des Elternseins und als das Wesen der Familie erschienen, daß die ältere Generation der jüngeren den Schatz des Wissens weiterreicht, wie die Vögel ihre Jungen fliegen lehren. Und dennoch kamen ihm während des Unterrichtens unbequeme Tatsachen schärfer ins Bewußtsein und machten ihm klar, daß er ein Doppelleben führte; daß die Freundschaft mit Horace und Phil nur noch darauf basierte, daß beide nicht wußten, was tatsächlich vorgefallen war. Das bedrückte ihn mehr als der Mord an De Lisle.

An diese Dinge dachte er, während er Trixies plumper, ungelenker Hand zusah, wie sie die Reihen vollschrieb mit Hs oder Gs oder Ts. »Ah-be-ze-de-ee-eff-gee . . .« sang Trixie von Zeit zu Zeit, um sich von den Mühen des Schreibens zu erholen; das Alphabet konnte sie schon seit Jahren. Vic versuchte unterdessen die Frage zu beantworten, auf die er in den vergangenen vier oder fünf Jahren keine Antwort gefunden hatte: Wie standen die Dinge zwischen Melinda und ihm, und wie wollte er überhaupt, daß sie stünden? Er wollte Melinda für sich allein haben, aber als Frau zog sie ihn nicht an; das war ihm auch klar. Nicht, daß er sie abstoßend gefunden hätte; er hatte einfach das Gefühl, daß er den Rest seines Lebens ohne sie oder irgendeine andere Frau auskommen könnte. Hatte er das gewußt, bevor er De Lisle umgebracht hatte? Das konnte er nicht beantworten, er konnte sich einfach nicht mehr daran erinnern. Der Mord an De Lisle war wie eine Zäsur, und es fiel ihm schwer, sich in die Zeit vorher zurückzuversetzen. Er erinnerte sich an einen Knoten in seinem Innern, an einen dunklen, harten Knoten von unterdrückten und verbitterten Gefühlen, und es war, als hätte der Mord an De Lisle diesen Knoten aufgelöst. Er war jetzt gelassener und eigentlich auch glücklicher. Er konnte sich auch nicht als Verbrecher oder als Psychopathen sehen. Es war im Prinzip nichts anderes geschehen als an jenem Abend, an dem er Joel Nash die alberne Geschichte erzählt hatte. An jenem Abend hatte er seiner Phantasie freien Lauf gelassen, hatte sich vorgestellt, daß er von McRae hinreichend provoziert worden sei und ihn dann umgebracht habe. Vic erinnerte sich, daß er sich schon damals augenblicklich erleichtert gefühlt hatte. Eine Entladung von verdrängtem Haß – vielleicht war das treffender als das sprachliche Bild vom gelösten Knoten. Aber was hatte ihn in der Nacht bei Cowans dazu getrieben, die Grenze zwischen Phantasie und Realität zu überschreiten? Würde es bei ähnlichen Gegebenheiten noch einmal passieren? Hoffentlich nicht ... Es war offenbar besser, hin und wieder einmal den Dampf abzulassen, als zu warten, bis er sich zu explosiven Mengen zusammendrängte. Er lächelte über diese einfache Logik. Er konnte sich sehr vieles vorstellen, aber zornig konnte er sich sich nicht vorstellen – zornig in der Art, in der die meisten Leute zornig waren, wenn sie die Stimme erhoben und mit der Faust auf den Tisch schlugen. Vielleicht sollte er es einmal versuchen.

»Du mußt die Rs besser voneinander absetzen, Trixie«, mahnte Vic. »Du malst ja eine Girlande von Krocket-Toren.«

Trixie kicherte, ihre Konzentration ließ nach. »Au ja, laß uns doch Krocket spielen!«

»Erst wenn du deine Rs fertig hast.«

Phil und Horace würden das alles niemals verstehen können, dachte Vic, und damit war er zu Scheinheiligkeit und Lüge verdammt. Das hielt ihn aber nicht davon ab, sich etwas mit dem Gedanken zu trösten, daß auch Phil oder Horace oder jeder andere Mann De Lisle unter ähnlichen Umständen umgebracht haben könnten. Sie hätten es wahrscheinlich nur nicht in einem Schwimmbecken gemacht. Sie hätten De Lisles Haus gewählt, beispielsweise an einem Nachmittag, an dem sich ihre Frau dort befunden hätte. Und vielleicht hätten auch sie sich hinterher besser gefühlt ... Vielleicht. Im Augenblick spiegelte das ganze Haus der Van Allens die ausgeglichene Gemütsverfassung von Vic wieder. Er hatte die Garage in heiterem Gelb gestrichen, hatte in das eine der Löcher, die das Ausgraben der Hortensiensträucher hinterlassen hatte, ein Ahornbäumchen gepflanzt und das andere zugeschüttet und wieder Rasen eingesät. Das Wohnzimmer sah aus, als lebten wieder frohe Menschen darin, auch wenn das nicht stimmte. Vic glaubte, mindestens fünfzehn Pfund abgenommen zu haben – er hatte eine ausgesprochene Abneigung dagegen, sich zu wiegen. Er trank kaum noch etwas. Er pfiff den ganzen Tag vor sich hin. Tat er das am Ende nur, um Melinda zu ärgern, die ihn meistens bat, damit aufzuhören?

Melinda kam mit ihrem Wagen vorgefahren, als Vic und

Trixie gerade dabei waren, eine recht unorthodoxe Runde Krocket auf dem Rasen zu spielen. Ein Mann saß bei ihr im Wagen; ein Mann, den Vic noch nie gesehen hatte. Vic beugte sich ruhig hinunter und führte seinen Schlag zu Ende, es war ein Vier-Meter-Schlag über unebenen Boden, der Trixies Kugel leicht beiseite schob und direkt vor dem Tor liegenblieb. Trixie stieß ein Jammergeheul aus. Vic wandte sich um, als Melinda und der Fremde herankamen. Es war ein großer, breitschultriger blonder Mann von ungefähr zweiunddreißig Jahren, in Tweedjackett und Flanellhose. Sein ernsthaftes Gesicht legte sich in ein Lächeln, als er sich Vic näherte.

»Vic, das ist Mr. Carpenter«, stellte Melinda vor.

»Guten Tag«, sagte Vic und streckte die Hand aus.

»Guten Tag.« Carpenter nahm die Hand mit festem Griff. »Ihre Frau hat mir gerade die Stadt gezeigt ... Ich suche nämlich eine Wohnung.«

»Wollen Sie etwas kaufen oder nur mieten?« fragte Vic.

»Ach, nur mieten.«

»Mr. Carpenter ist Psychotherapeut«, erklärte Melinda. »Er wird in den nächsten Monaten im Kennington Institut arbeiten. Ich habe ihn im Drugstore kennengelernt, als er sich nach Straßen erkundigt hat. Da hab ich ihn mitgenommen und ihm die Stadt gezeigt. Sonntags ist ja hier kein Makler zu sprechen.«

Vic wurde sehr nachdenklich. Melinda erklärte alles ein bißchen zu sorgfältig. Und Mr. Carpenter musterte ihn mit ein bißchen zuviel Interesse. Auch für einen Psychotherapeuten. »Hast du ihm von dem Derby-Haus erzählt?« erkundigte sich Vic.

»Ich hab's ihm sogar gezeigt«, antwortete Melinda. »Zu groß. Er möchte lieber so was, wie es Charley hatte, vielleicht irgendwo draußen, aber bequemer.«

»Na, jedenfalls ist es ja eine ganz gute Zeit jetzt, um etwas zu finden. Die Sommerfrischler geben ihre Häuser schon auf. Was ist denn mit Charleys Haus? Wäre das nicht das richtige?« Vic trieb den Bluff weiter. »Vielleicht ist es noch frei.«

Mr. Carpenter sah zu Melinda hinüber, und nichts in seinem Ausdruck verriet, daß er jemals von Charley gehört hatte.

»Ja, wahrscheinlich«, sagte Melinda nachdenklich. »Das ist ja zu erfahren, und die Eigentümer müßten heute auch da sein.« Sie blickte zum Haus, als ob der Gedanke ans Telefon ihr soeben gekommen sei.

Aber Vic wußte genau, daß sie jetzt die Eigentümer nicht anrufen würde, und wahrscheinlich auch morgen nicht. »Möchten Sie nicht reinkommen, Mr. Carpenter?« fragte er. »Oder haben Sie keine Zeit?«

Mr. Carpenter deutete mit einem Lächeln und einer kleinen Verbeugung an, daß er sehr gern mit hineinkommen würde. Sie gingen zum Haus; Trixie schloß sich an und ließ den Fremden nicht aus den Augen.

»Was halten Sie vom Kennington?« fragte Vic, als sie ins Haus kamen. Das Kennington war eine Nervenklinik außerhalb von Wesley, wo ungefähr hundert Patienten teils ambulant, teils im Haus behandelt wurden. Es war berühmt für seinen hervorragenden Mitarbeiterstab und für die gemütliche Atmosphäre. Das niedrige weiße Gebäude lag auf einem grünen Hügel und machte den Eindruck eines gepflegten Landhauses.

»Nun, ich kann noch nicht viel sagen; ich bin erst gestern angekommen«, antwortete Carpenter höflich. »Die Leute dort sind sehr nett. Das hatte ich auch erwartet. Ich bin ganz sicher, daß mir die Arbeit dort Freude machen wird.«

Vic hielt es nicht für richtig, ihn zu fragen, was er dort im einzelnen tun würde; es hätte zu große Neugier verraten.

»Möchten Sie einen Drink? Oder liefer Kaffee?« fragte Melinda.

»O nein, vielen Dank. Ich rauche nur eine Zigarette. Dann muß ich wieder zu meinem Wagen zurück.«

»Ach ja ... Er hat seinen Wagen vor dem Drugstore gelassen, weißt du – nicht abgeschlossen«, erklärte Melinda lächelnd. »Und jetzt hat er Angst, daß ihn einer stiehlt.«

»Hier gibt's so was kaum«, beruhigte ihn Vic freundlich.

»Wahrscheinlich nicht. Wir sind ja auch nicht in New York«, gab Mr. Carpenter zu und sah sich im Raume um.

Vic musterte Mr. Carpenters locker sitzendes Tweedjackett und fragte sich, ob die Ausbuchtung unter dem Arm wohl von einer Pistole herrühren könne ... Oder täuschte er sich? War da überhaupt eine Ausbuchtung? Es konnte genausogut eine Falte im Stoff sein. Die kräftigen Gesichtszüge trugen jetzt einen betont gelangweilten Ausdruck. Ein wenig zu betont vielleicht. Etwas von einem Gelehrten hatte dieser Carpenter zwar an sich, aber es schien nur die Oberfläche zu betreffen. Er hatte das Gesicht eines Tatmenschen. Vic stopfte seine Pfeife. Er rauchte viel in letzter Zeit.

»Wo wohnen Sie jetzt?« erkundigte er sich.

»Im Ardmore in Wesley«, antwortete Mr. Carpenter.

»Oh, es wird Ihnen hier gefallen, wenn Sie erst einmal eine Wohnung gefunden haben«, warf Melinda lebhaft ein. Sie saß auf der Kante des Sofas und rauchte eine Zigarette. »Vor allem morgens ist es hier immer so schön kühl und frisch – Sie müssen mal früh um sieben spazierenfahren.«

Vic konnte sich an keinen einzigen Morgen erinnern, an dem Melinda um sieben schon aufgestanden und draußen gewesen wäre.

»Ja, ich denke auch, es wird mir gefallen«, meinte Carpenter. »Und ich bin sicher, daß es kein sehr großes Problem sein wird, ein Haus zu finden.«

»Meine Frau hat ein echtes Talent, Leuten Häuser zu besorgen«, erklärte Vic mit einem liebevollen Lächeln zu Melinda. »Sie kennt alle Häuser in der ganzen Gegend hier. Sie wird Ihnen gern helfen.« Jetzt lächelte er Carpenter an.

Mr. Carpenter nickte Vic bedächtig zu und sah aus, als dächte er an etwas ganz anderes.

»Trixie, geh in dein Zimmer«, ordnete Melinda nervös an. Trixie saß mitten im Zimmer auf dem Fußboden und staunte sie alle drei an.

»Stellen wir sie doch erst einmal vor.« Vic stand auf und zog Trixie sanft mit beiden Händen auf die Füße. »Trixie, dies ist Mr. Carpenter . . . Meine Tochter Beatrice.«

»Guten Tag«, sagte Mr. Carpenter lächelnd, erhob sich aber nicht.

»Guten Tag«, sagte nun auch Trixie. »Daddy? Darf ich nicht bleiben?«

»Nein, mein Schatz. Tu, was deine Mutter sagt. Du wirst Mr. Carpenter wahrscheinlich noch wiedersehen. Lauf hinaus und spiel ein bißchen.« – Vic öffnete ihr die Tür, und sie rannte in den Garten.

Mr. Carpenters Blick ruhte forschend auf ihm, als Vic sich wieder umwandte.

Vic lächelte. »An einem so schönen Tag soll man ein Kind an die Luft schicken . . . Ach, übrigens, sieh dir das mal an.« Er nahm Trixies Heft vom Cocktailtisch. »Findest du nicht, daß sie viel sauberer schreibt? Vergleich mal mit den Aufgaben von der letzten Woche.« Er schlug weiter vorn eine Seite auf und zeigte sie Melinda.

Melinda bemühte sich, Interesse vorzutäuschen, und es gelang ihr ganz gut. »Sieht schon sehr gut aus«, meinte sie.

»Ich bringe nämlich meiner Tochter das Schönschreiben bei«, erläuterte Vic. »Sie hat gerade mit der Schule angefangen und ist in eine Klasse gekommen, die weit über ihrer Altersgrenze liegt.« Vic blätterte mit liebevollem Lächeln in Trixies Heft.

Dann erkundigte sich Mr. Carpenter nach Trixies Alter, stellte eine Frage über das Klima in der Gegend von Little Wesley und stand dann auf. »Ich muß leider gehen . . . Ich fürchte, Sie müssen mich wieder zurückfahren«, fügte er, zu Melinda gewandt, hinzu.

»Aber gern, das macht mir gar nichts aus . . . wir könnten

noch an dem Haus von ... an dem Haus im Wald, von dem wir gesprochen haben, vorbeifahren.«

»An Charleys Haus«, half Vic nach.

»Ja.«

»Also, schau'n Sie mal wieder bei uns rein«, sagte Vic zu Mr. Carpenter. »Ich hoffe, daß es Ihnen hier gefallen wird. Und das Kennington ist sehr gut. Wir sind alle sehr stolz darauf.«

»Vielen Dank«, erwiderte Mr. Carpenter.

Vic blickte ihnen nach, bis Melinda abgefahren war, und kehrte dann zum Krocketspiel zurück. Trixie hatte sämtliche Kugeln in die Gegend geschlagen. »Wo waren wir stehengeblieben?« erkundigte er sich.

Während er spielte und Trixie Vorteile verschaffte, die sie meistens nicht ausnutzte, dachte Vic über Mr. Carpenter nach. Es würde viel lustiger sein, Melinda nicht merken zu lassen, daß er Verdacht geschöpft hatte, fand er. Außerdem bestand die Möglichkeit, daß er sich irrte, daß Mr. Carpenter tatsächlich ein Psychotherapeut war. Aber würde sich ein Psychotherapeut zu einer fremden Frau in den Wagen setzen und sich von ihr auf Haussuche umherfahren lassen? Nun ja, das konnte noch unter Umständen möglich sein. Jedoch war Mr. Carpenter nicht der Typ, den Melinda als Liebhaber schätzte, dessen war er sicher. Mr. Carpenter machte ganz deutlich den Eindruck eines Mannes, der irgend etwas sehr ernst nahm, und worum es sich auch handeln mochte, er sah aus, als ließe er sich nicht davon ablenken. Allerdings sah er ganz gut aus. Ein Detektivbüro konnte ihn also gut für eine solche Aufgabe ausgewählt haben. Und zum zweitenmal fragte sich Vic, ob er Mr. Carpenter schon irgendwo auf den Straßen von Little Wesley oder in Wesley gesehen hätte. Er glaubte es aber nicht.

Melinda war innerhalb sehr kurzer Zeit wieder zurück, zu kurz, als daß sie noch bei Charleys Haus vorbeigefahren sein konnte. Sie ging ins Haus, ohne ein Wort zu sagen. Als Vic sein Spiel mit Trixie beendet hatte, ging er ebenfalls hinein. Melinda war im Badezimmer und wusch sich die Haare. Die Badezimmertür stand auf.

Vic nahm den Weltalmanach vom Bücherbord und setzte sich in den Sessel. Er las etwas über Gegenmittel für Arsenvergiftungen. Melinda kam aus dem Bad und ging in ihr Zimmer. Vic rief ihr nach:

»Hast du Mr. Carpenter zurückgebracht?«

»Ja.«

»Hast du ihm Charleys Haus gezeigt?«

»Nee.«

»Scheint ein ganz netter Kerl zu sein.«

Melinda kam im Bademantel, barfuß, ein Handtuch um den Kopf geschlungen, ins Zimmer. »Ich glaube, ja. Sehr gescheit. Ein Typ für dich; mit dem wirst du dich wenigstens unterhalten können.« Der alte stichelnde Ton war wieder da.

Vic lächelte. »Na ja, laden wir ihn doch mal ein. Wenn er Zeit für uns hat.«

Am Montag rief Vic aus dem Büro im Kennington Institut an. Ja, es gab einen Mr. Carpenter in der Klinik. Mr. Harold Carpenter. Er sei nicht festangestellt, sagte die Frauenstimme am Telefon, aber sie könne eine Nachricht übermitteln. »Geht es um ein Haus?« fragte sie.

»Ja. Ich rufe später wieder an«, antwortete Vic. »Ich habe noch nicht das Richtige für ihn gefunden; ich wollte nur die Verbindung halten. Vielen Dank.« Er hängte ein, bevor sie fragen konnte, welche Hausmaklerfirma am Apparat sei.

14

Carpenter und Melinda gingen sehr behutsam zu Werke, fand Vic – falls Carpenter tatsächlich ein Detektiv war. Auch nach einer Woche war Vic noch nicht ganz sicher, und dabei hatte er Carpenter noch zwei- oder dreimal gesehen. Einmal war er zum Cocktail gekommen, und einmal hatte ihn Melinda zu Mellers mitgeschleppt, die eine Cocktailparty gaben. Hier hatte Carpenter auch Cowans und MacPhersons kennengelernt – die Wilsons nicht, denn Mellers, wie auch Cowans, hatten sie von ihrer Liste gestrichen. Horace unterhielt sich eine Weile mit Carpenter, und später erkundigte sich Vic bei Horace, worüber sie sich unterhalten hätten. Horace berichtete, daß sie über Hirnverletzungen gesprochen hatten, und fragte dann, woher sie ihn kannten. Vic gab weiter, was ihm Melinda über ihr Zusammentreffen mit Carpenter erzählt hatte. Eigentlich war nur eins an diesem Abend bei Mellers interessant: Vic stellte fest, daß Melinda sich mehr als notwendig um Harold Carpenter kümmerte. Vic war ziemlich sicher, daß sie Theater spielte, um ihn und die anderen zu täuschen. Er lächelte darüber wohlwollend. Was erwarteten sie wohl von ihm? Wollten sie ihn zu einem zweiten mörderischen Anschlag provozieren? Sollte dies der erste, wohlberechnete Schritt in dieser Richtung sein?

Ungefähr zehn Tage danach begannen Carpenters Besuche häufiger zu werden. Er hatte schließlich doch Charley De Lisles früheres Haus übernommen, was Vic nicht überrascht hatte, denn das Haus gab ein gutes Gesprächsthema ab. Harold konnte auf diese Weise alle möglichen Fragen über Charley anbringen, und nicht nur bei Vic, sondern auch bei Vics Freunden. ›Wo wohnen Sie?‹ war schließlich die stereotype Frage an einen Neuankömmling wie Carpenter, und damit war der Weg frei. Vic nahm an, daß Carpenter in diesen drei Wochen mindestens bei zehn verschiedenen Leuten zehn verschiedene Versionen über den Abend, an dem Charley ertrunken war, gehört hatte. Er mußte auch sehr geschickt dabei vorgegangen sein, denn weder Horace noch Phil waren zu Vic gekommen, um von Carpenters auffallender Neugier zu berichten.

»Kennen Sie Don Wilson?« fragte Vic eines Samstagnachmittags Carpenter, der hereingeschaut hatte, um Vics Heckenschere auszuleihen.

»Nein«, antwortete Carpenter etwas erstaunt.

Melinda war in Hörweite.

»Oh, Sie werden ihn vermutlich noch kennenlernen«, meinte Vic lächelnd. »Meine Frau besucht Wilsons ziemlich oft. Vielleicht wird er Ihnen gefallen – schwer zu sagen.« Vic zweifelte keinen Augenblick daran, daß Carpenter und Don sich kannten. Don mochte Carpenter sogar für den Auftrag ausgesucht haben. Wäre Melinda selbst nach New York gefahren, wäre es Vic aufgefallen. Andererseits setzte ein derartiger Auftrag persönliche Besprechungen voraus. Harold Carpenter war ein guter Privatdetektiv. Nichts brachte ihn aus der Fassung. Vic fragte:

»Wann haben Sie eigentlich mit Ihrem Studium begonnen?« Carpenter hatte erwähnt, dies sei sein letztes Jahr an der Columbia-Universität; er müsse nur noch seine Dissertation schreiben und irgendeine Prüfung machen.

»Wann? Lieber Himmel – mit dreiundzwanzig Jahren erst; vorher durfte ich nämlich auf Staatskosten nach Korea.«

»Und wann werden Sie fertig sein?«

Carpenter zuckte nicht mit der Wimper: »Fertig – wieso?«

»Ich meine fertig mit dem Studium, damit Sie die Dissertation in Angriff nehmen können.«

»Ach so – na ja, Anfang des Sommers, denke ich. Ich habe ein Seminar belegt im Sommer.« Er lächelte. »Wissen Sie – fertig wird man in der Psychiatrie eigentlich nie, wenn man soviel – Sie verstehen, was ich meine?«

Vic nickte. Das war alles ziemlich vage. »Und Schizophrenie ist Ihr besonderes Interessengebiet?«

»Also . . . ja, könnte man sagen. Es ist die häufigste Geisteskrankheit.«

Vic nickte abermals. Melinda war in die Küche gegangen,

um ihren Drink aufzufüllen. Weder Vic noch Carpenter tranken etwas. »Halten Sie es für möglich«, fragte Vic plötzlich, »daß meine Frau ... nun, schizophren ist sie natürlich nicht, aber ... daß sie eine gewisse Veranlagung dazu hat?«

Carpenter runzelte die Stirn, gleichzeitig lächelte er und zeigte seine wohlgeformten weißen Zähne. »Ziemlich ausgeschlossen. Wie kommen Sie darauf?«

»Ich weiß nicht recht; ich bin ja keine Autorität auf diesem Gebiet«, antwortete Vic und hoffte, Carpenter werde sich eingehender dazu äußern.

»Sie hat sehr viel Charme«, meinte Carpenter. »Eine Art – wie soll ich sagen ... undisziplinierten Charme, ja?«

»Sie wollen sagen, ihr Charme liegt in ihrer Undiszipliniertheit begründet?«

»Richtig«, stimmte Carpenter lächelnd zu. »Sie hat mehr Charme, als sie selber weiß.«

»Und das ist schon eine ganze Menge.«

Carpenter lachte und blickte Melinda entgegen, die ins Zimmer zurückkam.

Vic ging es durch den Kopf, daß Carpenter der erste Besucher war, der sich nicht in irgendeiner Form überrascht darüber gezeigt hatte, daß Vic in einem anderen Flügel des Hauses wohnte. Carpenter hatte hier einen Fehler gemacht. Aber einer von beiden, er oder Vic, würden wohl sowieso in nicht allzu langer Zeit sehr überrascht sein. Wer würde es wohl sein? Und Vic lächelte Carpenter so freundschaftlich zu wie ein guter Sportler seinem Gegner.

Carpenter blieb an dem Nachmittag, an dem er gekommen war, um die Schere zu leihen, vielleicht eine halbe Stunde. Er hatte eine seltsame, halb geistesabwesende Art, alles zu betrachten, Trixie anzustarren – als ob es an diesem geradezu unnatürlich normalen Kind irgend etwas Merkwürdiges zu sehen gäbe! – und sich in der Garage, der Küche, oder wo er sich sonst gerade befand, umzusehen.

Aber richtig geistesabwesend war dieser Blick nun auch wieder nicht. Harold Carpenter war kein geistesabwesender Mann. Jedoch tauchte er entschieden etwas zu häufig auf, wenn man bedachte, daß diese Besuche einen erheblichen Umweg für ihn bedeuteten – das Haus der Van Allens lag weit ab von der direkten Verbindung zwischen dem Kennington Institut und dem Häuschen, in dem De Lisle gewohnt hatte. Darin sah Vic einen weiteren Beweis dafür, daß er ein Detektiv sein mußte – oder aber ein Psychiater, der beauftragt worden war, ihn zu beobachten.

Als dann Anfang Oktober der Bankauszug kam, waren zweihundert Dollar, mindestens zweihundert Dollar, entnommen, die Vic nicht belegen konnte. Es war an sich ganz komisch, sich vorzustellen, daß das Geld in Carpenters Tasche gewandert sein und die Flasche Sekt, die Carpenter an Melindas Geburtstag mitgebracht hatte, vom Konto Van Allen finanziert worden sein könnte ... Vic hatte Carpenter in der Commerce Street getroffen, der Hauptstraße von Wesley, als er aus einem Juweliergeschäft kam, wo er sein Hauptgeschenk für Melinda abgeholt hatte. Carpenter hatte ein paar riesige Bücher unter dem Arm getragen. Er trug sehr häufig große Bücher unter dem Arm.

»Haben Sie heute abend etwas vor?« hatte Vic gefragt.

Carpenter hatte nichts vorgehabt, und Vic hatte gefragt, ob er nicht Lust hätte, zu ihnen zum Abendbrot zu kommen. Es war Melindas Geburtstag, und Vic hatte angenommen, daß Carpenter darüber im Bilde war. Es sollte nur eine kleine Geburtstagsgesellschaft werden; nur Mellers waren eingeladen, und Vic sagte, er sei sicher, daß sich Melinda freuen würde, wenn Carpenter käme. Carpenter hatte höflich gezögert und erst Melinda anrufen wollen, aber Vic hatte gesagt, nein, es sollte eine Überraschung für sie sein. Carpenter hatte die Einladung also angenommen und den Sekt gekauft, als ihm Vic erzählte, daß es Melindas Geburtstag war.

Vic und Melinda hätten gern Cowans eingeladen, aber Phil mußte die ganze Woche über in Vermont Vorlesungen halten, und Evelyn fühlte sich nicht wohl. Es war Vic gewesen, der vorgeschlagen hatte, nicht erst für nach Tisch einzuladen, und es hatte ihn einige Mühe gekostet, Melinda dazu zu überreden. Melinda hatte gemeint, sie stehe in letzter Zeit bei ihren alten Freunden nicht so hoch im Kurs, und das war nicht ganz unrichtig. Vic machte sie dann darauf aufmerksam, daß sie trotzdem von ihnen eingeladen würde und daß sie, wenn sie diesen Zustand ändern wollte, auch ihrerseits ab und zu Parties geben müsse. Er hatte von jeher Mühe gehabt, Melinda zur Pflege von irgendwelcher Geselligkeit im eigenen Haus zu bewegen. Nicht, daß er keine Einladung schuldig bleiben wollte – in der ungezwungenen Atmosphäre eines Städtchens wie Little Wesley war das nicht notwendig –, aber er war der Ansicht, daß sie doch ein- oder zweimal jährlich eine große Cocktail- oder Abendgesellschaft geben sollten, wie Cowans und Mellers es mindestens dreimal im Jahr taten. Jedoch der Gedanke allein, daß auch nur zwei Menschen zum Essen oder am Ende zwanzig zum Cocktail kommen könnten, brachte Melinda ganz durcheinander. Sie war dann in einer einzigen Angst, daß die Getränke ausgehen könnten oder das Eis vor dem Servieren schmelzen würde oder sie fand plötzlich, daß das Haus von oben bis unten geputzt werden müsse, oder daß sie in der Küche neue Gardinen brauchten. Und sie wurde derartig reizbar, daß Vic am Ende die Idee einer Party jedesmal wieder aufgegeben hatte. Selbst wenn es sich nur um zwei Personen handelte, um alte Freunde wie Mellers, kam der versteckte Minderwertigkeitskomplex zum Vorschein, und sie war so nervös und unsicher wie eine Jungverheiratete, wenn der Chef ihres Mannes zum Essen kommen soll. Vic hatte das immer irgendwie sehr rührend gefunden; Melinda war ihm sehr jung und hilflos vorgekommen, und er hatte alles getan, um sie zu beruhigen und ihr Selbstvertrauen zu geben – auch wenn er sich einen Moment vorher sehr geärgert haben mochte über die diversen Junggesellen, die sie zweimal wöchentlich zum Essen einzuladen pflegte und die sie nicht im mindesten unsicher gemacht hatten.

Vics Überlegung, Carpenters Anwesenheit würde Melinda nicht nervös machen, vielmehr die Dinge eher erleichtern, erwies sich als richtig. Er hatte Carpenter eigentlich nur aus einer Anwandlung von Freundlichkeit eingeladen; Melindas Gesicht hellte sich sofort auf, als Vic um halb acht mit ihm hereinkam. Mellers sollten erst um acht Uhr kommen. Carpenter überreichte seinen Sekt, Melinda nahm ihn dankend entgegen und stellte ihn einstweilen in den Kühlschrank. Mit einem Drink in der Hand geisterte Melinda dann unruhig durchs Haus, sah alle fünf Minuten nach der Ente und kontrollierte den Cocktailtisch, auf dem in ungewohnter Ordnung saubere Aschenbecher, langstielige Löffel und eine große Schale mit Krabben in saurer Sahne aufgebaut waren. Sie war sogar schon fertig angezogen; sie hatte ein dunkelgrünes, ärmelloses Kleid an, goldene Sandalen, und um den Hals eine Kette von weißen Korallen, die, groß wie Tigerfänge, an ein Raubtiergebiß erinnerten. Aber sie war offenbar sehr nervös und geradezu verschüchtert.

Vic ließ Carpenter und Melinda ein paar Minuten allein und ging sich umziehen. Dann kam er zurück, holte Melindas Geschenk aus der Jackentasche und gab es ihr.

Melinda öffnete das Päckchen nach einem nervös entschuldigenden Blick zu Carpenter. Dann veränderte sich ihr Ausdruck. »Oh, Vic! Was für eine Uhr!«

»Wenn sie dir nicht gefällt, kannst du sie umtauschen«, sagte Vic; er wußte, daß sie ihr gefiel.

Carpenter sah den beiden wohlwollend zu.

Melinda legte die Uhr an. Es war eine elegante kleine Uhr aus Gold, mit kleinen Brillanten besetzt. Melinda hatte vor drei Jahren ihre alte Armbanduhr kaputtgemacht, als sie eines Abends damit in Cowans Schwimmbecken getaucht war, und seitdem hatte sie sich immer eine elegante Uhr gewünscht.

»Vic, sie ist einfach wunderschön!« Melindas Stimme war weicher, als Vic sie seit vielen, vielen Monaten gehört hatte.

»Und dies hier«, fuhr er fort und zog einen Umschlag aus der anderen Jackentasche, »ist eigentlich kein richtiges Geschenk.«

»Oh, meine Perlen!«

»Ja, ich habe sie neu aufziehen lassen.« Melinda hatte die Kette ungefähr vor einem Monat zerrissen, als sie bei einem Streit damit nach Vic geworfen hatte.

»Vielen Dank, Vic. Das ist wirklich sehr lieb von dir«, sagte Melinda ganz kleinlaut mit einem vorsichtigen Blick zu Carpenter, als fürchte sie, er könne erraten, aus welchem Grunde die Perlen neu aufgezogen hatten werden müssen.

Carpenter sah ganz so aus, als ob er es erraten hätte, fand Vic. Es hätte ihn vermutlich noch mehr amüsiert, wenn er gewußt hätte, daß Melinda, während Vic auf dem Fußboden herumgekrochen war, um die verstreuten Perlen aufzulesen, nach ihm getreten hatte.

Dann kamen die Mellers; sie schenkten Melinda einen Elektrogrill für die Küche. Mary Meller küßte Melinda auf die Wange, und Horace ebenfalls. Vic hatte Mary schon wärmer Melinda gegenüber erlebt, aber für einen Fremden wie Carpenter mochte es ganz überzeugend sein. Carpenter schien an diesem Abend sein Augenmerk vor allem auf die gesellschaftlichen Beziehungen zu richten, auf die Art, wie sich die Mellers sowohl Vic als auch Melinda gegenüber verhielten. Es war nicht zu übersehen, daß sie zu Vic netter waren als zu Melinda.

Während der Cocktails rannte Melinda immer wieder in die Küche, und Mary fragte, ob sie in irgendeiner Weise helfen könnte, aber sowohl Vic als Melinda lehnten ihr Angebot ab.

»Laßt euch nicht stören«, meinte Vic. »Bleibt hier und

trinkt schön langsam aus. Der Butler bin heute ich.« Er ging in die Küche, um die schwierige Aufgabe zu übernehmen, die Ente aus dem Ofen auf die Platte zu bekommen. Ein Apfel fiel dabei aus dem Hinterteil der Ente heraus, aber Vic fing den glühendheißen Ball gerade noch in der Luft auf und legte ihn lächelnd auf die Ofenplatte.

»Oje«, stöhnte Melinda und wedelte hilflos mit dem Tranchiermesser, »was kann denn *noch* alles schiefgehen?«

»Der Reis könnte anbrennen«, meinte Vic und sah im Ofen nach. Der Reis schien jedoch nicht anzubrennen. Vic nahm den Apfel mit einem großen Löffel auf und fing an, ihn wieder in die Ente zurückzumanövrieren.

»Ich weiß nicht einmal ob er da auch hineingehört ... in eine Ente, meine ich«, klagte Melinda verzweifelt.

»Wahrscheinlich nicht. Lassen wir ihn draußen.«

»Aber dann ist da so ein großes Loch«, wandte Melinda unglücklich ein.

»Ach, laß nur, wir füllen es mit Reis auf.«

Gemeinsam richteten sie die Ente an, den Reis, die Erbsen, heiße Brötchen und die Brunnenkresse. Aber die Salatsauce war noch nicht gemacht. Melinda überließ lieber Vic die Salatsauce; er hatte zu diesem Zweck sieben verschiedene, selbstgezogene Kräutersorten in kleinen, beschilderten Kästen. Rasch machte er jetzt den Salat an; er zerdrückte eine Knoblauchzehe in einer Schüssel, während er den Essig dazugoß, und streute mit der linken Hand die Kräuter – zwei, drei verschiedene Sorten – hinein und rührte ständig mit der Rechten. »Nett von dir, daß du die Kresse schon gewaschen hast«, sagte er über die Schulter.

Melinda gab keine Antwort.

»Ich hoffe nur, daß Harold nicht erwartet, Schnecken als ersten Gang vorgesetzt zu bekommen.«

»Schnecken? Wieso?«

»Er hat gesagt, er mag Schnecken ... er ißt sie gern, meine ich.« Vic lachte.

»Hast du ihm nicht gesagt, daß das so ist, als ob man sein eigenes Fleisch und Blut ißt?«

»Nein, das habe ich nicht ... So, der Salat ist fertig. Willst du hineingehen und die Gäste zu Tisch scheuchen?«

Horace und Carpenter waren in eine Unterhaltung vertieft und kamen als letzte zum Essen. Horace sah beunruhigt aus, stellte Vic fest. Melinda hatte noch immer Todesangst, es könnte etwas zu heiß, zu kalt, zu stark oder zu schwach gewürzt sein und bekam während der ersten Viertelstunde kaum ein Wort heraus. Alles schmeckte richtig, und das Essen nahm einen recht guten Verlauf. Es ging vielleicht nicht ganz so zwanglos zu, wie man es bei einem Essen unter alten Freunden hätte erwarten sollen, aber das mochte an Carpenters Anwesenheit liegen. Vic fiel auf, daß Horace bei Tisch nicht versuchte, sich mit Carpenter zu unterhalten. Und aus Carpenters gutgeschnittenem, aber ausdruckslosem Gesicht konnte Vic nichts entnehmen. Es war nur interessant, daß er und Melinda so wenig miteinander sprachen. Das legte die Vermutung nahe, daß sie sich schon früher am Tag gesehen hatten. Carpenter hörte fast ausschließlich zu, während sie bei Tisch saßen.

Sie tranken den Kaffee im Wohnzimmer, Horace schlenderte zu einem der Vorderfenster und blickte hinaus. Vic behielt ihn im Auge, und als Horace sich schließlich umwandte und ihm ein Zeichen gab, ging er zu ihm hinüber. Horace öffnete die Tür, und sie traten auf den Rasen hinaus.

»Er ist überhaupt nicht von der Columbia-Universität, dieser Knabe da«, fing Horace ohne Einleitung an. »Er kennt keinen Menschen dort. Er weiß nur den Namen des Ordinarius für Psychologie; von keinem der übrigen Professoren hat er je was gehört!« Horace runzelte die Stirn.

»Das hatte ich eigentlich auch nicht erwartet«, entgegnete Vic ganz ruhig.

»Er hat sich zwar große Mühe gegeben, den Eindruck zu erwecken, als wüßte er, was an der Columbia-Universität los ist, aber ich kenne mich da genügend aus, um zu wissen, daß er sich das alles aus den Fingern saugt ... Sagtest du nicht, er ist in ambulanter Behandlung im Kennington drüben?«

Vic legte den Kopf zurück und fing laut an zu lachen. »Nein, Horace, er sammelt dort Material für seine Doktorarbeit.«

»Ach so. Stimmt das?«

»Ja also ... Ich weiß nicht recht; nach dem, was du mir gerade erzählt hast ...«

Horace zündete ungeduldig eine Zigarette an. »Er gefällt mir nicht. Was will er hier überhaupt?«

»Bin ich ein Prophet?« Vic zog ein paar Halme heraus und hielt sie gegen die blasse Scheibe des Mondes.

»Vic?«

»Ja?«

»Was hat er vor? Erzähl mir nicht, daß du darüber nicht nachgedacht hast. Interessiert er sich für Melinda?«

Vic zögerte. »Ich glaube nicht«, antwortete er gleichmütig. Da wo er es sich leisten konnte, wollte er die Wahrheit sagen.

»Irgendwas bezweckte er aber mit dieser Universitätsgeschichte, soviel steht fest. Er hat sich nicht einmal eine Ausrede einfallen lassen – daß er die meiste Zeit an einer anderen Universität gewesen wäre und deshalb die Columbia-Universität nicht so gut kennt, oder so ... Nein, er hat sich auf die Columbia versteift; er hat es sehr geschickt gemacht, aber er ist völlig ins Schwimmen geraten.«

»Es ist mir ein absolutes Rätsel, Horace. Ich habe keine Ahnung, was er im Schilde führt.«

»Und dann wohnt er auch noch in De Lisles Haus. Hat Melinda das arrangiert?«

»Sie hat ihm das Haus empfohlen«, gab Vic zu.

Horace dachte einen Augenblick nach. »Es wäre interessant zu wissen, ob er Don Wilson kennt.«

»Warum?«

»Weil ich mir das gut vorstellen könnte. Er könnte ein Freund von Don sein.«

»Was meinst du damit? Hierher bestellt als eine Art Spion?«

»Genau das.«

Soweit durchschaute Horace die Dinge also. Wenn ich ein bißchen nachhelfe, dachte Vic, dann kommt er auch noch darauf, daß Carpenter Detektiv ist. »Nein, ich glaube nicht, daß er Don kennt. Ich sprach einmal mit Melinda darüber; sie meint, die beiden kennen einander nicht.«

»Vielleicht kennen sie sich sehr gut und sorgen eben deshalb dafür, daß man sie nicht zusammen sieht.«

Vic lachte in sich hinein. »Du hast fast so eine blühende Phantasie wie Wilson.«

»Meinetwegen. Vielleicht irre ich mich. Ich gebe auch zu, daß er was von Psychologie versteht. Aber er ist auf keinen Fall, was er zu sein vorgibt. Ich möchte ja auch nur die Gründe dafür wissen. Wie lange will er denn hier bleiben?«

»Noch einen Monat, glaube ich. Er macht irgendeinen Test mit Schizophrenen drüben im Kennington.«

»Ich möchte wirklich wissen, was das für ein Test sein mag«, knurrte Horace. »Aber ich kenne Fred Dreyfuß im Kennington. Das werde ich herausbekommen.«

Vic gab einen undefinierbaren Laut von sich, der andeuten sollte, daß er es nicht für sehr wichtig hielt.

»Wie geht es Melinda jetzt?« fragte Horace.

»Danke, alles in Ordnung«, erwiderte Vic und merkte, daß er unwillkürlich eine geistige Abwehrstellung einnahm, um in gewohnter Weise Melinda zu verteidigen. Horace wollte natürlich wissen, ob sie ihn immer noch beschuldigte, Charley umgebracht zu haben; er hatte sie schließlich den ganzen Abend gesehen, und die Frage nach ihrem Wohlbefinden erübrigte sich somit.

»Jedenfalls ist sie nicht wieder bei Mary gewesen«, fuhr Horace hartnäckig fort. »Weißt du, ich glaube, Evelyn wird darüber nie hinwegkommen ... über die Geschichte mit Melinda.«

»Das tut mir leid.«

Horace legte Vic die Hand auf die Schulter. »Mary hat mir auch die Hölle heiß gemacht. Sie ist dann schließlich doch gekommen heute, aber nur deinetwegen, Vic.«

»Ich wollte, ihr könntet das alles mit der Zeit vergessen. Aber das ist zuviel verlangt ... Jedenfalls jetzt. Später vielleicht ...«

Horace schwieg.

Sie gingen ins Wohnzimmer zurück. Melinda, deren innere Anspannung auch durch den Alkohol kaum vermindert schien, schlug nervös vor, die Flasche Sekt zu öffnen, die Carpenter mitgebracht hatte; aber Mary meinte, sie sollte sie lieber aufheben, und so wurde der Sekt nicht geöffnet. Keiner hatte Lust auf einen Drink. Mellers erhoben sich um Viertel elf; wenn nichts zwischen Mary und Melinda gestanden hätte und wenn Carpenter nicht dagewesen wäre, dachte Vic, wären sie bestimmt eine Stunde länger geblieben. Carpenter verabschiedete sich zusammen mit Mellers, nachdem er sich überschwenglich bedankt hatte. Er fuhr in seinem Wagen fort, einem dunkelblauen, zweitürigen Plymouth, den er kürzlich gebraucht gekauft hatte; das hatte er Vic erzählt.

»Findest du nicht, daß er seine Aufgabe ziemlich leicht nimmt?« fragte Vic, während er mit Melinda vor der Tür stand.

»Welche Aufgabe?« fragte sie rasch.

Vic lächelte; er merkte, daß es kein sehr nettes Lächeln war. »Vielleicht kannst *du* mir das verraten.«

»Was willst du damit sagen?« Dann kam ein hoffnungsloser Rückzug: »Von wem sprichst du denn überhaupt?«

»Von Mr. Carpenter.«

»Oh, ich glaube ... Er hockt doch offenbar die ganze Zeit in dieser Klinik.«

»Ach so.« Vics Ton war leicht spöttisch. »Ich hatte eher den Eindruck, daß er ziemlich oft bei uns ist.«

Melinda ging zum Cocktailtisch und begann, Tassen und Untertassen zusammenzustellen. Vic holte das Tablett aus der Küche, damit es schneller ging. In der Küche waren noch tausend Dinge wegzuräumen. Vic band sich eine Schürze um und nahm die Armbanduhr ab, als Vorbereitung fürs Abwaschen. Er sagte an diesem Abend nichts mehr, was Melinda zeigen konnte, daß er Carpenter durchschaut hatte. Melinda war zwar klug genug, um zu wissen, daß er den kleinsten Schnitzer Carpenters bemerken würde, aber wiederum nicht klug genug, um zu merken, daß Carpenter bereits einige Schnitzer gemacht hatte.

»Alles Gute zum Geburtstag, Liebling«, sagte Vic und holte ein Paket in dem rot-weiß gestreiften Papier des Modegeschäfts Bandana aus dem Schrank.

»Noch ein Geschenk?« Melindas Gesicht entspannte sich; sie lächelte beinahe vor Überraschung.

»Hoffentlich paßt es.«

Melinda machte das Paket auf, zog einen weißen Angorapullover hervor und hielt ihn hoch. »O Vic – genau das, was ich mir gewünscht habe! Woher wußtest du das?«

»Ich wohne doch im gleichen Haus wie du, oder etwa nicht?« Dann trat er zu ihr und küßte sie auf die Wange. Sie zog sich nicht zurück. Sie reagierte überhaupt nicht – es war, als hätte sie nichts gespürt. »Alles Gute!«

»Ich danke dir schön, Vic.« Sie sah ihn einen Augenblick lang mit einem seltsamen Ausdruck an; die eine Braue zitterte, und ihr Mund schwankte zwischen Lächeln und grimmiger Entschlossenheit.

Vic erwiderte ihren Blick, und es war ihm bewußt, daß er nicht die geringste Ahnung hatte, was sie wohl als nächstes sagen oder tun würde; zugleich empfand er Widerwillen gegen sich selbst, weil er wußte, daß sein eigener Gesichtsausdruck starr, undurchsichtig und im Grunde verlogen war.

Sein Gesicht war eine Maske; Melindas Gesicht war – zumindest in diesem Augenblick – ehrlich. Vic versuchte zu lächeln. Auch sein Lächeln kam ihm unaufrichtig vor.

Dann wandte Melinda den Blick ab und trat zur Seite. Es war vorbei.

Später im Bett dachte Vic über die Unterhaltung mit Horace nach. Er hatte das Gefühl, er hätte genau das Richtige gesagt: wenn es durchsickerte, daß Carpenter in Wirklichkeit ein Detektiv war, konnte Vic immer sagen, er habe es die ganze Zeit gewußt, aber nichts dagegen unternommen; das wäre dann eine besonders galante Haltung Melinda gegenüber, die den Detektiv auf ihn angesetzt hatte. Und wenn Carpenter kein Detektiv war, dann hatte er sich nicht durch falsche Verdächtigungen blamiert. Vic hatte keine Ausbuchtungen mehr an Carpenters Jackett bemerkt seit jenem ersten Zusammentreffen. Aber für die zwei- oder dreihundert Dollar, die auf dem Bankkonto fehlten, gab es noch immer keine Erklärung. Anscheinend bezahlte ihn Melinda ratenweise.

Während Vic in den Schlaf hinüberglitt, stieg in ihm ein Gefühl der Feindschaft gegen Melinda auf; er wollte es nicht, aber er vermochte sich nicht dagegen zu wehren. Es war wie etwas Altgewohntes – altgewohnt wie das Einschlafen in Rückenlage eben jetzt. Es war wie all die anderen Gedanken, die ihm früher vor dem Einschlafen durch den Kopf gegangen waren – nicht eigentlich sehr eindringlich, aber unausweichlich. Etwas in ihm versah ohne sein Zutun Melinda mit einem Etikett: FEIND stand darauf, und weder die Kräfte der Vernunft noch die der Phantasie würden es wieder entfernen können. Melinda war sein Feind; sanft und unwiderstehlich prägte es sich seiner Seele ein. Er drehte sich ein wenig zur Seite und war eingeschlafen.

15

Von der Geburtstagsfeier an schien Harold Carpenter beschlossen zu haben, seine Taktik zu ändern. Er legte es darauf an, Melinda häufiger allein zu treffen, ohne Vic. Das begann drei oder vier Tage nach der Party. Melinda verbrachte zwei dieser Nachmittage mit Harold und war darauf bedacht, es Vic zu erzählen. Vic zeigte nicht das geringste Interesse. Er sagte ihr jedoch:

»Es ist mir egal, wie oft du außerhalb des Hauses mit ihm zusammen bist, aber ich möchte nicht, daß du ihn noch einmal hierher einlädst.«

Melinda blickte ihn entgeistert an. »Was ist denn los?«

»Ich mag den Kerl nicht«, erklärte Vic ohne Umstände und wandte sich wieder seiner Zeitung zu.

»Seit wann magst du ihn denn plötzlich nicht? Ich dachte, du findest ihn interessant?«

»Das ist er – *sehr.*« Vic horchte ein paar Minuten lang auf Melindas Schweigen. Sie stand am Sofa und trat jetzt nervös von einem Fuß auf den anderen. Und sie hatte, weil Mr. Carpenter groß war, eines ihrer wenigen Paare hochhackiger Schuhe an.

»Seit wann bestimmst du denn, wer zu uns kommt und wer nicht?« fragte Melinda. Noch hielt sie sich zurück; sie fühlte vor.

»Von jetzt an. Ich mag ihn nun mal nicht; es tut mir leid, aber ich habe keine Lust, mich darüber zu unterhalten. Kannst du ihn nicht in seinem Haus besuchen oder dich sonstwo mit ihm treffen? Er bleibt doch sowieso nicht mehr so lange hier, oder?«

»Nein, ich glaube nicht. Vielleicht noch vierzehn Tage.«

Vic lächelte hinter seiner Zeitung, dann sah er Melinda ins Gesicht, immer noch lächelnd. Vierzehn Tage länger in meinem Lohn, dachte er. Er war versucht, Melinda auf den Kopf zuzusagen, daß er Bescheid wußte, aber eine perverse Laune hinderte ihn daran. »Nun ja, er wird uns allen fehlen, nicht?«

»Uns *allen* wohl kaum.«

»Vielleicht kommt bald ein anderer«, meinte er und spürte, wie es in ihr zu kochen begann.

Sie zündete eine Zigarette an und warf das Feuerzeug auf das Sofa. »Du bist reizend heute abend. Gastfreundlich, liebenswürdig, höflich ... Alles Eigenschaften, mit denen du immer angibst.«

»Ich habe nie behauptet, all das zu sein.« Er blickte forschend zu ihr hinüber. Sie sah verängstigt aus. »Schön, Melinda, ich bitte dich um Entschuldigung. Ich hab gar nichts gegen Mr. Carpenter. Er ist sehr nett. Ein sympathischer junger Mann.«

»Das klingt nicht sehr überzeugt.«

»Findest du? Das tut mir leid.« Es klang seltsam, wie er das sagte; sein Ton lag genau zwischen Zartgefühl und offener Feindseligkeit. Er merkte, daß er wieder lächelte. »Lassen wir's gut sein. Was gibt's zum Essen?«

»Ich will jetzt wissen, ob ich ihn hierher einladen kann, wenn ich Lust habe, ohne daß du aus der Rolle fällst.«

Vic schluckte. Es ging nicht um Melinda, es ging auch nicht um Carpenter – es ging ums Prinzip. Wieder ertappte er sich bei diesem automatischen Lächeln. »Natürlich kannst du ihn herbringen, Liebling. Es tut mir wirklich leid, daß ich mich so gehenließ ...« Er wartete. »Wann möchtest du ihn denn einladen? Soll er mal wieder zum Essen kommen?«

»Du brauchst es nicht gleich zu übertreiben.« Melinda spielte unruhig mit einem Stück Schnur in ihrer Hand, spannte es und wickelte es um einen Finger.

Schmeiß doch die Strippe weg, dachte Vic; es reizte ihn wider jede Vernunft. »Was essen wir denn heute? Soll ich's fertigmachen?«

Melinda begab sich augenblicklich in die Küche. »Laß nur, ich mach es schon«, sagte sie.

In seinem Kopf gingen merkwürdige Dinge vor; es erinnerte ihn an dunkle Wipfel, die vom Sturm nach allen Richtungen gepeitscht werden. Sobald er nach etwas griff, fürchtete er, es fallen zu lassen; er sah sich Aschenbecher von Tischen fegen, Schneckenhäuser zerbrechen, sobald er nach Edgar oder Hortense griff – er hatte das Gefühl, seine Bewegungen nicht mehr kontrollieren zu können. Aber all dies geschah nur in seiner Einbildung. Er betrachtete seine Hände; sie bewegten sich geschmeidig und präzis wie immer – kleine, plumpe, harmlose Hände; sauber wie die eines Arztes, außer wenn er gelegentlich in der Druckerei etwas anfaßte, woran Druckerschwärze war. Die Schnecken liebten seine Hände noch immer und krochen langsam, aber ohne zu zögern seinen Zeigefinger hinauf, wenn er ihn ihnen hinhielt, auch ohne daß er sie mit einem Salatblatt lockte.

Am Ende kam er darauf, woher das Bild von den sturmgepeitschten Wipfeln stammte. Es war eine sehr ferne Erinnerung an einen Sturm, den er in den österreichischen Alpen erlebt hatte. Er war ungefähr zehn Jahre alt gewesen. Sein Vater lebte damals noch und hatte ihn und seine Mutter auf eine seiner jährlichen Europareisen mitgenommen. Sein Vater war beratender Ingenieur für Girostatik gewesen und im übrigen ein vermögender Mann; er hatte aber zeit seines Lebens so getan, als müsse er für seinen und der Familie Unterhalt arbeiten; er hatte Geld verdient, das er nicht brauchte, und überflüssigerweise einen Beruf ausgeübt. Vic erinnerte sich noch sehr gut an alles: sein Vater hatte zwei oder drei Wochen in Paris zu tun gehabt, und vor der Rückreise nach den Staaten machten sie noch Urlaub. Sie waren über München und Salzburg an den Wolfgangsee gefahren und hatten dort in einem märchenhaften Hotel Unterkunft gefunden. Es war Winter gewesen; zwar lag im Tal noch kein Schnee, aber es war täglich damit zu rechnen gewesen. Und dann war dieser Sturm über die Berge gefegt. Vic mußte an die kleinen Fenster mit ihren tiefen Nischen denken und erinnerte sich, daß er trotz der Dicke der Mauern gefroren hatte; dagegen war auch nichts zu machen gewesen, weil bei allem sonstigen Komfort die Heizung des Hotels nicht ausreichte. Sein Vater, der außerordentlich höflich und den meisten Menschen gegenüber mit einem Gefühl finanzieller Überlegenheit belastet war, hätte eine noch viel kältere Zimmertemperatur ausgehalten, ohne sich zu beklagen. *Richesse oblige.* Der Sturm war wie ein unüberwindlicher dunkler Riese über die Berge gekommen, die unheimlich nah und schwarz gewesen waren. Und die Bäume, die sich auf den steilen Hängen gegen den Himmel abhoben, hatten sich nach allen Seiten gebogen, als ob sie von dem wahnwitzigen Wind gefoltert würden oder als ob sie versuchten, sich selbst zu entwurzeln und vor der Tortur zu fliehen. Sein Vater hatte mit einer Stimme, die seine Erregung verriet, gesagt: »In der Wolke da oben ist Schnee«, obwohl die Wolke fast schwarz gewesen war – so schwarz, daß es in ihrem Hotelzimmer dunkel wie am Abend geworden war. Und als sich die schwarze Wolke entschlossen hatte, durch das tosende Chaos der gequälten Bäume den Berg herab zu ihnen ins Tal zu rollen, war Vic vom Fenster geflüchtet und hatte sich in der hintersten Ecke des Zimmers zusammengekauert. Er sah jetzt noch das Erstaunen und die Enttäuschung im Gesicht seines Vaters, als dieser ihn wieder auf die Füße stellte. Vic war zwar stehen geblieben, hatte es aber nicht über sich bringen können, zum Fenster zurückzukehren, obgleich sein Vater ihn dazu bringen wollte. Die peitschenden Wipfel hatten ihn geängstigt, nicht der Sturm selbst.

Er mußte in diesen Tagen oft an jene Erinnerung denken, wenn Melinda berichtete, sie sei mit Carpenter zusammengewesen. Dabei hatte er das Gefühl, daß sie ihm manchmal von gemeinsamen Unternehmungen mit Carpenter erzählte, die gar nicht stattgefunden hatten – Ausflüge zum Bärensee, Cocktails in der Chesterfield-Bar und dergleichen. Das fand er besonders erbärmlich. Nach außen hin reagierte er nicht darauf. Keine scharfen Bemerkungen mehr, kein zorniges Stirnrunzeln. Er fragte Melinda noch ein paarmal, ob sie Harold nicht einladen wolle – einmal, als Mellers abends bei ihnen waren, und ein andermal, als sie einen großen Braten im Hause hatten; aber Melinda ging nie darauf ein. War das eine neue Taktik? Wollte sie ihn glauben machen, ihre Beziehungen zu Carpenter seien so intim geworden, daß sie seine Gesellschaft mit niemand anderem teilen wollte? Ausgerechnet Carpenter, dieser kalte Fisch! Er hatte sich gut in der Gewalt, das mußte man ihm lassen, aber er war der schlechteste Schauspieler der Welt. Wem wollte er denn eigentlich etwas vormachen? Es war ihm ja nicht einmal gelungen, Victor Van Allen zur Zielscheibe des Stadtklatsches zu machen. Und der Gedanke, daß er, Vic, am Ende das Ganze bezahlte, war, gelinde ausgedrückt, störend.

Vic nahm sich zusammen, bis er eines Tages Ralph Gosden und Don Wilson zusammen die Straße herunterkommen sah. Es war gegen ein Uhr, und Vic war auf dem Heimweg durch die Stadt gefahren, um beim Schuster ein Paar Schuhe von Trixie abzuholen. Als er aus dem Laden trat, stieß er fast mit Wilson und Ralph zusammen. Vic sah, wie sie beide bei seinem Anblick zusammenzuckten – er war sicher, es gesehen zu haben –, und dieses Zusammenzucken ließ den Zorn in ihm hochsteigen.

»Hallo!« grüßte er mit kleinem Lächeln, als sie herangekommen waren. »Darf ich Sie mal was fragen?«

Sie blieben stehen. »Was denn?« fragte Ralph mit einem frechen Grinsen. Aber er war blaß geworden.

»Ich habe den Eindruck, Sie kennen beide Mr. Harold Carpenter«, sagte Vic.

Ralph war betreten, aber Wilson murmelte schließlich, daß er ihn mal irgendwo kennengelernt habe.

»Davon bin ich überzeugt. Haben Sie ihn engagiert?«

»Engagiert? Was wollen Sie damit sagen?« Wilsons dunkle Augenbrauen senkten sich.

»Sie wissen genau, was ich sagen will. Er ist so wenig Psychotherapeut wie Sie und ich. Er ist Detektiv, und ich vermute, daß Sie ihn ausgesucht haben ...« für meine Frau, hatte Vic sagen wollen. Er verschluckte es.

»Ich habe keine Ahnung, wovon Sie eigentlich reden«, erwiderte Wilson mürrisch.

Aber Vic konnte aus Ralphs ängstlichen Augen ersehen, daß seine Vermutung richtig war, oder doch der Wahrheit sehr nahekam. »Ich denke doch, daß Sie wissen, wovon ich rede. Er ist Detektiv, nicht wahr, Wilson?« Vic trat etwas vor, und Wilson machte einen Schritt rückwärts. Vic hatte die größte Lust, ihm rechts und links hinter die Ohren zu schlagen.

Wilson blickte sich um, ob sie jemand beobachtete. »Vielleicht ist er Detektiv – keine Ahnung. Ich kenne den Mann kaum.«

»Wer hat ihn ausgesucht? Sie, nicht wahr? Oder vielleicht Sie, Ralph?« Er sah Ralph an. »Aber nein ... Sie haben nicht den Mut für so was. Sie stehen immer nur dabei und gucken zu, nicht wahr, Ralph?«

»Sind Sie nicht bei Trost?« bekam Ralph mühsam heraus.

»Bei welcher Agentur haben Sie ihn gefunden, Wilson?« Vic beugte sich gespannt vor.

»Was ist denn eigentlich los? Ist er vielleicht auch zuviel mit Ihrer Frau zusammen?« keifte Ralph. »Warum bringen Sie ihn denn nicht um, wenn Sie ihn nicht leiden können?«

»Seien Sie doch still!« fuhr Wilson seinen Begleiter an. Wilson schien vor Erregung zu zittern.

»Bei welcher Agentur also?« beharrte Vic. »Es hat keinen Sinn, auszuweichen; ich *weiß*, daß er Detektiv ist.« Und wenn Carpenter womöglich doch kein Detektiv und das Ganze ein Irrtum von ihm war, überlegte Vic, dann würden sie ihn eben einfach für verrückt halten. Es kam schon nicht mehr darauf an. »Na? Keine Antwort? Dann muß ich eben Melinda fragen. Das wollte ich eigentlich vermeiden, aber sie wird's mir schon schnell genug erzählen ... Sie hat nämlich keine Ahnung, daß ich dahintergekommen bin.« Er blickte Wilson verächtlich an. »Und wenn ich es heraushabe, werde ich dafür sorgen, daß es bekannt wird, Wilson ... Vielleicht überlegen Sie sich schon mal, wo Sie hinziehen könnten. Hier werden Sie sich dann kaum lange halten.«

»Tun Sie doch nicht, als ob Sie der liebe Gott persönlich wären, Vic!« Ralph wurde plötzlich vor lauter Angst mutig. »Glauben Sie vielleicht, die Stadt gehört Ihnen? Und die Gerechtigkeit dazu?«

»Für Leute wie Sie gibt es eine Menge Bezeichnungen, Ralph. Soll ich Ihnen ein paar davon an den Kopf werfen?« fragte Vic zornrot.

Ralph war still.

»Ich denke, Sie kennen meine Meinung über Sie«, sagte Wilson. »Ich habe sie Ihnen schon direkt ins Gesicht gesagt.«

»Sie sind ein mutiger Mann, Wilson. Warum haben Sie denn jetzt nicht den Mut, mir zu sagen, wo Sie Carpenter aufgelesen haben? Ich will's ja bloß wissen, damit ich seine Dienste abbestellen kann – er kommt mich zu teuer.« Vic wartete und beobachtete den Widerstreit der Gefühle in Wilsons mürrischem Gesicht. »Na, Wilson?«

»Er kommt vom *Confidential Detective Service* in Manhattan.«

»*Confidential*, so ... Vertraulich. Das ist gut!« Vic legte den Kopf in den Nacken und lachte schallend. »Vertraulich!«

Wilson und Ralph wechselten nervöse Blicke.

»Besten Dank«, sagte Vic. »Ich werde heute nachmittag dort anrufen. Noch eins, Wilson: Haben Sie ihn persönlich ausgesucht?«

Wilson antwortete nicht. Er wich zurück, als hätte er nun genug.

»Haben Sie ihn ausgesucht, Wilson?« rief Vic ihnen nach, während sie davongingen.

Wilson sah sich noch einmal um, sagte aber nichts. Es war auch überflüssig.

Vic war beim Essen allein; Melinda war nicht da, und er las bei Tisch in dem Buch über Glasmalerei. Später suchte er im Telefonbuch von Manhattan die Nummer des *Confidential Detective Service* heraus. Er lächelte dabei. Vertraulich! dachte er.

Ein Mann meldete sich mit breitem New Yorker Akzent.

»Hallo«, sagte Vic. »Ich rufe an wegen einem Ihrer Leute. Harold Carpenter heißt er – oder jedenfalls nennt er sich hier so.«

»Bitte? Ach so, ja. Ich weiß, wen Sie meinen.« Der Mann klang trotz des häßlichen Akzents recht höflich.

»Wir brauchen seine Dienste nicht mehr«, erklärte Vic.

»Oh. Na gut. Ist was schiefgegangen?«

»Schiefgegangen?«

»Ich meine, gibt's Schwierigkeiten? Oder Beschwerden?«

»Aber nein. Bloß ist der Mann, über den er Informationen einholen soll, dahintergekommen, daß Carpenter Detektiv ist. Und jetzt hält er die Klappe.«

»Ich verstehe. Spreche ich mit Mr. ... Mr. Donald Wilson aus Little Wesley, Massachusetts?«

»Nein.«

»Wer sind Sie denn dann?«

»Ich bin der Mann, den er beobachten soll.«

Schweigen. Nach einer Weile: »Victor Van Allen?«

»Stimmt«, sagte Vic. »Also, entweder Sie schicken einen Neuen her, oder Sie geben es auf. Ich empfehle Ihnen, es aufzugeben, weil ich ja die Rechnung für diesen Unsinn bezahlen soll, und das werde ich in Zukunft nicht mehr tun. Und ich glaube auch kaum, daß es jemand anderes tun wird.« Erneutes Schweigen. »Haben Sie das verstanden?«

»Ja, Mr. Van Allen.«

»Gut. Sollte noch etwas offenstehen, schicken Sie die Rechnung direkt an mich. Meine Adresse haben Sie ja wohl?«

»Ja, Mr. Van Allen.«

»Schön; das wäre dann alles ... Halt! Moment noch ...«

»Ja?«

»Rufen Sie bitte Mr. Carpenter telegrafisch zurück. Sofort, ja? Sie können's mir auf die Rechnung setzen.«

»Wird gemacht, Mr. Van Allen.«

Sie hängten ein. – Melinda kam an diesem Abend um Viertel nach sieben nach Hause. Sie sei mit Harold in der Chesterfield-Bar gewesen, berichtete sie.

»Hat Harold schon sein Telegramm bekommen?« fragte Vic.

»Was für ein Telegramm?«

»Das Telegramm vom *Confidential Detective Service*, daß er heimkommen soll.«

Melindas Mund öffnete sich, aber ihr Gesicht zeigte mehr Ärger als Überraschung. »Was weißt denn du darüber«, fragte sie in herausforderndem Ton.

»Wilson hat die Katze aus dem Sack gelassen. Was ist eigentlich los mit dem Kerl? Warum bleibt er nicht lieber bei seiner Schreibmaschine?«

Trixie hörte mit großen Augen zu, sie saß auf dem Fußboden im Wohnzimmer.

»*Wann* hat er dir das gesagt?« fragte Melinda.

»Heute mittag. Ich habe ihn und Ralph auf der Straße getroffen. So was von entgeistert und dumm wie diese beiden hab ich im ganzen Leben noch nicht gesehen.«

»Was hat er dir denn erzählt?« fragte Melinda fassungslos.

»Ich hab ihn einfach gefragt«, fing Vic geduldig an, »ob Carpenter Detektiv ist. Und als Wilson das dann schließlich zugab, wozu er nicht allzusehr unter Druck gesetzt werden mußte, weil er offenbar vor Schreck den Verstand verloren hatte, fragte ich ihn nach Carpenters Firma. Er hat sie mir genannt, und ich habe dort angerufen und darum gebeten, Mr. Carpenter von seinem Auftrag zu entbinden. Ich habe nämlich keine Lust mehr, seine Rechnungen zu bezahlen.«

Melinda warf ihre Tasche aufs Sofa und zog den Mantel aus. »Ich verstehe. Es waren die Schecks, die ...« Sie brach ab.

Fast hatte er Mitleid mit ihr. »Nein, Melinda, die waren es nicht. Horace hat mir schon vor Tagen erzählt, daß Carpenter über die Columbia-Universität überhaupt nicht Bescheid weiß. Horace hingegen kennt sich dort aus. Ich habe keine Ahnung, ob Carpenter wirklich eine Vereinbarung mit dem Kennington Institut getroffen und ob er dort irgendwelche Untersuchungen angestellt hat. Es interessiert mich auch nicht.«

Melinda stelzte in die Küche. Vic wußte, daß sie sich heute abend betrinken würde. Die Grundlage, die sie mit Carpenter in der Chesterfield-Bar gelegt hatte, würde den Vorgang beschleunigen. Und morgen würde sie einen Riesenkater haben. Vic seufzte und las weiter in seiner Zeitung.

»Was zu trinken?« rief Melinda aus der Küche.

»Danke, nein.«

»Du bist so gesund in letzter Zeit«, stellte sie fest, als sie mit ihrem Glas hereinkam. »Ein Bild von Gesundheit und physischer Kraft. Es mag dich aber vielleicht interessieren, daß Mr. Carpenter tatsächlich Psychiater ist. Vielleicht hat er kein Examen gemacht«, fuhr sie trotzig fort, »aber er weiß eine ganze Menge.«

Vic sagte mit bedächtiger, berechnender Verachtung: »Ich werde ihn ja wohl kaum jemals wiedersehen.« Nach einer Weile, als Melinda nicht geantwortet hatte, fragte er: »Woher weißt du das? Hat er dich analysiert?«

»Nein.«

»Wirklich schade. Er hätte mich über einiges aufklären können. Ich gebe zu, daß ich dich nicht begreife.«

»Aber ich begreife *dich*!« fuhr sie auf.

»Warum holst du dir denn dann noch einen Psychiater zu Hilfe? Was ist er denn nun überhaupt wirklich – Psychiater oder Detektiv?«

»Beides«, gab Melinda wütend zurück. Sie wanderte im

Raum umher und nippte an einem Drink, der zu dunkel war, um viel Sodawasser zu enthalten.

»Soso. Und was hat er über mich zu sagen gewußt?«

»Er sagt, du bist ein Grenzfall von Schizophrenie.«

»Oh! Dann sag du ihm bitte, ich finde, daß er selber ein Grenzfall ist. Er sitzt zwischen zwei Stühlen. Er ist nicht Fisch, nicht Fleisch. So jemand kann man doch nicht ernst nehmen!«

Melinda schnaubte. »Jedenfalls scheint er fähig zu sein, dich auf die Palme zu bringen.«

»Daddy, was ist Schizomenie?« erkundigte sich Trixie fasziniert, die Arme um die Knie geschlungen.

»Eine sehr erbauliche Unterhaltung für ein Kind«, stellte Melinda schneidend fest.

»Sie hat schon Schlimmeres gehört.« Vic räusperte sich. »Schizophrenie, mein Schatz, bedeutet eine gespaltene Persönlichkeit. Eine Geisteskrankheit, die durch den Verlust des Kontaktes mit der Umgebung und durch die Auflösung der Persönlichkeit charakterisiert ist. Verstanden? Und es sieht so aus, als ob dein Daddy diese Krankheit hätte.«

»Ohhh«, machte Trixie und lachte, als hätte er einen guten Witz gemacht. »Woher weißt du das?«

»Mr. Carpenter hat es festgestellt.«

»Und woher weiß es Mr. Carpenter?« Trixie grinste; es machte ihr einen Heidenspaß. Es war wie die verrückten Geschichten, die ihr Vic immer erzählte, von ganz merkwürdigen Tieren, und sie fragte dann, ob sie fliegen, lesen oder kochen könnten, ob sie auch nähten und sich selbst anzögen, und manchmal konnten sie es und manchmal nicht.

»Weil Mr. Carpenter ein Psychiater ist«, antwortete Vic.

»Was ist ein Psychiater?«

»Mein Gott, Vic! Hör auf!« Melinda drehte sich mit einem Ruck zu ihm um.

»Ich erklär dir das ein anderes Mal«, sagte Vic lächelnd zu seiner Tochter.

Melinda betrank sich an diesem Abend sehr. Sie führte zwei Telefongespräche, denen Vic auswich, indem er in die Küche ging, von wo aus es unmöglich war, zu hören, was Melinda sagte. Vic hatte das Essen gemacht; Melinda aß nur wenig. Um neun Uhr, Trixies Zubettgehzeit, war sie bereits völlig betrunken. Inzwischen hatte Vic noch weitere psychologische Begriffe erklärt. Es war nicht leicht, Trixie auseinanderzusetzen, was ›Bewußtsein‹ war, aber er machte ihr dann klar, es sei das, was Leuten fehle, die zuviel getrunken hatten und auf dem Sofa einschliefen.

16

Am nächsten Tag schlief Melinda noch, als Vic zum Mittagessen nach Hause kam. Er wußte, daß sie noch sehr spät wach gewesen war, denn er hatte den Schein ihrer Schlafzimmerlampe auf dem schwarzen Rasen gesehen, als er um halb drei seine Leselampe ausgeknipst hatte. Als er dann am Abend um sieben nach Hause kam, hatte sie ihren Kater noch immer nicht überwunden, obwohl sie bis drei Uhr geschlafen hatte. Vic hatte ihr zweierlei zu sagen; es handelte sich um eine angenehme und eine weniger angenehme Mitteilung, und er beschloß, ihr vor Tisch, als ihr Kater am schlimmsten schien, das Erfreulichere zu sagen – vielleicht würde sie sich danach besser fühlen.

»Du kannst dich darauf verlassen«, begann er, »daß ich diese Detektivgeschichte weder Horace noch Phil noch sonst jemand erzähle. Wenn also Wilson und Ralph den Mund halten können – und dafür haben sie Grund genug –, braucht niemand davon zu erfahren ... Oder weiß sonst noch jemand davon?« fragte er besorgt, als wäre er auf ihrer Seite.

»Nein«, stöhnte sie, vollkommen wehrlos in dieser Leidensstunde.

»Ich hoffe, das beruhigt dich über diesen Punkt.«

»Danke«, murmelte sie gleichgültig.

Seine Schultern machten unwillkürlich eine resignierte Bewegung; sie bemerkte es aber nicht. »Übrigens«, fuhr er fort, »habe ich heute einen Brief von Brian Ryder bekommen. Er will in der dritten Novemberwoche herkommen. Ich habe ihm gesagt, er kann bei uns wohnen. Es sind nur zwei Nächte, allerhöchstens drei, und wir haben im Büro sehr viel zu tun, da werden wir sowieso nicht viel hier sein.« Sie reagierte nicht; es war, als hätte er zur Wand gesprochen. Nach ein paar Minuten fügte er hinzu: »Nach den Briefen zu urteilen dürfte er ein sehr höflicher junger Mann sein. Er ist erst vierundzwanzig.«

»Ob du mir wohl noch einen Drink zurechtmachen kannst?« fragte sie und streckte ihm, ohne aufzusehen, ihr leeres Glas hin.

Sie aß ziemlich viel an diesem Abend. Sie hatte ja stets Appetit, wenn sie einen Kater hatte, und außerdem gehörte es zu ihren Theorien, daß man durch Essen ›den Kater begraben‹ könne. Hinterher fühlte sie sich wohl genug, um einen Blick in die Abendzeitung zu werfen. Vic brachte Trixie ins Bett, kam dann zurück und setzte sich in den Sessel.

»Melinda, ich möchte dich etwas fragen«, begann er.

»Was denn?« Sie sah über den Rand der Zeitung hinweg zu ihm herüber.

»Möchtest du eine Scheidung? Ich würde ... Na, also du würdest nicht zu hungern brauchen.«

Sie starrte ihn lange an. »Nein«, erklärte sie dann mit fester Stimme. Es klang recht ärgerlich.

»Aber wohin soll das alles führen?« fragte er. »Du haßt mich. Du behandelst mich als Feind. Du hetzt mir einen Detektiv auf den Hals ...«

»Weil du Charley umgebracht hast. Das ist so sicher, wie das Amen in der Kirche.«

»Liebling, ich habe es nun einmal nicht getan. Sei doch vernünftig.«

»Alle wissen, daß du es getan hast.«

»Wer denn?«

»Don Wilson weiß es. Harold glaubt es, und Ralph weiß es auch.«

»Warum beweisen sie es denn nicht?« fragte er sanft.

»Gib ihnen nur Zeit. Sie werden es schon beweisen. Oder *ich* werde es tun«, sagte sie; sie saß vornübergelehnt auf dem Sofa und griff unbeherrscht nach ihrem Päckchen Zigaretten auf dem Cocktailtisch.

»Ich wüßte gern, wie sie das machen wollen. Man kann so etwas natürlich künstlich aufbauen«, meinte er sinnend. »Dazu ist es aber, fürchte ich, ein bißchen zu spät. Warum probieren es Wilson oder Carpenter nicht mit einem Lügendetektor? Nicht, daß sie dazu berechtigt wären, aber immerhin.«

»Harold hat gesagt, du würdest überhaupt nicht darauf reagieren«, antwortete sie. »Er ist davon überzeugt, daß du einen ausgewachsenen Vogel hast.«

»Und dieser Vogel soll dir die Freiheit bringen, ja?«

»Versuch doch nicht, jetzt witzig zu sein, Vic.«

»Entschuldige. Aber es war ganz ernst gemeint. Um auf die Ausgangsfrage zurückzukommen: Wenn du in die Scheidung einwilligst, kannst du von mir haben, was du willst – außer Trixie. Überleg es dir gut. Du wirst Geld haben, mit dem du machen kannst, was du willst; du kannst zusammensein, mit wem du willst; du wirst absolut frei von jeder Verantwortung sein. Ist das nicht das Leben, das du dir wünschst?«

Sie kaute auf ihrer Unterlippe, als ob seine Worte sie quälten – sie stellten vermutlich eine ernsthafte Versuchung dar. »Nein, Vic. Ich bin noch nicht zu Ende mit dir. Ich will dich vernichten. Ich will dich fertigmachen.«

Er breitete resignierend die Arme aus. »Na schön – dann probier's halt. Tu mir Gift in die Suppe. Allerdings sind meine Geschmacksnerven gut ausgebildet. Und dann . . .«

»Ich will dich nicht umbringen. Du bist derart ... *unglaublich,* daß es dir nicht mal was ausmachen würde. Nein, ich möchte deine widerliche Persönlichkeit zerstören.«

»Hast du das nicht schon längst getan? Liebling, was kannst du denn noch mehr tun? Aus ... wie soll ich sagen – aus welchen Wurzeln lebe ich denn? Was glaubst du?«

»Du lebst nur aus dir selbst, du ... du Egozentriker!«

Lachen gluckste in ihm, dann war er wieder ernst: »Nein, da irrst du dich. Ich lebe nur von den Resten meiner selbst; von dem, was ich noch zusammenflicken kann. Aus reiner Willensstärke. Willenskraft, wenn du willst. Davon lebe ich, nicht vom Ego. Wie sollte ich denn eins haben?« schloß er verzweifelt und genoß diese Diskussion ungeheuer, genoß außerdem den Klang seiner Stimme, die sich so objektiv anhörte, als käme sie von einem Tonband. Er war sich auch des theatralischen Tons bewußt, den er angeschlagen hatte, und der seine Worte zu einer Kombination aus geläuterter Leidenschaft und äußerster Eindringlichkeit machte. Er fuhr sonor und mit einer feierlichen Handbewegung fort: »Du weißt, daß ich dich liebe; du weißt auch, daß du alles von mir haben kannst, was du willst, sofern es in meiner Macht steht ...« Er hielt einen Augenblick inne und dachte daran, daß er ihr ja sogar die andere Hälfte des Bettes dort drinnen gegeben hatte, seine Hälfte ... aber das konnte er jetzt wirklich nicht sagen – er würde riskieren, sich selbst und sie zum Lachen zu bringen. »Es ist mein letztes Angebot. Ich weiß nicht, was ich noch mehr tun kann.«

»Ich habe dir gesagt«, entgegnete sie langsam, »ich bin noch nicht fertig mit dir. Warum läßt denn du dich nicht scheiden? Das wäre doch ein viel kleineres Risiko für dich – du bist doch davon überzeugt, daß ich dir genügend Scheidungsgründe geliefert habe, nicht wahr?« Sie sagte es so sarkastisch, als existierten diese Gründe überhaupt nicht, oder als wäre es doch charakterlos, wenn er von ihnen Gebrauch machen würde.

»Ich habe nicht gesagt, daß *ich* eine Scheidung haben wollte, oder? Ich käme mir vor, als ... als ob ich mich meiner Verantwortung entziehen würde, wenn ich die Scheidung einreichte. Außerdem tut man das nicht. Nicht der Mann läßt sich von seiner Frau scheiden, sondern umgekehrt. Worauf ich aber hinauswollte: diese ewigen Streitereien ...«

»Mit denen sind wir noch nicht zu Ende!«

»Ja, eben. Mußt du zum Beispiel in diesem aggressiven Ton mit mir reden?« Sein eigener Ton war noch immer sanft.

»Du hast vollkommen recht. Den sollte ich mir lieber für die große Schlußszene aufheben«, gab sie genauso aggressiv zurück.

Vic seufzte. »Nun ja, ich nehme an, der *status quo* ist weiterhin der *status quo ante*. Wann wirst du Ralph und Wilson hierher einladen? Bring sie ruhig her, ich kann sie verkraften.«

Sie sah ihn starr an; ihre grün-braunen Augen waren kalt und reglos wie die einer Kröte.

»Sonst hast du nichts mehr zu sagen?« erkundigte er sich.

»Nein, ich habe alles gesagt.«

»Dann werde ich jetzt schlafen gehen.«

Er stand auf und lächelte ihr zu. »Gute Nacht. Angenehme Träume.« Er nahm die Pfeife von dem kleinen Tisch neben seinem Sessel. Dann ging er in die andere Welt hinüber, in seine Welt, die jenseits der Garage lag.

17

Knapp zwei Wochen nach seinem Zusammenstoß mit Vic zog Don Wilson mit seiner Frau von Little Wesley fort. Wieder einmal betätigte sich Melinda als Amateurmakler, wenn es sich auch diesmal nur um ein Apartment in Wesley handelte. Vic sah darin eine wilde Flucht. Wilson hatte nach dem ersten Gefecht Fersengeld gegeben. Er hatte sich in eine

Auffangstellung zurückgezogen, aber von dort aus würde es nicht mehr so einfach für ihn sein, den Gegner im Auge zu behalten.

»Ja, aber warum denn? Ist es für ihn so unerfreulich hier geworden, daß er die Stadt verlassen mußte?« erkundigte sich Vic unschuldig bei Melinda. Er konnte sich sehr wohl denken, was geschehen war. Vermutlich war die Geschichte mit dem Detektiv irgendwie durch Ralph herausgekommen. Ralph hatte wohl, um die Stadt gegen Vic aufzubringen, überall herumerzählt, Victor Van Allen sei wegen dringenden Tatverdachts fünf Wochen lang von einem Detektiv beschattet worden. Aber der Schuß war fehlgegangen; Vics guter Ruf hatte das ausgehalten. Die Reaktion war sehr merkwürdig; es war, als sei eine gläserne Kanonenkugel auf eine Steinmauer abgefeuert worden und in lauter Stücke zerbrochen, von denen nun die Bürger von Little Wesley das eine oder andere aufsammelten – wahllos, so daß sie kein Ganzes mehr ergaben und niemand wirklich wußte, was eigentlich geschehen war. Wer zum Beispiel hatte überhaupt den Detektiv engagiert? Einige Leute meinten, das müsse wohl Wilson gewesen sein; andererseits sah er kaum danach aus, als hätte er das Geld dazu. Andere nahmen einfach an, der Detektiv – wenn nämlich an der Geschichte tatsächlich etwas dran war, wenn wirklich ein Detektiv dabei eine Rolle gespielt hatte – dieser Detektiv also müsse ein Polizeibeamter gewesen sein, der eben drei Wochen nach der De-Lisle-Affäre diskret irgendeine routinemäßige Überprüfung vorgenommen habe. Horace durchschaute die Zusammenhänge besser als die anderen, aber nicht einmal er wagte Vic danach zu fragen, ob es Melinda gewesen sei, die den Detektiv engagiert hatte. Vic wußte, daß er es vermutete und nahm an, es sei Horace einfach zu peinlich, das Thema anzuschneiden. Der gute Horace lief in diesen Tagen mit einem bekümmerten Gesicht umher.

Vic hatte sich schon lange nicht mehr so wohl in seiner

Haut gefühlt. Melinda hingegen war mürrisch und die meiste Zeit mehr oder weniger betrunken. Bei einer ihrer zahlreichen Spritztouren nach Wesley, wo sie oft Don Wilson besuchte, wurde sie wegen Geschwindigkeitsübertretung angehalten und wegen Trunkenheit am Steuer in Polizeigewahrsam genommen. Vom Revier aus rief sie Vic in der Druckerei an, und er fuhr sofort hinüber. Sie war nicht schwer betrunken, das sah er – im Grunde kaum betrunken, aber der Polizeibeamte hatte vermutlich ihren Atem gerochen, oder sie hatte sich töricht aufgeführt, als er sie anhielt. Auf der Wache verlangte sie, daß man einen Alkoholtest machte, aber dafür war kein Apparat vorhanden.

»Sie sehen ja, sie ist nicht betrunken«, sagte Vic zu dem diensthabenden Beamten. »Sie kann natürlich zu schnell gefahren sein – das ist schon mal vorgekommen. Ich glaube, das mußt du jetzt selber erledigen, Melinda, ich weiß ja nicht, was da los war.«

Vic mußte seinen ganzen Takt aufwenden; er wußte, wenn Melinda der Führerschein für sechs Monate entzogen wurde, dann war zu Hause die Hölle los. Eingesperrt war sie einfach unerträglich. Der Polizeibeamte hielt eine kurze Rede über die Gefahren bei Trunkenheit am Steuer, und Vic hörte aufmerksam zu – er wußte, es würde gut enden. Aber Melinda unterbrach den Beamten und sagte laut: »Ich hab noch nie betrunken am Steuer gesessen und ich bin auch jetzt nicht betrunken!« Das blieb nicht ganz ohne Wirkung auf den Beamten, ebensowenig wie die Tatsache, daß er schließlich Victor Van Allen vor sich hatte, einen geachteten Bürger von Little Wesley und den Begründer der Greenspur Press. Jedenfalls dachte Vic bei sich, der ältliche Beamte sähe intelligent genug aus, um von der Greenspur Press und damit auch von seinem Namen gehört zu haben. Melinda kam mit einer gebührenpflichtigen Verwarnung in Höhe von fünfzehn Dollar davon. Vic bezahlte, und Melinda setzte ihre Fahrt nach Wesley fort.

»Sag mal, was führt denn Don Wilson eigentlich im Schilde?« erkundigte sich Vic an diesem Abend.

»Was meinst du damit?«

»Oder was führt ihr beide zusammen im Schilde? Ihr hockt doch dauernd zusammen?«

»Ich mag ihn, und wir haben eine ganze Menge Gesprächsthemen. Er hat ein paar sehr interessante Theorien.«

»So? Ich wußte gar nicht, daß du dich für Theorien interessierst.«

»Es sind nicht nur Theorien.«

»Aha. Und worum geht es dabei?«

Melinda ignorierte die Frage. Sie kniete gerade vor ihrem Schrank und zerrte Schuhe, vergessene Strümpfe, Schuhspanner und eine kleine, verstaubte Stoffpuppe von Trixie hervor; sie räumte den Schrankboden auf.

»Ich finde, wir sollten uns einen Hund anschaffen«, sagte Vic plötzlich. »Das wäre doch nett für Trixie. Wir haben es schon lange genug aufgeschoben.«

»Das ist das einzige, was mir zu meinem Glück noch gefehlt hat!« entgegnete Melinda.

»Ich werde Trixie fragen, was für einen sie haben möchte.« Melinda wollte keinen Hund, das wußte Vic. Es hatte schon lange Diskussionen darüber gegeben; Vic dafür und Melinda dagegen, und er hatte ihr immer nachgegeben. Aber jetzt war es ihm egal, ob sie noch etwas einzuwenden hatte oder nicht. »Wie geht es übrigens June Wilson?« erkundigte er sich.

»Gut. Warum?«

»Ich finde sie sehr nett. Sie ist so offen. Wie konnte sie ihn bloß heiraten?«

»Sie ist stinklangweilig. Ihm ist wahrscheinlich damals nicht klargewesen, was er da geheiratet hat.«

»Sie hat mich vor zwei Monaten einmal besucht, um sich für das Benehmen ihres Mannes zu entschuldigen. Sie hat das sehr taktvoll gemacht ... Tut mir wirklich leid für sie, daß sie jetzt mit ihm in die Verbannung mußte ... Was macht sie eigentlich, während ihr beide euch unterhaltet?«

Aber Melinda biß nicht an.

Vic betrachtete ihren gebeugten Rücken eine Weile, beobachtete, wie ihre Hände fieberhaft die Schuhe abbürsteten und dann in Reih und Glied aufstellten – ein konstruktiveres Ventil als gewöhnlich für ihre angestauten Energien. Vic konnte sich die Atmosphäre bei Wilsons gut vorstellen. Es war für Melinda der einzige Ort, an dem sie nicht mit einer gewissen Kühle behandelt wurde. Aber die Wilsons mußten sie allmählich auch überbekommen; überdies war sie die indirekte Ursache dafür, daß die Wilsons in Little Wesley in Ungnade gefallen waren. Vermutlich fühlte sich Don Wilson jedoch verpflichtet, Melinda nett zu behandeln. June ließ die beiden wahrscheinlich nach einer kühlen Begrüßung allein, aber da Melinda im allgemeinen nichts für Frauen übrig hatte, machte ihr das wohl nichts aus. Vic vermutete, daß Ralph Gosden ebenfalls manchmal dort war. Und vielleicht besuchte ihn Melinda auch ab und zu in seinem Haus, wenn sie sagte, sie führe zu Wilsons. Das heißt, natürlich war das nur möglich, wenn Ralph den Mut aufbrachte, Melinda in seinem Haus zu empfangen. Vic lächelte, während er auf Melindas langen, kräftigen Rücken und auf ihre geschäftigen Hände hinuntersah; er fragte sich, wie die Atmosphäre wohl in Ralphs Haus sein mochte, wenn die beiden dort allein waren. Er hielt Ralph für zu feige, um sie zu berühren, und stellte sich vor, wie Melinda ihn deswegen verachten mußte; aber sie würde sich trotzdem immer wieder zu ihm hingezogen fühlen, denn schließlich gehörte Ralph ja zu der kleinen Anti-Vic-Liga ... Sie sprachen wahrscheinlich die ganze Zeit von Vic, sagten immer wieder das gleiche und benahmen sich wie zwei alte Tratschweiber.

Vic klopfte an Trixies Tür. »Mademoiselle?«

»Jaa?«

Trixie saß auf dem Bett und malte mit bunten Bleistiften

die vorgezeichneten Felder in einem Malbuch aus. Er lächelte ihr zu. Sie sah so selbständig aus, so unabhängig von ihrer Umgebung, was ihr Wohlbefinden anging. Er war stolz auf sie; sie war *seine* Tochter. »Trixie, was würdest du davon halten, wenn wir uns einen Hund zulegten?«

»Einen Hund? Einen richtigen Hund?«

»Einen ausgestopften habe ich nicht im Sinn.«

»Mensch, Daddy!« Sie rutschte vom Bett herunter und hüpfte wie eine Wilde auf und nieder. »Ein Hund! Ein Hund! Hurraaah!« Begeistert boxte sie Vic in den Bauch.

Er faßte sie unter den Armen und hob sie hoch. »Was für einen Hund möchtest du also?«

»Einen ganz großen.«

»Aber was für eine Rasse?«

»Einen ... einen Collie.«

»Hm. Nicht sehr originell, weißt du.«

»Dann ein ... wart mal .. ein deutscher Schäferhund.«

Er stellte sie wieder auf die Füße. »Das ist ein reiner Gebrauchshund, finde ich. Wie wär's mit einem Boxer? Ich glaube, ich bin neulich auf der Straße nach East Lyme an einem Haus vorbeigefahren, an dem hing ein Schild, sie hätten junge Boxer abzugeben ... Du möchtest doch ein Junges, nicht?«

»O ja.« Trixie hopste noch immer auf und ab; in dieser Stimmung hätte sie zu allem ja gesagt.

»Na schön; dann sehen wir sie uns morgen nachmittag mal an. Ich hol dich um drei von der Schule ab. Okay?«

»Okay«, sagte sie, atemlos von ihrem Gehopse. »Wie sieht ein Boxer eigentlich aus?«

»Du wirst mir doch nicht erzählen wollen, daß du nicht weißt, wie ein Boxer aussieht! Braun, schwarze Schnauze, ungefähr so hoch ... Ich glaube, ein Boxer wird dir gefallen.«

»Klar!«

»So, hoffentlich bist du jetzt müde von deiner Hüpferei,

denn du mußt jetzt ins Bett. Zieh dich aus.« Er wollte zur Tür gehen.

»Laß mir das Badewasser ein, bitte!«

»Hast du denn nicht schon vor dem Essen gebadet?«

»Ich möchte noch mal.«

Zuerst wollte er widersprechen, aber dann gab er nach. Ihre Bademanie in den letzten Tagen kam von dem Spielzeugtaucher her, den er ihr geschenkt hatte und der jetzt griffbereit auf dem Wannenrand lag. Er warf den Taucher hinein und drückte auf die Blase, die ihn über Wasser hielt. Es war ein Männchen an die fünfundzwanzig Zentimeter groß, mit einem Rohr hinten am Rücken. Vic sah der Figur zu, wie sie ein paar Minuten lang auf der Wasseroberfläche herumtorkelte, und als das Wasser einigermaßen tief war, ließ er die Luft aus der Blase heraus, und der kleine Mann versank gehorsam unter Zurücklassung von ein paar Blasen über seinem Kopf in die Tiefe, bis seine mit Gewichten versehenen Füße auf dem Grund der Badewanne standen. Vic lächelte; es war ein nettes Spielzeug. Er drückte auf die Blase und brachte den Taucher wieder hoch, um ihn erneut versinken zu lassen. Wirklich, ein reizendes Spielzeug . . . Vic hatte oft überlegt, daß er, wenn er nicht so vom Drucken fasziniert wäre, am liebsten Spielzeug entworfen hätte. Es war die hübscheste Beschäftigung, die er sich denken konnte.

Trixie kam herein, zog ihren rotweißgestreiften Bademantel aus und stieg vertrauensvoll, ohne die Wassertemperatur auch nur zu probieren, ins Bad.

»Mademoiselle, Ihr Bad ist gerichtet«, sagte Vic und ging zur Tür.

»Daddy, als Charley im Schwimmbecken ertrunken ist, hat er da auch mit den Füßen auf dem Boden gestanden?«

»Das weiß ich nicht, mein Schatz. Ich war doch nicht dabei.«

»Doch, du warst dabei!« Ihre blonden Brauen zogen sich plötzlich zusammen.

»Na schön, aber unter Wasser konnte ich nichts sehen.«

»Hast du ihn mit den Füßen nach vorn runtergestoßen?«

»Also, ich ... Hör mal, ich hab ihn *überhaupt* nicht runtergestoßen«, sagte Vic, halb im Ernst, halb im Scherz.

»Doch, hast du! Janey sagt es, und Eddie und Duncan und ... und Gracie und Petey und .. alle sagen es.«

»Großer Gott! Wirklich? Das ist ja furchtbar!«

Trixie kicherte. »Du nimmst mich ja wieder auf den Arm.«

»Nein, ich meine es ganz ernst«, erklärte Vic nachdrücklich. »Woher wissen denn deine Freunde das alles?«

»Sie haben es gehört.«

»Und von wem?«

»Na von ... von ihren Eltern.«

»Was? Alle?«

»Klar, alle.« Trixie sah ihn an, wie sie es bei den seltenen Gelegenheiten tat, wenn sie log; sie glaubte dann selbst nicht, was sie sagte und war infolgedessen nicht sicher, ob er es glauben würde.

»Das glaube ich nicht«, meinte Vic. »Ein paar von ihnen vielleicht. Und ihr Gören erzählt es dann gleich Gott und der Welt ...« Er wollte hinzufügen, und das solltet ihr nicht tun, aber einmal wußte er, daß Trixie nicht gehorchen würde, und dann wollte er weder vor ihr noch vor sich selbst den Anschein erwecken, als hätte er Angst und gebe ihr deswegen Verhaltungsmaßregeln.

»Und alle wollen wissen, wie du es gemacht hast«, ergänzte Trixie stolz.

Vic beugte sich vor und drehte den Hahn zu. »Ich habe es aber doch nicht getan, Liebling. Wenn ich es getan hätte, würde ich doch ins Gefängnis gesteckt; das weißt du doch. Du weißt doch, daß man bestraft wird, wenn man jemand umbringt.« Er sprach im Flüsterton, sowohl um sie zu beeindrucken, als auch wegen Melinda, die vielleicht von der Diele aus zuhören konnte, nachdem das Wasser nicht mehr einlief.

Trixie starrte ihn mit ernsten Augen einen Moment an,

dann glitt ihr Blick ab – wie Melinda, dachte Vic – und suchte den gesunkenen Taucher. Sie wollte nicht glauben, daß er es nicht getan hatte. In diesem kleinen blonden Kopf existierten keinerlei moralische Begriffe, jedenfalls nicht in bezug auf schwerwiegende Delikte wie Mord. Trixie würde noch nicht einmal ein Stück Kreide in der Schule entwenden, das wußte Vic, aber Mord war etwas ganz anderes. Mord, das gab es im Fernsehen – die Eltern von Janey Peterson hatten ein Gerät – und in den Comic-Heften; Mord war etwas Aufregendes oder sogar Heroisches – Mord, das war, wenn tapfere Cowboys Viehdiebe erschossen, und tapfere Cowboys waren Helden. Trixie wollte unbedingt, daß ihr Vater ein Held war, ein richtiger Held. Ein richtiger Kerl, der vor nichts Angst hat. Nun war Vic bei ihr im Kurs gesunken.

Trixie hob den Kopf. »Ich glaub aber doch, daß du's gemacht hast! Du sagst mir bloß, daß du's nicht warst«, erklärte sie trotzig.

Am nächsten Nachmittag kauften Vic und Trixie für fünfundsiebzig Dollar einen Boxerwelpen, einen Rüden. Man hatte dem kleinen Hund gerade die Ohren kupiert und mit einer Binde und einem Stück Leukoplast zusammengeklebt. Nach dem Stammbaum hieß er Roger-aus-den-Wäldern. Es gefiel Vic, daß Trixie sich gerade Roger unter den anderen kleinen Boxern ausgesucht hatte – in der Hauptsache wohl wegen des kummervollen Ausdrucks in dem kleinen, affenähnlichen Gesicht, und auch wegen des Verbandes. Auf dem ganzen Heimweg saß Roger auf Trixies Schoß; sie hatte ihm den Arm um den Hals gelegt und war glücklicher, als Vic sie seit Weihnachten je erlebt hatte.

Melinda betrachtete den Hund unfreundlich und hätte vielleicht eine bissige Bemerkung gemacht, wenn sie nicht Trixies Freude gesehen hätte. Vic fand in der Küche einen großen Karton, der als Korb dienen konnte; er schnitt ihn auf eine Höhe von fünfundzwanzig Zentimetern herunter und machte eine Tür auf der einen Seite, durch die das Tier hineingehen konnte. Dann legte er ein paar von Trixies Babydecken hinein und stellte den Karton in Trixies Zimmer.

Er hatte Hundekuchen, Getreideflocken und Büchsen mit einer bestimmten Sorte Hundefutter gekauft, die der Besitzer des Zwingers empfohlen hatte. Der kleine Boxer zeigte guten Appetit, und nachdem er an dem Abend gefressen hatte, wedelte er mit dem Schwanz, und sein Ausdruck schien nun ein klein wenig vergnügter. Er spielte auch mit dem Gummiball, den Trixie für ihn auf dem Fußboden umherrollte.

»Das Haus bekommt etwas Leben«, bemerkte Vic zu Melinda, bekam aber keine Antwort darauf.

18

Vic und Melinda gingen im November zu einem weiteren Tanzabend im Club, zur ›Nacht der bunten Blätter‹, die jedes Jahr im Herbst in Little Wesley gefeiert wurde. Vic hatte, als die Einladung ins Haus kam, zuerst keine Lust gehabt, hinzugehen; aber diese Reaktion hatte kaum länger als fünfzehn Sekunden gedauert. ›Man‹ ging dorthin, das gehörte sich so; und Vic versuchte im allgemeinen, sich in diesen Dingen anzupassen. Seine erste, ablehnende Reaktion hatte wohl verschiedene Gründe gehabt. Einmal war das Verhältnis zwischen Melinda und ihm nicht so gut wie bei der Veranstaltung im Juli, und er wollte den gegenwärtigen Zustand nicht mit jener glücklicheren Zeit vor sieben Monaten vergleichen müssen. Zweitens steckte er tief in der Lektüre eines Manuskripts in italienischer Sprache – genauer, es war in einem sizilianischen Dialekt abgefaßt –, dem er seine Abende zu widmen pflegte und von dem er nicht abgelenkt sein wollte. Drittens war da immer das Problem, Melinda zu überreden. Sie wollte nicht mitkommen – er solle nur allein hingehen, meinte sie. Vielleicht wollte sie die unglückliche, bedauernswerte Frau spielen, die zu Hause sitzt und weint. Vor allem aber wollte sie aller Welt zeigen, daß sie die Feindin ihres Mannes und nicht seine Gefährtin war. Endlich kam noch ein kleineres Übel hinzu, über das er sich jedoch wirklich nicht beklagen konnte: Sein Smoking paßte ihm nicht mehr und mußte enger gemacht werden.

Der große runde Ballsaal im Club war mit Herbstblättern in allen Farben dekoriert, die Kronleuchter waren reich mit Tannenzapfen und hier und dort mit winzigen Kürbissen behängt. Nachdem er einmal da war und seinen üblichen einsamen Rundgang begonnen hatte, fing Vic an, Vergnügen an dem Unternehmen zu finden. Wahrscheinlich hatte er zu Hause ganz einfach ein wenig an seiner Selbstsicherheit gezweifelt; er hatte nicht recht gewußt, inwieweit Trixies Bericht den Tatsachen entsprach. Jetzt fand er es ausgesprochen interessant, an Gruppen von Leuten, die er im Juli hier gesehen hatte, vorüberzuschlendern oder bei ihnen stehenzubleiben. Da war Mrs. Podnansky: wärmer und freundschaftlicher denn je; die MacPhersons: ganz gewiß keine Veränderung bei ihnen. Mac hatte bereits um zehn Uhr einen Schwips, würde jedoch erfahrungsgemäß den Abend gut überstehen; was Evelyn anging, so hatte höchstens ein langer, neugieriger Blick, mit dem sie Vic begrüßte, seine Aufmerksamkeit erregt; er wurde aber durch ihre Bemerkung, er sei aber viel schlanker geworden, hinreichend erklärt.

»Hast du etwa diät gelebt?« fragte sie bewundernd. »Erzähl doch mal.«

Und nur so aus Spaß stand Vic eine Weile bei ihnen und berichtete von einer Diät, die er während des Sprechens erfand: gehackte Beefsteaks und Grapefruit, sagte er, sonst nichts. Die Steaks könne man mal mit Zwiebeln machen, mal ohne – sonst sei keine Abwechslung erlaubt. »Der Trick besteht darin, daß man das Zeug am Schluß nicht mehr sehen kann und es stehenläßt«, schloß Vic lächelnd.

Mrs. MacPherson war in der Tat sehr interessiert. Vic

wußte jedoch, daß sie nie auch nur einen Zentimeter ihrer molligen Taille verlieren würde. Sollte sie übrigens diese Diät Melinda gegenüber erwähnen und diese nichts davon wissen, dann war das ja sozusagen normal. Wie jedermann wußte, kümmerte sich Melinda nicht darum, was ihr Mann tat.

Alle waren so herzlich wie immer, und Vic spürte, daß auch er selbst nicht zugeknöpfter war als sonst bei solchen Anlässen. Er tanzte zweimal mit Mary und einmal mit Evelyn Cowan. Melinda forderte er nicht auf; er wollte nicht mit ihr tanzen. Er beobachtete jedoch, ob sie sich auch einigermaßen gut unterhielt; er wollte nicht, daß sie sich völlig ausgestoßen fühlte. Mellers unterhielten sich anstandshalber eine Weile mit ihr, und dann tanzte sie mit einem Mann, den Vic noch nie gesehen hatte. Sie würde schon zurechtkommen, wenn auch die meisten ihrer gemeinsamen Freunde – einschließlich der MacPhersons, wie er feststellte – sie heute abend nicht gerade mit überschwenglicher Herzlichkeit behandelten. Vic stellte sich mit Horace an die langgeschwungene Bar an der Seite des Raumes und erzählte ihm von dem italienischen Manuskript. Es war das Tagebuch einer alten Frau, die kaum lesen und schreiben konnte und im Alter von sechsundzwanzig Jahren mit ihrem Mann aus Sizilien nach Amerika gekommen war. Vic hatte vor, das Manuskript zu bearbeiten und etwas gekürzt herauszubringen. Es gab ein ungemein plastisches Bild vom Amerika der zwanziger Jahre, handelte überwiegend von der Erziehung dreier Söhne und zweier Töchter und enthielt außerordentlich komische Kommentare über Größen der Politik und des Sports in jener Zeit. Einer der Söhne ging zur Polizei, ein anderer kehrte nach Italien zurück, der dritte lebte von illegalen Glücksspielen; eine der Töchter besuchte ein College und heiratete dann, und die andere heiratete gleichfalls und ging mit ihrem Mann, einem Ingenieur, nach Südamerika. Vor allem die Vorstellungen, die sich die alte Frau von den

Verhältnissen in Südamerika machte – sie war nie mehr aus ihrem ärmlichen Heim in Manhattan herausgekommen –, waren abwechselnd urkomisch und haarsträubend. Horace amüsierte sich köstlich bei Vics Bericht.

»Ist das nicht eine ganz neue Linie für dich?« fragte Horace.

In diesem Augenblick sah sich Vic um und entdeckte Melinda, die mit Ralph Gosden und dem Unbekannten von vorhin zusammenstand. »Ja«, antwortete er. »Es war auch Zeit. Die Tochter in Südamerika hat mir das Manuskript geschickt. Das Ganze ist ein glücklicher Zufall. Sie schreibt, sie hätte von der Greenspur Press in irgendeiner südamerikanischen Veröffentlichung gelesen und daraus ersehen, daß ich auch fremdsprachige Sachen herausbrächte, und ob ich mir das beigefügte Tagebuch ihrer Mutter nicht einmal anschauen wolle. Es war ein reizender Brief. Sehr bescheiden und gleichzeitig irgendwie voller Erwartung. Ich spiele mit dem Gedanken, eine zweisprachige Ausgabe zu drucken, wie den Xenophon. Diesen Dialekt versteht sowieso kein Mensch.«

»Wieso verstehst du ihn eigentlich? Kannst du so gut Italienisch?«

»Nein, das nicht. Aber mit einem Wörterbuch geht's ganz gut – ich habe zufällig ein Wörterbuch für italienische Dialekte zu Hause. Hab ich vor Jahren mal irgendwo antiquarisch gekauft; warum, weiß ich auch nicht, aber jetzt kommt es natürlich wie gerufen. Ich kann fast alles herausbekommen, und die Handschrift der Alten ist Gott sei Dank sehr leserlich.«

Horace schüttelte den Kopf. »Was bringst du eigentlich *nicht* fertig?«

Als Vic zu Melinda hinübersah, fing er den Blick des untersetzten Mannes auf, mit dem sie getanzt hatte. Selbst auf diese Entfernung erkannte Vic, daß der Blick des Mannes naiv-neugierig war. Ralph stand dabei und sprach mit Melinda, die Arme gekreuzt und den geschmeidigen Körper leicht hintenübergeneigt; die personifizierte Substanzlosigkeit. Er sah nicht zu Vic hinüber. Sicher wissen die meisten Leute hier im Saal, daß Ralph einmal Melindas Liebhaber gewesen ist, dachte Vic. Jetzt lachte Ralph. Er betrug sich ganz tapfer heute abend. Dann sah Vic, wie der untersetzte Mann die Arme einladend ausbreitete und gleich darauf elegant mit Melinda davontanzte. Ralph Gosden sah hinter ihnen her, oder vielleicht nur hinter Melinda, das gewohnte eitle Lächeln auf den Lippen. Vic merkte, daß Horace seinem Blick gefolgt war und wandte sich wieder seinem Drink zu.

»Ist das nicht dieser Gosden?« fragte Horace.

»Ja; der gute, alte Ralph.«

Horace wechselte das Thema und berichtete von der Analyse eines Gehirns, die in seinem Laboratorium gemacht worden war; das Organ stammte von einem Epileptiker, an dem man eine Lobotomie ausgeführt hatte; es ging um gewisse Veränderungen des Narbengewebes, die daher rührten, daß sich der Patient während der Operation bewegt hatte – der Eingriff war unter örtlicher Betäubung vorgenommen worden. Horace interessierte sich sehr für Hirnverletzungen, Hirnchirurgie und dergleichen; Vic ebenfalls. Sie waren noch mitten in einer angeregten Diskussion, als Melinda mit dem Mann, mit dem sie getanzt hatte, zu ihnen trat.

»Vic«, sagte sie, »ich möchte dir Mr. Anthony Cameron vorstellen. Mr. Cameron – mein Mann.«

Mr. Cameron stieß eine große Hand vor: »Guten Abend.«

»Guten Abend.« Vic schüttelte seine Hand.

»Mr. Meller?«

Horace und Mr. Cameron wechselten pflichtgemäß ein »Guten Abend«.

»Mr. Cameron ist Grundstücksmakler. Er sucht hier nach einem Baugrundstück. Vielleicht kannst du ihm etwas raten«, sagte Melinda in einem leicht singenden Tonfall, den Vic kannte und aus dem er schloß, daß dies nicht der Hauptgrund dafür war, daß sie ihnen Mr. Cameron vorgestellt hatte.

Mr. Cameron hatte durchdringende blaßblaue Augen, die im Verhältnis zu seiner Statur zu klein zu sein schienen. Er war nicht sehr groß, und sein Kopf wirkte klobig und irgendwie viereckig, als sei er aus einem anderen Material als gewöhnlichem Fleisch und Blut gemacht. Wenn Mr. Cameron einmal schwieg, um jemand anderem zuzuhören, dann war sein Mund leicht geöffnet. Horace erwähnte ein Gelände zwischen dem nördlichen Little Wesley und der Innenstadt; ein Hügel befinde sich darauf, von dem man bis zum Bärensee hinüberschauen könne, erklärte Horace.

»Hab ich mir schon angesehen. Nicht hoch genug«, sagte Mr. Cameron und lächelte Melinda zu, als habe er ein Bonmot von sich gegeben.

»Wirklich hochgelegene Gelände gibt es kaum hier in der Umgebung«, meinte Vic; »da müssen Sie schon direkt in die Berge gehen.«

»Nun, das werden wir dann vielleicht auch tun.« Mr. Cameron rieb sich die schweren Hände. Sein gewelltes, dunkelbraunes Haar machte einen fettigen Eindruck und sah aus, als müßte es unangenehm süß riechen.

Dann kamen sie auf die Möglichkeiten des Angelns in der Gegend. Mr. Cameron behauptete, ein großer Angler zu sein und rühmte sich, stets mit vollem Netz nach Hause zu kommen. Vic entdeckte jedoch, daß er von einer bestimmten, häufig verwendeten Fliege keine Ahnung hatte. Immerhin demonstrierte er seine Technik mit ein paar weit ausholenden Armbewegungen, und Horace begann offensichtlich, eine gewisse Abneigung für Mr. Cameron zu empfinden.

»Darf ich Ihnen etwas zu trinken anbieten«, fragte Vic.

»O nein, vielen Dank, ich rühre das Zeug nie an!« erklärte Mr. Cameron mit breitem Lachen und der Tonstärke des Freiluftmenschen. Er hatte kleine, regelmäßige Zähne. »Nette Party heute, nicht?« Er blickte Melinda an. »Noch einen Tanz?«

»Gern.« Melinda hob die Arme.

»Auf bald, Mr. Van Allen ... Mr. Meller«, rief Cameron über die Schulter, während er davontanzte. »War mir ein Vergnügen.«

»Auf bald«, antwortete Vic. Dann tauschte er mit Horace einen fragenden Blick, aber sie waren beide zu wohlerzogen, um einen Kommentar abzugeben. Sie sprachen von etwas anderem.

Ralph Gosden tanzte den ganzen Abend nicht mit Melinda, Mr. Cameron hingegen immer wieder. Melinda war gegen zwei Uhr früh ziemlich beschwipst und fing an, mehr oder weniger für sich allein zu tanzen, wobei sie das sehr lange, hellgrüne Tuch umherschwang, das sie früher am Abend als Stola um die Schultern getragen hatte. Ihr Kleid war aus rosa Satin (eigentlich war es schon ein altes Kleid, und Vic glaubte, daß sie es in einer Art Märtyrerstimmung für diesen Abend ausgewählt hatte), und zusammen mit dem grünen Schal deutete es die Farben einer zarten jungfräulichen Apfelblüte an, wenn auch Melindas Gesicht über dem Kleid weder zart noch jungfräulich wirkte. Ihr Haar hatte einen wilden Charme, fand Vic, es war durchzogen von hellblonden, von der Sommersonne gebleichten Strähnen und wehte um ihren Kopf, während sie tanzte. Einem Typ wie Cameron würde es gefallen, wie auch ihr kräftiger, geschmeidiger Körper und ihr Gesicht, das viel von seinem Make-up verloren hatte und jetzt nur noch beschwipst, gesund und glücklich aussah. Mr. Cameron würde jedenfalls diesen Eindruck haben ... Vic ahnte, daß es Trotz war, was Melinda trieb, so wild zu tanzen, den Schal flattern zu lassen, daß er sich zweimal um ein anderes Paar legte. Trotz gegen alle hier im Saal. Erst hatte sie sich als Märtyrerin produziert, und dann, innerhalb kürzester Frist, eine Kehrtwendung gemacht und spielte nun ungestüme Ausgelassenheit, entschlossen, jedem zu beweisen, daß sich keiner besser amüsierte als sie. Vic seufzte und sann über Melindas Gemütsschwankungen nach.

Am nächsten Nachmittag, als Vic gerade in der Garage

seine Schneckenbehälter säuberte, tauchte Mr. Cameron auf. Er war in Hemdsärmeln.

»Jemand zu Hause?« rief er fröhlich.

Vic war etwas zusammengefahren, da er keinen Wagen hatte ankommen hören. »Ja, ich«, sagte er. »Meine Frau schläft noch, glaube ich.«

»Ach so«, sagte Mr. Cameron. »Na, macht nichts. Ich kam gerade vorbei, und Ihre Frau hat gesagt, daß ich jederzeit, wenn ich mal in der Nachbarschaft bin, hereinschauen sollte. Und nun bin ich da.«

Vic wußte einen Augenblick lang nicht recht, was er sagen sollte.

»Was ist denn da drin?« erkundigte sich Cameron.

»Schnecken«, antwortete Vic und fragte sich, ob Melinda wohl schon wach sei und ihm den Mann abnehmen könnte. »Eine Minute, ich will nachsehen, ob meine Frau schon auf ist.« Vic ging durch die Garage ins Haus.

Melindas Tür war noch zu.

»Melinda?« rief er. Dann klopfte er laut. Als noch immer keine Antwort kam, öffnete er die Tür. »Melinda?«

Sie lag auf der Seite und wandte ihm den Rücken zu. Sie streckte sich und drehte sich mit einer geschmeidigen, animalischen Bewegung langsam herum.

»Du hast Herrenbesuch«, sagte er.

Sie hob den Kopf ruckartig aus dem Kissen. »Wen denn?«

»Dieser Cameron. Komm doch bitte raus und kümmere dich um ihn. Oder hol ihn rein. Er ist draußen bei mir.«

Melinda runzelte die Stirn und angelte nach ihren Sandalen. »Du kannst ihn doch selbst hereinbitten?«

»Ich *will* es aber nicht«, antwortete Vic. Melinda warf ihm einen überraschten, aber gleichgültigen Blick zu. Er ging zurück zu Mr. Cameron, der sich pfeifend mitten auf der Auffahrt die Füße vertrat, und sagte: »Meine Frau wird sofort kommen. Wollen Sie im Wohnzimmer warten?«

»Ach nein, ich schnappe noch ein bißchen Luft. – Wohnen

Sie hier?« fragte er mit einem Kopfnicken in Richtung des Flügels auf der anderen Garagenseite.

»Ja.« Vic zog seine Mundwinkel in ein Lächeln. Er ging wieder an seine Arbeit. Das war die ausgesprochen reizlose Sache der Schneckenzucht, den Schmutz von den Glaswänden des Behälters mit einer Rasierklinge abzulösen, und es verstimmte ihn, als Mr. Cameron, noch immer pfeifend, zu ihm herüberschlenderte. Zu Vics Überraschung pfiff er ein Thema aus einem Klavierkonzert von Mozart.

»Wo haben Sie denn die alle her?« fragte er.

»Ach, die meisten sind hier geboren. Gezüchtet.«

»Wo bekommen sie ihre Jungen? Im Wasser?«

»O nein, sie legen Eier. Auf den Erdboden.« Vic wusch das Innere des Aquariums mit Lappen und Wasser und Seife aus. Behutsam löste er eine junge Schnecke ab und setzte sie außerhalb der Gefahrenzone auf den Boden.

»Sehen aus, als würden sie gut schmecken«, bemerkte Mr. Cameron.

»Das tun sie auch. Sie schmecken vorzüglich.«

»Erinnert mich an New Orleans. Waren Sie mal in New Orleans?«

»Ja«, knurrte Vic kurz angebunden. Er begann mit einem neuen Behälter und löste zunächst mit den Händen oder mit einer Rasierklinge die Schnecken jeder Größe von den Glaswänden ab, an denen sie schliefen. Mit einem Blick zu Cameron sagte er: »Bitte lassen Sie doch den Deckel drauf – sie kriechen so leicht heraus.«

Mr. Cameron richtete sich auf und schob den Deckel so achtlos zurück, daß Vic sich innerlich wand, denn es waren bestimmt ein paar kleine Schnecken dabei zerdrückt worden. Wahrscheinlich hatte Mr. Cameron sie gar nicht gesehen; sie waren winzig und er hatte die Augen nicht zusammengezogen. Er kam mit seinem nachlässigen Lächeln zu Vic herübergeschlendert, als Melinda die Tür öffnete, die zur Diele führte, und er sich ihr zuwandte.

»Hallo, Tony! Guten Tag! Wie nett von Ihnen, hereinzusehen.«

»Ich hoffe, es stört Sie nicht«, sagte er und ging langsam zu ihr. »Ich bin mit dem Fahrrad vorbeigekommen, und da hab ich gedacht, ich schau mal rein auf einen Sprung.«

»Kommen Sie und trinken Sie etwas!« sagte Melinda vergnügt und öffnete die Tür einladend.

»Ich trinke gern ein Bier, wenn Sie eins dahaben.«

Mr. Cameron blieb zu dem verspäteten, aber ausgedehnten Frühstück, das glücklich gegen vier auf den Tisch kam, und er blieb zum Abendessen um neun – beide Mahlzeiten durfte Vic praktisch allein zubereiten –, und er trank insgesamt neun Büchsen Bier. Als Vic um sechs Uhr aus seinem eigenen Zimmer ins Wohnzimmer kam, um sich ein paar Sonntagszeitungen zu holen, saßen Cameron und Melinda auf dem Sofa, wobei Cameron mit großer Lautstärke die Geschichte zum besten gab, wie er sich seinen Namen zugelegt hatte.

»Aber wie ist denn Ihr richtiger Name?« fragte Melinda.

»Ach, der ist polnisch, den könnten Sie nie aussprechen!« versicherte Cameron mit brüllendem Gelächter.

Er war wie ein Grammophon, das zu laut eingestellt ist. Vic hatte eine Weile bei ihnen im Wohnzimmer gesessen. Er hatte sich umgezogen in der Hoffnung, daß Cameron vielleicht annehmen würde, sie hätten für den Abend eine Verabredung, aber der sah darin offenbar nur ein Zeichen besonderer Ehrerbietung. Das Merkwürdige war, daß Melinda sich sehr gut zu unterhalten schien, wenn sie auch, um ihren Kater zu bekämpfen, schon wieder zuviel getrunken hatte. Nachdem Mr. Cameron mit heftigen Gesten Dynamitsprengungen beschrieben hatte, verbreitete er sich über die unsinnigen Wünsche seiner Kunden, die immer alles auf einmal wollten: Aussicht plus windgeschützter Lage, dazu Platz für Schwimmbecken, Tennisplatz und große Rasenfläche, und das alles auf einem möglichst billigen und infolgedessen kleinen Grundstück. »Die verlangen ungefähr alles außer dem eigenen Friedhof von mir!« schloß Mr. Cameron mit schallendem Gelächter. Es war der typische Abschluß seiner Geschichten. Mr. Cameron übertraf sich selbst. Er war ein kleiner Junge, der versucht, einem Mädchen dadurch zu imponieren, daß er eine mit Petroleum übergossene Katze anzündet.

Vic stützte das Kinn in die Hand und wartete.

Petersons lieferten Trixie und den kleinen Boxer ab, die den ganzen Nachmittag bei ihnen verbracht hatten; sie lehnten es jedoch ab, hereinzukommen, als sie sahen, daß Besuch da war.

»*Bitte*, kommen Sie doch einen Moment herein«, bat Vic, aber umsonst. Petersons waren schüchterne Leute. Das war dann der Augenblick, in dem Vic die Haustür wütend zuknallte und sich mit letzter Hoffnung, daß Cameron daraufhin gehen würde, erkundigte: »Wäre es nicht allmählich Zeit zum Essen?«

Mr. Cameron sagte zwar nicht ›Gute Idee‹, aber es lief ungefähr darauf hinaus.

Während der Stunde vor dem Essen, die man als Cocktailstunde hätte bezeichnen können, erhob sich Cameron urplötzlich und verkündete, daß er eine Überraschung für sie hätte. »Ich bin gleich wieder zurück, ich will nur was von meinem Fahrrad holen.«

»Was will er denn holen?« erkundigte sich Vic, der gerade aus der Küche hereinkam.

»Keine Ahnung.«

»Ich wünschte, du würdest nicht ganz so herzlich über seine blöden Geschichten lachen. Aber diese Bitte kommt vermutlich reichlich spät jetzt.«

»Vielleicht gefallen mir seine Geschichten«, erwiderte Melinda in geradezu unheimlich ruhigem Ton. »Ich finde ihn sehr interessant; und außerdem ist er ein *richtiger Kerl*!«

Vic konnte darauf nichts entgegnen, weil Cameron zurückkam; er trug eine Klarinette in der Hand.

»Hier ist sie«, sagte er und warf die dunkle Plastikhülle,

in der sie offenbar eingewickelt gewesen war, auf den Fußboden. »Ich nehme sie immer mit, wenn ich so herumradle. Ich halte dann gern im Wald an und spiele ein bißchen. Sagten Sie nicht, daß Sie das Klarinettenkonzert in A-Dur von Mozart haben?«

»Ja, das haben wir. Suchst du's mal raus, Vic?«

Vic ging an den Plattenschrank und fand die Platte gleich. Sie hatten sie schon seit Jahren. Es war eine Achtundsiebziger.

»Versuchen wir's mit dem zweiten Satz«, schlug Mr. Cameron vor, hob das Instrument an die Lippen und fing an, darauf herumzududeln. Seine Finger wirkten auf den Klappen wie Bündel gespreizter Bananen.

Vic suchte nach dem zweiten Satz, fand ihn und legte ihn auf. Mr. Cameron fing sofort an zu spielen, spielte das Thema zusammen mit dem Orchester exakt, aber ohne Einfühlungsvermögen. Während einer Pause lächelte er triumphierend und blickte Melinda an.

»Ich bin an sich noch nicht dran, aber ich habe die Melodie so gern«, sagte er. »Aber jetzt!«

Benny Goodman setzte ein, und Mr. Cameron ebenfalls. Mr. Cameron war entschieden lauter. Er schloß seine kleinen Äuglein und wiegte sich wie ein Pan in Elefantengröße hin und her. Er machte nicht einen einzigen Fehler; er spielte technisch einwandfrei, aber seelenlos.

»Sie spielen ja *phantastisch*!« rief Melinda.

Mr. Cameron setzte einen Augenblick ab, um ihr zuzugrinsen. »Ich habe nur drei Unterrichtsstunden in meinem ganzen Leben gehabt«, sagte er hastig und stopfte seinen Mund wieder mit dem Instrument.

Danach kam der langsame Satz aus dem Dritten Brandenburgischen Konzert, dann wieder Mozart. Nach dem Brandenburgischen Konzert überließ Vic es Melinda, die Platten für Cameron herauszusuchen, denn er mußte sich ja um das Essen kümmern. Bei Tisch sprach Mr. Cameron von den

Freuden des Radfahrens, und wie er Arbeit und Vergnügen kombinierte, indem er zu fast allen geschäftlichen Besprechungen per Rad fuhr. Er war Vic gegenüber freundschaftlich und offen, sah immer wieder zu ihm hinüber, um ihn in das Gespräch (oder besser, in seinen Monolog) einzuschließen; es lag eine gewisse Herablassung darin, als betrachte er Vic als einen zufälligen Mitbewohner des Hauses, einen alten Onkel etwa, oder einen unverheirateten Bruder Melindas. Er gab seine Vorstellung für Melinda allein.

Trixie saß bei Tisch und starrte ihn nachdenklich an. Vic konnte es gut begreifen. Sie hatte ihn angestarrt, während er Klarinette spielte, ohne etwas dazu zu sagen, soweit dies bei einem Dauerredner wie Cameron überhaupt möglich war. Proben seiner Stimmbandkapazität, Gelächter oder Klarinettentöne brachen pausenlos aus ihm hervor.

»Mir reicht's jetzt«, murmelte Vic zu Melinda nach dem Essen, als sie das Geschirr in die Küche trugen. »Kannst du den Rest allein abräumen? Ich geh in mein Zimmer, ich brauche Ruhe.«

»Bitte«, sagte Melinda leicht angesäuselt.

Vic ging ins Wohnzimmer, um sich von Cameron zu verabschieden, der ruhelos mit den Händen in den Taschen umherwanderte und laut und fröhlich auf das Boxerjunge einsprach, da er im Augenblick sonst niemand fand, mit dem er hätte reden können.

»Gute Nacht, Mr. Cameron«, verabschiedete sich Vic lächelnd. »Entschuldigen Sie mich bitte, aber ich muß noch arbeiten.«

»Oh, bitte, bitte«, antwortete Cameron mitfühlend. »Das verstehe ich. Es war übrigens ein ausgezeichnetes Essen; es hat mir geschmeckt.«

»Das freut mich.«

Vic versenkte sich wieder in das Tagebuch der sizilianischen Großmutter und schlug von Zeit zu Zeit in seinem Wörterbuch für italienische Dialekte nach. Während er las, gelang es ihm, das Duo für Klavier und Klarinette, das vom Wohnzimmer herüberklang, aus seinem Wahrnehmungsbereich zu verdrängen. Aber als er aufhörte zu lesen, belästigte es ihn wieder. Melinda pfuschte immer wieder und schlug dann nachträglich auf die richtige Taste, um die Fehler zu korrigieren. Und Mr. Camerons Heiterkeitsausbrüche drangen klar und deutlich durch das halboffene Fenster in Vics Zimmer.

19

Melinda entwickelte plötzlich ein Interesse für Grundstücksprobleme. Sie begann ihre Tage mit Cameron zu verbringen, ihn überall hinzufahren und ihn zu ihren Freunden zu schleppen, um Tips zu erbitten. Abends bei Tisch war sie jetzt sehr gesprächig; sie erzählte von Geländeformen, Entwässerungsproblemen und Bodenpreisen. Tony habe für seinen Auftraggeber östlich von Little Wesley ein Grundstück gefunden; der Kunde wollte es am Samstag besichtigen, und bis dahin mußte Tony alle möglichen Vorarbeiten erledigt haben.

»Findest du Grundwasserprobleme nicht wahnsinnig interessant?« ereiferte sich Melinda. »Tony hat mir erklärt, wie man ein falsches Niveau von einem richtigen unterscheidet. Ich meine, in Beziehung auf Bodenerhebungen. Die meisten Leute haben davon ja keine Ahnung. Die denken, wo eine Bodenwelle ist, da ist auch Grundwasser.«

Vic runzelte ein wenig die Stirn. »Du meinst wahrscheinlich einfach Wasser. Oder geht's um Wasserversorgung? Grundwasser ist überall.«

Melinda sah ihn böse über den Tisch hinweg an. »Was heißt das, Grundwasser ist überall? Grundwasser ist da, wo Wasser ist.«

»Ja, aber Wasser ist überall«, erklärte Vic. »Der Grundwasserspiegel ist einfach die äußerste Grenze des Bodens, der mit Wasser gesättigt ist. Jeder Boden hat Grundwasser. Sogar in der Sahara, nur liegt da der Spiegel eben ziemlich tief. Ich weiß nicht, was Tony dir erzählt hat, aber so ist es.«

Melinda schwieg eine Weile, ziemlich lange sogar. Als sie dann wieder ansetzte, ging es um Baumaterial, um einen bestimmten weißen Stein, nach dem Tony jetzt suchte.

»Sag ihm doch, er soll es in Vermont versuchen«, meinte Vic.

»*Das* ist ein guter Gedanke! Da oben gibt es doch ... Erinnerst du dich ...«

»Es ist nicht gerade Marmor von Paros, aber er wird es wohl tun«, sagte Vic kurz und schmierte Butter auf ein Radieschen.

Dann kam die Dränage an die Reihe. Tony hatte einen wunderbaren Einfall, wie man beim Dränieren gleich einen künstlichen Bach mitten auf dem Grundstück anlegen könnte. Vic verstand zwar nicht ganz, woher das Wasser dafür kommen sollte, aber er war nicht sehr beeindruckt von Tonys Einfall, den Melinda vermutlich deshalb originell fand, weil Tony ihr offenbar gesagt hatte, er sei originell.

»Das haben die Römer schon vor zweitausend Jahren gemacht«, stellte Vic fest. »In Avignon zum Beispiel.«

»Wo ist Avignon, Daddy?« erkundigte sich Trixie.

Vic wurde plötzlich klar, daß Trixie wegen Mr. Cameron um ihren sonntäglichen Nachhilfeunterricht gekommen war. »Avignon ist in Südfrankreich. Es war früher einmal – na, so vor fünfhundert Jahren – die Residenz der Päpste. Eines Tages wirst du mal hinfahren. Und da singen sie: *Sur le pont d'Avignon, l'on y danse, l'on y danse – sur le pont d'Avignon l'on y danse tout en rond ...*« Er ließ Trixie mitsingen. Sie sangen, während sie den Nachtisch auf den Tisch brachten, und sangen immer weiter, obwohl Melinda die Stirn runzelte, als bereite ihr das Singen Kopfschmerzen. Trixie wurde derartiger Dinge nie müde, und so sangen sie noch während des Abwaschens, und Vic brachte ihr noch den zweiten Vers bei, und den sangen sie dann auch eine ganze Weile – bis Melinda explodierte:

»Mein Gott, Vic, nun *hört* doch endlich auf!«

Als Vic das nächste Mal Horace traf – es war an einem Samstagmorgen in der Eisenhandlung in Little Wesley –, brachte Horace das Gespräch auf Cameron. Während sie zusammen aus dem Laden zu ihren Wagen auf dem Parkplatz beim Einkaufszentrum gingen, sagte Horace:

»Ach übrigens – ich habe gehört, dieser Ferris kauft nun das Grundstück in der Nähe von Cowans ...« Ferris war der Name des wohlhabenden New Yorkers, der Camerons Klient war.

»Woher weißt du das?«

»Phil hat es mir erzählt. Er sagte, Melinda ist eines Tages mit dem Makler bei ihnen erschienen ... Sie assistiert ihm wohl ein bißchen?«

»Ja, da hat sie wenigstens was zu tun«, erwiderte Vic rasch. Er sagte es wie beiläufig.

Horace nickte, und wenn er noch eine Bemerkung über Melinda und Cameron hatte machen wollen, so tat er es jetzt nicht. Erst als sie schon ihre Wagen erreicht hatten, sagte er: »Übrigens, Mary und ich, wir wollen ein Picknick im Garten machen – Rostbraten, im Freien auf Holzkohle gegrillt. Die MacPhersons wollten eigentlich auch kommen, aber jetzt haben sie abgesagt. Habt ihr keine Lust, Melinda und du? So gegen fünf, dachte ich?«

Normalerweise hätte Vic es sehr genossen, auf Mellers Rasen zu sitzen, die Sonne untergehen zu sehen und dabei den Duft von Holzkohle und gebratenem Rindfleisch zu schnuppern. Jetzt kam ihm als erstes in den Sinn, daß Melinda vielleicht keine Zeit haben könnte. Zum erstenmal drang die Tatsache in sein Bewußtsein, die er bisher nicht zur Kenntnis hatte nehmen wollen – die Tatsache, daß sie fast jeden Nachmittag mit Tony Cameron unterwegs war.

»Danke, Horace, aber ... Kann ich euch noch Bescheid sagen? Ich glaube, wir sind morgen nachmittag frei.«

»Gut.« Horace lächelte. »Hoffentlich. Es wird sowieso bald Winter. Dann gibt es keine Grillparties im Freien mehr.«

Vic fuhr nach Hause, den Wagen hinten vollgepackt mit Lebensmitteln für das Wochenende – Melinda kümmerte sich in letzter Zeit nicht mehr soviel um das Einkaufen; außerdem hatte er ein Ersatzteil für seinen Bohrer besorgt. Er hatte neulich, als er wütend gewesen war, etwas daran zerbrochen; alle möglichen dummen Gedanken hatten ihn gequält – Gedanken über Tony und Melinda. Was würden ihre Freunde dazu sagen? Wann würde das Gerede wieder losgehen? Hatte Melinda bereits ein Verhältnis mit Cameron? Sie hatten dafür jedenfalls ausreichend Zeit und Gelegenheit, und Camerons ihm gegenüber unverändertes Benehmen würde ganz zu seinem Charakter passen. Cameron, der Dickhäuter. Manchmal konnte Vic über die Situation lächeln. Cameron war ja so naiv. Es war etwas fast rührend Kindliches und Unschuldiges an diesem viereckigen Gesicht und etwas sehr Junges und Offenes in der Art, in der er stundenlang mit der Frau eines anderen Mannes herumfuhr, als ob das vollkommen selbstverständlich wäre. Vic war natürlich klar, daß Melinda ihm da keine Schwierigkeiten machte. Nicht, daß sie ihn unbedingt zum Geliebten wollte – das hielt Vic für ausgeschlossen; aber sie würde sich alle Möglichkeiten offenhalten wollen.

Melinda war nicht da, als er nach Hause kam. Trixie war im Kino. Roger begrüßte ihn an der Tür mit eifrigem Wedeln des Schwanzstummels. Vic ließ ihn auf den Rasen hinaus und sah ihm geistesabwesend zu, wie er sich hinsetzte und ein Geschäft erledigte. Nun ja, überlegte Vic, Mr. Cameron würde nur noch zwei Wochen hier sein. Seine Arbeit an dem Grundstück für Ferris mußte, so hatte Cameron selbst gesagt, Ende November beendet sein.

Melinda kam um halb sieben. Mit Cameron. Cameron hatte einen tiefrosa Sonnenbrand erwischt. Wenn er lächelte, schien sein Gesicht vor Freude und Selbstzufriedenheit zu erglühen.

»Ich hab mir diesmal mein Bier selber mitgebracht«, erklärte er und schwang einen Karton voller Bierbüchsen hoch.

»Na, wunderbar!« sagte Vic in einem Ton, den er einem Kind gegenüber angeschlagen hätte. Und dann zu Melinda: »Kann ich dich mal kurz sprechen?«

Sie ging mit ihm in die Küche.

»Wir sind morgen um fünf bei Mellers für eine Grill-Party im Freien eingeladen. Hättest du Lust?«

Ihr Gesicht, das von ihrer Ausfahrt mit Cameron gerötet und erregt war, erhellte sich noch mehr. »Natürlich! Furchtbar gern!«

»Schön, dann gebe ich Horace Bescheid«, sagte Vic erleichtert. Er lächelte auch.

»Ich kann doch sicher Tony mitbringen, nicht wahr?«

Vic drehte sich wieder um zu ihr. Er war schon auf dem Weg zum Telefon gewesen. »Nein, das glaube ich nicht.«

»Warum denn nicht?«

»Weil ich nicht glaube, daß er nach Mellers Geschmack ist.«

»Ach, Unsinn!« Melinda warf den Kopf zurück. »Seit wann bestimmst denn du, wer nach Mellers Geschmack ist?«

»Ich weiß es zufällig.«

»Ich frag sie selbst.« Melinda wollte zum Telefon.

Vic griff sie am Arm und riß sie zurück. Er schloß die hin- und herschwingende Küchentür. »O nein, meine Liebe, das wirst du nicht tun. Mellers haben nichts für ihn übrig, und damit ist der Fall erledigt. Sie haben uns allein eingeladen.«

»Dann nehme ich ihn eben mit, ob es ihnen paßt oder nicht.«

»Ich glaube kaum, daß du das tun wirst, Melinda«, sagte er sehr ruhig, obgleich er merkte, daß seine Stimme vor Ärger bebte.

»So? Na, dann versuch doch mal, mich daran zu hindern!«

Vic preßte die Lippen zusammen, plötzlich beschämt über seinen Zorn und betroffen von Melindas Ausbruch. »Also gut, lassen wir's.«

Melinda sah ihn einen Augenblick an, nahm dann anscheinend seine Worte als Bestätigung ihres Sieges. Es zuckte um ihre Mundwinkel, als sie an Vic vorbei aus der Küche marschierte.

Vic ging am nächsten Tag nicht zu der Grill-Party. Er hatte es Melinda überlassen, die Einladung anzunehmen und wußte nicht, was sie nun Mellers gesagt hatte, aber in letzter Minute erklärte er, er werde zu Hause bleiben. Cameron erschien nicht auf seinem Rad, sondern in einem milchkaffeebraunen Plymouth-Kombi, in dem er vermutlich auf Reisen sein Fahrrad transportierte. Beide, Cameron und Melinda, machten lange Gesichter, als er erklärte, er komme nicht mit.

»Was ist denn los?« fragte Cameron. Er hatte einen frisch gebügelten Sommeranzug und weiße Schuhe an, offenbar in der Absicht, einen guten Eindruck auf Mellers zu machen.

»Nichts ist los. Ich habe nur ein paar Dinge liegen, die ich erledigen will. Fahrt ihr beide ruhig los.«

»Und was werden Mellers denken?« fragte Melinda etwas hilflos.

»Das weiß ich nicht, das werdet ihr ja sehen«, meinte Vic mit entwaffnendem Lächeln.

Mr. Camerons Ausdruck blieb unbewegt. »Wollen Sie sich's nicht doch noch anders überlegen?«

Vic ließ sie einfach stehen. »Viel Vergnügen«, rief er über die Schulter, »und einen schönen Gruß.« Er sah noch, daß Melindas Hände nervös mit den Autoschlüsseln spielten. Einen Augenblick später fuhren die beiden Wagen davon.

Vic hielt sich vor, daß Cameron wahrscheinlich gar nichts mit Melinda hatte – in physischer Hinsicht. Dessen war er ziemlich sicher. Aber ein rechter Trost war das auch nicht. Und als er dann in seinem Zimmer saß und sich auf seine

Lektüre zu konzentrieren versuchte, bedauerte er es fast, so kindisch gewesen und nicht mitgefahren zu sein. Ich könnte ja immer noch hinfahren, überlegte er. Aber das schien ihm noch kindischer. Nein, er würde hierbleiben. Es war ihm aber klar, daß ihm eine weitere peinliche Unterhaltung mit Horace bevorstand.

Melinda kam erst nach ein Uhr nachts zurück. Vic lag im Bett und las; er ging nicht ins Haus hinüber, um sie zu begrüßen. Er wollte sie sowieso nicht sehen; wahrscheinlich war sie betrunken. Die späte Heimkehr ließ darauf schließen, daß sie die späteren Abendstunden noch mit Cameron in irgendeiner Bar verbracht hatte; alle Bars schlossen pünktlich um eins.

Horace besuchte ihn am nächsten Abend in der Druckerei. Vic hatte geahnt, daß Horace kommen, und auch, daß er ein solches Gesicht machen würde.

»Was war gestern los mit dir?« fragte Horace. »Wir haben dich zu Hause angerufen, und du hast dich nicht gemeldet.«

Vic spürte, wie er rot wurde. Er hatte das Telefon gestern abend läuten hören. »So? Ach, wie schade. Das muß gewesen sein, während ich spazieren war.«

»Wir haben dich sehr vermißt.«

»Ach, weißt du, ich mußte über einiges nachdenken. Und ich dachte, Mr. Cameron wird schon meine Portion übernehmen können.«

»Das hat er allerdings getan.«

»Ist der Braten gelungen?«

»O ja, und außerdem hat uns Mr. Cameron mit seiner Klarinette unterhalten.«

»Das Vergnügen hatte ich auch bereits«, sagte Vic.

»Ich habe das Gefühl, du kannst ihn so wenig leiden wie ich.«

Vic schämte sich wieder, ließ sich aber nichts anmerken. »Was meinst du damit?«

»Soll ich ganz offen sein? Der Kerl gefällt mir nicht, Vic. Und die Art und Weise, wie er mit Melinda umgeht, die gefällt mir auch nicht. Aber daß du dich sozusagen unten ins Parkett setzt und einfach zuschaust, das ist eine Affenschande.«

»Aber bisher hat's doch immer gewirkt, nicht wahr?« Vic lächelte zwar, er fühlte sich jedoch in die Enge getrieben.

»Du bist gestern abend nicht dabeigewesen. Melinda hatte einen ziemlichen Schwips und hat so verschiedene Dinge zum besten gegeben – daß sie findet, Cameron sei die Erfüllung ihrer Nachtgebete, und so weiter. Und Cameron benimmt sich, als ob er ...«

Es klopfte.

»Herein!« rief Vic.

Stephen Hines öffnete die Tür. »Oh, Mr. Meller. Wie geht's?«

»Sehr gut, danke; und Ihnen?«

»Auch gut. – Carlyle hat den Lieferwagen mitgenommen«, berichtete Stephen, zu Vic gewandt. »Er will morgen früh bei der Post vorbeifahren und nachsehen, ob die neue Walze angekommen ist.«

»Gut. Damit hat es keine Eile«, antwortete Vic mechanisch. Die neue Walze wurde frühestens in drei Wochen für Ryders Gedichte gebraucht. Vic hatte mit Absicht die eine Walze etwas rosten lassen, um auf diese Weise beim Druck einen bestimmten Effekt herauszubekommen.

»Haben Sie sonst noch was für mich?« erkundigte sich Stephen.

»Vielen Dank, ich glaube nicht, Stephen.«

»Dann guten Abend allerseits. Bis morgen!«

»Gute Nacht, Stephen.« Vic wandte sich an Horace: »Übrigens ist Xenophon aus der Binderei zurück. Willst du dir ein Exemplar ansehen?«

»Gern, Vic. Aber ich halte das andere Thema für wichtiger.«

»Gut. Weiter, Horace.«

»Also ... Ich habe jedenfalls den Eindruck, daß Cameron

Melinda mitnehmen will, und Melinda scheint einverstanden zu sein.«

»Mitnehmen?« fragte Vic erstaunt. Das Staunen war überwiegend echt.

»Er hat als nächstes in Mexiko zu tun, und er hat zwei Flugkarten für Mexico City gekauft. Das hat er jedenfalls gesagt, und ich hatte nicht den Eindruck, daß er blau war – er war höchstens besoffen von seiner eigenen Wichtigkeit. Und Melinda redet davon, daß sie mit ihm bis ans Ende der Welt gehen will ... Wann wirst du diesem Burschen endlich mal Bescheid stoßen, Vic?«

»Das ist alles völlig neu für mich. Ich habe nichts davon geahnt.«

»Hättest du aber tun sollen. Du bist teilweise selbst schuld, Vic. Was hast du denn wirklich *getan*, um mit Melinda wieder eine gemeinsame Basis zu finden nach der De-Lisle-Affäre?«

Vics Gedanken rannten sich kurz an der Doppelbedeutung des Wortes ›Affäre‹ fest, ehe er eine Antwort formulieren konnte. »Ich habe einiges versucht«, sagte er lahm.

»Soweit mir bekannt ist, schlaft ihr noch immer getrennt«, fuhr Horace fort und überspielte seine Verlegenheit mit einem aggressiven Ton. »Du bist jung, Vic; sechsunddreißig, nicht wahr? Und Melinda ist noch jünger. Was für eine Ehe *willst* du denn mit ihr führen? Was erwartest du denn? Eines Morgens wirst du aufwachen, und sie wird fort sein!«

»Aber ich kann sie doch nicht anbinden ... Ich habe sie nie bevormundet. Sie ist ein freier Mensch.«

Horace betrachtete ihn verblüfft. »Du gibst einfach auf? Ich frage nur, weil ich wirklich glaube, daß du sie an Cameron verlieren wirst.«

Vic schwieg eine Weile. Er versuchte gar nicht, eine Antwort zu finden. Einmal spürte er seine Verlegenheit bei dieser Unterhaltung gewissermaßen auf der Zunge, und dann bekam er plötzlich Angst, daß Horace seine Meinung über ihn ändern, daß er, Vic, in der Achtung des anderen sinken würde. »Gut, Horace; ich werde mit ihr über Cameron sprechen.«

»Ich fürchte, sprechen ist nicht genug, Vic. Entweder du änderst deine gesamte Einstellung, oder . . .«

Vic lächelte. »Übertreibst du nicht ein bißchen?«

»Das glaube ich eben nicht.« Horace zündete sich eine Zigarette an. »Vic, warum bist du so verdammt hochmütig? Was willst du damit erreichen?«

»Ich bin nicht hochmütig, Horace, wirklich nicht. – Wollen wir nicht lieber noch einen trinken gehen?« Vic fing an, die wenigen Dinge zusammenzusuchen, die er mit nach Hause nehmen wollte.

»Deine ganze Haltung ist so . . . so verkehrt, Vic. Wenn sie jemals richtig gewesen sein sollte – vielleicht war sie das früher einmal –, jetzt ist sie ganz fehl am Platz.«

»Das sind die energischsten Worte, die ich je von dir gehört habe, Horace.«

»Es ist mir verdammt ernst damit.«

Vic fühlte sich etwas aus dem Gleichgewicht gebracht. »Wollen wir denn jetzt etwas trinken gehen?«

Horace schüttelte den Kopf. »Ich muß heim. – Ich hatte nicht explodieren wollen, Vic, aber ich bin froh, daß es nun passiert ist. Vielleicht nimmst du's diesmal dann doch ernst . . . Ich spreche von Cameron. – Gute Nacht, Vic.«

Ein seltsames Gefühl überkam Vic, als er allein war. Angst? Er suchte die restlichen Papiere zusammen, ging hinaus und schloß hinter sich ab. Der Wagen von Horace verschwand gerade um die Biegung. Vic stieg in sein eigenes Auto. Ein kaltes Kribbeln kroch ihm die Wirbelsäule hoch bis hinauf in den Nacken. Dann schluckte er und legte die Hände locker auf das Steuerrad. Er wußte, was los war. Er hatte bisher vermieden, sich über Cameron Gedanken zu machen; er hatte nur zur Kenntnis genommen, daß er nach ein paar Wochen wieder weg sein würde. Das eigentliche Problem Cameron hatte er einfach ignoriert; Horace hatte ihn jetzt darauf gestoßen. Es war, als hätte Horace auf ein Feuer hingewiesen, das unmittelbar unter Vics Füßen brannte und das er mit großer Willensanstrengung aus seinem Bewußtsein verbannt hatte ... Wenn dieses Feuer tatsächlich existierte, würde doch kein Mensch außer ihm selbst zu Schaden kommen! Am meisten hatte ihn erschüttert, daß er von Horace für einen Moment in eine konformistische Haltung hineingedrängt worden war; daß Horace ihn gezwungen hatte, die Dinge mit den Augen eines Dutzendmenschen zu sehen. Aber vielleicht hatte Horace auch recht, wenn er sagte, daß er, Vic, ein paar wichtige Tatsachen übersehen habe. Er hatte zum Beispiel nicht wahrhaben wollen, daß Melinda wirklich Zuneigung für Cameron empfinden, daß Cameron vielleicht genau Melindas Typ sein könnte – diese Unkompliziertheit, diese Primitivität, die Melindas eigene noch übertraf. Und diese dickhäuterische Naivität ... Cameron war allerdings genau der Typ, der sie ›mitnehmen‹, auf eine Scheidung warten und sie dann in aller Form heiraten würde. Ja, er war in der Tat Melindas Typ. Es war wie eine überwältigende Offenbarung für Vic.

Trixie war allein im Haus, als Vic ankam. Roger raste herbei, um ihn zu begrüßen; er sprang in die Luft und drehte sich gleichzeitig in einer Bewegung um sich selbst, die Vic immer an springende Forellen erinnerte.

»War deine Mutter hier, als du nach Hause kamst?« erkundigte er sich.

»Nee. Wahrscheinlich ist sie mit Tony unterwegs«, antwortete Trixie und las die Witzseite der Abendzeitung weiter.

Vic machte sich einen Drink zurecht. Als er ihn zu seinem Sessel trug, bemerkte er auf dem kleinen Tisch neben dem Sessel die neue blauweiße Dose mit seinem Tabak: Nelson Dreiunddreißig. Sie war wohl heute angekommen, und Melinda hatte sie ausgepackt und dorthin gestellt. Sie muß sie vor ungefähr zwei Wochen bestellt haben, dachte Vic – an einem der Tage, die sie mit Tony verbracht hat ...

Brian Ryder kam am folgenden Samstag mit dem Zug in Wesley an. Er war ein sympathischer, aufgeweckter junger Mann von der Statur eines Tarzan und dementsprechendem Tatendrang. Als erstes, bevor noch Vic und er Gelegenheit hatten, über seine Gedichte zu sprechen, wollte er in der Stadt spazierengehen. Sein Spaziergang dauerte fast zwei Stunden, und er kam mit feuchtem Haar und glänzendem Gesicht zurück. Er war am Bärensee vorbeigekommen und hatte ein Bad genommen. Die Wassertemperatur betrug ungefähr fünf Grad, und der See lag an die zehn Kilometer weit entfernt. Vic fragte ihn, wie er denn so schnell dahingekommen sei.

»Ach, auf dem Hinweg hab ich einen kleinen Lauf gemacht«, antwortete er. »Ich mach das manchmal ganz gern. Und zurück hab ich mich von jemand mitnehmen lassen. Ein Bekannter von Ihnen übrigens. Hat er wenigstens gesagt.«

»So? Wie heißt er denn?«

»Peterson.«

»Ach der, ja.«

»Er hält offenbar eine Menge von Ihnen.«

Vic gab darauf keine Antwort. Melinda saß im Wohnzimmer auf dem Sofa und klebte Fotos in ihr Album. Sie hatte kein Wort mit Brian gesprochen, seit Vic ihn ihr vorgestellt hatte, sie starrte ihn aber mit offener Neugierde an – mit dem gleichen Blick, schoß es Vic durch den Kopf, mit dem Trixie jeden neuen Mann anzustarren pflegte, den Melinda nach Hause brachte. Jetzt sah Brian in seiner naiven direkten Art zu ihr hin, als erwarte er, daß sie auch einmal etwas sagte, oder wenigstens einmal lächelte, bevor er und Vic an die Arbeit gingen. Aber sie schwieg, und sie lächelte auch nicht, als sich ihre Blicke trafen.

»Ich denke, wir gehen rüber in mein Zimmer und sprechen

die Sache mal durch«, schlug Vic vor. »Ich habe dort auch Ihr Manuskript.«

An diesem Abend brachte Melinda wieder Cameron zum Essen mit. Cameron erklärte grinsend:

»Ich hätte Ihre Frau ja gern zum Essen eingeladen, Vic, aber sie wollte unbedingt heim zu Ihnen.«

Diese unglaubliche Taktlosigkeit verschlug Vic die Sprache. Brian hatte es gehört, und von diesem Augenblick an verbrachte er, wie Vic feststellte, einen großen Teil des Abends damit, Cameron und Melinda mit ernsthaftem, nachdenklichem Ausdruck zu beobachten. Und sie erlegten sich keinerlei Zwang auf. Cameron lief immer wieder in die Küche, um Melinda beim Tischdecken zu helfen und tat, als ob er hier zu Hause wäre. Die Unterhaltung zwischen ihnen drehte sich ausschließlich um gemeinsame Erlebnisse vom Nachmittag, um Baumaterialien und Zementpreise. Vic versuchte, mit Brian über Dichter und Dichtung zu sprechen, aber ihre Stimmen kamen gegen Cameron nicht an. Vic rang sich ein kleines Lächeln ab, um seine Verärgerung vor Brian zu verbergen. Er war nicht sicher, ob er damit Erfolg hatte. Brian war ein sehr aufmerksamer junger Mann.

Nach dem Essen sagte Cameron: »Also, Vic, Melinda hat mir erzählt, daß Sie etwas Wichtiges mit dem jungen Mann hier zu besprechen haben, und da hab ich mir gedacht, ich geh mit ihr ein bißchen tanzen ins Chesterfield.«

»Eine nette Idee«, meinte Vic liebenswürdig. »Ich glaube, sie haben dort jetzt auch Bier vom Faß.«

»Klar!« Cameron strich sich über den gut gefüllten Magen. Trotz der Mengen, die er aß und trank, war er nicht eigentlich dick. Er hatte die klobige, aber schmalhüftige Figur eines Gorilla.

Brian musterte Melinda anerkennend von oben bis unten, als sie in hochhackigen, tief ausgeschnittenen Pumps, eine kurze, leuchtend rote Jacke über das Kleid geworfen, aus ihrem Zimmer trat. Sie hatte sich mit dem Make-up mehr

Mühe gegeben als sonst, und das blonde Haar war tadellos gebürstet.

»Irgendwann bin ich dann wieder da«, verkündete sie munter, während sie zur Tür hinausging.

Der Gorilla folgte ihr grinsend.

Vic verwickelte Brian hastig in ein Gespräch, damit der junge Mann keine Gelegenheit hatte, Fragen zu stellen, aber in dem Gesicht des jungen Mannes konnte Vic lesen, daß die Fragen zäh aufbewahrt wurden. Brian würde nicht versäumen, sie später zu stellen. Vic warf sich vor, nicht schon vor Tagen mit Melinda ein ernstes Wort geredet zu haben. Horace hatte völlig recht gehabt. Er hätte *irgend etwas* sagen müssen. Aber ob es genützt hätte? Hatte es damals etwas genützt, als er ihr wegen De Lisle Vorhaltungen gemacht hatte?

»Ihre Frau ist *äußerst* anziehend«, meinte Brian langsam und bedächtig, als die Unterhaltung etwas ins Stocken geriet.

»Finden Sie?« Vic lächelte. Und dann auf einmal erinnerte er sich an Brians überraschtes »Hier schlafen Sie?«, als er sein Zimmer hinter der Garage gesehen hatte; es war wie die gedankenlose, brutale Frage eines Kindes gewesen und hatte Vic wider jede Vernunft verletzt. Sie wollte ihm nicht mehr aus dem Sinn.

Sie saßen bis nach Mitternacht bei Gesprächen über Bücher und Dichter zusammen, dann fragte Brian höflich, ob Vic nicht vielleicht schlafen gehen wollte. Vic begriff, daß Brian gern in der Anthologie deutscher Lyrik, die ihm Vic aus dem Regal geholt hatte, zu lesen begonnen hätte, und so verabschiedete er sich. Aber er blieb noch wach und las, bis Melinda um zwei Uhr nach Hause kam. In Brians Zimmer brannte auch noch Licht. Vic hoffte, Brian möchte sie nicht betrunken sehen, hatte aber keine Ahnung, ob sie es war oder nicht. Um halb drei knipste er das Licht aus, und kurz darauf hörte er gedämpft durch sein halbgeöffnetes Fenster Melindas tiefes, glückliches, beschwipstes Lachen. Er fragte sich, worüber sich Brian wohl mit ihr unterhalten mochte.

Am nächsten Morgen sagte Melinda: »Ich finde deinen kleinen Freund ausgesprochen süß.«

»Er ist ein ausgesprochen guter Lyriker«, entgegnete Vic.

Brian war unterwegs auf seinem Morgenspaziergang. Vermutlich würde er wieder Vogelfedern mitbringen, wie gestern, oder etwas Ähnliches. Heute morgen hatte Vic, als er in Brians Zimmer hineingesehen hatte, das Bett gemacht vorgefunden, und eine blaue Feder, einen Kieselstein, einen Pilz und ein getrocknetes Blatt säuberlich in der Mitte des Schreibtisch aufgereiht, als hätte Brian dort sinnend vor diesen Dingen gesessen.

»Er findet dich auch sehr anziehend«, berichtete Vic, obwohl er wirklich nicht wußte, weshalb er sich die Mühe nahm, es ihr zu erzählen. Melindas Meinung über sich selbst war hoch genug.

»Wenn wir schon Botschaften austauschen, kannst du ihm bestellen, daß er der reizendste junge Mann ist, der mir seit meiner Schulzeit über den Weg gelaufen ist.«

Vic unterdrückte eine Bemerkung, die ihm durch den Kopf schoß. »Unternimmst du was mit Tony heute nachmittag?«

»Nein, ich dachte, ich könnte mit Brian etwas unternehmen.«

»Brian hat zu tun.«

»Aber doch nicht den ganzen Nachmittag. Er hat mich gefragt, ob ich Lust habe, mit ihm an den Bärensee zu fahren. Zum Rudern.«

»Ach so.«

»Und Tony kommt heute abend zum Essen ... Wir wollen ein paar Platten spielen. Ich hab gestern in Wesley fünf Platten gekauft.«

»Ich will ihn aber heute abend nicht hier haben«, sagte Vic sehr ruhig.

»Ach?« Ihre Brauen hoben sich. »Und warum nicht, wenn ich fragen darf?«

»Weil ich mit Brian verschiedenes zu besprechen habe, und da kann ich dieses ewige Gedudel nicht brauchen.«

»Aha. Und wohin sollen wir gehen?«

»Das ist mir ganz egal.« Er zündete sich eine Zigarette an und hielt den Blick auf die *Times* geheftet, die zusammengefaltet auf dem Cocktailtisch lag.

»Was willst du denn machen, wenn ich ihn herbringe?«

»Ihn bitten zu gehen.«

»Wem gehört denn das Haus? Ist es nicht genauso meins wie deins?«

Darauf gab es eine ganze Menge zu antworten, aber er schwieg und zog an seiner Zigarette.

»Na?« Sie blickte ihn schräg von unten an.

Nutzlos, sie zu bitten, sich mit Rücksicht auf Brian besser zu benehmen. Nutzlos. Alles war nutzlos.

»Ich habe dir gesagt, daß ich ihn bitten werde zu gehen, wenn du ihn herbringst. Und er wird gehen, verlaß dich drauf!«

»Wenn du das tust, laß ich mich scheiden.«

Vic lächelte.

»Du glaubst wohl, ich meine es nicht ernst? Ich meine es sehr ernst. Ich werde auf dein Angebot eingehen. Erinnerst du dich noch?«

»Gewiß.«

»Also bitte: jederzeit!« Sie stand jetzt, die Hände auf den Hüften, den schlanken Körper entspannt, den Kopf etwas geneigt – eine Haltung, die sie immer einnahm, wenn sie sich stritten: sie erinnerte an ein angriffslustiges Tier.

»Und was steckt hinter diesem plötzlichen Entschluß?« erkundigte sich Vic, der es sehr wohl wußte. Wieder kroch ihm die kalte Angst das Rückgrat hinauf. Melinda schwieg. »Mr. Cameron?«

»Ich finde ihn sehr viel netter als dich. Wir vertragen uns ausgezeichnet.«

»Zum Leben gehört mehr, als daß man sich verträgt«, entgegnete Vic rasch.

»Ach, jedenfalls ist es schon eine ganze Menge.«

Sie starrten sich an.

»Du glaubst mir jetzt, nicht wahr?« fragte Melinda. »Also gut, Vic, ich will die Scheidung. Vor kurzem hast du mich doch gefragt, ob ich eine wollte. Weißt du noch?«

»Allerdings.«

»Steht das Angebot noch?«

»Ich stehe immer zu meinem Wort.«

»Dann kann ich die Scheidung also einleiten?«

»Gewiß. Du kannst mich wegen Ehebruch verklagen.«

Melinda nahm eine Zigarette vom Cocktailtisch und zündete sie sich mit betont selbstsicherer Geste an. Dann drehte sie sich um und ging in ihr Zimmer. Einen Augenblick später war sie wieder zurück. »Wieviel willst du denn zahlen?«

»Ich habe dir gesagt, du wirst nicht zu hungern brauchen.«

»Wieviel?«

Er zwang sich zum Denken. »Fünfzehntausend im Jahr? Trixie brauchst du davon ja nicht zu ernähren.« Er sah, wie es in ihr rechnete. Fünfzehntausend jährlich, dachte er, da kann ich nicht mehr so viele Bücher drucken; Stephen muß ich entweder entlassen oder sein Gehalt kürzen ... Wahrscheinlich bleibt er trotzdem. Stephen und Familie werden also den Gürtel enger schnallen müssen wegen einer Laune von Melinda ...

»Das scheint soweit in Ordnung«, sagte sie schließlich.

»Und Cameron nagt ja wohl auch nicht gerade am Hungertuch.«

»Er ist wunderbar; er ist ein *richtiger Mann*«, gab sie zurück, als hätte er irgend etwas Geringschätziges über ihn gesagt.

»Ja, dann ist wohl alles klar, nicht? Ich leite dann das Notwendige am Montag ein.« Sie bekräftigte das Gesagte mit einem Nicken und ging in ihr Zimmer.

Brian kam ein paar Minuten später zurück, und Vic zog sich mit ihm in sein Zimmer zurück, um die Auswahl der sechzig Gedichte fortzusetzen, die von den hundertzwanzig in Brians Manuskript erscheinen sollten. Brian hatte sie in drei Häufchen eingeteilt: seine liebsten, die zweitliebsten und die anderen. Sie behandelten meistens ein Thema der Natur, mit metaphysischen und ethischen Dominanten; das verlieh ihnen einen Duft, der an Oden und Epoden von Horaz erinnerte, obgleich Brian entschuldigend meinte, er mache sich nichts aus Horaz und könne sich an kein einziges Gedicht von ihm erinnern. Catull sei ihm lieber. Einige leidenschaftliche Liebesgedichte waren dabei, mehr oder weniger ekstatisch und ganz unphysischer Natur, aber ausgesucht schön wie bei John Donne. Die Gedichte über New York waren nicht so stark, aber Vic überredete ihn, auch davon eins oder zwei in das Buch aufzunehmen, wegen der Abwechslung.

Sie kamen ziemlich rasch voran; Brian war an diesem Morgen leicht zu überzeugen, er fand sich in einer fast überschwenglich guten Stimmung, und Vic hatte mehr als einmal das Gefühl, daß er überhaupt nicht richtig zuhörte. Aber als Vic eine rotbraune Farbe für den Umschlag vorschlug, wachte Brian auf und widersprach. Er wollte hellblau, ein ganz bestimmtes Hellblau. Er zeigte Vic ein kleines Stück Schale von einem Vogelei, das er an diesem Morgen gefunden hatte und das genau die Farbe hatte, die er wollte. Farben seien für ihn sehr wichtig, betonte er. Vic legte das Eierschalenfragment sorgfältig in seine Schreibtischschublade. Dann beschrieb Vic die Vignetten, die er unter bestimmte Gedichte setzen wollte: eine Feder, Grashalme, ein Spinnennetz, den Kokon eines Seidenspinners, und von diesem Vorschlag war Brian begeistert. Plötzlich stand er unruhig auf und fragte: »Ist Melinda da?«

»Ich glaube, in ihrem Zimmer«, antwortete Vic.

»Ich habe ihr nämlich vorgeschlagen, heute nachmittag rudern zu gehen.«

Sie waren zwar mit der Auswahl der Gedichte noch nicht ganz fertig, aber Vic sah, daß Brians Gedanken nicht mehr bei der Sache waren. Er nahm an, daß wohl nach dem

Rudern, vor dem Essen, Zeit genug dafür sein würde. »Dann gehen Sie lieber los jetzt«, meinte er und fühlte sich plötzlich seltsam schwach.

Brian ging.

Cameron traf um sieben Uhr ein und machte es sich im Wohnzimmer bequem mit der lächerlichen Jovialität eines Menschen, der ein gutes Abendessen erwartet. Brian half Melinda in der Küche. Sie bereitete ein kleines Spanferkel zu; Vic erinnerte sich verschwommen, daß sie berichtet hatte, Brian habe darauf bestanden, es zu kaufen, als er es unterwegs bei einem Farmer gesehen hatte. Der ganze Nachmittag war bei Vic irgendwie verschwommen gewesen. Er wußte nicht mehr, wie die Stunden vorbeigegangen waren, konnte sich nicht erinnern, was er getan hatte, außer daß er zu irgend etwas einen Hammer benutzt und sich auf den linken Daumen geschlagen hatte, in dem das Blut jetzt pulste, wenn er ihn gegen den Zeigefinger preßte. Er fand sich auf einmal in eine Unterhaltung mit Cameron verwickelt, ohne daß ihm bewußt war, was er eigentlich sagte. Er zwang sich einen Augenblick, ihm zuzuhören – »ich habe mir nie viel aus Küche und Kochen gemacht. Entweder man hat den Bogen raus oder nicht, finden Sie nicht?« Vic schaltete ab wie bei einem Radioprogramm, das er nicht hören wollte. Aber ... irgendwie störte es Vic, daß Brian in der Küche war. Warum war er nicht im Wohnzimmer? Sie hatten so viel zu besprechen, und Cameron müßte dann den Mund halten ... Es fiel ihm ein, daß er heute morgen bezüglich Camerons Besuch ein Ultimatum gestellt hatte; Melinda wollte am Montagvormittag, also morgen, die Scheidung einreichen, und Cameron war nun doch gekommen und sah ganz besonders selbstzufrieden aus. Hatte ihm Melinda schon von der Scheidung erzählt?

Cameron stemmte sich vom Sofa hoch und verkündete, daß er einen Blick in die Küche werfen wolle.

Ein paar Minuten später kam er grinsend wieder zum Vorschein.

»Sagen Sie, Vic, wie wär's denn, wenn ich zwei oder drei Dutzend von Ihren Schnecken holte? Ich kenne eine ganz einfache Buttersauce mit Knoblauch, die nicht zu schlagen ist; jedes Kind kann sie machen, so einfach ist sie, und schmeckt so gut wie in New Orleans!« Er rieb sich die Hände: »Wollen Sie sie rausholen, oder soll ich? Melinda hat gesagt, ich soll Sie erst fragen.«

»Die Schnecken sind nicht zum Essen da.«

Cameron sah enttäuscht aus. »Ach so. Aber wozu sind sie denn da?« fragte er wieder lachend. »Melinda hat doch gesagt . . .«

»Sie sind zu gar nichts da. Sie haben absolut keinen Zweck«, erklärte Vic und spuckte die Worte mit besonderer Bitterkeit heraus.

Melinda kam aus der Küche. »Was ist denn nun dabei, wenn wir ein paar Schnecken holen? Brian hat Lust darauf, und Tony sagt, er kann sie zubereiten. Machen wir doch ein richtiges Galaessen heute!« Sie schwang den Kochlöffel und drehte sich um sich selbst, fiel dabei ungefähr in Camerons Arme und streichelte seine Wange.

Vic sah Brian an, der hinter Melinda aus der Küche gekommen war. »Ich habe gerade Tony erklärt, daß die Schnecken nicht zum Essen da sind.«

»Geh raus, Tony, und hol ein paar«, befahl Melinda. Sie hatte schon wieder einen Schwips.

Tony machte sich auf, blieb stehen und starrte auf Vic.

»Die Schnecken sind nicht zum Essen«, wiederholte Vic.

»Hören Sie, ich habe nicht gesagt, daß ich unbedingt Schnecken essen will . . .« setzte Brian ungeschickt an. »Ich meine, *ich* habe es nicht gesagt.«

»Sie müßten ausgezeichnet schmecken, so gut wie sie ernährt sind. Steaks, Karotten, Salat . . . Geh schon raus und hol sie, Tony!« Woraufhin Melinda fast in die Pendeltür hineinfiel, als sie zur Küche zurückstrebte.

Tony, den schweren Körper in Aufbruchstellung, starrte

Vic an wie ein Hund, der den Befehl nicht ganz begriffen hatte. »Was ist denn nun, Vic? Drei Dutzend fallen doch überhaupt nicht auf bei den Mengen.«

Vic hatte die Hände zu Fäusten geballt, er war sich bewußt, daß Brians Blick an seinen Händen hing, und es war ihm egal. »Schnecken kann man nicht so einfach essen, wissen Sie«, erläuterte er. Sein Ton war plötzlich leicht, fast liebenswürdig. »Man muß sie zwei Tage lang hungern lassen, damit sie innen sauber werden. Und meine haben alle gefressen. Aber das wissen Sie ja wohl.«

»Oh.« Cameron verteilte sein Gewicht gleichmäßig auf beide Beine. »Ja, da kann man wohl nichts machen.«

»Allerdings nicht.« Vic blickte wieder zu Brian hinüber.

Brian beobachtete ihn gespannt. Er hatte die Hände hinter sich auf die Anrichte des Glasschrankes gestützt, und sein blaues Hemd spannte sich über dem kräftigen Brustkorb. Ein trauriger, überraschter Blick traf Vic, ein Blick, den er zum erstenmal sah.

Vic sah Cameron lächelnd an. »Es tut mir leid. Vielleicht denke ich beim nächstenmal dran, ein paar Schnecken für Sie herauszuholen und sie ein paar Tage lang ohne Futter zu halten.«

»Schön.« Cameron klang unsicher. Er rieb sich wieder die Hände, lächelte und hob die Schultern. Dann flüchtete er in die Küche.

Brian lächelte ebenfalls. »Ich wollte ganz gewiß keine Schwierigkeiten mit diesen Schnecken provozieren. Es war Melindas Idee, und ich sagte, von mir aus gern, wenn Sie sie manchmal äßen. Ich wußte ja, daß sie Ihnen am Herzen liegen.«

Vic gab ihm die Ehre, darauf nichts zu erwidern, sondern nahm ihn beim Arm und zog ihn mit sich ins Wohnzimmer. Aber sie saßen noch nicht einmal, als Melinda die Küchentür aufriß: »Brian!«

Eine Mahlzeit wie diese hatten sie noch nie gehabt, nicht

einmal zu Weihnachten. Melinda hatte anscheinend versucht, alles, was sie in der Küche gefunden hatte, zu kochen – drei Arten Gemüse, süße Kartoffeln und Kartoffelbrei; drei Sorten Dessert standen auf der Anrichte, und vor allem natürlich das Spanferkel; die Platte, auf der es lag, stand zwischen zwei Pergamentbogen, damit kein Fett auf die Tischdecke tropfte, aber an den beiden Enden tropfte es doch etwas, weil die Pergamentbogen durch die Platte nach unten gebogen wurden. Vic war das Ferkel, das auf seiner Platte zu grinsen schien, irgendwie unheimlich, und die übertriebenen Mengen, die da aufgetragen wurden, fand er einfach geschmacklos; aber die beiden Gäste und auch Trixie, die um halb acht von irgendwoher zurückgekehrt war, schienen es als eine Art gewaltiges Picknick aufzufassen, und genossen es lärmend. Bei Tisch wurde Vic auch klar, was ihn an Brian so unbehaglich gestimmt hatte: Brian verhielt sich Melinda gegenüber ähnlich wie Cameron. Vic wußte, daß Brian sie anziehend fand, aber die Art, mit der er sie anlächelte, wie er ihr half, die Schürze abzunehmen, deutete an, daß er bewußt oder unbewußt aus Camerons Benehmen geschlossen hatte, Melinda sei Freiwild, und nun wollte er daran teilhaben. Vic war außerdem klar, daß Brian auch aus seiner, Vics, Toleranz Cameron gegenüber Schlüsse gezogen haben mußte, und er spürte sehr genau, daß er bei Brian Ryder sein Gesicht verloren hatte. Es kam ihm vor, als behandle ihn Brian seit der Schneckendiskussion mit weniger Achtung.

Der Abend verrann kläglich. Melinda war bald zu betrunken, um noch mit Cameron ausgehen zu wollen, der sie dazu einlud, und so saß sie auf dem Sofa, redete wirres Zeug, und Brian hörte zu – ob aus Höflichkeit oder Neugier, konnte Vic nicht entscheiden. Hin und wieder lachte er höflich, wenn er merkte, daß Melinda einen Witz gemacht hatte. Cameron saß mit gespreizten Knien in Vics Lehnsessel, eine Büchse Bier in der Hand und in irgendeinen Nebel stupider Glückseligkeit gehüllt, der ihn offenbar gegen Langeweile oder schlichte Müdigkeitserscheinungen immun machte, die ihn sonst zum Aufbruch veranlaßt haben könnten. Es gab lange Pausen, in denen keiner sprach. Zum erstenmal seit Monaten trank Vic fünf Whiskys hintereinander. Er fand die Szene schmutzig, widerwärtig, und er litt darunter, aber er konnte sich nicht aufraffen, Brian aufzufordern, mit ihm in sein Zimmer zu gehen – damit hätte er seine Niederlage zugegeben. Vic hatte qualvolle Anstrengungen gemacht, sich mit Cameron über Bausteine, über Grundwasserspiegel und über Camerons nächsten Auftrag in Mexiko zu unterhalten, aber Camerons blaßblaue, leicht blutunterlaufene Augen waren immer wieder zu Melinda gewandert, und ausnahmsweise war seine Stimme stets schnell wieder versiegt. Cameron blieb bis zwanzig nach zwei. Brian, der in halb liegender Stellung in der Melinda entgegengesetzten Sofaecke die Zeit träumend oder grübelnd verbracht hatte, erhob sich sofort, nachdem Cameron aufgestanden war und wünschte Vic überraschend herzlich eine gute Nacht. Mit einem Blick auf seine Armbanduhr fügte er hinzu, daß er nicht bemerkt habe, wie sehr spät es sei, und daß er sich schon früher hätte verabschieden sollen. »Wir müssen noch einiges miteinander besprechen, bevor ich morgen um elf abreise, nicht wahr, Mr. Van Allen?«

»Ich glaube schon. Einiges.«

»Ich lasse dann morgen früh meinen Spaziergang ausfallen, damit wir mehr Zeit haben.« Er verbeugte sich etwas schüchtern. »Gute Nacht, Melinda. Es war ein unvergeßliches ... Bankett, muß man da schon sagen. Es war sehr nett von Ihnen, daß Sie sich soviel Mühe gemacht haben. Haben Sie vielen Dank.«

»War doch alles Ihre Idee, das mit dem Spanferkel«, murmelte Melinda.

Brian lachte. »Gute Nacht, Sir«, sagte er zu Vic und ging hinaus in sein Zimmer.

›Sir‹ und ›Mr. Van Allen‹ und ›Melinda‹ kreisten sekundenlang in Vics Kopf. Dann sagte er: »Ein reizender Abend.«

»Findest du? Muß dir ja auch gefallen haben. War schön ruhig.«

»Richtig. Was war eigentlich mit den neuen Platten?«

Ein Schimmer von Erinnerung kam in ihre verglasten Augen. »Hab ich ganz vergessen. Verdammt!« Sie stand auf.

Vic ließ sie halb durchs Zimmer gehen, bevor er sich dazu bringen konnte, sie leicht am Ellbogen zu fassen. »Warte bis morgen. Brian kann sonst nicht schlafen.«

»Ach, laß mich doch los!« knurrte sie ärgerlich.

Er ließ sie los. Sie stand schwankend in der Mitte des Zimmers und blickte ihn herausfordernd an.

»Es hat mich sehr überrascht, daß Cameron heute abend so still war«, sagte Vic. »Findest du nicht, daß er mit mir sprechen sollte über . . . über eure Pläne?«

»Ich hab ihm gesagt, das soll er bleibenlassen.«

»Ach so.« Vic steckte sich eine Zigarette an.

»Es ist alles in Ordnung. In bester Ordnung. Mit mir ist auch alles in Ordnung.«

»Du bist ja betrunken.«

»Tony macht das nichts aus, wenn ich betrunken bin. Tony weiß auch, warum ich betrunken bin. Er versteht mich.«

»Ein lieber, verständnisvoller Mensch.«

»Ja, das ist er«, erklärte sie mit Nachdruck. »Und wir werden sehr glücklich sein miteinander.«

»Gratuliere.«

»Und Tony hat auch schon zwei Fahrkarten für . . .« Sie hielt inne, um nachzudenken. ». . . für Mexico City. Weil er doch jetzt da zu tun hat.«

»So? Und du fährst mit?«

»Ist das alles, was du dazu sagen kannst? ›Sooo?‹« Sie drehte sich auf dem Absatz herum, wie so oft, wenn sie glücklich und betrunken war, und verlor dabei das Gleichgewicht. Vic fing sie auf. Er ließ sie sofort wieder los.

»Ich kann dir gar nicht sagen, wie gut ich mich unterhalten habe heute abend«, sagte er und verbeugte sich, wie Brian es getan hatte. »Gute Nacht.«

»Gute Nacht.« Sie ahmte ihn nach.

21

Um halb elf am nächsten Vormittag waren Vic, Brian, Trixie und der kleine Hund in Vics Wagen auf dem Weg nach Wesley, um Brian an die Bahn zu bringen. Trixies Schule nahm an einem Wettsingen teil, und Trixie, die zum Chor gehörte, mußte um Viertel vor elf in der Schule sein, um von dort aus mit den anderen nach Ballinger zu fahren. Vic setzte sie an der Schule ab und versprach, pünktlich um zwölf in Ballinger zu sein, um ihren Chor zu hören.

»Geht Melinda auch hin?« fragte Brian.

»Ich glaube nicht«, antwortete Vic. Melinda hatte keinerlei Interesse für derartige Veranstaltungen. Sie hatte noch geschlafen, als sie das Haus verließen; Brian hatte also keine Gelegenheit gehabt, sich von ihr zu verabschieden.

»Sie ist eine *höchst bemerkenswerte* Frau«, stellte Brian fest; er sagte es langsam und mit großem Nachdruck. »Aber ich glaube, sie weiß nicht, was sie will.«

»Finden Sie?«

»Ja. Schade; sie hat soviel Vitalität.«

Vic hatte darauf keine Antwort. Er wußte nicht genau, was Brian über Melinda dachte, und es war ihm auch wirklich gleichgültig. Er fühlte sich ungemein nervös und gereizt an diesem Morgen; es war jene Art von Nervosität, die man empfindet, wenn man Angst hat, zu spät zu kommen, und er sah ständig auf die Uhr.

»Ich habe es *wirklich* sehr gut gehabt bei Ihnen«, erklärte Brian. »Und ich möchte Ihnen dafür danken, daß Sie sich soviel Mühe machen mit ... na, mit allem. Es gibt wohl keinen zweiten Verleger in der ganzen Welt, der sich eine solche Mühe damit geben würde.«

»So was macht mir Spaß«, entgegnete Vic.

Am Bahnhof angekommen, hatten sie noch ungefähr fünf Minuten Zeit, bis Brians Zug kam. Brian zog einen Bogen Papier aus der Tasche.

»Ich habe gestern abend ein Gedicht geschrieben«, gestand er. »Ich habe es in fünf Minuten runtergeschrieben; es ist bestimmt keins meiner besten. Aber ich möchte doch, daß Sie es sehen.« Er streckte es Vic entgegen.

Vic las:

Was geschah, ist unwiderruflich geschehen.
Das Äußerste, noch ehe das Ultimatum gestellt war,
Die entscheidende Geste, ist theatralisch getan;
Und die Liebe verloren wie eine Blume, die einsam
Den Strom hinabtreibt – gerade eben zu rasch,
Gerade eben zu weit für die greifende Hand.
Ich kann den Lauf des Stromes nicht wenden,
Denn auch ich treibe
Gleich hinter der fliehenden Blume.

Vic lächelte. »Für fünf Minuten ist das gar nicht so schlecht.« Er gab es Brian zurück.

»Ach, behalten Sie es doch. Ich hab noch einen Durchschlag. Ich dachte, Sie könnten es vielleicht Melinda zeigen.«

Vic nickte. »Gut, das werde ich.« Er hatte sofort gewußt, daß Brian das sagen würde. Er hatte von Anfang an gewußt, daß Melinda den jungen Mann zu diesem Gedicht inspiriert hatte, und daß die dichterische Objektivität zum eigenen Werk es Brian ermöglicht hatte, Vic das Gedicht nicht nur zu zeigen, sondern ihn um Weitergabe zu bitten.

Während der verbleibenden Minuten gingen sie langsam auf dem Bahnsteig auf und ab. Vic behielt Brians kleinen Koffer im Auge, weil Brian überhaupt nicht darauf aufpaßte. Brian reckte sich im Gehen, die Hände in den Taschen; die

Augen schauten in die Ferne mit dem ziellos-sicheren Optimismus der Jugend – genau wie neulich, als er in Little Wesley angekommen war, dachte Vic. Ob er wohl einen Gedanken daran verschwendet hatte, was Cameron in Vics und Melindas Leben bedeutete? Aber vielleicht hatte auch das Zusammentreffen mit Melinda schon genügt – etwa wie die vielen kleinen Tändeleien Goethes mit Zimmermädchen und Köchinnen, die Vic immer irgendwie albern und würdelos erschienen waren, obgleich Goethe ihnen ein paar Gedichte verdankte. Weiß Gott: die Biologie war eins der großen Rätsel des Lebens. Daß dieser begabte junge Mann neben ihm, mit einem Herzen wie klares Glas, immerhin ein paar Stunden lang in Melindas Bann geraten war . . . Er war froh, daß Brian nicht länger blieb. So froh, daß er anfing zu lächeln.

Der Zug fuhr ein.

Brian zog blitzschnell die Hand aus der Tasche. »Das möchte ich Ihnen schenken.«

»Was ist es denn?« fragte Vic, der in der knochigen Faust des Jungen nichts sah.

»Das ist etwas, das meinem Vater gehört hat. Ich habe drei Paare davon. Sie sind wertvoll für mich, aber ich hatte mir vorgenommen, Ihnen ein Paar davon zu schenken, wenn Sie mir gefallen würden. Bitte nehmen Sie es an. Ich mag Sie wirklich sehr, und Sie sind der Mann, der . . . der mein erstes Buch veröffentlichen wird.« Er schwieg plötzlich, als würge ihn etwas. Seine Faust war noch immer ausgestreckt.

Vic hielt ihm die Hand entgegen, und Brian ließ etwas in zerknülltes Seidenpapier Gewickeltes hineinfallen. Vic machte es auf und sein Blick fiel auf zwei in Gold gefaßte Heliotrop-Manschettenknöpfe.

»Mein Vater hat mich immer dazu ermutigt, Gedichte zu schreiben«, fuhr Brian fort. »Ich habe Ihnen nicht viel von ihm erzählt. Er ist an Tuberkulose gestorben. Deshalb hat er sich auch soviel Mühe gegeben, mir Verschiedenes beizubringen ... Ich sollte die frische Luft lieben lernen.« Brian sah zum Zug hinüber, der jetzt hielt. »Sie nehmen es an, ja? Bitte!«

Vic wollte protestieren, merkte aber, daß er Brian damit kränken würde. »Ja, ich nehme sie sehr gern an. Vielen Dank, Brian. Das ist wirklich eine große Ehre.«

Brian lächelte und nickte und wußte nicht, was er jetzt noch sagen sollte. Er stieg mit seinem Koffer in den Zug und blieb dann stehen, um Vic wortlos zuzuwinken, als seien sie bereits weit voneinander entfernt.

»Ich schicke Ihnen die Fahnenabzüge, sobald sie fertig sind!« rief Vic. Er steckte die Manschettenknöpfe in die Jackentasche und ging zu seinem Wagen zurück. Er fragte sich, ob wohl Melinda schon auf sei, ob sie sich mit Cameron in Ballinger oder wo immer sie die Scheidung einreichen wollte, verabredet hätte. Melinda würde nicht mit Cameron zusammen in ein Anwaltsbüro gehen, aber sie würde ihn vermutlich draußen warten lassen. Vic kannte sie ja schließlich sehr gut. Sie würde wahrscheinlich heute mit einem Kater aufwachen, erfüllt von nervöser, nagender und zerstörerischer Energie, und dann die Dinge ins Rollen bringen. Vic konnte sich das Gesicht des Anwalts vorstellen. Sicher nahm sie einen irgendwo in der Nähe – vielleicht sogar einen aus Wesley, und der Anwalt hatte zweifellos bereits von diesem Victor Van Allen gehört. Von dem gehörnten Ehemann Nr. 1 aus Little Wesley. Vic hob den Kopf und begann vor sich hinzusummen.

Während er durch die Innenstadt von Wesley fuhr, sah er sich nach Don oder June Wilson um. Plötzlich erblickte er Cameron. Cameron kam lächelnd aus einem Zigarrengeschäft und stopfte etwas in die Hosentasche. Vic entdeckte ihn, als er noch ungefähr einen halben Häuserblock von ihm entfernt war; Cameron sah sich unschlüssig um. Vic hielt genau vor ihm.

»Hallo!« rief Vic vergnügt. »Soll ich Sie mitnehmen?«

»Hallo!« Cameron grinste. »Danke, mein Wagen steht da drüben auf der anderen Seite.«

Vic warf einen Blick hinüber. Melinda war nicht in Camerons Wagen.

»Wenn Sie ein paar Minuten Zeit haben, steigen Sie ein auf eine kleine Unterhaltung«, schlug Vic vor.

Camerons Lächeln verschwand augenblicklich; dann gab er sich einen Ruck und sagte: »Natürlich, gern.« Er stieg zu Vic ein.

»Schöner Tag heute, nicht?« fragte Vic freundlich, während er anfuhr.

»Sehr schön. Wunderschön.«

»Was macht die Arbeit?«

»Ausgezeichnet. Mr. Ferris geht's zu langsam, aber ...« Cameron lachte und legte seine großen Hände auf die Knie. »Das hören Sie wahrscheinlich öfter von Ihren Kunden, wie?«

In diesem Stil ging die Unterhaltung eine Weile weiter. Es war die Art Konversation, die Cameron schätzte – vermutlich die einzige Art, dachte Vic. Er hatte beschlossen, Melinda nicht zu erwähnen, auch nicht beiläufig. Er wollte vielmehr mit Cameron zum Steinbruch fahren. Es war ihm plötzlich durch den Kopf geschossen, gleich nachdem er gesagt hatte: ›Wenn Sie ein paar Minuten Zeit haben ...‹ Und sie hatten viel Zeit, sehr viel Zeit .. er würde rechtzeitig zu dem Wettsingen in Ballinger sein. Vic war auf einmal ruhig und gesammelt.

Sie sprachen über das Anwachsen der Einwohnerschaft von Wesley während der letzten Jahre. Das Langweilige an diesem Thema war, daß Wesley während der letzten Jahre kaum gewachsen war.

»Wo fahren wir denn hin?« erkundigte sich Cameron.

»Ich dachte, ich zeige Ihnen mal den Steinbruch, von dem ich Ihnen gestern abend erzählt habe. Es ist der alte Steinbruch von East Lyme. Es sind nur ein paar Minuten von hier.«

»Oh, gut . . . sagten Sie nicht, er ist stillgelegt?«

»Ja. Der Eigentümer ist gestorben, und niemand hat sich darum gekümmert. Es ist ein großer Steinbruch. Ein Mann mit Unternehmungsgeist und Kapital könnte allerhand damit anfangen. Der Stein ist an sich in Ordnung.« Vic hatte sich selbst nie ruhiger sprechen hören.

Er bog von der Straße nach East Lyme in einen Feldweg ein, von dem – man sah es erst, wenn man die Stelle erreicht hatte – ein schmaler, holpriger Weg abzweigte, den Vic jetzt hinauffuhr; er war fast völlig zugewachsen mit jungen Bäumen und Sträuchern, die jetzt raschelnd an seinem Wagen entlang schrammten.

»Hoffentlich kommt kein Gegenverkehr«, bemerkte Vic, und Cameron lachte, als sei das ein besonders guter Witz. »Es war ein wirklich netter Abend gestern«, fuhr Vic fort. »Sie müssen bald mal wiederkommen.«

»Sie sind wirklich, verdammt noch mal, die gastfreundlichsten Leute, die ich je getroffen habe«, sagte Cameron, schüttelte den Kopf und lachte mit plumper Siegesgewißheit.

»Hier ist es«, erklärte Vic. »Hier müssen wir aussteigen.«

Vic hatte den Wagen auf dem schmalen Streifen zwischen dem Waldrand und dem Abgrund des Steinbruchs angehalten. Sie stiegen aus, und Roger sprang hinter ihnen her. Der Steinbruch lag unter ihnen, ein riesiger Kessel, etwa fünfhundert Meter im Durchmesser und über zweihundert Meter tief. An der tiefsten Stelle hatte sich ein kleiner See gebildet, flacher zu ihrer Linken, wo Felsbrocken hineingestürzt waren; aber rechts lag das Wasser tief und fast schwarz; der Grund war nicht zu erkennen. Nur einige wenige große Blöcke ragten bis knapp unter die Oberfläche. Hier und dort standen verrostete Kräne auf dem Boden des weiten Kessels, als hätten die Arbeiter sie einfach eines Tages nach Feierabend stehenlassen und seien nicht mehr zurückgekehrt.

»Das ist ’n Ding!« Cameron stemmte die Hände auf die

Hüften und betrachtete sich das Ganze. »Ich hatte ja keine Ahnung, daß er so groß ist.«

»Hm.« Vic bewegte sich etwas nach rechts hinüber und näher an den Rand heran. Der kleine Hund lief hinterdrein. »Allerhand Stein, was?«

»Und ob.« Cameron trat jetzt auch näher an den Rand heran.

Vic war früher oft mit Melinda und Trixie zum Picknick hierhergekommen, und das erzählte er jetzt Cameron. Er unterschlug aber, daß sie es aufgegeben hatten, weil es zu aufreibend war, Trixie vom Rand des Abgrunds fernzuhalten.

»Da unten kann man übrigens ganz schön schwimmen«, sagte Vic. »Man kann auf dem kleinen Pfad zum Wasser hinuntersteigen.« Er schlenderte vom Rand fort.

»Wissen Sie, die Farbe von diesem Stein hier hätte Ferris ganz bestimmt gefallen«, meinte Cameron. »Jetzt ist ihm nämlich der Stein, den wir ausgesucht haben, zu weiß.«

Vic hob einen zackigen, grauweißen, etwa kopfgroßen Steinbrocken auf, als wolle er ihn genauer betrachten. Dann riß er den Arm zurück und schleuderte ihn mit aller Kraft nach Camerons Kopf.

Cameron war gerade im Begriff gewesen, sich nach Vic umzudrehen, er konnte sich eben noch ducken; der Stein streifte seine Schädeldecke, warf ihn aber etwas zurück, näher an den Rand heran. Cameron stierte Vic wütend an wie ein verblüffter Bulle, und Vic griff nach einem zweiten Stein, doppelt so groß wie der erste. Es kam ihm so vor, als dauere es entsetzlich lange, bis er den Stein vom Boden aufgenommen hatte; er nahm einen kurzen Anlauf und warf. Der Stein traf Cameron am Oberschenkel. Ein schnelles Rudern der Arme. Ein bellender Laut, halb Ausruf der Überraschung, halb Schreckensschrei ... Der Ton wurde immer höher und schriller, während Cameron stürzte. Vic trat an den Rand und sah gerade noch, wie Camerons Körper unten aufschlug und schwerfällig ausrollte. Ein paar kleine Steine kollerten noch hinterher; dann war es ganz still. Auf einmal fing Roger an zu fiepen, und als sich Vic umwandte, saß das Tier sprungbereit da und sah ihn erwartungsvoll an. Los, weiterspielen, schien Roger sagen zu wollen.

Vic ließ den Blick um den Rand des Steinbruchs wandern, an jedem Waldsaum entlang, dann hinunter zu dem seichten Teil des Sees, wo er schon manchmal ein paar kleine Jungen hatte spielen oder jemand spazierengehen sehen. Jetzt war niemand da. Er ging zu seinem Wagen, um ein Seil zu holen. Im Kofferraum mußte eines sein.

Es war nicht da. Ihm fiel ein, daß es schon seit Monaten fehlte, weil er es Trixie gegeben hatte – Gott weiß, wofür sie es gebraucht hatte. Er schwankte zwischen einer Schlinge aus kräftigem Draht und einer seiner Schneeketten; schließlich nahm er eine Schneekette mit.

Er rannte am Rand des Steinbruchs entlang zu dem Pfad, der auf die Sohle hinunterführte. Der Pfad war steil, und ein paarmal wäre Vic fast abgerutscht und bekam eben noch einen der zähen kleinen Büsche zu fassen, die hier und dort wuchsen. Er verlangsamte sein Tempo. Es eilte ihm nicht sonderlich; er nahm sich sogar die Zeit, sich nach Roger umzusehen. Einmal zögerte das Tier und blieb winselnd an einer steilen Stelle stehen; Vic kletterte zurück und half ihm darüber hinweg.

Cameron lag auf dem Rücken, den einen Arm über dem Kopf; es sah aus, als sei es die Stellung, in der er normalerweise schlief. Sein massiges, viereckiges Gesicht war blutverschmiert und große Blutflecke breiteten sich auf seinem Hemd unter dem offenen Tweedjackett aus. Vic sah sich nach einem passenden Stein um. Es gab Steine im Überfluß. Er wählte einen, der die Form eines abgeplatteten Pferdekopfes hatte, und trug ihn zu dem Rand des kleinen Plateaus, auf dem Cameron liegengeblieben war. Ein Stein war zuwenig, stellte er fest; er suchte noch ein paar weitere zusammen. Dann zog er Camerons Körper behutsam, um nicht mit dem Blut in

Berührung zu kommen, an den Rand des Wassers, Roger tollte um Cameron herum, schnupperte an den Blutflecken, bellte und schien das Ganze für ein herrliches Spiel zu halten. Vic schnippte mechanisch mit dem Finger, um ihn zur Ordnung zu rufen.

Er legte die Kette auf dem Fels aus und rollte Cameron darauf. Einem plötzlichen Einfall folgend, lockerte er Camerons Alligatorgürtel und schob ihm einen Stein in die Hose. Er legte zwei von den schwereren Steinen auf Camerons Brustkorb, schlug die beiden Enden der Schneekette darüber und zog die Kette so stramm wie möglich zusammen, ehe er den Verschluß einschnappen ließ. Dann rollte er den schweren Körper zum Wasser und ließ ihn dort hineingleiten, wo es am dunkelsten aussah. Etwas in ihm zog sich schmerzlich zusammen, als die Leiche im Rutschen mit dem Rückgrat über eine scharfe Felskante schrammte; es war, als versuche Cameron, den Stoß abzufangen.

Cameron versank mit hohlem Blubbern in dem grünschwarzen Wasser. Vic starrte ihm nach; ein paar Blasen stiegen langsam herauf, sonst war nichts zu sehen. Er bemerkte aber, daß der Fels an dieser Stelle von links nach rechts in gewaltigen Stufen abfiel; die erste, links von ihm, mochte einen Meter unter dem Wasserspiegel liegen. Ihre lange, gerade Kante erinnerte ihn an die Einfassung eines offenen Grabes. Weiß Gott, wie viele dieser gigantischen Stufen noch weiter in die dunkle Tiefe führen mochten. An der Stelle, wo er Cameron hingerollt hatte, war das Wasser ungefähr dreizehn Meter tief, erinnerte sich Vic – sie hatten bei einem ihrer Picknicks hier einmal einen Mann getroffen, der sich auskannte. Senkrecht unter sich entdeckte er jetzt, nachdem sich das Wasser beruhigt hatte, eine weitere Stufe – undeutlich erkannte er ihre Umrisse; sie mochte etwa sechs Meter tief liegen und sah aus wie ein Katafalk. Sie schien leer zu sein; hoffentlich war Cameron nicht an ihr hängengeblieben.

Roger bellte vergnügt. Er rutschte mit den Vorderpfoten

an die Kante der Felsplatte, steckte die Schnauze ins Wasser, zog sie wieder zurück, schüttelte den Kopf und blickte dann Vic an und grinste (soweit ein Boxer grinsen kann), wobei er mit dem Schwanzstummel wedelte, als wollte er sagen: »Gut gemacht.«

Vic beugte sich hinunter und wusch sich die Hände. Dann ging er zu der Stelle zurück, an der Cameron gelegen hatte, sah dort das Blut auf dem glatten Fels und machte sich daran, mit dem Schuh über die Flecke zu scharren und Staub und Geröll darüber zu schieben, damit man von oben, von der Klippe aus, nichts erkennen konnte. Dann schien es ihm jedoch vorderhand wichtiger, erst einmal alles andere zu erledigen, was getan werden mußte, als seine Spuren zu verwischen. So pfiff er Roger heran, und sie stiegen den Pfad wieder hinauf. Im Wagen wischte Vic sorgfältig den Staub von seinen Schuhen, prüfte sie auf Schrammen und Blut und besah sich dann die Seitenwände seines Wagens. Der Wagen hatte aber im Lauf der Zeit auf vielen engen Wanderwegen schon so manche Schramme abgekriegt, daß kein auffallend frischer Kratzer auszumachen war – falls wirklich jemand auf die Idee kommen sollte, danach zu suchen.

»Komm, Roger!« rief Vic, und Roger, der Autos liebte, sprang folgsam auf den Vordersitz und stellte sich auf die Hinterbeine, um aus dem offenen Seitenfenster zu gucken. Vic fuhr langsam den engen Weg hinunter. An der schärfsten Kurve hupte er vorsichtshalber, falls womöglich tatsächlich ein anderes Fahrzeug entgegenkäme, aber es kam keines. Es hätte ihn auch nicht weiter beunruhigt, wenn er jemanden getroffen hätte, dessen war er ziemlich sicher.

Vor dem Schulgebäude in Ballinger parkten bereits ein halbes Dutzend Schulbusse und eine Reihe von Autos, die zweifellos Eltern gehörten, die ihre Sprößlinge bewundern wollten. Immer mehr Leute trafen ein; sie zeigten Eile, als seien sie verspätet. Es war fünf vor zwölf. Vic parkte hinter einem der Busse.

»Hallo, Vic!«

Vic wandte sich um und erblickte Charles Peterson und seine Frau. »Hallo! Singt Janey auch mit?«

»Nein; sie hat Keuchhusten«, antwortete Charles. »Wir sind nur hier, um nachher Bericht zu erstatten.«

»Janey ist ganz unglücklich«, sagte Katherine Peterson. »Hoffentlich hat sie Trixie nicht angesteckt ... Trixie war in den letzten Tagen zweimal mit Janey zusammen.«

»Trixie hat ihn schon gehabt«, beruhigte sie Vic. »Haben Sie es mal mit Adamsons Elixier versucht? Schmeckt wie Himbeersirup; Janey wird begeistert davon sein.«

»Nein, das haben wir nicht.«

»Gibt es in altmodischen Flaschen im Drugstore auf der Church Street zu kaufen. Wir mußten das Zeug damals bei Trixie rationieren, sonst hätte sie die ganze Flasche auf einmal ausgetrunken. Und es hilft tatsächlich.«

»Adamsons Elixier. Wir werden dran denken«, sagte Charles.

Vic winkte ihnen zu und ging allein weiter, um sich einen Platz im Zuschauerraum zu suchen. Er grüßte noch zwei oder drei Mütter von Trixies Freundinnen, die er nur flüchtig kannte, aber es gelang ihm, einen Platz neben Leuten zu finden, die ihm fremd waren. Er wollte lieber allein sein, während er dem Chor zuhörte, in dem Trixie sang ... Es hatte nichts mit dem zu tun, was eben im Steinbruch geschehen war, das glaubte er bestimmt zu wissen. Er war bei so etwas immer lieber allein. Der Zuschauerraum hatte an beiden Seiten lange holzgefaßte Fenster, oben eine Galerie, dazu eine riesige Bühne, auf der die Kinder – keins war älter als zehn – wie Zwerge erschienen. Aufmerksam lauschte er dem Chor, der das Schlaflied aus *Hänsel und Gretel* sang. Es folgte ein fröhliches Wanderlied von Blumen, Bäumen und Wald, Sonnenuntergang und nächtlichen Badefreuden. Dann kam ein Wiegenlied von Schubert und schließlich *Der Schwan* von Saint Saëns:

Über dem Wasser – – der schneeweiße – Schwan –

Die Sänger waren Jungen und Mädchen; die Jungenstimmen klangen schriller, aber die Mädchen sangen lauter und hingebungsvoller. Sanft ging das Lied über in den Refrain, den Trixie seit Wochen im Hause sang. Und dann, als die Töne, symbolisch für den entgleitenden Schwan, langsam verklangen, war es ihm nach einer Weile, als höre er Trixie deutlich heraus. Sie war in der ersten Reihe und stellte sich ab und zu auf die Zehenspitzen, das kleine Gesicht mit offenem Mund nach oben gewandt.

»Der Schwan – ist wie ein Nebel – entschwunden mit dem Licht –« Es kam ihm vor, als sänge sie eine frohe Hymne zur Feier von Camerons Verschwinden und nicht von dem des Schwans. Recht hatte sie, dachte er.

22

Als Vic an diesem Tag von der Druckerei nach Hause kam, war Melinda in ihrem Zimmer am Telefon. Sie hängte ein, als sie die Tür gehen hörte, und kam ins Wohnzimmer. Sie schien gereizt.

»Hallo«, sagte Vic. »Wie fühlst du dich heute?«

»Ausgezeichnet.« In der einen Hand hielt sie eine Zigarette, in der anderen einen Drink.

Trixie kam aus ihrem Zimmer gerannt. »Daddy! Hast du mich gehört?«

»Na und ob! Du warst großartig! Ich hab dich aus allen anderen herausgehört!« Er schwang sie hoch in die Luft.

»Aber wir haben *nicht* den ersten Preis gekriegt!« schrie sie und strampelte mit den Füßen.

Vic wich ihren festen braunen Schuhen aus und stellte sie wieder auf den Boden. »Ihr habt aber immerhin den zweiten bekommen. Ist das nichts?«

»Es ist nicht der erste!«

»Da hast du recht. Also, ich habe euch jedenfalls sehr gut gefunden. Es hat wunderbar geklungen.«

»Ich bin nun auch wirklich froh, daß es vorbei ist«, sagte Trixie, wobei sie die Augen schloß und sich elegisch über die Stirn fuhr – eine Geste, die sie ihrer Mutter abgeguckt hatte.

»Warum denn?«

»Weil mir das Lied allmählich zum Hals heraushängt.«

»Das kann ich verstehen.«

Melinda stöhnte hörbar, sie wurde immer ungeduldig bei Gesprächen mit Trixie. »Trixie, *kannst* du nicht in dein Zimmer gehen?«

Trixie sah sie mit einem Blick an, in dem nach Vics Überzeugung mehr Beleidigtsein stand, als sie wirklich empfand, und machte sich dann hopsend auf den Weg durch die Diele in ihr Zimmer. Es überraschte Vic stets, daß sie Melinda gehorchte, und es war immer wie eine Bestätigung dafür, daß Trixies aufgeschlossenes Wesen praktisch unzerstörbar war.

»Ja«, meinte Vic. »Brian habe ich also um elf Uhr in den Zug gesetzt.« Er langte in die Innentasche seines Jacketts und holte Brians Gedicht heraus. »Er hat mich gebeten, dir dies hier zu geben. Es ist ein Gedicht, das er gestern abend geschrieben hat.«

Melinda nahm es mit säuerlicher, geistesabwesender Miene entgegen, betrachtete es einen Augenblick stirnrunzelnd und ließ das Blatt auf den Cocktailtisch fallen. Sie schlenderte mit dem Glas in der Hand zum Fenster. Sie hatte Schuhe mit hohen Hacken an, einen engen schwarzen Rock und eine frische weiße Baumwollbluse; und sie sah aus, als hätte sie sich zum Ausgehen fertiggemacht.

»Hast du deinen Wagen schon schmieren lassen?« fragte Vic.

»Nein.«

»Soll ich ihn morgen mitnehmen? Er hätte schon vor zehn Tagen geschmiert werden sollen.«

»Nein, ich will nicht, daß du ihn mitnimmst.«

»Schön. – Hast du übrigens die Scheidung beantragt?«

Sie wartete eine ganze Weile und sagte dann: »Nein, noch nicht.«

»Kommt Cameron heute abend?«

»Vielleicht.«

Vic nickte, es sah aber niemand, denn Melinda hatte ihm den Rücken zugekehrt. »Wann denn? Zum Essen?«

»Das weiß ich nicht.«

Das Telefon läutete, und Melinda stürzte in ihr Zimmer, um es abzunehmen: »Hallo? ... Wer? ... Oh ... Nein, er ist nicht da, aber ich erwarte jede Minute einen Anruf von ihm. Soll er Sie anrufen? ... Ach so ... Ja, das möchte ich auch wissen. Er sollte mich schon heute nachmittag ... Hören Sie, wenn er sich bei Ihnen meldet: bitte, richten Sie ihm doch aus, daß er mich sofort anruft, ja? ... Vielen Dank. Auf Wiedersehen, Mr. Ferris.«

Melinda kam ins Wohnzimmer zurück, holte ihr Glas vom Fensterbrett und nahm es mit in die Küche, um nachzugießen. Vic ließ sich mit der Abendzeitung nieder. Er hätte ebenfalls einen Drink brauchen können, aber heute abend wollte er eine Disziplinfrage daraus machen, sich den Drink zu verkneifen. Melinda kam mit ihrem aufgefüllten Glas zurück und setzte sich aufs Sofa. Zehn Minuten verstrichen. Sie schwiegen beide. Vic hatte beschlossen, nichts mehr über Cameron zu sagen und sich auch nicht zu dem Anruf von Ferris zu äußern.

Dann läutete das Telefon wieder, und Melinda lief rasch ins Schlafzimmer. »Hallo?« fragte sie voller Hoffnung. »... Ach, *Sie* sind es? ... Oh ... *Was?*« Sie klang derart überrascht, daß sich in Vic etwas spannte. »Das ist ja *sehr* merkwürdig ... Sieht ihm gar nicht ähnlich ... Ich weiß, Don, und es tut mir schrecklich leid, aber ich habe doch auf ihn gewartet. Ich hab vorhin bei June angerufen, gegen sechs war das, und ... Ja, deshalb ... Nein, eben nicht. Ich hab den ganzen Tag überhaupt nichts getan als hier herumzusitzen und ... Ja.« Ein Seufzer.

Vic konnte sich die Unterhaltung vorstellen. Don hatte vermutlich Melinda und Cameron zum Cocktail eingeladen, um die Scheidung zu feiern. Das letzte ›Ja‹ war wohl die Antwort auf die Frage gewesen, ob Vic zu Hause sei. Vic hatte das gleiche ›Ja‹ schon öfter gehört.

»Es tut mir wirklich leid, Don ... grüß Ralph von mir.«

Über dem feindlichen Lager würde wohl heute abend eine kleine Wolke hängen.

Als Melinda hereinkam, brach Vic seinen Entschluß und fragte: »Hat Cameron euch versetzt?«

»Er muß wahrscheinlich noch irgendwo arbeiten.«

»Ich glaube eher, er hat gekniffen«, meinte Vic.

»Gekniffen? Wovor gekniffen?«

»Vor dir.«

»Hast *du* eine Ahnung!«

»So was ist doch eine seelische Belastung für einen Mann, das scheint dir nicht klar zu sein. Wahrscheinlich ist es ihm zuviel geworden.«

»Was soll denn eine Belastung sein?«

»Was Cameron vorhat. Vermutlich wird er eine der beiden Flugkarten nach Mexico City benutzt haben«, antwortete Vic. Melinda unterbrach ihr ruheloses Hin- und Herwandern und sah ihn an. Er las in ihrem Gesicht, daß sie es Cameron immerhin zutraute. Aber dann sagte sie:

»Da du so ungemein interessiert daran zu sein scheinst – er hat seinen Wagen unverschlossen in Wesley stehenlassen. Mit offenen Fenstern und den Papieren und all seinem Zeug auf dem Sitz. Ich glaube also kaum, daß er nach Mexiko geflogen ist.«

»Na, also *so* interessiert bin ich auch wieder nicht. Ich denke eben nur, daß er sich aus dem Staub gemacht hat, und ich zweifle sehr stark daran, daß du jemals wieder von ihm hören wirst.«

Roger kam herein, setzte sich zu Vics Füßen nieder und sah zu ihm hinauf; er schien ihn anzugrinsen, als hätten sie ein sehr komisches Geheimnis miteinander. Vic streichelte seinen Kopf.

»Ist Roger gefüttert worden?« fragte er.

»Keine Ahnung.«

»Hast du was zu fressen bekommen, Roger?« fragte er, stand dann auf und ging durch die Diele, um an Trixies Tür zu klopfen.

»Ja?«

Trixie kauerte bequem in die Kissen gelehnt auf dem Bett und las.

»Hast du Roger gefüttert?«

»Hm hm ... Um fünf.«

»Man sagt nicht hm hm. Hast du ihm auch nicht wieder zuviel gegeben?«

»Gekotzt hat er nicht«, antwortete Trixie kühl und hob die Brauen.

»Na wunderbar. Und was ist mit dir? Hast du nicht allmählich Hunger?«

»Ich will mit dir und Mami essen!« erklärte sie mit schon fast gerunzelter Stirn, bereit, in großes Wehklagen auszubrechen, falls ihr zugemutet werden sollte, früher und allein zu essen.

»Ich weiß nicht, ob Mami hier essen wird; vielleicht geht sie mit Tony aus.«

»Dann essen eben wir beide zusammen.«

Vic lächelte. »Schön. Willst du mir helfen, das Essen zurechtzumachen?«

Trixie und er kochten für drei vor und deckten den Tisch für drei, aber Melinda wollte nichts essen. Melinda hatte nichts eingekauft, und so hatte Vic eine der Büchsen mit einem ganzen Huhn geöffnet, die seit undenklichen Zeiten im Regal gestanden hatte. Er machte dazu eine Flasche Niersteiner Domthal auf und schenkte sich und Trixie davon ein in die Stielgläser, in die er etwas Eis getan hatte. Er hatte Kartoffelbrei mit gerösteten Möhren gekocht, was Trixie sehr liebte. Sie unterhielten sich lange über Wein, wie er gemacht wird und warum er verschiedene Farben hat; Trixie bekam einen Schwips und behauptete hartnäckig, roter Möhrensaft sei auch Wein, sogar ihr Lieblingswein, und Vic widersprach ihr nicht.

»Willst du das Kind betrunken machen?« fragte Melinda, die mit ihrem vierten oder fünften Drink aus der Küche kam.

»Ach, sie hat doch nur einen Schluck gekriegt«, meinte Vic. »Dann schläft sie besser. Du solltest das eher begrüßen.«

Melinda verschwand im Wohnzimmer, aber Vic spürte, wie Hilflosigkeit und Wartenmüssen ihre Erregung immer mehr anwachsen ließen. Es hätte ihn nicht überrascht, wenn er das Klirren einer auf den Boden geschleuderten Lampe oder das flatternde Geräusch und das Klatschen einer an die Wand geworfenen Zeitschrift gehört hätte, oder auch nur den Ton der aufgerissenen Haustür, gefolgt von dem kühlen Luftzug, der durch das ganze Haus strich, wenn sie die Tür offenließ und auf den Rasen hinausging oder sich in ihren Wagen setzte, um wer weiß wohin zu fahren. Trixie fing an zu lachen und erstickte fast, weil sie ihm von einem Jungen in der Schule erzählen wollte, der seine Bücher im Hosenboden tragen konnte.

Jetzt hörte er, wie Melinda telefonierte, und da er in diesem Augenblick gerade Lust auf eine Zigarette hatte, ging er ins Wohnzimmer, um sich eine zu holen; so hörte er genug von ihrem Gespräch, um mitzubekommen, daß sie Camerons Hotel in Wesley angerufen und gefragt hatte, ob er inzwischen aufgetaucht wäre. Aus ihrer Reaktion schloß Vic, daß es nichts Neues gab. Er ging zurück zu Trixie und setzte ihr ihren Lieblingsnachtisch vor, gezuckerte Schlagsahne, die er selbst geschlagen, in ein Schüsselchen gegossen mit einer Maraschinokirsche verziert hatte.

Er trank noch etwas Wein zu seiner Zigarette und fuhr

fort, mit Trixie zu plaudern, obwohl sie beinahe auf ihrem Stuhl einschlief.

»Was feiert ihr zwei eigentlich?« erkundigte sich Melinda, die in der Türöffnung zwischen Wohnzimmer und Eßecke lehnte.

»Das Leben«, sagte Vic. »Und den Wein.« Er hob sein Glas.

Melinda richtete sich langsam auf. Sie war offenbar nicht mehr ganz nüchtern, und ihr Make-up ließ zu wünschen übrig, aber ihr Blick war klar und scharf auf Vic gerichtet. »Was hast du zu Tony gesagt?« fragte sie.

»Ich habe Tony doch heute gar nicht gesehen«, antwortete Vic.

»Nein?«

»Nein.«

»Tony-Pony«, schrie Trixie und mußte furchtbar lachen.

Melinda hob ihr Glas, nahm einen tiefen Schluck und verzog das Gesicht. »Was hast du zu ihm gesagt?«

»Nichts, Melinda.«

»Du hast ihn nicht in Wesley getroffen?«

Vic erwog, ob Don sie vielleicht zufällig gesehen haben könnte. »Nein«, sagte er.

»Weshalb bist du denn so vergnügt heute?«

»Weil Tony nicht da ist!« quietschte Trixie.

»Halt den Mund, Trixie! – Was hast du mit ihm gemacht?« fragte Melinda und schritt auf Vic zu.

»Mit ihm gemacht? Ich habe ihn doch gar nicht gesehen.«

»Wo bist du den ganzen Nachmittag gewesen?«

»In der Druckerei.«

Melinda ging in die Küche, um sich noch einen Drink zu holen.

Trixie döste auf ihrem Stuhl. Vic schob seinen eigenen Stuhl näher an sie heran, damit er sie auffangen konnte, falls sie umkippen sollte.

Melinda kam zurück mit einem Ausdruck gewissermaßen

gefrorenen, trunkenen Entsetzens auf dem Gesicht, als hätte sie gerade irgend etwas Schreckliches in der Küche gesehen, und Vic wollte sie schon fragen, was passiert sei, als sie sagte: »Hast du ihn umgebracht? Hast du ihn auch umgebracht?«

»Aber Melinda, mach dich doch nicht lächerlich.«

»Tony hätte keine Angst gehabt, mich anzurufen. Tony vergißt nichts. Tony hat vor nichts Angst; nicht mal vor dir.«

»Ich hatte bisher auch nicht den Eindruck, daß er vor mir Angst hätte«, meinte Vic. »Das hat er ja schließlich recht deutlich bewiesen.«

»Deshalb weiß ich, daß er nicht vergessen hat, mich anzurufen!« sagte Melinda atemlos. »Deshalb weiß ich, daß irgendwas mit ihm passiert sein muß! Und ich werde es *allen* Leuten erzählen – und zwar sofort!« Sie knallte ihr Glas auf den Tisch. In diesem Augenblick erklang fern das tiefe, schläfrige Grollen eines späten Gewitters, und es schoß Vic sofort durch den Kopf, daß es seit vier Uhr nachmittag nach Regen ausgesehen hatte und daß der Regen auf dem Landweg eventuell vorhandene Spuren von den Profilen seiner Reifen verwischen würde; ein sehr kräftiger Guß würde sogar vielleicht die Blutflecken von den weißen Steinen abwaschen.

Melinda war in ihr Zimmer gegangen, um ihren Mantel zu holen. Er war nicht besorgt wegen ihrer Drohung, aber er hatte Angst, es könne ihr etwas zustoßen, wenn sie sich in diesem Zustand ans Steuer setzte. Er wollte aufstehen, um zu ihr zu gehen, als er sah, daß Trixie zur Seite sank; er konnte sie gerade noch auffangen. Er nahm sie auf den Arm und ging mit ihr in Melindas Zimmer.

»Ich finde, du solltest in dieser Verfassung nicht fahren«, sagte er.

»Ich bin schon in schlimmerer Verfassung gefahren. Weißt du, ob Mellers zu Hause sind?«

Unwillkürlich mußte er lachen. Mellers wohnten ziemlich weitab von der Hauptstraße; sie hatte ihm die Frage also gestellt, um sich einen vergeblichen Weg zu ersparen. Er betrachtete sie, wie sie sich in ihrem cremefarbigen Mantel schwankend über den Toilettentisch beugte und Lippenstift und Schlüssel zusammensuchte. Plötzlich war es ihm egal, ob sie gegen einen Baum fuhr; es würde ihr ganz recht geschehen – sie wollte die Leute gegen ihn aufhetzen ... Aber dann dachte er an die Haarnadelkurve auf dem Weg zu Mellers. Die Straße verlief dort am Rande einer Klippe; sie würde jetzt naß und schlüpfrig sein ... Camerons Körper, wie er lautlos am Fuß des Abhangs ausrollte ... »Wo willst du hin?« fragte er. »Ich werde dich hinfahren.«

»Besten Dank!« Sie wirbelte herum, und ihr Blick suchte nach ihm. Sie kniff die Augen zusammen und blinzelte. »Bemüh dich nicht!« schrie sie ihn an; die Worte kamen unheimlich klar und scharf.

Vic streichelte nervös Trixies Bein, das in Overall-Hosen steckte. Dann drehte er sich um und trug das Kind in sein Zimmer und legte es sanft aufs Bett. Er kam gerade noch zurecht, um mit Melinda zusammenzuprallen, als sie aus dem Zimmer stürzte. Sie taumelten beide; und dann verlor Vic den Kopf. Das nächste, was er wußte, war, daß er über Melinda auf dem Bett lag und versuchte, ihre Arme festzuhalten. Den einen Arm hielt er fest aufs Bett gedrückt, aber den anderen konnte er nicht erwischen.

»Du kannst doch so nicht fahren!« brüllte er.

Melindas Knie war gegen seine Brust gestemmt, und plötzlich stieß es ihn mit erstaunlicher Kraft zurück; er schlug hintenüber, es krachte betäubend, und dann war es seltsam still. Auf einmal sah er das Webmuster von Melindas grauem Vorleger sehr deutlich neben seinem Schuh und merkte, daß er versuchte, auf die Füße zu kommen. Er schwankte ein wenig und spürte, daß er idiotisch lächelte. Auf dem grauen Teppich sah er ungefähr ein Dutzend roter Flecke. Draußen heulte der Motor von Melindas Wagen auf, ein Geräusch, wovon ihm ganz besonders übel wurde; und dann spürte er sein warmes Blut hinten in den Kragen hineinlaufen.

Er stand auf und bewegte sich zum Badezimmer wie ein Automat. Er erschrak über das kreidigweiße Gesicht im Spiegel; er mußte wegsehen. Er betastete seinen Hinterkopf, fand eine klaffende Wunde und wußte sofort, daß sie genäht werden mußte. Er überlegte, ob er sich erst einen Whisky eingießen sollte, ehe er den Arzt anrief, oder ob er möglicherweise ohnmächtig werden würde, bevor er noch an den Whisky kam. Fast eine ganze Minute stand er so da und wußte nicht, was er wollte. Dann ging er an den Apparat in Melindas Zimmer.

Er wählte die Vermittlung und bat sie, ihn mit Dr. Sewell zu verbinden, einem Arzt in Little Wesley – er wollte nicht, daß Dr. Franklin noch eine weitere Krise im Hause Van Allen erlebte. Vic hatte noch nie mit Dr. Sewell gesprochen, deshalb stellte er sich zuerst vor.

»Hallo? Dr. Sewell? Hier ist Victor Van Allen in der Pendleton Road. ... Ja, danke.« Die blaß pfirsichfarbige Wand vor ihm schien aus den Fugen zu gehen, aber er hielt seine Stimme gleichmäßig. »Könnten Sie vielleicht heute abend noch vorbeikommen und das Nötige mitbringen, um eine Wunde zu nähen?«

23

Vic hatte sich manchmal schon gefragt, was wohl passieren würde, wenn er oder Horace Meller, also jemand mit einigermaßen regelmäßigen Gewohnheiten, plötzlich und unerklärlich verschwände. Er hatte sich gefragt, wie lange es dauern würde, bis es irgend jemandem auffiele, und wie dann die Nachforschungen wohl betrieben würden. Jetzt würde er es erfahren.

Während er mit Trixie – es war am Morgen nach jener stürmisch verlaufenen Nacht – frühstückte, läutete das Telefon. Er nahm den Hörer ab, vernahm aber Melindas Stimme, und dann sagte ein Mann: »Guten Morgen, Mrs. Van Allen, hier ist Bernhard Ferris ...« Daraufhin legte er wieder auf. Ein paar Minuten später stürmte Melinda auf ihrem Weg in die Küche, wo sie ihren Orangensaft holte, durch das Eßzimmer.

»Das war Tonys Klient«, schnauzte sie Vic an. »Er sagt, daß Tonys Firma für eine *gründliche* Untersuchung sorgen wird.«

Vic antwortete nicht. Er fühlte sich ein wenig schwach, wahrscheinlich durch den Blutverlust, vielleicht lag es auch an der Schlaftablette, die ihm der Arzt gestern abend gegeben hatte. Er hatte so fest geschlafen, daß er nicht einmal Melindas Rückkehr gehört hatte.

»Was ist denn los?« erkundigte sich Trixie. Sie hatte noch ganz runde Augen von der Überraschung, Vic mit verbundenem Kopf zu sehen, obwohl Vic leicht darüber hinweggegangen war und ihr gesagt hatte, er hätte sich gestoßen.

»Tony scheint verschwunden zu sein«, erklärte er ihr.

Trixie lächelte zaghaft. »Vielleicht versteckt er sich irgendwo?«

»Wahrscheinlich.«

»Warum denn?« wollte Trixie wissen.

»Das weiß ich nicht, Trixie.«

Aus Melindas hastigem Treiben an diesem Morgen schloß Vic, daß sie eine Verabredung hatte. Vielleicht mit Mr. Ferris. Er nahm an, daß Camerons Firma heute oder morgen einen Detektiv schicken würde. Er fuhr zur üblichen Zeit in die Druckerei. Stephen, Carlyle und der Müllabfuhrmann, der gerade die Abfälle aus der Druckerei holte, erkundigten sich, was es mit dem Verband auf sich habe, der wie eine Tonsur aussah. Vic erzählte ihnen, er habe sich unter einer metallenen Schranktür im Keller aufgerichtet und sich dabei furchtbar gestoßen.

Gegen fünf Uhr nachmittags kam Melinda mit einem Detektiv in die Druckerei, der sich als Pete Havermal vom *Star Investigation Bureau* in New York vorstellte. Der

Detektiv sagte, ein gewisser Mr. Grant Houston in Wesley habe gesehen, wie Cameron in einen Wagen gestiegen sei, den Vic gestern vormittag irgendwann zwischen elf und zwölf durch die Hauptstraße von Wesley gesteuert habe.

»Ja, das stimmt«, bestätigte Vic. »Ich stolperte über Tony, nachdem ich einen Freund am ...«

»Was heißt das – Sie stolperten über ihn?« unterbrach der Detektiv grob.

»Ich will damit sagen, daß ich ihn gesehen habe, als er aus einem Geschäft kam – einem Tabakgeschäft, glaube ich; er wollte direkt vor meinem Wagen die Straße überqueren. Ich hielt an und fragte ihn, ob ich ihn mitnehmen könnte.«

»Ach? Warum hast du mir das gestern abend nicht gesagt?« fragte Melinda. »Gestern hat er gesagt, er hat Tony den ganzen Tag nicht gesehen!« informierte sie den Detektiv.

»Er sagte, daß er seinen Wagen zwar genau gegenüber geparkt habe«, fuhr Vic fort, »aber er wollte mit mir sprechen, und so stieg er ein.«

»Hm hm. Und wohin sind Sie gefahren?« erkundigte sich Havermal.

»Tja, eigentlich nirgendwohin. Ich hätte genausogut stehenbleiben können, aber es war kein Parkplatz frei.«

»Wohin sind Sie gefahren?« wiederholte der Detektiv und begann, sich Notizen auf einem Block zu machen. Es war ein dicklicher, dabei hart wirkender Mann um die vierzig; er hatte kleine Schweinsaugen und schien sein Geschäft zu verstehen. Er sah aus, als könne er im Bedarfsfall brutal werden.

»Wir sind nur um ein paar Blocks herumgefahren – in südöstlicher Richtung, wenn Sie's genau wissen wollen.« Vic drehte sich zu Carlyle um, der in der Tür zur Setzerei stand und gebannt mit seinem Spucknapf in der Hand zuhörte. »Das ist nichts von Bedeutung, Carlyle; Sie können dann gehen.«

Carlyle humpelte mit dem Spucknapf in die Setzerei zurück.

»Sie sind also um ein paar Blocks herumgefahren«, sagte der Detektiv. »Wie lange?«

»Ach, vielleicht fünfzehn Minuten oder so.«

»Und dann?«

»Dann habe ich Mr. Cameron wieder bei seinem Wagen abgesetzt.«

»Sieh mal an. Wirklich?« sagte Melinda.

»Ist er in den Wagen eingestiegen?« fragte der Detektiv.

Vic tat, als versuche er, sich zu erinnern. »Das kann ich nicht sagen; ich glaube, ich habe nicht darauf geachtet.«

»Und wann war das?«

»Ich würde sagen, gegen halb zwölf.«

»Was haben Sie dann gemacht?«

»Dann bin ich nach Ballinger gefahren; meine Tochter sang dort in einem Schulkonzert mit.«

»Hm hm . . . Wann waren Sie dort?«

»Kurz vor zwölf. Das Konzert begann um zwölf.«

»Sind Sie auch dort gewesen, Mrs. Van Allen?«

»Nein«, antwortete Melinda.

»Haben Sie Bekannte getroffen?« Der Detektiv kniff eines seiner Schweinsaugen halb zu.

»Nein . . . Oder warten Sie mal . . . Doch! Die Petersons. Wir haben ein paar Worte gewechselt.«

»Petersons«, wiederholte Havermal und notierte es. »Um welche Zeit war das?«

Vic hatte genug davon. Er lachte kurz auf. »Das weiß ich nun wirklich nicht. Vielleicht wissen's Petersons.«

»Gut. – Und worüber wollte sich Cameron mit Ihnen unterhalten?«

Vic tat wieder so, als dächte er nach. »Er fragte mich . . . Ach ja: Er wollte wissen, ob ich glaube, daß in der Gegend von Ballinger oder Wesley in den nächsten Jahren noch viel gebaut werden wird. Ich antwortete, daß ich ihm das beim besten Willen nicht sagen könnte. In letzter Zeit war ja nicht viel los auf diesem Gebiet.«

»Und worüber hat er noch gesprochen?«

»Sie vergeuden Ihre Zeit«, warf Melinda ein.

»Ich weiß es wirklich nicht mehr ... Er schien ein wenig nervös, ein bißchen ... na, unsicher. Er sprach davon, daß er vielleicht eine eigene Baufirma hier in der Gegend aufmachen wolle, weil es ihm hier gut gefiele ... Irgend so was. Er drückte sich nicht sehr klar aus.«

Melinda schnaubte ungläubig. »Mir hat er nie etwas davon gesagt, daß er sich hier niederlassen wollte!«

»Was heißt, er schien nervös?« erkundigte sich Havermal. »Hat er Ihnen gesagt, daß er nervös war? Hat er einen Grund angegeben? Hat er erwähnt, was er an dem Tag noch vorhatte?«

»Ich will Ihnen genau sagen, was er vorhatte, Mr. Havermal«, legte Vic los und verbarg seinen Ärger nicht länger. »Er hatte vor, sich mit meiner Frau zu treffen, die die Scheidung einreichen wollte, um Mr. Cameron zu heiraten. Das hatte er vor. Sie hatten bereits Flugkarten nach Mexico City ... Haben Sie das noch nicht gewußt, Mr. Havermal? Hat es Ihnen meine Frau nicht erzählt? Oder hat sie Ihnen einfach gesagt, ich hätte Cameron umgebracht?«

Es war leicht, aus dem Gesichtsausdruck des Detektivs zu lesen, daß ihm Melinda nichts über die Scheidung berichtet hatte. Havermal blickte von einem zum andern. »Stimmt das, Mrs. Van Allen?«

»Ja«, gab sie mürrisch zu.

»Ich nehme an, das beantwortet Ihre Frage, warum Mr. Cameron nervös war in meiner Gegenwart«, fuhr Vic fort. »Erstaunlich ist lediglich, daß er ausgerechnet mich um meine Meinung zu geschäftlichen Plänen gefragt hat und in meinen Wagen eingestiegen ist.«

»Und daß Sie ihn gefragt haben, ob Sie ihn irgendwohin fahren könnten«, ergänzte der Detektiv.

Vic seufzte. »Ich versuche eben, höflich zu sein ... meistens, jedenfalls. Mr. Cameron ist ein häufiger Gast in unserem Haus gewesen, wissen Sie. Vielleicht hat Ihnen meine Frau das erzählt. Wenn Sie wissen wollen, warum ich am Montag abgestritten habe, ihn gesehen zu haben, so kann ich Ihnen das auch erklären: Ich hatte ihn satt. Und außerdem hatte er meine Frau mit einer Verabredung für den Abend sitzenlassen, und sie hatte sich aufgeregt und war dabei, sich zu betrinken. Ich hatte also keine Lust, mich über Mr. Cameron zu unterhalten. Vielleicht verstehen Sie das.«

Havermal sah Melinda an. »Sagten Sie nicht, daß Sie Cameron seit ungefähr einem Monat kennen?«

»Ungefähr, ja«, antwortete Melinda.

»Und Sie hatten vor, ihn zu heiraten?« Havermal blickte sie an, als ob er an ihrem Geisteszustand zweifle.

»Ja«, gab sie zu und ließ den Kopf wie ein schuldbewußtes Schulmädchen hängen.

»Und wann haben Sie beschlossen, ihn zu heiraten?«

»Erst vor ein paar Tagen«, half Vic aus.

Der Detektiv warf Vic einen scharfen Blick zu: »Ich nehme an, Sie hatten nicht viel übrig für Cameron.«

»Richtig.«

»Cameron ist gestern irgendwann vor ein Uhr spurlos verschwunden. Er hatte eine Verabredung zum Mittagessen, die er nicht eingehalten hat«, berichtete Havermal.

»Ach ja?« sagte Vic so uninteressiert wie möglich.

»Ja.«

Vic nahm eine Zigarette aus der Packung auf seinem Schreibtisch. »Nun ja, er war ein seltsamer Kerl«, bemerkte er und gebrauchte mit Absicht die Vergangenheitsform. »Immer freundlich, immer bemüht, sich gut mit mir zu stellen – Gott weiß, warum ... So war es doch, nicht wahr, Melinda?« fragte er hinterhältig.

Sie sah ihn böse an. »Du hattest zwischen Viertel nach elf und zwölf Uhr Zeit genug, um ... um ihm etwas zu tun.«

»Mitten in Wesley? Auf der Commerce Street?« fragte Vic.

»Du hast Zeit genug gehabt, woanders hinzufahren. Es hat

ja keiner gesehen, daß du ihn bei seinem Wagen abgesetzt hast.«

»Woher willst du das wissen? – Haben Sie in Wesley Erkundigungen eingezogen?« fuhr Vic, zu dem Detektiv gewandt, fort. »Übrigens war Cameron größer und bestimmt viel kräftiger als ich; selbst wenn ich gewollt hätte, hätte ich ihm kaum was tun können.«

Der Detektiv schwieg nachdenklich.

»Irgendwie hatte ich gestern das Gefühl, als ob er Angst vor etwas hätte«, sagte Vic. »Vielleicht vor den Konsequenzen seines Flirts mit meiner Frau. Ich könnte mir vorstellen, daß ihm die ganze Geschichte über den Kopf gewachsen war ... Vielleicht ist er einfach abgehauen.«

»Sie haben ihm nicht zufällig dazu geraten, Mr. Van Allen?« fragte Havermal.

»O nein. Ich habe meine Frau nicht einmal erwähnt.«

»Tony hat nie Angst«, erklärte Melinda stolz.

Havermal hatte seine Verblüffung noch immer nicht überwunden. »Haben Sie Cameron gestern irgendwann noch einmal gesehen?«

»Nein«, antwortete Vic. »Ich bin den ganzen Nachmittag hier gewesen.«

»Was haben Sie denn da am Kopf?« erkundigte sich Havermal ohne jedes Mitgefühl.

»Ach, ich habe mir an einem Schrank in der Küche den Kopf angerannt.« Vic blickte Melinda an und lächelte.

»Ach so.« Er starrte Vic eine Minute lang an. Vielleicht lächelte der schmale Spalt seines Mundes, vielleicht grinste er, vielleicht drückte er Verachtung aus – es war nicht zu beurteilen. »Na gut, Mr. Van Allen. Das ist dann wohl für den Augenblick alles. Wahrscheinlich sehen wir uns noch.«

»Bitte sehr, jederzeit.« Vic begleitete den Detektiv und Melinda zur Tür.

Zweifellos hatte der Detektiv vor, Melinda ein paar Fragen über ihre Beziehungen zu Cameron zu stellen. Das würde dann ein neues Licht auf die Geschichte werfen. Vic seufzte und fragte sich lächelnd, was nun als nächstes passieren würde.

In der Abendausgabe des *New Wesleyan* war ein kleines Foto von Cameron – viereckiges Gesicht, ernst, etwas erschreckt –, Vic mußte an den Ausdruck denken, den er zuletzt in diesem Gesicht gesehen hatte, bevor Cameron in den Steinbruch gestürzt war. Darunter stand: *Wer hat diesen Mann gesehen?* Freunde von Cameron, hieß es weiter, hätten sein Verschwinden spät am vergangenen Abend gemeldet. Die Baufirma in New York, bei der er beschäftigt sei, habe gründliche Nachforschungen veranlaßt und einen Detektiv nach Wesley geschickt. Es ist zu befürchten, daß er einen Unfall erlitten hat, behauptete die Zeitung kühn.

Horace rief kurz nach sieben an und erkundigte sich, ob Vic eine Ahnung hätte, was mit Cameron los sein könnte. Vic sagte, er wisse nichts von der ganzen Geschichte, und darauf schien Horace nicht mehr sehr interessiert. Er fragte noch, ob Vic mit Melinda zum Essen rüberkommen wollte, weil ihnen ein Freund aus Maine gerade ein Fäßchen Hummer geschickt habe. Vic lehnte dankend ab und erklärte, bei ihnen sei das Essen bereits in Vorbereitung. Das stimmte sogar; Vic hatte angefangen, etwas zu richten. Melinda war nicht zu Hause. Er vermutete, daß sie mit dem Detektiv oder mit Wilsons zusammen sein und sich nicht so bald wieder melden würde.

Kaum eine Stunde später, Vic und Trixie waren gerade mit dem Abendbrot fertig, fuhr draußen ein Wagen vor. Es war Horace. Vic wußte, was geschehen war.

»Können wir in dein Zimmer gehen, Vic? Ich will nicht, daß . . .« Er warf einen Blick auf Trixie.

Vic ging zu Trixie, legte seinen Arm um sie und küßte sie auf die Wange. »Entschuldigst du mich, Trixie? Wir müssen etwas Ernstes besprechen. Trink deine Milch aus, und wenn du noch mehr Kuchen nimmst – nur ein kleines Stück, ja?«

Sie gingen durch die Garage in Vics Zimmer. Vic bot Horace den einen bequemen Stuhl an, aber Horace wollte sich nicht setzen. Vic ließ sich auf dem Bett nieder.

»Wir haben gerade den Besuch von diesem Detektiv gehabt – wie du dir wahrscheinlich schon gedacht hast«, begann Horace.

»Oh. War Melinda dabei?«

»Nein, das hat sie uns erspart. Sie beschuldigt dich schon wieder, Vic!« brach Horace los. »Ich war sehr nahe daran, diesen Habermeyer, oder wie er heißt, aus dem Haus zu werfen. Zum Schluß hab ich das auch getan, aber erst, nachdem wir ihm gründlich Bescheid gestoßen hatten, Mary und ich.«

»Er heißt Havermal, und er kann nichts dafür. Es ist sein Beruf.«

»O nein, mein Lieber. Dieser Kerl gehört zu der Sorte, die einen zum Zuschlagen reizt. Und wenn er dann im Wohnzimmer sitzt und wissen will, ob ich es für möglich halte, daß mein bester Freund jemand umgelegt hat in der Wut, oder ihn zumindest aus der Stadt hat verschwinden lassen . . . das macht die Sache natürlich auch nicht besser. Ich hab nur gesagt, daß Vic Van Allen sich mit so was nicht abgeben würde. Ich habe ihm gesagt, daß Mr. Cameron vielleicht eine Blondine getroffen hat, die ihm besser gefallen hat als Melinda, und daß er vielleicht mit der in eine andere Stadt abgezogen ist!«

Vic lächelte.

»Stimmt das übrigens – du sollst der letzte gewesen sein, der ihn gesehen hat?«

»Das weiß ich gar nicht mal. War ich der letzte? Ich habe ihn gegen halb zwölf gestern gesehen.«

Horace zuckte mit den schmalen Schultern. »Anscheinend ist niemand aufzutreiben, der ihn nach zwölf gesehen hat . . . Und dann durfte ich mir noch diesen Quatsch über Melinda anhören – daß sie sich scheiden lassen wollte, um Cameron zu heiraten! Ich habe Havermal geraten, das lieber nicht überall zu verbreiten. Ich habe ihm erklärt, daß ich Melinda genauso gut kenne wie dich – na, fast genauso gut – und daß ich weiß, zu welchen wilden Drohungen sie fähig ist, wenn sie einmal wütend wird.«

»Ich bin aber nicht sicher, daß es nur eine Drohung gewesen ist, Horace. Melinda schien vor ein paar Tagen recht fest entschlossen.«

»Was? – Na ja, Tatsache bleibt schließlich, daß sie die Scheidung nicht eingereicht hat... Ja, das weiß ich: ich habe mich erkundigt. Ich habe Havermal direkt gefragt, was er denn an Beweisen hat für diese Scheidungsgeschichte. Gar keine hatte er.«

Vic schwieg.

Endlich setzte sich Horace. »Also, Vic, nun erzähl mir bitte mal ganz genau, was passiert ist, nachdem Cameron zu dir in den Wagen gestiegen war.«

Vic spürte, wie sich seine Augen zu einem gespielten Erstaunen weiteten. »Aber nichts ist passiert. Melinda wurde überhaupt nicht erwähnt. Er machte Konversation. Es war das erste Mal, daß ich ihn unsicher erlebt habe... Sieh mal, Horace«, Vic nutzte seinen Vorteil bei Horace aus, wie vorher bei Havermal, »nur deshalb glaube ich ja, daß an Melindas Scheidungsplänen etwas drangewesen sein könnte. Übrigens wollte sie die Scheidung gestern einreichen. Ob sie schon einen Termin bei einem Anwalt gehabt hat, weiß ich nicht, aber sie hatte vor, gestern alles in die Wege zu leiten. Sie hat auch erwähnt, daß Cameron zwei Flugkarten nach Mexiko besorgt hatte und daß sie mit ihm fliegen wollte. Kein Wunder, daß es Cameron in meiner Gegenwart unbehaglich war. Er hätte natürlich gar nicht in meinen Wagen einsteigen sollen, aber du weißt ja, wie er ist, und wenn er überhaupt denkt, dann erst hinterher. Womöglich war er gestern nachmittag mit Melinda in irgendeinem Anwaltsbüro verabredet. Er ist ja dickfellig genug, mit ihr zusammen hinzugehen und daneben zu sitzen.«

Horace schüttelte angeekelt den Kopf.

»Wie ich aber bereits diesem Detektiv sagte, halte ich es für möglich, daß sich Cameron einfach gedrückt hat. Dazu mußte er dann eben seine Arbeit aufgeben, jedenfalls den jetzigen Auftrag. Nicht einmal er hätte die Stirn gehabt, Melinda unter die Augen zu treten, nachdem er sie sitzengelassen hatte.«

»Nein, da hast du recht«, gab Horace nachdenklich zu. »So wird es dann wohl auch gewesen sein.«

Vic erhob sich und machte unten in seinem Schreibtisch ein Fach auf. »Ich hab den Eindruck, du könntest einen Drink brauchen. Stimmt's?« Er wußte immer, wann Horace einen Drink brauchte. »Ich hole schnell Eis aus der Küche.«

»Nein, vielen Dank – kein Eis für mich. Ich trinke das nur als Medizin – und ohne Eis kommt es mir immer eher wie Medizin vor als mit.«

Vic nahm ein Glas vom Schreibtisch, wusch es in seinem winzigen Badezimmer aus und brachte sein Zahnputzglas für sich selbst mit. Er goß drei Finger hoch in jedes Glas ein. Horace nahm dankbar einen Schluck.

»Ahh . . . Das tut gut . . .« seufzte Horace. »Mir scheint die Geschichte mehr an die Nieren zu gehen als dir.«

»Es scheint so«, stimmte Vic lächelnd zu.

»Und für dich geht alles wieder von vorn los. Genau das gleiche wie nach der De-Lisle-Affäre.«

»Ein gutes Jahr für Detektiv-Agenturen«, meinte Vic und merkte, daß ihn Horace forschend ansah. Horace hatte ihn noch immer nicht geradeheraus gefragt, ob Carpenter Detektiv gewesen war.

»Komisch, daß Camerons Firma ihn nicht in New York sucht oder in Miami, oder wo so jemand sonst hinfahren würde«, überlegte Horace. »Oder in Mexico City – aber da suchen sie ja auch vielleicht.«

Vic gab der Unterhaltung eine kleine Wendung und fing an, die Frage zu diskutieren, welche Chancen ein Mann hätte, der spurlos verschwinden will – in Australien etwa. Wenn es ihm gelänge, die Einwanderungsbehörden mit ihrem Papierkrieg, ihren Blutuntersuchungen und so weiter zu umgehen, würde er unauffindbar sein, meinte Vic. Sie gingen dann zum Thema Blutproben über. Horace berichtete, daß man heute einen Menschen allein auf Grund einer winzigen Menge getrockneten Blutes – und wenn es schon Monate alt sei – identifizieren könne.

Davon hatte Vic auch schon gehört.

»Wenn du aber nur das Blut hast und nicht die Person, von der es stammt, was dann?« fragte er. »Was hilft dir dann der ganze Test?«

Horace lachte.

Vic dachte an Camerons Blut auf der hellen Felsplatte im Steinbruch, und an Cameron selbst, der an die dreizehn Meter unter Wasser ruhte. Wenn man das Blut fände, würde man folgerichtig im Wasser nach der Leiche suchen ... Vic wünschte, er könnte hinfahren, um sich die Blutflecken noch einmal genau anzusehen und sie vielleicht doch noch völlig zu entfernen, aber aus Angst, gesehen zu werden, wagte er nicht, zum Steinbruch zu fahren. Es schien das einzig Nachlässige und Dumme zu sein, das er in seinem ganzen Leben getan hatte: dort eine Spur zu hinterlassen, wo er keine Spur hatte hinterlassen wollen, und etwas von derartiger Wichtigkeit nicht ordentlich erledigt zu haben.

Als Horace dann aufstand, um zu gehen, lachte er bereits wieder. Es klang noch nicht ganz wie sein normales Lachen, aber er zwang sich zur Heiterkeit. »Na, wir haben schließlich schon einige Stürme überstanden, was, Vic? Irgendwo wird sich Cameron schon noch finden. Inzwischen wird die Polizei in allen großen Städten nach ihm suchen. Das machen sie doch immer so.«

Vic dankte ihm für seinen Besuch, und Horace ging. Vic stand in der Garage und hörte das Motorengeräusch seines Wagens in der Ferne verklingen. Es ging ihm durch den

Kopf, daß Horace sicherlich absichtlich nicht nach Melinda gefragt hatte, um Vic die Beschämung zu ersparen, keine Ahnung zu haben, wo seine Frau steckte und wann sie nach Hause käme.

Vic trat an das Terrarium. Hortense und Edgar waren beim Liebesspiel. Edgar bog sich von einem kleinen Stein hinunter, um Hortense auf den Mund zu küssen. Hortense hatte sich auf dem Schwanzende in die Luft erhoben und bewegte sich unter seiner Liebkosung wie eine von Musik verzauberte Tänzerin. Vic sah vielleicht fünf Minuten lang zu, ohne an irgend etwas, nicht einmal an die Schnecken zu denken, bis er sah, wie an der rechten Kopfseite jeder Schnecke die rundlichen Auswüchse hervortraten. Wie sie sich liebten, und wie sie zueinander paßten! Die klebrigen Gebilde wurden größer und berührten sich, Rand an Rand, und die Münder trennten sich. Dann blickte er auf seine Uhr. Fünf vor zehn. Es schien ihm eine seltsam deprimierende Zeit. Im Haus war es totenstill. Er fragte sich, ob Trixie wohl schliefe. Er räusperte sich, und dieses kleine normale Geräusch klang so laut wie ein Schritt auf dem Kies draußen.

Die Schnecken verhielten regungslos. Zuerst schoß Hortense ihren Fühler heraus – und verfehlte ihr Ziel. Ob das Absicht war? Gleich darauf versuchte es Edgar: es gelang nicht, er zog den Fühler zurück und versuchte es noch einmal. Diesmal erreichte er sein Ziel, der Fühler drang ein, und nun versuchte es auch Hortense von neuem. Ihr fiel es schwerer, sie zielte nach oben, aber nach drei geduldigen Versuchen war auch sie am Ziel. Dann, wie in Trance, bogen sich die Köpfe ein wenig zurück, die Fühler drangen fast ganz ein, und Vic wußte: hätten sie Augenlider gehabt, so hätten sie sie jetzt geschlossen. Die Schnecken machten keine Bewegung. Er starrte sie an, bis er das erste Anzeichen sah, daß die Ränder der beiden Gebilde sich lösen wollten. Dann begann er, in der Garage auf und ab zu gehen. Er litt unter einem ungewohnten Gefühl der Unruhe. Seine Gedanken wanderten zu

Melinda, aber er wollte jetzt nicht an Melinda denken. Er kehrte zu den Schnecken zurück, um sich abzulenken.

Viertel vor elf. War sie bei Wilsons? Wahrscheinlich redeten sie alle gleichzeitig vor Aufregung ... War der Detektiv auch dabei? Oder war er nach seinem harten Arbeitstag zu Bett gegangen? Ob irgend jemand wohl an den Steinbruch dachte? Vic beugte sich über die Schnecken und betrachtete sie durch ein Vergrößerungsglas. Jetzt waren sie nur noch durch die beiden Fühler verbunden, und so würden sie noch mindestens eine Stunde ausharren, das wußte er.

Vic hatte heute abend keine Geduld, die Schnecken länger zu beobachten. Er ging in sein Zimmer, um zu lesen.

24

Fünf Tage später begann Hortense, ihre Eier zu legen; es dauerte vierundzwanzig Stunden. Und Havermal fragte noch immer Gott und der Welt Löcher in den Bauch. Er ging viel gründlicher und offener vor, als es Carpenter nach der De-Lisle-Geschichte gemacht hatte. Havermal sprach mit allen: Mit den Cowans, mit MacPhersons, mit Stephen Hines, den Petersons und mit dem alten Carlyle; er ging zu Hansen, dem Kolonialwarenhändler, und zu Ed Clarce, dem Inhaber des Eisenwarengeschäfts (Vic war dort hochgeachtet und ließ vermutlich mehr Geld dort als jeder andere von Eds Kunden); er befragte den Mixer Sam in der Lord-Chesterfield-Bar, Wrigley, den Zeitungsmann, der Van Allens die Zeitungen brachte, und Pete Lazzari und George Anderson, die Männer von dem Müllwagen, die die Abfälle sowohl der Druckerei als auch des Van Allenschen Haushalts abholten. Havermal suchte alle diese Leute mit der mehr oder weniger ausgesprochenen Absicht auf, Vic mit Camerons Verschwinden in Zusammenhang zu bringen, und er stellte sehr direkte Fragen, wie Vic berichtet wurde. Die allgemeine Haltung der

Befragten war, wie Vic gleichfalls erfuhr, äußerst zurückhaltend, ja, mißbilligend. Es war Havermals Pech, daß seine Persönlichkeit so aufreizend wirkte. Selbst die Müllabfuhrleute, einfache Männer, begriffen die Tragweite von Havermals Andeutungen und reagierten negativ.

So berichtete Pete Lazzari, als er Vic traf: »Also ich hab ihm gesagt, mich interessiert's nicht, was Mrs. Van Allen macht. Ich weiß, sie kippt mal einen zuviel, hin und wieder; das ist alles. Aber Sie wollen hier jemand einen Mord anhängen, und *das* interessiert mich nun doch ziemlich. Ich kenne Mr. Van Allen seit sechs Jahren, und einen netteren Kerl gibt's in der ganzen Stadt nicht. Ich hab schon von Strolchen wie Ihnen gehört, hab ich gesagt, und wissen Sie, wo Sie hingehören? Auf meinen Wagen – zu dem ganzen andern Dreck.« Pete Lazzari war ein Trumm von einem Mann; er konnte die vollen Mülleimer mit einem Schwung zwölf Fuß hoch über den Rand des Müllwagens kippen.

Bei Havermals zweitem Besuch bei Mellers wurde er von Horace an der Tür weggeschickt. Stephen Hines hielt ihm einen Vortrag über das englische Rechtsprinzip, demzufolge jeder unschuldig ist, solange die Schuld nicht erwiesen ist, sowie über die Verdrehung dieses Prinzips in Amerika, was ausschließlich auf ungebildete, mit einer schmutzigen Phantasie begabte Burschen wie Havermal zurückzuführen sei.

Melinda berichtete, daß die Fluglinien überprüft worden waren und daß Tony kein Flugzeug genommen hätte. Aber zwei Flugkarten hatte Cameron tatsächlich gekauft, das hatte Havermal herausbekommen; sie waren auf Mr. und Mrs. Anthony Cameron ausgestellt worden.

»Vielleicht hat er sein Ticket zurückgegeben und unter einem anderen Namen ein anderes gekauft«, meinte Vic.

»Nein, das geht nicht«, erklärte Melinda triumphierend. »Man muß für Mexiko eine Touristenkarte haben, das ist so eine Art Besuchervisum, und die Karte muß vor dem Start in New York vorgezeigt werden. Das hat mir Tony gesagt.«

Vic lächelte. »Erinnerst du dich nicht mehr an die Geschichte, wie Cowans vor ein paar Jahren nach Mexiko geflogen sind? Evelyn hatte ihre Geburtsurkunde verloren, und sie hatten keine Zeit mehr, eine neue zu beschaffen, und da haben sie dem Mann im mexikanischen Konsulat einfach ihre Namen gesagt, und er hat ihnen ohne weiteres, ohne sie nach Personalausweisen zu fragen, die Touristenkarten ausgestellt... Diese Touristenkarten sind doch nichts als ein Trick, um an jedem Touristen, der nach Mexiko fährt, ein paar Dollar extra zu verdienen. Sonst würde man doch mit einem gewöhnlichen Paß reingelassen, wie in jedes andere Land auch.«

Melinda hatte hierfür keine Entgegnung. Sie war ruhelos und verstört und schien sich mit dem Gedanken an eine Niederlage abfinden zu wollen, als Havermal schon eine Woche in Little Wesley war und noch immer keine greifbaren Resultate vorlagen. Havermal hatte alles versucht. Er hatte die Umgebung von Wesley im Umkreis der Entfernung abgegrast, die man im Wagen in der zur Verfügung stehenden Zeit zurücklegen konnte, ohne hinterher zu spät nach Ballinger zu kommen. Vic wußte nicht, ob er den Steinbruch dabei entdeckt hatte; aber er mußte wohl eine Karte benutzt haben, und der Steinbruch war nicht auf allen Karten eingezeichnet. Immerhin schien es unwahrscheinlich, daß er ihn ausgelassen hatte, aber Vic hütete sich, Melinda danach zu fragen. Es hatte inzwischen zweimal stark geregnet. Im Steinbruch hatten überall rostige Maschinenteile umhergelegen, und Rostflecke unterschieden sich auf den ersten Blick nicht von Blutflecken. Eigentlich war es kaum zu fassen, daß Havermal den Steinbruch noch nicht abgesucht hatte, aber es schien wirklich so zu sein. Offenbar brachte er seine Tage damit zu, die Straßen abzufahren, wie Melinda sagte, und vielleicht im Gebüsch irgendwo nach einer Leiche zu suchen.

Havermal stattete Vic noch einen zweiten Besuch in der Druckerei ab. Er hatte noch immer keine ernst zu nehmenden

Anhaltspunkte und stützte sich hauptsächlich auf einige kritische Bemerkungen von Don Wilson. »Wilson glaubt, daß er Ihnen auf die Sprünge gekommen ist. Er meint, Sie hätten auch De Lisle umgebracht. Es ist ja auch recht merkwürdig, wenn ein und derselbe Mann, der in beiden Fällen ein handfestes Motiv hatte, zufällig als letzter mit zwei *Toten* gesehen wird«, sagte Havermal.

»Wollen Sie damit sagen, daß Sie Camerons Leiche gefunden haben?« fragte Vic mit erstaunt aufgerissenen Augen, aber Havermal war kein Typ, bei dem ironische Frotzeleien Spaß machten.

»Ja, allerdings«, entgegnete Havermal und beobachtete Vic so auffällig, daß Vic den Bluff sofort durchschaute. Aber er ging geschickt darauf ein: »*Wo* denn? Warum haben Sie das nicht gleich gesagt?«

Unverfroren ignorierte Havermal die Frage und ging zu etwas anderem über. Als er wieder Don Wilson zitierte, meinte Vic mit sanftem Lächeln:

»Mr. Wilson sollte sich lieber vorsehen; ich könnte ihn wegen übler Nachrede verklagen, und ich glaube kaum, daß er sich diesen Prozeß leisten kann. Seine Frau ist aber sehr reizend, finden Sie nicht?«

»Und sehr dumm«, kommentierte Havermal.

»Nun«, meinte Vic, noch immer liebenswürdig, »ich glaube kaum, daß Sie aus den Leuten hier sehr viel rausbekommen werden, wenn Sie es darauf anlegen, sie zu beleidigen.«

»Danke«, knurrte Havermal.

»Ich habe Ihnen zu danken, und das möchte ich nicht versäumen, da Sie Little Wesley ja wohl bald verlassen werden«, plauderte Vic weiter. »Sie haben mir gezeigt, wie beliebt und angesehen ich hier bin. Nicht, daß ich mich jemals besonders um die Sympathie meiner Mitbürger bemüht hätte, aber es ist ein schönes Gefühl, zu wissen, daß sie vorhanden ist.«

Nicht lange danach verließ ihn Havermal, ohne auch nur

zum Abschied noch einen kleinen Bluff zu versuchen. Vic sammelte die beiden Zigarettenstummel auf, die Havermal auf dem Fußboden zertreten hatte, und warf sie in den Papierkorb. Dann ging er zurück in den Druckereiraum. Er war dabei unterbrochen worden, das getrocknete Gerippe eines Eichenblatts zu präparieren, das als Vignette unter eines von Brian Ryders Gedichten kommen sollte.

Vic erhielt noch einen weiteren Loyalitätsbeweis an diesem Abend. Hal Pfeiffer, der Herausgeber des *New Wesleyan*, rief an, um zu berichten, ein Detektiv namens Havermal sei in der Redaktion erschienen, um einen verleumderischen Bericht anzubieten über seine Untersuchung in Zusammenhang mit Camerons Verschwinden im allgemeinen und die Rolle, die Victor Van Allen und seine Frau ›möglicherweise‹ dabei gespielt hätten, im besonderen. Pfeiffer hatte ihn kurzerhand hinausgeworfen.

»Ich habe Sie nie kennengelernt, Mr. Van Allen, aber ich habe von Ihnen gehört«, fuhr Pfeiffer fort. »Ich wollte Ihnen das nur erzählen, damit Sie sich keine Gedanken machen. Der *New Wesleyan* will mit Leuten vom Schlage dieses Havermal nichts zu tun haben.«

Vic berichtete das Melinda.

Selbst die Chemische Reinigung konnte mit einer Geschichte aufwarten. Als Vic ein paar Sachen abholte, lehnte sich Fred Warner, der Geschäftsführer, über den Ladentisch und flüsterte ihm zu, ›dieser Schnüffler‹ sei dagewesen, um einen Blick auf alle Sachen zu werfen, die Victor Van Allen in letzter Zeit in die Reinigung gegeben hatte. Der Detektiv habe dann auf einer Hose Blutflecke entdeckt, aber Mrs. Van Allen sei dabeigewesen und habe sofort erklärt, daß es sich um Vics eigenes Blut handeln müsse – er habe sich kürzlich den Kopf angestoßen.

»Das Blut war doch hinten auf der Hose«, grinste Warner, »und ganz oben. Man sah ja gleich, daß es nur ein paar Tropfen von einer Kopfverletzung sein konnten. Aber Sie hätten mal sehen sollen, wie enttäuscht der Detektiv war! Ein richtiger Bluthund ist das – bloß kein sehr guter, was, Mr. Van Allen?«

Und dann reiste Havermal plötzlich ab.

Es war, als stieße die ganze Stadt einen Seufzer der Erleichterung aus. Jedenfalls kam es Vic so vor. Die Leute auf der Straße schienen öfter zu lächeln, auch sich gegenseitig mehr anzulächeln, als wären sie stolz darauf, durch ihre Solidarität einen unbeliebten Außenseiter besiegt zu haben. Eine Welle von Parties setzte ein. Selbst Petersons luden Vic und Melinda zu einer Party ein, auf der Vic verschiedene Leute traf, die er vorher nicht gekannt hatte, Leute, die ihn mit einem großen Maß von Achtung behandelten. Auf dieser Party, auf der überwiegend Leute waren, die Melinda normalerweise ein wenig von oben herab angesehen hatte, fiel es Vic zuerst auf, daß sie sich verändert hatte. Sie war nicht so umgänglich und liebenswürdig wie nach der De-Lisle-Affäre, aber sie lächelte freundlich, wenn jemand – selbst Vic – mit ihr sprach; sie machte keine abfällige Bemerkung über den Punsch, ein Getränk, das sie haßte, und war offensichtlich bemüht, niemand zu kränken. Das löste in Vics Kopf einige Spekulationen aus. Sie nahm sich schließlich jetzt nicht deshalb so zusammen, um einer allgemein verbreiteten schlechten Meinung über ihn entgegenzutreten – dafür bestand im Augenblick wirklich keine Notwendigkeit. War sie es einfach müde, immer vorzugeben, sie sei bedrückt? War sie zu erschöpft, um weiter ständig Haß auszustrahlen? Hassen ist auf die Dauer eine anstrengende Beschäftigung; andererseits hatte Melinda ja sonst nichts zu tun ... Gefiel es ihr vielleicht, daß er beinahe so etwas wie der Ehrengast auf dieser Party war? Aber derartige Dinge hatten ihr früher nie besonderen Eindruck gemacht. Vic fragte sich sogar, ob sie sich am Ende mit Havermal gegen ihn verschworen haben könnte, ob sie ihm, wenn er an nichts Böses dachte, irgendeinen Beweis ins Gesicht schleudern wollte, von dem man ihm bisher nichts erzählt hatte... Aber nein, das war ja Unsinn. Er war sicher, daß Havermal seinen letzten Pfeil in Little Wesley verschossen und danebengetroffen hatte. Nein, Melinda hatte sich offenbar gefangen. Sie war umgänglicher. Sanfter. Vic fiel plötzlich ein, daß sie auch zu Hause ein paarmal gelächelt hatte. Ohne Publikum. Und er glaubte zu wissen, daß sie Don Wilson eine ganze Woche lang nicht mehr besucht hatte.

»Wie geht's Don Wilson eigentlich?« fragte Vic, als sie nach Petersons Party zu Hause ankamen. »Du hast ihn in letzter Zeit überhaupt nicht mehr erwähnt.«

»Hab ich das denn sonst getan?« fragte Melinda, aber ihre Stimme klang nicht kriegerisch.

»Nein, das stimmt. – Also? Geht's ihm gut? Kommt er voran?«

»Ach, er brütet über irgendwas«, antwortete Melinda in seltsam nachdenklichem Ton, der Vic veranlaßte, sie aufmerksamer zu betrachten. Sie sah vom Sofa, auf dem sie sich niedergelassen hatte, um ihre Schuhe auszuziehen, zu ihm herüber. Sie lächelte ein wenig. Und dabei war sie nicht im geringsten betrunken. »Warum fragst du?«

»Weil ich so lange nichts von ihm gehört habe.«

»Immerhin hast du bei einer Gelegenheit wohl mehr von ihm gehört, als dir lieb gewesen sein dürfte... Havermal hat mir erzählt, daß er dir gesagt hat, wovon Don überzeugt ist.«

»Nun, das war ja weiter nichts Neues; es hat mich kaltgelassen.«

»Und er hat ja auch schließlich nichts erreicht, nicht wahr?«

Vic sah sie an; er war verblüfft, ließ sich aber nichts anmerken. »Allerdings nicht... Wolltest du nicht ursprünglich, daß er etwas erreichte?«

»Ich wollte, glaube ich, nur die Wahrheit wissen.« Sie zündete sich eine Zigarette an und warf mit der altvertrauten Arroganz das Streichholz achtlos zum Kamin hinüber. Es fiel zu kurz. »Don schien ein paar gute Theorien zu haben. Wahrscheinlich waren es eben nur Theorien.« Sie sah ihn mit einer Spur Verlegenheit an, als erwartete sie nicht, ihn davon zu überzeugen, daß sie es ernst meinte.

Und sie überzeugte ihn auch nicht. Es mußte zu irgendeinem Spiel gehören, das sie mit ihm trieb. Bedächtig stopfte er seine Pfeife und ließ einige Augenblicke verstreichen, um ihr Gelegenheit zu geben, weiterzusprechen. Er beschloß dann, überhaupt nichts dazu zu sagen; andererseits blieb er aber sitzen, obgleich er eigentlich lieber in sein Zimmer gegangen wäre.

»Jedenfalls warst du heute ein großer Erfolg«, sagte sie schließlich.

»David gegen Goliath, und der kleine David hat gewonnen ... Ich hab doch gewonnen. Oder?« fragte er mit einem zweideutigen Lächeln.

Sie blickte ihn starr an und überlegte sichtlich ihren nächsten Schritt. Aber der bestand dann darin, daß sie in die Hände klatschte, aufstand und vorschlug: »Was hältst du nach diesem ganzen klebrigen Zeug von einem anständigen Drink?« Sie wollte in die Küche gehen.

»Nicht für mich, Melinda; es ist schon ziemlich spät.«

»Zwei Uhr? Was ist denn los mit dir?«

»Ich bin müde.« Er lächelte, während er auf sie zuging. Er küßte ihre Wange. Sie hätte eine Statue sein können, aber er schob das Ausbleiben jeglicher Reaktion mehr auf Erstaunen als auf Gleichgültigkeit. »Nacht, mein Schatz. Trixie wird wohl morgen den Tag über bei Petersons bleiben, oder?« Trixie war mit ihnen zu Petersons gefahren und gegen zehn Uhr mit Janey zu Bett gebracht worden.

»Wahrscheinlich.«

»Also, gute Nacht.« Als er zur Tür hinausging, stand sie immer noch da, als sei sie unentschlossen, ob sie sich nun allein einen Drink zurechtmachen sollte oder nicht.

Die nächste Überraschung kam von Horace, der ihm

erzählte, daß Melinda zu Mary gekommen und bei ihr ›zusammengebrochen‹ sei; sie habe erklärt, es täte ihr so leid, sich gegen Vic gestellt und sich so lächerlich gemacht zu haben; sie habe sich einfach unmöglich benommen, das sehe sie jetzt ein, und sie frage sich, ob sie das je wiedergutmachen könne.

»Sie hat wörtlich gesagt ›in jeder Hinsicht lächerlich‹«, fügte Horace hinzu, bemüht, möglichst den Wortlaut zu rekonstruieren. »Mary hat mich extra im Laboratorium angerufen, um es mir gleich zu erzählen.«

»Wirklich?« fragte Vic. »Ja, ich hatte auch schon in letzter Zeit eine Veränderung an ihr bemerkt, aber ich hätte nie gedacht, daß sie sich zu einem Reuebekenntnis durchringen würde – und ausgerechnet bei Mary.«

»Na also ...« Horace schien verlegen über seine jubelnde Reaktion. »Mary sagte, sie war einfach reizend gestern. Ich wollte dich schon gestern abend anrufen und fragen, ob ihr nicht rüberkommen wolltet, aber ihr wart nicht da.«

»Melinda und ich, wir waren mit Trixie im Kino«, antwortete Vic.

Horace lächelte, als sei die Tatsache des gemeinsamen Kinobesuches besonders erfreulich.

»Ich denke, so allmählich renkt sich das alles jetzt ein. Übrigens, übermorgen kriege ich die ersten Exemplare von Ryders Gedichten ... Ich möchte gern, daß du sie dir ansiehst. Erinnerst du dich, daß ich dir erzählte, ich wollte echte Federn und Blätter und Insekten als Vorlage für die Vignetten benutzen?«

»Natürlich! Ich wollte ohnehin ein Exemplar kaufen und es Mary zu Weihnachten schenken. Wenn das Buch rechtzeitig fertig wird, meine ich.«

»O ja, bis dahin ist es fertig. Ich gebe dir dann ein Exemplar für sie. Mal ganz abgesehen von den Federn – die Gedichte sind recht gut.«

»Nein, ich will es kaufen. Wie soll denn die Greenspur

Press je einen Cent einnehmen, wenn du immer alles verschenkst?«

»Wie du willst, Horace.«

»Ja, Vic, also dann ...«

Sie standen an einer Straßenecke, wo sie sich zufällig getroffen hatten. Es war sieben Uhr; die Dämmerung war hereingebrochen, und ein kalter Ostwind fegte von den Bergen herüber – ein Herbstwind, der, wenn man in der entsprechenden Stimmung war, energisch und optimistisch machte.

»Ich bin wirklich froh, daß Melinda mit Mary gesprochen hat«, sagte Horace. »Mary fühlt sich jetzt auch viel wohler ... Sie mag euch doch beide gut leiden, Vic.«

»Das weiß ich.«

»So ganz ist bei ihr das alte Verhältnis zu Melinda noch nicht wiederhergestellt, aber ich bin sicher, das kommt noch.«

»Ich hoffe es sehr. Schön, daß wir uns getroffen haben, Horace.« Sie winkten einander zu und gingen zu ihren Wagen.

Vic pfiff auf dem Heimweg vor sich hin. Er wußte zwar nicht, wie lange Melindas heitere Stimmung andauern würde, aber es war schön, nach Hause zu kommen und das Essen in Vorbereitung und das Wohnzimmer aufgeräumt vorzufinden und mit einem Lächeln begrüßt zu werden.

25

Der 3. Dezember war Vics Geburtstag. Er hatte ihn schon fast vergessen; erst als er Ende November auszurechnen versuchte, wie lange er auf die Lieferung einer bestimmten Druckfarbe würde warten müssen, fiel es ihm ein. Aber er hatte den Gedanken gleich wieder beiseite geschoben, weil zu Hause nichts davon erwähnt worden war. Zwei- oder dreimal in den letzten Jahren hatte außer Stephen und Carlyle niemand an seinen Geburtstag gedacht – nur die beiden pflegten ihm regelmäßig, entweder zusammen oder jeder für sich, etwas zu schenken. In diesem Jahr bekam er von Stephen ein kostbares Buch mit alten englischen Stichen aus dem achtzehnten Jahrhundert und von Carlyle eine Flasche Cognac, die Vic sofort aufmachte, damit sie ihn gemeinsam probieren konnten.

Als Vic dann am Abend von der Garage in das Wohnzimmer trat, begrüßten ihn Melinda und Trixie und Mellers mehr laut als schön, aber herzlich mit dem Lied *Happy birthday to you.* Der Tisch erstrahlte hell, denn in seiner Mitte stand eine große, rosa-weiße Torte mit siebenunddreißig kleinen rosa Kerzen darauf. Er versteckte hastig die schlafende Schnecke, die er während des Hereinkommens auf dem Türpfosten der Garage gefunden hatte, in der Hosentasche. Ein Berg von Geschenken lag auf dem Sofa.

»Meine Güte!« sagte Vic. »Wie seid ihr denn hergekommen? Geflogen?«

»Ich hab sie abgeholt, damit du den Wagen nicht siehst, wenn du kommst«, sagte Melinda. Sie trug ein sehr hübsches, sehr frauliches schwarzes Kleid, das an den Schultern mit schwarzer Spitze garniert war.

»Du wirst uns also heimfahren müssen«, fügte Horace hinzu, »und ich kann trinken, soviel ich will ... Wir haben zwar schon damit angefangen, aber jetzt wollen wir auf dein Wohl trinken.«

Alle sangen mit erhobenen Gläsern noch einmal *Happy birthday to you*, und Roger bellte wie besessen. Zur Feier des Tages hatte ihm Melinda eine rote Schleife ans Halsband gebunden. Dann kamen die Geschenke. Melinda überreichte ihm drei zusammengebundene Schachteln von Brooks Brothers, von denen jede einen Pullover enthielt. Vic trug sehr gern Pullover, und daß ihm Melinda gleich drei geschenkt hatte, rührte ihn so, daß er einen Kloß im Hals spürte. Horace drückte ihm einen elektrischen Rasierapparat in die Hand mit der Bemerkung, daß er nun seit Jahren vergeblich versucht habe, ihm seinen altmodischen Klingenapparat auszureden; und dies sei wohl der einzige Weg, ihn davon abzubringen. Dann gab Trixie eine Haarbürste aus Ebenholz und einen Kamm und von Roger einen wollenen Schlips. Von Mary bekam er die neueste Ausgabe eines Handbuchs für Schreinerei und Holzarbeiten; es war ein Buch, das Vic sehr schätzte, aber von dem er nur eine ältere Ausgabe besessen hatte.

»Soll ich ihm sein anderes Geschenk jetzt geben oder nach dem Essen?« erkundigte sich Melinda unsicher bei Mellers.

Mellers fanden, sie sollte es ihm sofort geben, und Melinda ging in ihr Zimmer und kam mit einem riesigen Karton, der in Goldpapier gewickelt war, zurück. Sie setzte ihn auf den Fußboden.

»Ich wußte nicht, wie das Ding funktioniert, da hab ich's vorsichtshalber ganz hinten in den Schrank gestellt, wo es dunkel ist«, sagte sie.

Horace lachte. Mary und er wußten offenbar, was es war und sahen jetzt erwartungsvoll zu, als Vic mit dem Auspacken begann.

Es war ein Geigerzähler, komplett mit Kopfhörer, Sonde und Tragriemen. Kleine Erzstücke lagen sogar dabei. Vic war sprachlos und entzückt. Er ging zu Melinda und legte den Arm um sie.

»Melinda! Danke!« Er preßte die Lippen gegen ihre Wange.

Als er zu Mellers hinsah, betrachteten sie ihn und Melinda mit zufriedenem Lächeln, und Vic wurde sofort verlegen und kam sich etwas lächerlich vor. Es war irgendwie nicht echt, fühlte er. Melinda war nicht echt. Sie spielte eine Rolle, genauso, wie er immer eine Rolle gespielt hatte; sie hatten einander gegenseitig immer etwas vorgemacht, aber Vic wußte, daß seine Gefühle und Empfindungen jetzt echter waren als je zuvor, echter, als er es sich seit Jahren gestattet hatte, während Melinda Theater spielte.

Während des Essens – Täubchen, Kartoffelbrei, gedünstete Endivien und Kresse-Salat – versuchte er sich zu entspannen und nicht zu grübeln, denn in seinem Kopf rumorte es; er tastete nach Anhaltspunkten, nach Leitfäden, wie ein Mann in einem unbekannten dunklen Raum nach dem Lichtschalter, von dem er weiß, daß er da sein muß, nur nicht, wo. Er hoffte, daß er bei diesem ziellosen Spiel seiner Gedanken unversehens auf den Grund von Melindas unerwarteter Freundlichkeit stoßen würde. Nach De Lisles Tod hatte sie sich nur der öffentlichen Meinung zuliebe gut betragen; dies hier jedoch geschah ihm zuliebe. Auch wenn niemand dabei war, war sie jetzt meistens rücksichtsvoll und höflich zu ihm. Wobei man natürlich berücksichtigen mußte, daß die öffentliche Reaktion auf den zweiten Mord – es erschreckte ihn etwas, daß er seine Tat jetzt ›Mord‹ nannte – auch anders gewesen war. Bei De Lisles Tod war sehr viel mehr Verdacht auf ihn gefallen als bei Camerons Verschwinden. Er hatte auch das Glück gehabt, daß Havermal so ein unsympathischer Kerl war. Havermals Anspielungen auf die Liebesaffäre zwischen Melinda und Cameron und ihre geplante Flucht waren daher von den meisten Leuten höchst mißtrauisch aufgenommen worden. Auf Vic hatte auch großen Eindruck gemacht, daß Trixie nicht mit einem einzigen Gerücht über ihn aus der Schule gekommen war. Das einzige, was sie mit nach Hause gebracht hatte, war, daß eine ihrer Schulkameradinnen erzählt hatte, ihre Eltern hätten gesagt, gewisse Leute hackten immer auf anderen herum, bloß weil die ein bißchen anders wären als die übrigen. Trixie hatte nicht recht gewußt, wovon dabei die Rede war, und Vic hatte selbst sehr über ihre Worte nachdenken müssen, ehe er sie verstand; es war ganz einfach die alte Geschichte von der konformistischen Mehrheit und dem einzelnen Nonkonformisten, wobei in seinem Fall der Nonkonformismus vermutlich in seinem Vermögen, seinem Verlag, der nichts einbrachte, und seiner Toleranz gegenüber den Affären seiner Frau bestand. Die

Tatsache, daß er kein Fernsehgerät besaß und einen uralten Wagen fuhr, mochte auch eine gewisse Rolle spielen. Vic hatte Trixie daraufhin einen Vortrag über verfolgte Minderheiten und Einzelpersonen gehalten, mit Beispielen aus der Geschichte. Trixie würde später als Erwachsene eine Konformistin par excellence werden, davon war Vic überzeugt, aber das Bewußtsein, ihr vielleicht doch eine kleine Ahnung von Nonkonformismus mitgegeben zu haben, war beruhigend. Er hatte die Geschichte von Galilei so interessant wie möglich dargestellt.

Als es Zeit wurde, die Mellers nach Hause zu fahren, wollte Melinda mitkommen. Das war seit Jahren nicht passiert.

Niemand hätte behaupten können, der Abend sei kein Erfolg gewesen. Im Gegenteil, er war so schön gewesen wie jener erste Geburtstag von Melinda, den sie vor neun Jahren in Little Wesley gefeiert hatten; auch damals waren Mellers dabeigewesen. Als er dann aber mit seinen Geschenken beladen durch die Tür in die Garage gehen wollte, kam ihm der Kontrast zwischen seiner jetzigen Isolierung und der damaligen Verbundenheit mit Melinda zum Bewußtsein, und er machte kehrt.

Melinda war in ihrem Schlafzimmer und wollte gerade ihr Kleid ausziehen.

»Ich weiß gar nicht, ob ich dir richtig gedankt habe«, sagte Vic. »Es war der schönste Geburtstag, den ich je gehabt habe.«

»Ich glaube, du hast mir schon richtig gedankt«, gab sie lächelnd zurück. »Würdest du das mal aufmachen? Ich komme nicht richtig dran.«

Er legte alles auf ihr Bett und öffnete die letzten Haken und Ösen. »Wer hat dir denn beim Anziehen geholfen?«

»Trixie. Sie schläft schon . . . Möchtest du noch einen Drink vorm Schlafengehen?«

Leises Frösteln kroch ihm das Rückgrat herauf. »Nein, vielen Dank. Ich wollte gerade hinübergehen und den Zähler mal an diesem komischen Konglomeratgestein ausprobieren.«

»An was für einem Stein?«

»Wahrscheinlich ist er dir nicht aufgefallen. Er liegt schon seit Monaten in meinem Zimmer. In der Ecke beim Aktenschrank.« Sie sah aus, als wollte sie sagen: *Darf ich mitkommen? Das interessiert mich auch!*, und er hoffte, sie würde es nicht tun.

Sie sagte es nicht. Sie sah zu Boden, wandte sich ab und fing an, das Kleid über den Kopf zu ziehen.

»Ja, also, dann gute Nacht, Melinda.« Vic ging zur Tür.

»Gute Nacht, Vic. Und nochmals alles Gute zum Geburtstag.«

Er probierte den Zähler genau nach den Richtlinien der Gebrauchsanleitung aus. Nach einem Augenblick hörte er ein helles Knacken, dann ein weiteres, dann eine längere Pause, und schließlich knackte es noch dreimal. Die verschiedenen Gesteinsarten, aus denen der Brocken bestand, hatten ja auch unterschiedliche Alter. Er legte den Apparat beiseite; er fühlte sich müde und etwas verwirrt. Als er im Bett lag, hatte er auf einmal wieder den Ton im Ohr, in dem ihn Melinda gefragt hatte, ob er noch einen Drink haben wollte – schüchtern, als sei er ein Fremder. Oder was war es sonst gewesen? Er spürte wieder das gleiche unangenehme Frösteln. Es war Angst. Wovor hatte er Angst? Was hätte er zu befürchten gehabt, wenn er noch einen Whisky mit ihr getrunken hätte, wenn er auf ihrem Bett gesessen, vielleicht sogar in ihrem Bett geschlafen hätte? Seine Gedanken scheuten zurück, wollten nicht zu Ende gedacht werden. Das Angstgefühl blieb. Er wußte nicht, aus welchem Grunde Melinda plötzlich so freundlich war. Das spielte auch eine Rolle dabei. Es war vielleicht die Hauptsache. Er beschloß, in Zukunft noch vorsichtiger zu sein – nicht kühl oder abweisend, nein, nur vorsichtig. Er war zu oft schon auf ihren Köder hereingefallen und hatte hinterher hilflos an ihrer Angel gezappelt. Ich will ja nur Frieden im Haus, sagte er sich mahnend. Wenn einmal wirklicher Friede hergestellt war, ein Friede, dem zu trauen war – nun, dann konnte er, wenn es einmal soweit war, weiterdenken.

Am folgenden Abend trank Vic wirklich ohne Hintergedanken noch einen Gutenachtdrink in ihrem Zimmer. Sie hatte ihn nicht in ihr Zimmer gerufen, sondern er hatte ihr einfach ein Glas gebracht und sich auf einen Stuhl gesetzt. Aber nachdem er dann dort saß, fühlte er sich unbehaglich und flüchtete sich in ein Gespräch über neue Gardinen, die unbedingt in ihr Zimmer müßten.

»Ach, das ist doch nicht so wichtig«, meinte Melinda. »Gardinen sind schrecklich teuer, und dann: wer sieht sie schon?«

»Das stimmt. Wer sieht sie? – Du.«

»Ich sehe sie gar nicht an.« Sie saß vor ihrem Toilettentisch und bürstete ihr Haar. »Weißt du, Vic, ich bin froh, daß ich nicht mit Tony weggegangen bin. Dich habe ich lieber«, stellte sie nüchtern fest. »Das darf ich doch sagen?«

»Hm . . .«

»Darf ich nicht?« Sie lächelte ihm zu.

Er fand ihre Befangenheit faszinierend. »Natürlich darfst du.«

»Ich bin auch froh, daß du dich so verhalten hast. Auch bei Charley damals.«

»Was meinst du mit ›verhalten‹?«

»Na ja, daß du nie die Selbstbeherrschung verloren hast, wo doch beide wußten, daß du sie nicht mochtest, und obwohl du gewünscht hast, daß sie verschwinden. Vielleicht ist Tony auch wirklich einfach nur verschwunden . . . Ich meine, in eine andere Stadt gegangen.« Sie wartete.

»Ich bin sehr froh, daß du das jetzt einsiehst«, sagte er nach einer kleinen Pause freundlich. »Vielleicht hörst du noch mal von ihm. Vielleicht schreibt er mal und entschuldigt sich. Er wird ja so was wie ein Gewissen haben.«

»Ein Gewissen? Glaubst du?«

»Jedenfalls traue ich ihm eher eines zu als De Lisle.«

»Von dem werden wir ja nun nichts mehr hören.«

»Kaum anzunehmen. Der arme Teufel.«

»Es sind beides arme Teufel, mit dir verglichen.« Sie stand jetzt neben ihrer Nachttischlampe und bearbeitete einen Fingernagel mit einer Feile.

»Wie kommst du auf einmal darauf?«

»Das denkst du doch, nicht?«

»Schon. Aber du warst bisher nie dieser Ansicht – nicht einmal, als wir heirateten.«

»O Vic, das ist nicht wahr!«

»Ich kann mich genau an die erste Zeit nach unserer Hochzeit erinnern. Du warst glücklich und doch auch wieder nicht ganz glücklich. Du warst nicht sicher, ob du nun einen Fehler gemacht hattest oder nicht und ob du nicht doch was Besseres hättest finden können. Deine Augen wanderten umher – lange ehe du selbst es getan hast.«

»Ich sehe die Leute einfach immer nur an ...« Sie lächelte verlegen.

Er lächelte zurück.

»Und sehe ich jetzt nicht immer dich an?«

»Ja. Warum eigentlich?«

»Ich habe meine Gründe.«

»Das glaube ich allerdings!« Er lachte.

Das erschreckte sie, warf sie aus dem Gleichgewicht. »Mach dich jetzt nicht über mich lustig, Vic.«

»Hat dir Trixie den Witz erzählt, den sie heute gehört hat? Zwei Schildkröten gehen zusammen spazieren, und da ...«

»Nein, bleib beim Thema, Vic. Begreif doch, verdammt noch mal, daß ich *nett* sein will!« schrie sie.

Er lächelte anerkennend. Jetzt klang sie wieder echt.

»Ich ... ich wollte dir sagen, daß ich dich bewundere, und daß ich dich gern habe. Ich hab alles gern, was du gern hast, sogar deine Schnecken. Und es tut mir leid, daß ich mich in der letzten Zeit so schlecht benommen habe.«

»Das klingt so feierlich wie die Abschiedsrede bei der Schulentlassungsfeier.«

»Es soll nicht feierlich sein; ich hab das nur gesagt, weil ... weil ich soviel wiedergutzumachen habe.«

»Melinda, was soll das alles?«

Sie kam auf ihn zu. »Könnten wir es nicht noch einmal versuchen, Vic?«

»Selbstverständlich.« Er lächelte. »Ich versuche es ja schon die ganze Zeit.«

»Das weiß ich.« Sie berührte sein Haar.

Er beherrschte sich mühsam, um nicht zurückzuzucken. Er starrte auf die Kante des Bettvorlegers. Er haßte ihre Berührung. Er empfand sie als Beleidigung nach allem, was geschehen war. Er war froh, als sie ihre Hand wegnahm.

»Morgen ist Samstag«, sagte sie. »Wollen wir ein Picknick machen und mit Trixie irgendwohin fahren?«

»Sehr gern, nur ... Ich habe Horace versprochen, mit ihm nach Wesley zu fahren, um Baumaterial mit ihm auszusuchen. Er will einen Schuppen bauen. Ist es nicht schon ein bißchen kalt für Picknicks?«

»Ach nein, ich finde nicht.«

»Wie wär's am Sonntag?«

»Ich glaube, Trixie hat was vor am Sonntag.«

»Dann könnten wir vielleicht allein am Sonntag zum Picknick fahren«, meinte er freundlich. »Gute Nacht, Melinda, schlaf gut.« Er ging hinaus.

26

Trixie hatte tatsächlich am Sonntag etwas vor. Ein kleiner Junge namens Georgie Tripp gab eine Kindergesellschaft, und Trixie war eingeladen. Vic mußte sie um eins hinfahren.

Trixie hatte behauptet, den Weg zu kennen; das Haus lag außerhalb der Stadt an einer Landstraße, und sie war schon einmal dort gewesen. Aber sie verirrte sich, und Vic mußte nach Hause zurück, um die Wegbeschreibung zu holen, die Mrs. Tripp an diesem Vormittag Melinda per Telefon durchgegeben hatte. Als Vic ins Haus zurückkam, war Melinda am Telefon und sprach mit Don Wilson. Sie kehrte ihm den Rücken zu und stand neben dem Apparat in ihrem Zimmer, und offenbar hatte sie ihn nicht kommen hören. Das konnte er aus ihrer Stimme erkennen, als sie sagte: »Ich weiß es nicht, Don, ich kann dir gar nichts sagen ... Nein.« Und dann machten Vics Schritte auf dem Fußboden der Diele ein Geräusch – er versuchte nicht, leise zu gehen, sondern kam gemächlich näher; er trug allerdings Sportschuhe mit Gummisohlen. Melinda drehte sich um und schien zu erschrecken. Gleich darauf lächelte sie ins Telefon und sagte: »Ja, das wär's wohl für heute. Ich muß jetzt fort. Wiedersehn.«

»Ich glaube, ich muß doch den Zettel mit der Wegbeschreibung nehmen«, sagte Vic. »Trixie hat sich verirrt.«

Melinda nahm das Papier von ihrem Nachttisch und reichte es ihm. Etwas wie Verwirrung lag noch immer auf ihrem Gesicht – es erinnerte Vic ein wenig an den Ausdruck, den sie spätabends hatte, wenn er ihr noch Rührei brachte; nur daß sie jetzt nicht betrunken war.

»Wie geht es Don?« erkundigte er sich, bereits zum Gehen gewendet.

»Gut, denke ich.«

»Nun, dann bis gleich. In einer halben Stunde bin ich wieder da.« Vic lächelte. »Vielleicht wird es auch ein bißchen später.«

Nach fünfunddreißig Minuten war Vic wieder zurück, und sie brachen gleich danach auf.

»Wie wär's, wenn wir wieder mal zum Steinbruch führen?« schlug Melinda vor. »Jetzt, wo Trixie nicht dabei ist?«

»Warum nicht?« sagte er freundlich. Die nächsten Sekunden verbrachte er damit, sich den Ton ihrer Stimme zu vergegenwärtigen, versuchte, dahinterzukommen, ob etwas wie Verdacht darin gelegen hatte, gab es dann aber auf, weil es ihn ermüdete; er fand sich überdies selbst widerlich, weil er so mißtrauisch war. Außerdem – was tat es, wenn sie wirklich einen Verdacht hatte? Soll sie doch, dachte er. Ihm machte es nichts aus. Er stellte sich vor, wie Melinda und er in ein paar Minuten am Feuer sitzen und Hühnerknochen abnagen würden wie die Höhlenmenschen. Er mußte lachen.

»Was gibt's?« erkundigte er sich.

»Ach, nichts. Ich fühle mich wahrscheinlich nur sehr wohl.«

»Manchmal denke ich, du verlierst den Verstand. Hast du dir das schon mal überlegt?«

»Den hab ich vermutlich schon vor Jahren verloren. Das ist nicht weiter beunruhigend.« Als er sich dem überwachsenen Weg näherte, der von der Schotterstraße abging, fragte er: »Hier muß es doch irgendwo sein, nicht?«

»Weißt du das nicht mehr?«

»Es ist so lange her, daß wir hiergewesen sind.«

Keine Reaktion.

Die Zweige, hart und blätterlos jetzt, kratzten an den Seiten des Wagens, als er den Weg hinaufholperte. Dann kamen sie auf der vertrauten flachen Stelle oberhalb des Steinbruchs an und hielten. Vic sagte etwas über den schönen klaren Tag, und Melinda murmelte undeutlich irgendeine Antwort. Sie sah aus, als grübelte sie über einem neuen Schachzug, aber der würde wohl kaum den Steinbruch betreffen, dachte Vic. Er fing an zu pfeifen, während er Kleinholz zum Feuermachen sammelte, und wanderte bei seiner Suche wie unversehens bis an die Kante des Steinbruchs, bis zwei Meter von der Stelle entfernt, an der Cameron hinuntergestürzt war. Die kleine Bucht, in der er Cameron versenkt hatte, lag halb im Schatten, jedoch schien nichts auf dem Wasser zu treiben. Flecke irgendwelcher Art waren selbstverständlich aus dieser Höhe nicht zu erkennen, aber er ließ sich auf die Hacken nieder, stützte das Kinn auf einen Daumen und hielt auf alle Fälle nach ihnen Ausschau. Nichts war zu sehen. Als er aufstand und sich dabei umdrehte, stand Melinda dicht hinter ihm. Sie sah so ernst und entschlossen aus, daß Vic instinktiv die Füße kräftiger in den Boden stemmte und lächelte.

»Soviel habe ich wenigstens gefunden«, sagte er und hielt das Holz, das er gesammelt hatte, hoch. »Wollen wir es damit versuchen?« Er ging zu dem Felsen, den sie sich als Windschutz für das Feuer ausgewählt hatten, aber Melinda folgte ihm nicht. Vic blickte zurück und sah, daß sie in den Steinbruch hinabstarrte. Er fragte sich, ob sie wohl einen Spaziergang bis ganz hinunter vorschlagen würde und beschloß, daß er unter gar keinen Umständen nach unten gehen würde. Er war ziemlich sicher, daß es nicht Unbehagen war, was er bei der Vorstellung empfand, aber es könnten vielleicht noch Blutflecke zu erkennen sein. Vielleicht sahen sie doch nicht wie Rostflecke aus. Melinda hatte in diesem Augenblick keine bestimmten Pläne. Das sah er ihrem gelösten, zwecklosen Stehen am Rand des Steinbruchs an. Kurz darauf kam sie zu ihm zurück und schlug vor, etwas zu trinken.

Sie gossen sich aus der Thermosflasche zwei Gläser eisgekühlten Whisky mit Wasser ein und aßen gefüllte harte Eier als Vorspeise. Das Feuer brannte endlich ganz gut. Es war entschieden nicht warm, aber Melinda zog heroisch ihre Jacke aus, legte sie als Unterlage auf den Fels und streckte sich darauf mit dem Gesicht zum Feuer aus. Sie trug ihre alte beigefarbene Cordhose und den alten braunen Pullover, der Löcher an den Ellbogen hatte. Sie hatten vergessen, die Autodecke mitzunehmen, stellte Vic fest. Er setzte sich neben Melinda auf den Felsen; es war nicht bequem.

»Was hat Tony denn wirklich gewollt, als er zu dir in den Wagen gestiegen ist?« fragte Melinda plötzlich.

»Was er . . . Das hab ich dir doch erzählt.«

»Ich glaube es aber nicht.«

»Warum denn nicht?«

Sie schwieg und starrte ins Feuer. »Hast du ihn nicht vielleicht einfach irgendwo abgeladen ... tot?«

»Wieso tot?«

»Vielleicht erwürgt«, sagte sie mit erstaunlicher Ruhe. »Hast du ihn nicht irgendwo im Wald abgeladen?«

Vic lachte kurz auf. »Meine Güte, Melinda!« Er wartete darauf, daß ihr vielleicht der Steinbruch einfiele. Vielleicht ging sie jetzt alle Möglichkeiten durch, alle Wälder, in denen er eine Leiche versteckt haben könnte. Melinda kannte sich gut aus in der Umgebung. Hatte sie noch nie an den Steinbruch gedacht? Oder meinte sie, er hätte einen kräftigen Mann wie Cameron unmöglich überrumpeln und hinunterstoßen können? Das wäre die einzige Erklärung dafür, daß sie den Steinbruch nicht in Erwägung zog. »Hast du keinen Hunger?« fragte er. »Ich wäre sehr für ein Stückchen Huhn.«

Melinda raffte sich auf, um Vic zu helfen, den Picknickkorb auszupacken. Roger war sehr an dem Huhn interessiert, aber er durfte nichts davon haben. Vic ließ ihn nach einem Stock rennen. Dann hockten er und Melinda, genau wie er es sich gedacht hatte, vor dem Feuer und nagten ihr Huhn ab, wobei sich Vic überlegte, ob selbst in grauer Vorzeit ein Mann und eine Frau, deren Beziehungen zueinander mehr oder weniger kriegerisch waren, jemals ein solches Mißtrauen gegeneinander empfunden haben mochten. Die Unterhaltung vor ein paar Minuten hatte Melindas Appetit keineswegs verringert. Vic lächelte, als er beobachtete, mit welcher Konzentration sie die Hühnerbrust bearbeitete. Sie sprachen davon, Trixie ein Fahrrad zu Weihnachten zu kaufen. Es war Vics Idee.

Dann sagte Melinda: »Weißt du, Vic, ich glaube aber doch, daß du Charley und auch Tony umgebracht hast – warum gibst du es nicht zu? Ich kann es verkraften.«

Vic lächelte; sein Verdacht war bestätigt. Der Zweck ihrer Sanftmut war gewesen, ihn in dem Glauben zu wiegen, sie sei auf seiner Seite. »Damit du gezwungen wärst, zur Polizei zu gehen und zu sagen, daß ich ein Geständnis abgelegt hätte, wie?«

»Die Ehefrau darf nicht gegen ihren Mann aussagen, habe ich gehört.«

»Sie darf. Sie *muß* nicht.«

»Ich meine nur ... wenn ich es wenigstens *wüßte* ...«

»Ist das alles, was Wilson und dir zusammen eingefallen ist?« fragte er. »Es reicht nicht.«

»Du gibst es also zu?« Sie blickte ihn an; Triumph stand in ihrem Blick.

»O nein, meine Liebe«, antwortete er ruhig, obwohl er ärgerlich wurde. Oder vielleicht schämte er sich auch nur für sie. Er erinnerte sich an den Abend, an dem er in ihrem Zimmer gesessen hatte. Da hatte sie so getan, als ob sie ... Alles Theater, dachte er. Sein Ärger trieb ihn hoch. Er schlenderte wieder zum Rand des Steinbruchs und blickte hinab.

Und jetzt sah er es in dem flimmernden Wasser. Er trieb nahe an der Stufe, von der er ihn hineingestoßen hatte; genau dort, wo es zu erwarten gewesen war ... Nur hatte er es nicht erwartet. Die Leiche war hochgekommen.

»Kaffee, Vic?« rief Melinda.

Er sah genauer hin, beugte sich aber nicht vor, um nicht Melindas Neugier zu erregen; er versuchte, seine ganze Kraft in den Augen zu konzentrieren. Das eine Ende lag tiefer als das andere. Das Ding sah seltsam hell aus, heller, als er Camerons braunes Tweedjackett in Erinnerung hatte, aber das konnte an dem verdammten Flimmern des Lichts auf dem Wasser liegen. Der Stein in der Hose mochte das eine Ende tiefer halten. Jedenfalls war die Kette abgegangen.

»Willst du deinen Kaffee nicht trinken, Vic?«

Er blickte ein letztes Mal angespannt hinunter und versuchte zu ermessen, wie auffällig die Form da unten einem nichtsahnenden Spaziergänger erscheinen mochte. Jedenfalls würde jeder, der sie sah, noch einmal hinsehen, und vielleicht sogar hinuntersteigen, vor allem, wenn ihm die Cameron-Geschichte in den Sinn kam.

Vic wandte sich langsam um. »Ich komme«, sagte er und ging zu Melinda zurück.

Obwohl er hätte vorschlagen können, früh zurückzufahren, um das Radiokonzert zu hören, das er gewöhnlich sonntags nachmittags anstellte, hatte er das Gefühl, das wäre eine kleine Konzession an seine Furcht, und so wartete er, bis Melinda ihren Kaffee ausgetrunken und eine Zigarette geraucht hatte und dann von sich aus anregte, aufzubrechen. Sie packten den Korb wieder zusammen ein.

Um drei Uhr fünfundzwanzig waren sie zu Hause, und Vic drehte sofort das Radio im Wohnzimmer an. Er lauschte dem pulsenden, temperamentvollen Rhythmus des vierten Satzes von Schostakowitschs Fünfter Symphonie – er hielt es jedenfalls für den vierten Satz. Er war nicht in Stimmung, im Konzertführer nachzuschlagen. Er fand die Musik irgendwie beunruhigend, aber er stellte den Apparat nicht ab.

Noch ehe das Konzert zu Ende war, verließ Melinda ihr Zimmer, ging zu seinem Wagen und kam zurück. »Vic, ich habe meinen Schal liegenlassen. Ich hatte ihn unter einen Stein gelegt, und dann muß ich ihn wohl vergessen haben.«

»Soll ich zurückfahren und ihn holen?«

»Ach, jetzt nicht; du hörst ja dein Konzert . . . Aber vielleicht kannst du ihn morgen holen, auf dem Rückweg von der Druckerei, wenn es dir nichts ausmacht. Oder ich kann ja selbst fahren. Ich hab den Schal irgendwie gern. Ich hatte ihn zusammengefaltet und ziemlich dicht neben dem Feuer mit einem Stein beschwert. Links vom Feuer.«

»Schön – ich bring ihn mit, wenn ich zum Mittagessen komme.« Vic erinnerte sich an den steinbeschwerten Schal. Ein Beweis für seine Erregung, daß er beim Aufbruch nicht daran gedacht hatte, ihn mitzunehmen.

Nach dem Essen, als Vic im Wohnzimmer saß und las, kam Melinda aus ihrem Zimmer und erkundigte sich, ob Vic

Lust auf einen Drink vor dem Zubettgehen habe. Vic dankte. Melinda ging in die Küche, um sich selbst einen zu holen. Auf dem Rückweg durch das Wohnzimmer sagte sie: »Du brauchst mir morgen den Schal nicht zu holen, wenn du keine Lust hast; ich bin zum Essen verabredet und werde sowieso nicht zu Hause sein.«

»Gut.«

Er stellte keine Fragen. Aber er war sicher, daß sie von ihrem Zimmer aus mindestens zwei Telefongespräche geführt hatte.

27

Am nächsten Tag verließ Vic die Druckerei ungefähr eine Viertelstunde früher als sonst, um zum Essen nach Hause zu fahren. Er ging mittags und abends zu so unregelmäßigen Zeiten, daß es nicht auffallen konnte. Er fuhr zum Steinbruch. Diesmal hatte er aus der Garage eine Wäscheleine mitgenommen, um die Leiche wieder zu beschweren und endgültig zu versenken. Es war ein strahlend schöner Tag, und Vic hielt sich nicht erst damit auf, noch einmal einen Blick auf den kleinen See zu werfen, ehe er den Pfad hinunterstieg. Er nahm sich beim Hinuntergehen in acht; er durfte seine Hose nicht am Gesträuch zerreißen oder seine Schuhe verkratzen.

Unten angekommen, näherte er sich langsam der Stelle und vermied es, auf die Leiche zu sehen, bis er die Kante der Felsplatte erreicht hatte.

Es war eine Rolle Papier – aufgeweichtes Packpapier, an einem Ende eingerissen und an zwei Stellen mit Draht umwickelt. Die Überraschung, das Absurde daran ärgerte ihn beinahe. Dann seufzte er, und die Erleichterung, die ihn überkam, war so groß, daß er einen körperlichen Schmerz empfand, als die Anspannung nachließ.

Er sah zu dem blauen Himmel hinauf und blickte auf den zackigen Rand des Steinbruchs. Niemand war zu sehen. Er warf einen Blick zurück auf die Rolle Papier. Das eine Ende lag tiefer als das andere, die Rolle war ungefähr zu vier Fünfteln unter Wasser. Vic sann darüber nach, was sie wohl überhaupt an der Oberfläche hielt; vielleicht war das Papier um einen Holzstab gewickelt. Wenn er sie mit dem Fuß hätte erreichen können, hätte er sie aus der Felsecke herausgeholt, aber sie befand sich gerade außerhalb seiner Reichweite. Wahrscheinlich hatte sie schon seit Monaten dort im Steinbruch gelegen und war mit dem Wind hin und her getrieben. Er ging näher an den Rand heran und spähte auf die Stelle hinunter, an der Cameron untergegangen war. Er konnte die katafalkähnliche Stufe tief unten im Wasser erkennen; sie war leer.

Er drehte sich um und hielt nach Blutflecken Ausschau. Es waren keine da. Es kam ihm zum zweitenmal vor, als sei ihm ein Streich gespielt worden. Dann entdeckte er jedoch eine winzige rötliche Verfärbung zwischen ein paar losen Steinchen. Es lag auf der Hand, was geschehen war: Regen und Wind hatten den Staub, den er darübergescharrt hatte, wieder zerstreut. Als er die Kiesel mit dem Schuh beiseite stieß, konnte er den Fleck erkennen; es war ein schmaler Streifen, ungefähr zehn Zentimeter lang und drei Zentimeter breit. Aber er war inzwischen so blaß geworden, daß es nicht lohnte, sich mit ihm zu befassen. Er betrachtete kritisch den Boden zu seinen Füßen. Außer dem einen Fleck war nichts zu sehen. Er hätte sich den Ausflug sparen können. Sorgfältig fegte er mit der Hand die Steinchen und den Staub wieder über den Fleck.

»Hallo, Sie!« rief eine Stimme, und die Wand des Steinbruchs warf das Echo zurück.

Vic blickte hinauf und sah den Kopf und die Schultern eines Mannes über dem Rand der Klippe. Es war Don Wilson. »Hallo!« rief er zurück. Er war aufgestanden. Dann machte er sich ganz selbstverständlich auf den Weg zu dem Pfad, der nach oben führte. Er war wie erstarrt vor Schreck, und er schämte sich, weil er, wie er sich jetzt erinnerte, vor etwa zwei Minuten ein Geräusch wie von einer entfernt zuschlagenden Autotür gehört und nicht beachtet hatte.

Wilson bewegte sich oben in seiner Richtung und suchte offensichtlich nach einem Weg hinab. Er fand ihn und hastete hinunter. Vic war bereits an einer Stelle angekommen, die zu schmal war, um auszuweichen, also stieg er das Stück, das er schon aufwärts geklettert war, wieder zurück. Wilson kam schnell heran, er rutschte mehrfach aus und klammerte sich an den Büschen fest.

»Was machen Sie hier?« fragte er.

»Einen Spaziergang. Melinda hat ihr Tuch irgendwo liegenlassen.«

»Ich weiß. Ich habe es schon.« Wilson hielt es hoch. »Was wollen Sie mit dem Seil?«

»Hab ich gerade gefunden. Sieht aus wie neu.«

Wilson nickte, sah sich um, und Vic merkte, wie sich sein Blick plötzlich auf die Rolle Papier im Wasser heftete.

»Was machen Sie denn so, Don? Und wie geht es June?«

Wilson antwortete nicht. Er trat auf die Felsplatte; offenbar wollte er sich vergewissern. Dann blieb er auf einmal stehen, als sei auch er überrascht, daß es sich nur um eine Rolle Packpapier handelte. Vic sah, wie Wilsons Blick prüfend auf dem Boden zu seinen Füßen umherwanderte, als wolle er herausbekommen, woran Vic so interessiert gewesen war. Vic machte sich daran, den Pfad wieder hinaufzusteigen. Melinda war sicher mit Wilson verabredet gewesen und hatte ihn wahrscheinlich gebeten, das Tuch auf dem Weg nach Little Wesley mitzubringen. Das war alles. Ganz einfach. Einfach und unheimlich.

»He!« rief Wilson hinter ihm her.

Vic blieb stehen und blickte zurück. Wilson beugte sich über die Stelle, an der Vic den Fleck gefunden hatte.

»War es das hier, was Sie sich angesehen haben? Diese Flecke sehen ja aus wie . . . Ja! Das muß Blut sein!«

Vic zögerte absichtlich etwas. »Das hatte ich auch zuerst gedacht, aber ich glaube, es ist Rost«, sagte er und ging weiter.

Wilson versuchte, die Flecke bis hin zum Wasser zu verfolgen. »He, so warten Sie doch!« rief er und kam, die Hände in den Taschen seines Regenmantels, hinter Vic her. Er machte ein böses Gesicht. »Was wissen Sie über die Flecke da? Warum haben Sie versucht, sie zu verdecken?«

»Ich habe gar nicht versucht, sie zu verdecken«, sagte Vic und kletterte weiter.

»Hören Sie zu, Vic. Ist es hier gewesen? Haben Sie Cameron hier umgebracht? Ich werde die Polizei veranlassen, daß sie sich das ansieht, da können Sie Gift drauf nehmen. Ich werde verlangen, daß auch das Wasser untersucht wird. Was sagen Sie nun?«

Vic fühlte sich plötzlich nackt und sehr verwundbar. Er haßte es auch, Wilson den Rücken zuwenden zu müssen, während er den Weg hinaufstieg. Oben entdeckte er, daß Wilsons Wagen weit hinten zwischen den Bäumen auf dem Feldweg stand. Wilson mußte seinen Wagen erkannt und sich absichtlich außer Hörweite gehalten haben, um ihm nachzuspionieren. »Ihr Wagen steht mitten im Weg«, sagte Vic zu Wilson, als dieser den Weg heraufkam. »Würden Sie bitte zurücksetzen? Oder erst bis hierher durchfahren?«

Wilson sah einen Augenblick lang betreten und ärgerlich drein und bog dann in Richtung des Feldwegs ab. Es dauerte ungefähr eine Minute, bis Vic den Wagen anfahren hörte, und er wartete noch eine Weile, um herauszufinden, was Wilson nun vorhatte. Dann näherte sich das Motorengeräusch. Er stieg ein und ließ den Motor anspringen. Er überlegte, daß er nur die andere Schneekette hinten im Wagen beiseite schaffen mußte, und die Kette um Camerons Leiche würde nicht mit Sicherheit zu identifizieren sein. Aber Melinda war ja auch noch da; sie würde mit Vergnügen identifizieren – oder doch behaupten, es sei eine von Vics Schneeketten, auch wenn sie keine Ahnung hatte, wie die aussahen. Vic fuhr los und hob die Hand winkend zum Gruß, als er an Don vorbeikam.

Seine einzige Chance war nun, daß Wilson die Polizei vielleicht nicht dazu überreden konnte, den See im Steinbruch abzusuchen. Wenn aber die Polizei davon überzeugt war, daß die Flecke Blutflecke waren – und leider würden sie das sein –, dann brauchte sie nicht mehr besonders dazu angestachelt zu werden, im Wasser nachzusehen. Vic warf einen Blick in den Rückspiegel, um nach Dons Wagen Ausschau zu halten. Er fuhr von dem Feldweg auf die große Autostraße nach Little Wesley, ohne ihn zu sehen. Don mußte sich wahrscheinlich sehr abmühen, um durch den überwachsenen Weg zu kommen.

Wilson ging sicher sofort zur Polizei, sobald er in Little Wesley ankam. Vic stellte sich vor, wie die Polizei bei ihm zu Hause eintreffen würde, während er gerade in aller Ruhe sein Essen zubereitete. Der Polizei war ja bekannt, daß Wilson ein Störenfried war. Sie war schließlich auf seiner, Vics, Seite. Vielleicht gelang es ihm, die Polizei davon abzuhalten, sich die Blutflecke anzusehen, überlegte Vic. Er mußte lediglich kühl bleiben.

Aber er wußte, daß es so nicht ging. Die Polizei würde in jedem Fall die Blutflecke untersuchen, und wenn sie es wirklich nicht tat, dann würde Wilson eben Camerons Firma oder Havermal benachrichtigen.

Vic wußte nicht, was er tun sollte.

Er dachte an Trixie. Petersons würden sie nehmen, wenn ihm etwas zustieße. Dann verdrängte er sofort diesen Gedanken. Es war reiner Defätismus. Ohnehin würde Melinda sie bekommen. Und das war ein noch schlimmerer Gedanke.

Aber er wußte noch immer nicht, was er tun sollte.

Er würde tun, als sei nichts geschehen; das schien ihm der einzig mögliche Weg.

Er hatte nicht erwartet, Melinda zu Hause anzutreffen,

aber ihr Wagen stand in der Garage. Vic stieg leise aus, ohne die Wagentür zu schließen, und ging ins Wohnzimmer. Melinda telefonierte in ihrem Zimmer, und er hörte, wie sie versuchte, das Gespräch schnell zu beenden, weil sie ihn bemerkt hatte.

Sie kam ins Zimmer, und er sah ihr an, daß sie mit Don gesprochen hatte. In ihrem Gesicht las er Überraschung, Triumph und Entsetzen. Dann, als er auf sie zuging, wich sie einen Schritt zurück. Er lächelte. Sie war zum Ausgehen angezogen, vermutlich um Don in der Lord-Chesterfield-Bar zu treffen.

»Ich habe gerade mit Don gesprochen«, sagte sie überflüssigerweise.

»Ach, du hast gerade mit Don gesprochen! Ich möchte wissen, was du ohne Telefon machen würdest!« Er schritt an ihr vorbei in ihr Zimmer, wickelte die Schnur ihres Apparates um sein Handgelenk und riß sie aus der Steckdose in der Wand. »So, jetzt sieh zu, wie du zurechtkommst!« Dann ging er durchs Wohnzimmer in die Diele und riß dort gleichfalls die Schnur heraus, so heftig, daß die ganze Dose aus der Wand fiel.

Melinda stand am Plattenspieler und preßte sich in einer übertriebenen Haltung des Entsetzens dagegen. Wenigstens kam es Vic so vor. Ihr Mund stand offen; die Winkel bogen sich abwärts wie bei einer griechischen Maske. Medea. Kinder ins Verderben stürzen und Ehemänner kastrieren ... Jetzt hat dich das Schicksal ereilt. Fast lächelte er. Was machte er da eigentlich? Er trat auf sie zu.

»Vic!«

»Was ist denn, Liebling?«

»Don kommt!« keuchte sie. »Tu mir nichts, Vic!«

Er schlug zu und traf sie am Kopf. »Don kommt also, aha. Und wer noch? Wer sonst noch? Cameron? Und Charley? Und alle anderen vielleicht auch?« Er schlug abermals zu.

Sie tastete nach der großen Vase auf dem Plattenspieler.

Die Vase fiel herunter. Vic schlug sie zum drittenmal; sie stürzte zu Boden und kauerte auf Händen und Füßen.

»Vic! – *Hilfe!*«

Immer dieses Geschrei nach anderen Leuten! Seine Hände schlossen sich um ihren Hals, und er schüttelte sie. Das fassungslose Entsetzen in ihren Augen bewirkte nur, daß seine Hände noch kräftiger zudrückten. Dann ließ er sie plötzlich los. »Steh auf«, sagte er. Er wollte sie ja schließlich nicht umbringen. Sie hustete. »Melinda ...«

Da hörte er draußen einen Wagen vorfahren, und die letzte Barriere seines Zorns brach zusammen. Er warf sich auf sie. Er glaubte, Wilsons schlaksige Gestalt in der Tür zu sehen und legte, wütend darüber, daß sie ihn in Wut gebracht hatte, alle Kraft in seinen Griff. Ohne sie hätte ich gewonnen, dachte er. Ich hätte gewonnen ohne das Telefon, das Jo-Jo und Larry und Ralph und De Lisle und Cameron ins Haus gebracht hat. Ralph, das Muttersöhnchen ... Cameron, den Dickhäuter ...

Vor der Haustür erklang ein Schrei, und dann beugte sich Wilson über Melinda – selbstgerecht, steif und zudringlich wie immer. Er sprach sie an. Ihre Lippen waren leicht geöffnet. Um ihre Augenlider war ein blauer Schimmer, oder war es Wimperntusche? Oder eine Täuschung? Vic hörte Wilson ins Leere hineinsagen, daß sie tot sei, und als er in die Richtung sah, in die Wilson gesprochen hatte, stand da ein Polizist.

»Worüber lächeln Sie?« fragte der Polizist. Er lächelte nicht.

Vic wollte sagen: ›Über Glaube, Hoffnung und Liebe.‹ Da faßte ihn der Polizist am Arm. Vic stand auf; er litt unter der Berührung, die ihm widerwärtig war; das kam ihm einen Augenblick lang fast komisch vor, wie Melindas Panik vorhin. Wilson redete ununterbrochen hinter ihm, und Vic hörte die Worte *Steinbruch* und *De Lisle* und *Camerons Blut*, und er ging weiter, zwischen diesen Männern, die es nicht wert waren, seine Schuhe zu putzen. Er sah Trixie auf dem Rasen herumspringen und überrascht stehenbleiben, als sie ihn neben dem Polizisten sah. Aber Vic, der zum Rasen blinzelte, begriff, daß sie in Wirklichkeit gar nicht da war. Die Sonne schien, und irgendwo lebte Trixie.

Aber Melinda ist tot, dachte er. Ich bin auch tot. Dann war ihm auf einmal klar, warum er sich so leer fühlte; er hatte sein Leben in dem Haus hinter sich gelassen, seine Schuld und seine Scham, seine Erfolge und sein Versagen, den Mißerfolg seines Experiments, und die letzte brutale Geste kleinlicher Rache.

Er schritt elastisch und beschwingt aus. Der Weg zu dem Polizeiwagen am Ende der Auffahrt schien endlos. Er fühlte sich jetzt frei und heiter und auch schuldlos. Er sah zu Wilson hinüber, der neben ihm ging und noch immer seine langweiligen Informationen herunterpsalmodierte, und fühlte sich sehr ruhig und glücklich. Er behielt Wilsons rastlosen Kiefer im Auge und dachte an die vielen Wilsons auf dieser Erde; vielleicht war die Hälfte aller Menschen so, zumindest potentiell, und er fand, daß es gar nicht so schlecht sei, sie alle hinter sich zu lassen. Häßliche Vögel ohne Schwingen. Diese Mittelmäßigen, die bis in alle Ewigkeit Mittelmäßigkeit hervorbringen, die für die Mittelmäßigkeit kämpfen und sterben. Er lächelte über Wilsons grimmigen, übelnehmerischen Die-Welt-schuldet-mir-was-Ausdruck, der den kleinen, öden Geist dahinter widerspiegelte, und er verfluchte diesen Geist und alles, wofür er eintrat. Er fluchte schweigend und lächelte dabei. Das Lächeln war das einzige, was noch von Vic Van Allen übrig war.

Patricia Highsmith im Diogenes Verlag

Keiner von uns
Erzählungen. Aus dem Amerikanischen von Anne Uhde

Der Stümper
Roman. Deutsch von Barbara Bortfeldt
detebe 20136

Zwei Fremde im Zug
Roman. Deutsch von Anne Uhde
detebe 20173

Der Geschichtenerzähler
Roman. Deutsch von Anne Uhde
detebe 20174

Der süße Wahn
Roman. Deutsch von Christian Spiel
detebe 20175

Die zwei Gesichter des Januars
Roman. Deutsch von Anne Uhde
detebe 20176

Der Schrei der Eule
Roman. Deutsch von Gisela Stege
detebe 20341

Tiefe Wasser
Roman. Deutsch von Eva Gärtner und Anne Uhde. detebe 20342

Die gläserne Zelle
Roman. Deutsch von Gisela Stege und Anne Uhde. detebe 20343

Das Zittern des Fälschers
Roman. Deutsch von Anne Uhde
detebe 20344

Lösegeld für einen Hund
Roman. Deutsch von Anne Uhde
detebe 20345

Der talentierte Mr. Ripley
Roman. Deutsch von Barbara Bortfeldt
detebe 20481

Ripley Under Ground
Roman. Deutsch von Anne Uhde
detebe 20482

Ripley's Game
Roman. Deutsch von Anne Uhde
detebe 20346

Der Schneckenforscher
Gesammelte Geschichten
Vorwort von Graham Greene. Deutsch von Anne Uhde. detebe 20347

Ein Spiel für die Lebenden
Roman. Deutsch von Anne Uhde
detebe 20348

Kleine Geschichten für Weiberfeinde
Deutsch von W. E. Richartz. Mit siebzehn Zeichnungen von Roland Topor
detebe 20349

Kleine Mordgeschichten für Tierfreunde
Deutsch von Anne Uhde. detebe 20483

Venedig kann sehr kalt sein
Roman. Deutsch von Anne Uhde
detebe 20484

Ediths Tagebuch
Roman. Deutsch von Anne Uhde
detebe 20485

Der Junge, der Ripley folgte
Roman. Deutsch von Anne Uhde
detebe 20649

Leise, leise im Wind
Erzählungen. Deutsch von Anne Uhde
detebe 21012

Als Ergänzungsband liegt vor:
Über Patricia Highsmith
Essays und Zeugnisse von Graham Greene bis Peter Handke. Mit Bibliographie, Filmographie und zahlreichen Fotos. Herausgegeben von Franz Cavigelli und Fritz Senn
detebe 20818